MANFRED BOMM

Irrflug

MORD IN DER FLIEGERSZENE Ein Sommermorgen auf dem Sportflugplatz Hahnweide bei Kirchheim/Teck. Als die Sekretärin der Motorflugschule zu ihrem Büro fährt, packt sie das Entsetzen: Vor einer Flugzeughalle liegt eine tote Frau, eine zweisitzige Cessna ist im Laufe der Nacht spurlos verschwunden. Die Ermittlungen der Kriminalpolizei führen in die Umgebung des nahen Göppingen, wo einige der Hobby-Piloten wohnen. Dort übernimmt der in kniffligen Fällen erfahrene Kriminalist August Häberle den Fall – ein Praktiker, kein Schwätzer, einer, der Land und Leute und deren Mentalität kennt. Zusammen mit seinem jungen Kollegen Mike Linkohr beleuchtet er die Flieger-Szene auf der Hahnweide – und stößt auf äußerst gegensätzliche Typen, auf Intrigen, Liebesaffären und schließlich auf die dubiosen Machenschaften verschiedener Geschäftsleute. Stück für Stück puzzelt er die wahren Hintergründe des Falls zusammen. Die Spur führt nach Ulm …

© privat

Manfred Bomm feiert mit diesem 22. Roman über den Kommissar August Häberle sein 20-jähriges Autoren-Jubiläum. Viele Geschichten basieren auf Ereignissen, die sich so oder in ähnlicher Weise zugetragen haben. Als Journalist, der er bis zum Ruhestand war, hat er die Arbeit von Polizei und Justiz beruflich verfolgt. Seine Leser schätzen deshalb seine detailgenauen Schilderungen, die bodenständigen Geschichten und die gesellschaftskritischen Bemerkungen seines Kommissars. Bomms Bemühen, mit Hilfe der Kriminalunterhaltung zum Nachdenken anzuregen, wird auch in seinem Roman »Eine Minute nach zwölf« deutlich, der außerhalb der Häberle-Reihe erschienen ist.

MANFRED BOMM

Irrflug

KRIMINALROMAN

Immer informiert

Spannung pur – mit unserem Newsletter informieren wir Sie
regelmäßig über Wissenswertes aus unserer Bücherwelt.

Gefällt mir!

Facebook: @Gmeiner.Verlag
Instagram: @gmeinerverlag

Besuchen Sie uns im Internet:
www.gmeiner-verlag.de

© 2004 – Gmeiner-Verlag GmbH
Im Ehnried 5, 88605 Meßkirch
Telefon 07575 / 2095-0
info@gmeiner-verlag.de
Alle Rechte vorbehalten
13. Auflage 2024

Lektorat: Claudia Senghaas, Kirchardt
Herstellung: Mirjam Hecht
Umschlaggestaltung: U.O.R.G. Lutz Eberle, Stuttgart
unter Verwendung eines Fotos von: © Dietmar Stezaly
Druck: Custom Printing Warschau
Printed in Poland
ISBN 978-3-89977-621-8

Nur wer Flügel hat, der wird erkennen, dass es hinterm Horizont stets weiter geht.

Flieg zu den Wolken und es entschwindet alles in Zeit und Raum, was dir gerade noch wichtig erschien.

Denn diese Welt ist viel faszinierender, als deine Zahlen und Bilanzen.

Gewidmet deshalb allen, die mit beiden Beinen auf der Erde stehen und trotzdem in der Lage sind, dem Himmel nahe zu sein.

1

Es roch nach frisch gemähtem Gras. Sie mochte diesen Duft, wenn sie an einem sonnigen Sommermorgen zum Flugplatz fuhr – das Schiebedach offen, das Radio auf SWR 4 gestellt, auf ihren Lieblingssender, der sie mit seinen Oldies an ihre eigene Disco-Zeit erinnerte. Aber das war schon eine Zeit lang her. Angelika Druschkowsky, knapp über 40, bog von der Bundesstraße ab, um jetzt über einen schmalen Asphaltweg, vorbei an ausgedehnten Erdbeerplantagen einerseits und einer Streuobstwiese andererseits, zu den Flugzeughallen zu fahren, die sich in eine sanfte Senke geduckt hatten. Der gläserne Tower schien sich beim Näher hinkommen aus der Landschaft zu recken, dann der Windsack, der an diesem Morgen lasch am Masten hing, und zuletzt erst die leicht angeschrägten Dächer der Hangars.

Die Sonne hatte sich bereits weit über die Höhenzüge der Schwäbischen Alb erhoben, die hier wie eine dezent bläuliche Mauer den Weg in Richtung Süden versperrte. Angelika Druschkowsky hatte sich in solchen Momenten schon tausend Mal gewünscht, auch die Pilotenlizenz zu besitzen und einfach über diese Berge hinwegschweben zu können, südwärts zur Donau und über die oberschwäbische Ebene hinweg zum Bodensee. Doch so sehr sie auch von der Fliegerei fasziniert war, hatte ihr letztlich dann doch immer die innere Einstellung gefehlt, wochenlang Theorie zu büffeln und sich der Schulung zu unterziehen. Ganz abgesehen davon, dass die Ausbildung wohl auch ihr Budget stark belastet hätte. Sie betreute seit 10 Jahren die Kunden der Motorflugschule des Baden-Württembergischen Luftfahrtverbandes. Ein abwechslungsreicher Job, der sie mit den unterschiedlichsten Menschen zusammenbrachte. Vormittags war sie die Erste, die auf das Fluggelände kam, das weit außerhalb von Kirchheim lag. Kurz nach ihr trafen auch ihr Chef und der Leiter des flugtechnischen Betriebs ein. Aber erst wenn die junge Fluglehrerin da war, wurde das elektrische Tor des großen Hangars nach oben geschwenkt, in dem elf Sportmaschinen eng beieinander standen. Die Mitglieder der Segelflugvereine hingegen, denen die anderen Hallen gehörten, tauchten erst viel später auf, wenn sich erdnahe Luftschichten genügend erwärmt hatten, um die begehrte Thermik auszubilden.

Angelika Druschkowsky, betont leger gekleidet, weiße Bluse und Jeans, gab sich dem Gedanken hin, über diese traumhafte Landschaft zu schweben und das Gefühl der Schwerelosigkeit zu spüren.

Wenn am Ende der Startbahn der Begrenzungszaun überwunden war, schrumpften die großen und kleinen Nöte. Jeder Höhenmeter brachte sie dem Himmel näher, diesem Universum, diesem unergründlichen Geheimnis, dieser großen Macht und Energie, die nur zu ergründen vermag, wer sich aus der beengten Perspektive befreit. Hinterm Horizont gehts immer weiter, wie es so schön heißt.

Angelika Druschkowsky dachte an all dies, als sie im Gegenlicht der Sonne zur Teck hinüber blickte – zu jener Burg, die nur zwei Kilometer vom Flugplatz entfernt majestätisch auf einem Bergvorsprung thronte. Ein markanter Geländepunkt, an dem sich die Flieger orientierten.

Träume, Wünsche. Für einen kurzen Augenblick, das wurde ihr plötzlich bewusst, spürte sie die Sehnsucht, mitfliegen zu dürfen. Das waren jene Momente, in denen sie es bedauerte, einen so wunderschönen Morgen im Büro verbringen zu müssen. Ihr schien es, als spielten tausend Gedanken in ihrem Kopf verrückt. Schöne Träume, die nur Minuten währten. Gerade so lang halt, wie die Fahrt über den schmalen Asphaltweg, hinüber zum Fluggelände, dauerte.

Von Weitem sah sie die sanften Morgennebel über der Graspiste schweben, im Gegenlicht der Sonne silbern und durchsichtig schimmern. Die Straße führte jetzt in weiten Bögen zu den Gebäuden hinüber. Im linken Augenwinkel nahm die auffallend blonde Frau den Campingplatz wahr, der von dichten Sträuchern begrenzt wurde. Hier, abseits des Flugplatzes, verbrachten in diesen Sommerwochen auswärtige Hobby-Flieger ihre Wochenenden oder den Urlaub. Die Hahnweide, so hieß der Flugplatz, galt seit Jahrzehnten als Eldorado für Segelflieger.

Zwischen dem Tower-Gebäude und der Gaststätte, von deren Terrasse aus man den Flugbetrieb beobachten konnte, ließ Angelika Druschkowsky ihren blauen Golf bis zu einer Schranke rollen, ab der das Betreten des Fluggeländes für Außenstehende verboten war. Hier bog sie nach rechts ab – nordwestwärts. Oder, wie die Flieger sagen würden, in Richtung ›drei-eins‹, womit der Kompasskurs 310 Grad gemeint ist. In all den Jahren, seit sie auf dem Fluggelände arbeitete, hatte sie sich den Jargon der Piloten angewöhnt.

Sie hatte jetzt die Vorderseite des Hallengebäudes erreicht, das der Tower mit seinen unterschiedlichen Antennen überragte. Entlang der Start- und Landebahn fuhr sie bis zum nächsten Hallenkomplex weiter. Vor ihr lag die große Asphaltfläche, auf der tagsüber die Sportflugzeuge standen. Jetzt war der Platz menschenleer.

Die Flugplatz-Anlage schien noch in tiefen Schlummer versunken zu sein: Eine verträumte Senke, einerseits von einem weiten Waldgebiet begrenzt, andererseits von den Erdbeerplantagen und Obstbaumwiesen. In der Luft das frühsommerliche Konzert der Vögel. Im Radio spielte ein alter Titel der Bee Gees, als der blaue Golf langsam auf den Hangar der Motorflugschule zurollte.

Doch die Träume nahmen ein jähes Ende, denn als ihr Blick auf den Hangar fiel, der vor ihr im hellen Sonnenlicht lag, traf es sie wie ein Donnerschlag. Ihr Herz begann wie wild zu rasen, sie spürte, wie sich der Schreck in all ihren Gliedern breit machte. Was sie da sah, ließ ihr den Atem stocken. Sie schluckte und kniff die Augen zusammen, um den Blick zu schärfen. Instinktiv nahm sie den rechten Fuß vom Gaspedal, als ob sich etwas dagegen sträubte, näher an die Halle heranzufahren. Sie hatte keine Ahnung, was geschehen war. Aber heute Morgen, das war nicht zu übersehen, war alles anders.

Während der Golf im Schritttempo ausrollte und ruckelnd zum Stehen kam, versuchte sie, wieder einen klaren Gedanken zu fassen. Hatte sie etwas vergessen? Hatte man ihr am Vorabend etwas gesagt, woran sie sich nicht mehr erinnerte? Wer, so überlegte sie krampfhaft, wer hatte zu dieser ungewohnten Zeit zum Flugplatz kommen wollen? Tausend Fragen schossen ihr durch den Kopf. Das silberne Schwenktor der Halle, erst vor einem Jahr installiert, stand offen. Drinnen im Hangar parkten die kleinen Sportflugzeuge dicht aneinander. Von Weitem ein Gewirr aus Tragflächen, Höhenrudern und Propellern. Angelika Druschkowsky erkannte, dass eines der Flugzeuge fehlte. Jenes, das ganz vorne gestanden war. Als ob der Flugbetrieb bereits begonnen hätte.

Und dann sah sie auch das Kleiderbündel, das direkt vor der Halle auf dem Asphaltboden lag. Angelika Druschkowsky griff wie in Trance zum Zündschlüssel und startete den

Motor wieder, um näher heranzufahren. Sie schaltete das Radio aus und ließ die Seitenscheibe herabgleiten. Vielleicht gab es Geräusche, verdächtige Stimmen. Nein, nichts davon.

Am angebauten Büro-Trakt waren die Rollos noch unten, kein Auto parkte vor dem Gebäude. Da war wirklich niemand. Für einen Augenblick überfiel sie der Gedanke, das Hallentor könnte am Vorabend versehentlich nicht geschlossen worden sein. Doch verwarf sie diese Möglichkeit sofort wieder, denn heute musste schon jemand da gewesen sein. Irgendjemand hatte eine Maschine aus der Halle genommen. Die Blau-Weiße fehlte. Es war die Cessna, die ›Echo-Bravo‹ genannt wurde. Flugzeuge tragen stets den Namen, wie er sich nach dem internationalen Alphabet aus dem Zulassungs-Kennzeichen ableitet. In Deutschland beginnt es mit einem D, dem nach einem Querstrich vier weitere Buchstaben folgen. Die letzten Beiden davon geben dem Flieger den Namen. ›EB‹ steht für ›Echo-Bravo‹.

Und diese ›Echo-Bravo‹ fehlte, daran bestand nicht der geringste Zweifel. Aber was hatte es mit diesem Kleiderbündel da vorne auf sich? Angelika Druschkowsky ließ, mit weichen Knien und feucht-kalten Händen, ihren Golf näher heranrollen, ohne die Halle und das Gelände daneben aus den Augen zu lassen.

Das Bündel entpuppte sich als Jeans, als eine blaue Jacke, und als Damenschuhe, keine eleganten, sondern eher Turnschuhe. Angelika Druschkowsky trat entsetzt auf die Bremse, der Motor starb wieder ab. Sie sah die dunkelbraunen Haare, den Kopf, das Gesicht. Und das viele Blut, das sich dunkelrot auf der Asphaltfläche abzeichnete.

Sie umklammerte wie gelähmt das Lenkrad. Und blickte auf das, was sie für ein Kleiderbündel gehalten hatte. Es war ein Mensch, eine junge Frau, die eine hässliche Wunde am Hals aufwies, aus der das viele Blut geflossen war.

Die Sekretärin starrte durch die Windschutzscheibe, als habe sie diese Frau, die da vorne lag, soeben mit dem Auto überfahren. Langsam, wie in Trance, versuchte sie auszusteigen. Die Knie zitterten, sie hielt sich mühsam an der offenen Wagentür fest.

»Hallo«, sagte sie zaghaft, »hallo«, ein zweites Mal. Doch die junge Frau, die seitlich zusammengekauert auf dem Asphalt lag, reagierte nicht.

Diese Frau war eindeutig tot.

Angelika Druschkowsky richtete sich wieder auf, blickte in die dunkle Halle. Sie hatte plötzlich Angst, panische Angst. War da jemand? Hatte sich zwischen den Flugzeugen etwas bewegt? Sie blieb wie erstarrt stehen.

Was waren das für Geräusche? Ihre Gedanken spielten verrückt. Ruhig bleiben, redete sie sich ein, ruhig bleiben. Was sie gehört hatte, war zweifellos nur ein Automotor in der Ferne gewesen. Dazwischen zwitschernde Vögel, ein krähender Rabe.

Oder doch nicht. Wurde sie beobachtet? Plötzlich erkannte sie, dass die Metalltür, die sich links des Hallentors befand, halb geöffnet war, irgendwie verbogen. Der Rahmen wies im Bereich des Schlosses einen deutlichen Wulst auf. Hier hatte jemand mit Brachialgewalt die Tür aufgehebelt.

Die Frau schluckte und glaubte plötzlich, den Boden unter den Füßen zu verlieren. Langsam, wie in Zeitlupe, ging sie die paar Schritte zu ihrem Golf zurück und ließ sich seitlich auf den Fahrersitz sinken, die Beine nach außen gestellt. Sie griff zu ihrer Handtasche, die auf dem Beifahrersitz lag, um das Handy herauszukramen. Sie holte tief Luft, als sie auf der Tastatur ›110‹ drückte. Der Notruf ging nach Esslingen, zur Polizeidirektion in der Kreisstadt.

Das Chefbüro war ungewöhnlich groß und strahlte die ganze Würde und Eleganz aus, mit der sich Frederik Steinke zu umgeben pflegte: ein Schreibtisch aus massiver Eiche, einige hoch gewachsene Grünpflanzen und ein mächtiger Schrank, in dessen Regalen unzählige Fachbücher standen. Viele Schritte vom Schreibtisch entfernt, auf der gegenüberliegenden Seite, war eine Sitzgruppe angeordnet. Ebenfalls Eiche massiv, jedoch mit feinstem Leder überzogen. An der Wand hing ein abstraktes Gemälde, das dem Raum den einzigen Farbtupfer bescherte.

Frederik Steinke, knapp über 50, jedoch überaus athletisch und sportlich, braungebrannt und auf den ersten Blick der Prototyp des erfolgreichen Geschäftsmannes, saß hinter seinem Schreibtisch und lauschte ins Telefon, das er mit der linken Hand hielt, während er mit der rechten in einem Aktenordner blätterte.

»Okay«, sagte er knapp, »dieser blöde Sesselfurzer geht mir langsam gewaltig auf den Wecker.«

Steinke unterstrich mit seinem Kugelschreiber einige Zahlenreihen, die er auf einem Blatt gefunden hatte. »Man muss sich mal vorstellen, der schnüffelt jetzt schon die zehnte Woche bei uns rum«, zeigte er sich empört. Er bemühte sich sichtlich, Hochdeutsch zu reden. »Verdammte Abzocker, nie im Leben wirklich ernsthaft gearbeitet und wissen nicht, was es heißt, einen Betrieb zu führen.«

Steinke strich sich jetzt mit der rechten Hand über sein Jackett aus hellem und sündhaft teurem Leder. Es fühlte sich gut an, dachte er, während er der Antwort seines Gesprächspartners lauschte.

»Wann fliegst du?«, fragte er schließlich, um sogleich zufrieden zu nicken und eine weitere Frage nachzuschieben: »Alles klar? Das Wetter scheint ja absolut spitze zu sein.«

Er stand auf und schaute durch die feinen Vorhänge in die parkähnliche Landschaft hinaus, die sein Verwaltungsgebäude umgab. Es war ein altes amerikanisches Militärgelände, aus dem nach der politischen Wende ein Gewerbegebiet entstanden ist – insbesondere für Betriebe der Computer-Branche. Steinke hatte die Chance ergriffen und sein damals bereits gut florierendes Unternehmen aus der drangvollen Enge eines Esslinger Industriegebiets teilweise hierher nach Göppingen verlagert.

»Okay, dann bist du am Spätnachmittag wieder hier«, stellte er fest und wünschte seinem Gesprächspartner noch einen guten Flug. Dann legte er auf und schlug den Aktenordner zu. In diesem Augenblick meldete sich die Stimme seiner Sekretärin über die Sprechanlage. Er drückte einen Knopf und sagte nur knapp: »Ja.«

»Herr Altmann wünscht Sie zu sprechen«, sagte die Frauenstimme.

Der Sesselfurzer. Schon wieder. Er brummte etwas Unverständliches, verbunden mit einem Schwäbischen Fluch, und ließ den Knopf der Sprechanlage wieder los. Tausendmal hatte er sich schon im Stillen gewünscht, diesen Altmann, diesen Beamten der Oberfinanzdirektion Stuttgart, am Kragen zu packen und an die frische Luft zu setzen. Die Betriebsprüfung dauerte jetzt fast ein Vierteljahr und alle paar Tage forderte der Schnüffler neue Unterlagen an. Anfangs hatte Steinke noch darauf bestanden, dass dies schriftlich zu geschehen hatte. Das aber verzögerte die Prüfung lediglich und führte zu nichts. Nur wenn die Fragen diffizil waren, bat er nun um schriftliche Begründung, um vorsichtshalber seinen Finanzchef und den Steuerberater verständigen zu können.

Der Geschäftsmann knurrte etwas vor sich hin, durchschritt das Sekretariat und ging über den Flur zum Konferenzraum hinüber, das er ohne anzuklopfen betrat.

Erich Altmann, ein korrekt gekleideter Beamter mit schwarzem Schnurrbart und dünn gewordenem Haar, saß an dem sechseckigen Tisch. Auf ihm hatte er mehrere Aktenordner aneinander gereiht. Er erhob sich, als der Firmen-Chef auf ihn zueilte und ihm die Hand schüttelte. Steinke lächelte, wie er das immer tat, wenn er seinen Gesprächspartner von etwas überzeugen wollte. »Behalten Sie doch Platz«, sagte er im verbindlichen Ton. Altmann, das wurde Steinke wieder bewusst, war ebenfalls ein Erfolgstyp. Aber leider auf der Gegenseite. Das konnte jedem, der sich nicht an Recht und Gesetz hielt, gefährlich werden. Und dieser Finanzbeamte hatte in den vergangenen Monaten bewiesen, dass er etwas von seiner Arbeit verstand. Er mochte auch um die 50 sein und konnte demzufolge eine lange Berufserfahrung aufweisen. Nie hatte sich dieser Mann während seiner Tätigkeit bei ›Steinke-Network GmbH & Co. KG‹ bisher provozieren lassen. Er war korrekt und freundlich.

»Tut mir leid, dass ich Sie schon wieder belästigen muss«, sagte Altmann und lächelte ebenfalls, »aber mir sind da ein paar Ungereimtheiten aufgefallen.«

Der Angesprochene verengte die Augenbrauen und verschränkte die Arme. »Sicher nichts, was nicht zu klären wäre«, sagte er und strahlte dabei Gelassenheit aus.

»Na ja«, fuhr Altmann vorsichtig fort, »im Geschäftsleben ist es, soweit ich weiß, ziemlich unüblich, größere Beträge bar zu bezahlen. Sie aber haben in den vergangenen Jahren doch einige Male stattliche Summen abgehoben und laut Buchungsbelegen in diverse ausländische Beteiligungen gesteckt.«

Steinke zögerte. »Das ist kein Geheimnis«, sagte er betont.

»Diese Beteiligungen, wenn ich das richtig sehe«, fuhr der Finanzbeamte fort, »diese Beteiligungen betreffen allesamt Gesellschaften außerhalb der Europäischen Gemeinschaft.«

»Richtig«, bestätigte sein Gesprächspartner und lehnte sich zurück. Altmann besah sich die handschriftlichen Notizen, die er sich auf einem Schreibblock gemacht hatte: »Indien seh' ich hier, Chile, Nigeria, Namibia und so weiter.«

»Alles Länder mit großem Potenzial für die Computerbranche«, erklärte Steinke, »man muss investieren, die Zeichen der Zeit erkennen – und notfalls auch bereit sein, Geld zu verlieren.«

»Genau das ist der Punkt, Sie scheinen viel Geld verloren zu haben.«

»Um mir des zu sage, hättet Se net monatelang meine Bücher wälze müsse, verehrter Herr Altmann«, erwiderte der Vorstandsvorsitzende des Unternehmens, in den schwäbischen Dialekt verfallend, »des hätt i Ihne gleich sage könne.«

Auf dem Fluggelände Hahnweide waren inzwischen die Rettungsfahrzeuge eingetroffen. Blaulichter zuckten im strahlenden Sonnenschein. Notarzt und Polizei hatten mit ihren Sirenen weithin für Aufsehen gesorgt. Die Fahrzeuge waren um das Tower-Gebäude zum Hallenvorplatz gerast. Dort, vor dem Gebäude des Baden-Württembergischen Luftfahrtverbandes, hatten sich mehrere Dutzend Schaulustige eingefunden. Sie blickten entsetzt auf die braune Decke, die auf dem Asphalt lag und mit der die Leiche einer Frau zugedeckt worden war. Ein Notarzt aus Kirchheim hatte als Todesursache ›Verbluten durch eine große Halswunde‹ diagnostiziert.

Polizeibeamte zogen unterdessen ein rot-weißes Sperrband weiträumig um den Vorplatz und drängten die Neugierigen zurück. Dies waren meist Flugschüler, die ab neun Uhr ihre Praxisstunden absolvieren sollten, aber auch ausgebildete Piloten, die einen Flieger gechartert hatten, oder Camper vom nahen Campingplatz.

Vorläufig jedenfalls durfte kein Flugzeug starten und auch in der Halle nichts verändert werden. Das hatte der ranghöchste uniformierte Polizeibeamte angeordnet, noch bevor die Kollegen der Kriminalpolizei verständigt worden waren. Er nahm den Leiter der Motorflugschule, Horst Hauf, einen kreidebleichen Mittfünfziger im kurzärmeligen blauen Hemd, zur Seite. »Kennen Sie die Tote?«, fragte der gut beleibte Beamte.

Der Angesprochene schluckte und holte tief Luft. »Nicht namentlich, nein, aber gesehen hab' ich sie schon mal, glaub' ich jedenfalls«, sagte er mit leicht bayrischem Akzent.

»Hier auf dem Platz?« Der Beamte machte sich auf einem Blatt Papier, das auf ein Brettchen gespannt war, kurze Notizen.

»Ich denke, ja. Wahrscheinlich war sie Passagier. Wissen Sie, unsere Piloten laden oft jemanden zu einem Rundflug ein.«

Der Polizist nickte verständnisvoll und wischte sich Schweiß von der Stirn. In diesem Moment fuhr ein weißer VW-Kombi mit Esslinger Behördenkennzeichen vor. »Die Kollegen von der Kripo«, sagte der Uniformierte und deutete auf die vier Männer, die aus dem Wagen stiegen. Einer davon, der durch seine Größe alle anderen überragte, kam sogleich auf den Streifenpolizisten zu: »Hallo Schorsch«, sagte er und schüttelte ihm die Hand, »mal ein ganz neuer Tatort.« Der Kriminalist, der ein Praktiker zu sein schien, trug ein kariertes Hemd und eine helle Hose, wirkte jugendlich und sportlich, war braungebrannt. Er kniff in der Helle des Morgens die Augen zusammen und blickte zu der Menschenansammlung hinüber, die sich um das Absperrband drängte. Die drei anderen Kriminalisten, alles junge, schlanke Männer, waren bereits damit beschäftigt, ihre Geräte zur Spurensicherung aus dem Kombi zu laden.

Der Uniformierte wies auf Horst Hauff: »Das ist der Chef hier auf dem Platz.«

»Guten Morgen, ich bin Markus Deutschländer, Kripo Kirchheim«, stellte sich der Kriminalist vor. Er stand wie ein Kleiderschrank in der Landschaft und schaute auf den wesentlich kleineren, jedoch wieselflinken Chef der Motorflugschule hinab. Die beiden Männer schüttelten sich die Hände. »Bitte halten Sie sich zu unserer Verfügung«, ordnete er an, ging die paar Schritte zum Absperrband und stieg drüber. Dort kniete der Notarzt abseits der toten Frau und sortierte seine Utensilien wieder in den Alu-Einsatzkoffer. Deutschländer kannte den Mediziner und nickte ihm zu. »Und?«, fragte er knapp.

»Starke Wunde am Hals«, antwortete der Arzt und klappte seinen Metallkoffer zu.

»Todeszeitpunkt?«

»Noch nicht lange her«, erwiderte der Arzt und stand auf, »drei bis vier Stunden.«

»Welche Art von Tatwaffe vermuten Sie?«

»Schwer zu sagen. Muss die Obduktion ergeben, ein kräftiger Schlag mit einem Werkzeug, mit einer Eisenstange vielleicht.«

Deutschländer verzog die Mundwinkel. »Danke«, sagte er und ging zu dem Uniformierten zurück, der noch immer mit dem Chef der Motorflugschule zusammen stand. »Haben wir eine Tatwaffe gefunden?«, fragte der Kriminalist.

Der Uniformierte zuckte mit den Schultern. »Bisher nicht, aber ich denke, wir müssen weiträumig suchen.«

Horst Hauff schien erst jetzt zu begreifen, welche Dimension der Fall annehmen würde. »Sie sagen Tatwaffe?«, fragte er mit trockener Stimme, »Sie meinen, diese Frau wurde umgebracht?«

»Nach nichts anderem sieht das aus«, erwiderte Deutschländer überzeugt, »das scheint mir ein glasklarer Mord zu sein.«

Frederik Steinke versuchte, gelassen zu bleiben. Eigentlich hätte er an diesem Morgen Wichtigeres zu tun gehabt, als sich mit einem Betriebsprüfer auseinanderzusetzen, der mit einer Geduld und Genauigkeit, wie sie nur ein Finanzbeamter aufbringen konnte, seit Monaten in Akten und Dateien schnüffelte.

Sein Gegenüber, Erich Altmann, hatte sich handschriftliche Notizen gemacht, die mehrere DIN-A-4-Seiten füllten. »Ich sollte noch einige Unterlagen zu den ausländischen Gesellschaften haben«, erklärte der Finanzbeamte und verzog die Mundwinkel zu einem leichten Lächeln.

»Kein Problem«, entgegnete ihm Steinke, um nach kurzer Pause hinzuzufügen: »Allerdings ist mein Finanz-Experte heute auf Geschäftsreise. Sie werden verstehen, dass ich mich nicht in allen Details auskenne.« Er lächelte verbindlich und fragte nach: »Kaffee?«

Altmann lehnte dankend ab.

»Ich kann Ihnen die Fragen auch schriftlich zukommen lassen«, schlug der Betriebsprüfer vor.

»Da wäre ich Ihnen dankbar«, stimmte der Vorstandsvorsitzende des Computer-Unternehmens zu, um sogleich bewundernd hinzuzufügen: »Wie Sie das schaffen, sich in diesem Wust von Buchungen, Belegen und Reisekostenabrechnungen zurecht zu finden, ist mir schleierhaft.«

Wieder huschte ein Lächeln über das Gesicht des Beamten, der sich nun mit verschränkten Armen auf dem ledergepolsterten Stuhl zurücklehnte: »Wissen Sie, ich muss bei Unternehmen Ihrer Größenordnung naturgemäß Prioritäten setzen. Ob Sie oder Ihre Mitarbeiter mal irgendwo einen falschen Bewirtungsbeleg für zehn Euro fuffzig reingeschmuggelt haben, stört mich nicht sonderlich. Das sind Peanuts im Vergleich zu dem, was heutzutage die Großunternehmen durch Finanztransaktionen dem Zugriff des Staates entziehen. Das sind Milliarden, glauben Sie mir.«

Steinke kniff die Lippen zusammen und nickte zustimmend: »Gar keine Frage. Umso ärgerlicher, wenn die Ehrlichen immer stärker zur Kasse gebeten werden. Sie können sich sicher am besten vorstellen, wie wir seit Jahren unter den Lohnnebenkosten leiden.«

»Ich stimme Ihnen vollkommen zu«, sagte Altmann und faltete seine Notizzettel zusammen, »die Steuergesetzgebung müsste längst rigoros reformiert werden. Doch stattdessen erlässt die Regierung, egal welcher Couleur, Jahr für Jahr neue Bestimmungen, Änderungen, Ausnahmen. Es ist, das kann ich ohne Umschweife sagen, schlichtweg unmöglich, dass ein Finanzbeamter alle diese Gesetze kennt.«

»Demnach also reiner Zufall, wenn der Steuerbescheid korrekt ist«, stellte Steinke mit einem Quäntchen Wut fest.

»Na ja«, Altmann begann, seine innere Verärgerung über den Gesetzgeber zu bremsen, »so pauschal kann man das nicht sagen. Aber ich geb' Ihnen Recht: Wenn die Angaben auf den Formularen nicht korrekt sind, weil der Bürger sie nicht versteht, dann mag es durchaus vorkommen, dass er letztlich zu hoch besteuert wird.«

Das brachte Steinke in Rage und deshalb steckte der Finanzbeamte seinen Kugelschreiber in die Jackett-Innentasche, um zu zeigen, dass er jetzt eigentlich keine Grundsatzdebatte über Wirtschafts- und Finanzpolitik führen wollte. »So wie Sie, denken sicher Millionen von Bürgern«, versuchte er dann die Wogen zu glätten, »und ich weiß aus meiner jahrzehntelangen Praxis, dass tatsächlich eine riesige Kluft besteht zwischen dem, was draußen in den Betrieben notwendig wäre, und dem, was die Politiker beschließen.

Milliarden und Abermilliarden gehen dem Staat verloren, weil es eine Unmenge Steuer-Schlupflöcher gibt. Legale oder halblegale Tricks. Ich kann niemandem verübeln, wenn er sich solcher Methoden bedient. Auch Ihnen nicht.« Altmann hielt kurz inne, lächelte vielsagend, um dann weiterzufahren: »Es gibt Konzerne, die beschäftigen ganze Heerscharen von Wirtschaftsjuristen, die nichts anderes tun, als nach neuen Schlupflöchern zu trachten. Da werden neue Tochtergesellschaften gegründet, Verluste auf dem Papier gemacht, da wird ins Ausland verlagert, wieder zurückverlagert, da werden ruck-zuck, wenn's plötzlich günstig erscheint, neue GmbHs angemeldet, Geld von einer Tochtergesellschaft zur anderen transferiert oder diese mit Verlust veräußert. Aber wem sag' ich das …« Altmann brach ab. Steinke schwieg und schien plötzlich in Gedanken versunken zu sein.

Der Finanzbeamte sah die Zeit für ein abschließendes Wort für gekommen: »Und anstatt diesem einen Riegel vorzuschieben, um die Staatsfinanzen wirklich und nachhaltig zu verbessern, werden Steuern erhöht und die kleinen Bürger geschröpft. So ist das. Auch wenn Sie das vielleicht nicht so gerne hören.« Er blickte sein nachdenklich gewordenes Gegenüber an, »aber gäbe es mehr Betriebsprüfer wie mich, die sich nicht auf Peanuts beschränken müssen, sondern wirklich die Zeit haben, den dicken Brocken nachzuspüren, hätte der Staat viele Millionen Einnahmen mehr.«

Altmann stand auf, um die Diskussion nun zu beenden: »Aber vielleicht ist das politisch ja auch gar nicht gewollt«, stellte er mit ein bisschen Resignation in der Stimme fest.

2

Auf der Hahnweide nahm der Menschenauflauf immer größere Ausmaße an. Inzwischen war vom nahen Campingplatz eine Vielzahl von Schaulustigen herübergeströmt. Weil sich das Gelände um den Flugplatz herum auch zum Gassi führen der Hunde anbot, tauchten zunehmend Menschen mit ihren Vierbeinern auf. Die Streifenwagen schienen die Schaulustigen geradezu magisch anzuziehen. Außerdem trafen nun nach und nach weitere Flugschüler ein. Hinzu kamen auch Piloten, die eine Maschine gechartert hatten – entweder zu einem Sightseeing-Rundflug oder aber nur, um Platzrunden zu drehen, deren Anzahl für die regelmäßige Verlängerung der Lizenz gesetzlich vorgeschrieben war.

Zwei junge Polizeibeamte sorgten dafür, dass das rotweiße Absperrband nicht überschritten wurde. Es war inzwischen in noch weiterem Bogen gezogen worden. Zur Befestigung hatte man jene Metallständer auf die Asphaltfläche gestellt, an denen normalerweise die Bremsklötze für die Flugzeuge baumelten.

Die Frauenleiche, um die herum die Kriminalisten der Spurensicherung den Boden nach möglicherweise verdächtigen Objekten absuchten, war mit einer Decke verhüllt. Horst Hauff, der Chef der Motorflugschule, hatte sich inzwischen von dem ersten Schock erholt. In sein Gesicht war wieder Farbe zurückgekehrt. Als erfahrener Jet-Pilot, der er bei der Bundeswehr einst war, hatte er gelernt, mit allen Situationen fertig zu werden. Dazu gehörte zwar nicht unbedingt ein Mord, doch entsann er sich jener Verhaltensweise, die er auch seinen Flugschülern stets weitergab: Ruhe bewahren.

Er ging auf die vier Flugschüler zu, drei Männer und eine Frau, und gab ihnen zu verstehen, sie sollten ihm in den Schatten folgen, den die Halle zwischen Werkstatt und Bürotrakt warf. »Tut mir leid«, sagte er, »aber vorläufig kann nicht geflogen werden.«

Die vier jungen Leute blickten ihn fragend an. »Ist da heut' schon ein Unfall passiert?«, wollte die einzige Frau unter ihnen wissen.

»Wir befürchten, es sieht wohl eher nach einem Verbrechen aus.«

Die vier drehten sich instinktiv zu den Schaulustigen um, die sich an der Arbeit der Spurensicherung offenbar nicht sattsehen konnten.

Hauff schlug den Flugschülern vor, sich in den nächsten Tagen telefonisch einen neuen Termin geben zu lassen. Dann ging er dem hochgewachsenen Kriminalkommissar entgegen, der über das Absperrband gestiegen war und sich einen Weg durch die Menschenmenge gebahnt hatte.

Markus Deutschländer kam mit langen Schritten auf ihn zu. »Können wir uns irgendwo in Ruhe unterhalten?«

Hauff deutete auf den Bürotrakt, vor dem ein verbogener Propeller in den Boden betoniert war, und ging voraus. Dabei sah er im Augenwinkel den Leichenwagen vorfahren.

In seinem kleinen Büro stieß Hauff die Tür zum Zimmer seiner Sekretärin zu, die sich nur mühsam auf ihre Arbeit zu konzentrieren begann, und setzte sich hinter den Schreibtisch. Dem Kriminalisten bot er den Platz davor an.

Hauff stützte sich mit den Unterarmen auf der Schreibtischplatte ab und musterte den Kommissar, der auch im Sitzen wie ein Hüne wirkte.

»Ich steh' Ihnen selbstverständlich für alles Notwendige zur Verfügung«.

»Ihre Sekretärin hat gesagt, es fehlt ein Flugzeug«, stellte der Hauptkommissar fest und zog ein Blatt Papier und einen Kugelschreiber aus dem Brusttäschchen seines karierten Hemdes.

»Ja, die ›Echo-Bravo‹«, bestätigte der Chef der Motorflugschule, »eine Cessna hundertzweiundfünfzig, die Typenbezeichnung. Sie stand wohl ganz vorne in der Halle.«

»Ich geh' mal davon aus, dass nicht jeder Laie so ein Ding in die Luft bringt.«

Hauff überlegte kurz. »In die Luft vielleicht schon, vorausgesetzt, er kennt sich ein bisschen mit der Technik aus und weiß, wie man den Motor startet und wie die Maschine zu bedienen ist. Man braucht nur genügend Geschwindigkeit, dann wird sie von Druck und Sog fast von allein hochgezogen. Aber zum Landen, würd' ich sagen, bedarf es eines gewissen Know-hows.«

Der Kriminalist hörte aufmerksam zu. Für die Fliegerei hatte er sich bis jetzt nicht sonderlich interessiert, obwohl seit seiner Tätigkeit in Kirchheim immerhin einer der bekanntesten Segelflugplätze weit und breit zu seinem Zuständigkeitsbereich zählte.

»Nur mal eine Verständnisfrage«, warf er deshalb ein, »die ›Hahnweide‹ ist doch ein Segelfluggelände …«

»Richtig, ja«, Hauff lehnte sich zurück und versuchte sich zu entspannen, »es dürfen hier nur Motorflugzeuge starten und landen, die hier am Platz zugelassen sind, keine Fremden also. Erlaubt sind deshalb nur die Schleppflugzeuge für die Segelflieger und die unsrigen, die Schulungs- und Chartermaschinen des Baden-Württembergischen Luftfahrtverbands.« Er machte eine kurze Pause und versuchte zu lächeln: »Wir sind hier, na ja, sagen wir's mal so, geduldet.«

»Geduldet? Von wem?«

»Von den Segelfliegern«, Hauff versuchte ein Lächeln, »mit denen wir aber im Großen und Ganzen ein freundschaftliches Verhältnis haben, gar keine Frage. Und mit den Gemeinden ringsum haben wir uns auch arrangiert, das heißt, wir halten uns so gut es geht von ihnen fern, um die Lärmbelästigung in Grenzen zu halten.«

»Da gibt's hin und wieder Ärger?«, hakte Deutschländer nach, zumal er darüber schon mal im ›Teckboten‹ gelesen hatte.

»Was heißt Ärger«, wiederholte Hauff, »die drüben in Reudern rufen manchmal an, wenn einer zu tief übers Wohngebiet geflogen ist.«

Der Kriminalist nickte verständnisvoll und kam wieder auf den Kernpunkt des Gesprächs zurück: »Wenn ich Sie also richtig verstanden habe, dann kann eigentlich nur ein ausgebildeter Pilot oder ein Flugschüler die Maschine fliegen und landen?«

»Davon gehe ich mal aus.«

Hauff spielte jetzt nervös mit einem Kugelschreiber. »Sie meinen, dass womöglich einer von uns …?«

Deutschländer zuckte mit den Schultern. »Was ich meine und denke, hat gar nichts zu bedeuten. Ich brauch' Fakten, verstehen Sie? Wie lässt sich eigentlich das schwere Metalltor der Halle öffnen?«

»Ziemlich einfach, elektrisch. Der Schalter befindet sich in der Halle, rechts neben dem Tor.«

»Und einen Hauptschalter gibt es nicht? Ich meine eine generelle Strom-Unterbrechung für den gesamten Komplex?«

Hauff schüttelte den Kopf.

»Das heißt mit anderen Worten«, fuhr der Kriminalist fort, »jeder Kunde von Ihnen weiß, wie man das Tor öffnet?«

»Jeder wahrscheinlich nicht. Aber die meisten. Zumindest jene, die schon mal frühmorgens oder am Abend gekommen sind, wenn ein- oder ausgeräumt wird.«

Der Kommisar machte sich Notizen und überlegte. »Da wuchtet also einer die Eingangstür auf, lässt das Hallentor auffahren und schnappt sich die nächstbeste Maschine, natürlich die vorderste, denn arg viel Zeit, die eng geparkten Flugzeuge zu entwirren, kann er sich wohl nicht nehmen, kann er denn davon ausgehen, dass noch genügend Sprit im Tank ist?«

»Natürlich nicht, nein. Die Piloten, die zurückkommen, tanken nicht auf. Dafür sind die nächsten Piloten verantwortlich.«

Beide Männer erkannten, dass sie auf einen Punkt gestoßen waren, der ihnen rätselhaft erschien.

»Und die Tankstelle?«, fuhr Deutschländer fort, »wo kann man tanken?«

»Ohne Schlüssel überhaupt nicht. Unsere Zapfstelle ist da drüben«, er deutete aus dem Fenster und auf einen verschlossenen Blechkasten, der sich schräg vor der Halle befand, »und den hat der Täter nicht aufgebrochen. Er ist unversehrt.«

Deutschländer war kurz aufgestanden, um den beschriebenen Kasten auch sehen zu können »Wie viel Sprit in der Maschine war, lässt sich natürlich nicht feststellen?«, fragte er.

»Doch, ich denke schon«, erwiderte Hauff zur Verwunderung des Kriminalisten, »jede Maschine hat für die Tankstelle einen eigenen Schlüssel, so dass automatisch registriert wird, wann und wie viel betankt wurde. Und weil jeder Pilot seine Flugzeit minutengenau in eine Liste eintragen muss, aber auch in sein persönliches Flugbuch, was er natürlich exakt tut, weil dies der Stundennachweis für die Lizenzverlängerung ist, deshalb lässt sich relativ einfach ausrechnen, wie viel Sprit gestern Abend noch im Tank der ›Echo-Bravo‹ gewesen sein muss.«

Deutschländer hatte aufmerksam zugehört und atmete auf. Immerhin etwas, dachte er sich. »Wie schnell können Sie das ermitteln?«

»Ziemlich schnell«, sagte Hauff und drückte an seinem Telefon einen Knopf. Seine Sekretärin meldete sich.

»Frau Druschkowsky, können Sie auf die Schnelle ausrechnen, wie viel Sprit die ›Echo-Bravo‹ in den letzten Tagen, sagen wir mal, in den letzten fünf Tagen, getankt hat und welche Zeit mit ihr geflogen wurde?«

Die Sekretärin antwortete prompt: »Ich werd's versuchen. Wenn alle Zettel da sind, schaff' ich's vielleicht bis zum Mittag.«

»Danke«, sagte Hauff und ließ den Knopf los, um sich dann wieder dem Kommissar zuzuwenden: »Wenn wir die letzten fünf Tage nehmen, kriegen wir's vermutlich einigermaßen genau hin. Es ist nämlich denkbar, dass nicht jeder Pilot ständig ganz voll tankt, aus Gewichtsgründen.«

»Noch eine Frage, nachts kann man von hier nicht fliegen, sehe ich das richtig?«

»Theoretisch natürlich schon, insbesondere, wenn's mondhell ist, wie jetzt. Nur werden sie ziemlich schnell Orientierungsschwierigkeiten haben, wenn sie keine Nachtflug-Ausbildung haben, und das haben dann doch die wenigsten Privatflieger, zumindest bei uns. Der normale VFR-Flieger, wie der reine Sichtflieger genannt wird, der sich nur an Geländepunkten und hilfsweise an Funknavigationsanlagen orientiert, darf lediglich tagsüber fliegen. Gesetzlich heißt es, von einer halben Stunde vor Sonnenaufgang bis eine halbe Stunde nach Sonnenuntergang.«

»Und was ist mit Satellitennavigation?«

»Wird natürlich genutzt, als komfortable Navigation, ganz klar. Das ändert aber an den gesetzlichen Vorgaben nichts, wonach ein Sichtflieger bestimmte Sichtverhältnisse haben muss.«

»Wenn ich Sie nun richtig verstehe«, so versuchte Deutschländer zusammenzufassen, »dann ist unser Unbekannter in aller Herrgottsfrühe gestartet, im ersten Morgengrauen – und das dürfte heute kurz nach vier gewesen sein.«

»Davon können wir ausgehen, ja.«

»Und hier draußen wohnt niemand …?«

»Nein. Auch die Wirtsleute von der Kneipe da drüben nicht. Wenn jemand etwas gehört haben kann, dann die Camper, drüben auf dem Campingplatz.«

Deutschländer machte wieder Notizen.

Hauff stützte sich mit dem linken Ellbogen an der Lehne seines Bürosessels ab und fasste sich ans Kinn. »Und die Tote? Ich meine, wie reimt sich das alles zusammen? Glauben Sie, der Pilot hat sie getötet und ist dann davongeflogen?«

Der Kriminalist presste die Lippen zusammen, überlegte und sagte dann: »Man könnte es so sehen. Aber glauben Sie mir, Herr Hauff, ich hab' schon die merkwürdigsten Dinge erlebt. Mancher Fall entwickelt sich ganz anders, als man es für möglich gehalten hätte.«

»Darf ich Sie fragen, wie's nun weitergeht? Ich meine, wann können wir den Betrieb hier wieder aufnehmen?« Hauff schaute auf die Uhr. Es war jetzt kurz vor elf und der Tag traumhaft schön, beste Bedingungen zum Fliegen.

»Ich hätte von Ihnen gern die Liste aller Flugschüler und Charterpiloten – mit den Anschriften. Ist dies möglich?«.

»Ja, selbstverständlich.«

»Die Fahndung nach dem Flugzeug ist eingeleitet«, stellte Deutschländer fest, um lächelnd hinzuzufügen: »Mal was ganz Neues. Nicht ein Auto wird gesucht, sondern ein Flugzeug. Alle Flughäfen sind verständigt und auch die kleinen Verkehrslandeplätze.«

Hauff überlegte. »Sie sollten aber wissen, dass man mit einer solchen Cessna auf jeder Wiese runterkommt. Und wenn der Tank einigermaßen voll war, kann das durchaus 300 bis 400 Kilometer von hier entfernt sein.«

»Wir haben eine bundesweite Fahndung eingeleitet und werden auch die Behörden in Österreich, der Schweiz und in Frankreich verständigen. Wir werden sie finden, darauf können Sie sich verlassen.«

»Vergessen sie Tschechien nicht«, ergänzte Hauff.

Draußen auf dem Hallen-Vorplatz knallte die höher gestiegene Sonne inzwischen gnadenlos auf den Asphalt. Die Morgennebel hatten sich längst aufgelöst und einem bläulichen Sommerdunst Platz gemacht, der auf einen hitzigen Tag schließen ließ. Die Burg Teck, die in der Ferne aus der Silhouette der Albkante herausragte, war jedoch deutlich zu erkennen.

Inzwischen hatten die meisten Schaulustigen das Fluggelände wieder verlassen. Nur noch wenige standen dicht am Absperrband und verfolgten die Arbeit der Spurensicherung. Die Beamten waren trotz ihrer kurzärmeligen Hemden schweißgebadet. Nichts hatten die Kriminalisten gefunden, was mit dem Tod der jungen Frau in Verbindung zu bringen gewesen wäre. Keine Gegenstände, keine verdächtigen Fuß- oder Reifenspuren. Der örtliche Leichenbestatter hatte mittlerweile den leblosen Körper in einen Metallsarg gelegt und ihn mit drei seiner Helfer in die Ladefläche des dezent grau-schwarzen Mercedes-Kombis geschoben. Die Leiche musste zur Gerichtsmedizin nach Stuttgart gebracht werden. Der baumlange Kripo-Chef verließ das Gebäude

der Motorflugschule und kam auf die Kollegen der Spurensicherung zu. »Erkenntnisse?«, fragte er knapp und kniff im
blendenden Sonnenlicht die Augen zusammen.

»Absolut nichts«, sagte einer der Beamten, »wir haben
auch im weiteren Umkreis gesucht. Nichts, was eine Tatwaffe sein könnte. Auch kein Hinweis auf einen Kampf.«

Kommissar Deutschländer blickte dem wegfahrenden
Leichenwagen nach, der im Sonnenschein glänzte.

»Und dort?« Er deutete auf die aufgebrochene Tür, die im
Bereich des Schlosses aus dem Rahmen gehebelt worden war.

»Vermutlich ein Stemmeisen«, erklärte ein anderer Beamter, »aber auch nicht zu finden.«

»Fingerabdrücke?«

»Jede Menge natürlich. Aber da wird sich kaum feststellen lassen, ob auch der Täter welche hinterlassen hat.«

»Das sieht verdammt mies aus«, stellte Deutschländer fest,
»aber irgendjemand, verdammt noch mal, müsste doch an
so einem Sommermorgen etwas gesehen oder gehört haben.
So eine Propellermaschine startet doch nicht lautlos.«

»Sie gehen also davon aus, dass das Verschwinden der
Cessna mit dem Tod der Frau zu tun hat?«, fragte ein anderer Beamter nach und verstaute ein Maßband in einem Alu-
koffer.

»Liegt doch nahe, Kollege. Oder glauben Sie, da kommt
eine Frau zu Tode, wie auch und warum auch immer, und ein
ganz anderer klaut unabhängig davon ein Flugzeug? Ne, ne,
mein Lieber, das eine hat mit dem anderen was zu tun. Und
abgespielt hat sich das Ganze im Morgengrauen.« Deutschländer überlegte. »Zumindest Ohrenzeugen müsste es geben.
Und wenn jemand etwas gehört hat, dann die Camper da
drüben«, er deutete mit dem Kopf in Richtung des jenseits
der Hangars gelegenen Campingplatzes.

»Eine Befragung?«, hakte einer der Beamten nach.

»Am besten mit Lautsprecher-Wagen, ich werd' das veranlassen«, sagte der Kirchheimer Kripo-Chef, während er den bärenstarken Pressesprecher der Esslinger Direktion, einen 1.90-Meter-Mann vom Typ Kleiderschrank, herankommen sah, leger und lässig. Verwaschene Jeans, die Hemdsärmel hinaufgekrempelt. Bald, so befürchtete Deutschländer insgeheim, würden sich Horden von Medienvertretern über den Flugplatz hermachen. Kirchheim war schließlich über die Autobahn A 8 von den Journalisten der Landeshauptstadt Stuttgart in 20 Minuten zu erreichen. Pressesprecher Wilfried Mehldorn konnte davon bereits ein Klagelied anstimmen. Seit zwei Stunden, so berichtete er dem Kripo-Chef, riefen pausenlos Journalisten an. Offenbar habe ihnen irgendjemand einen Tipp auf das Geschehen auf der Hahnweide gegeben. »Halten Sie mir die Jungs vom Leib«, knurrte Deutschländer, »es gibt bei Gott nichts zu sagen, als dass wir die Leiche einer jungen Frau gefunden haben, der vermutlich einer eins über den Schädel gezogen hat.« Deutschländer forderte den Pressesprecher auf, die Journalisten auf eine Pressekonferenz zu vertrösten, die am Nachmittag mit der Staatsanwaltschaft Stuttgart stattfinden würde. Bis dahin, so hoffte der Kriminalist, würde ja wohl auch dieses verdammte Flugzeug gefunden sein.

Deutschländer, der auch den kräftigen Mehldorn weit überragte, ließ den Pressesprecher wortlos stehen, um über die inzwischen glühend heiße Asphaltfläche zum Parkplatz hinter der Halle zu gehen. Dort kam ihm ein Mann mittleren Alters entgegen, einen schwarzen Pilotenkoffer in der Hand, Sonnenbrille, braungebrannt, volles schwarzes Haar, Jeans und weißes kurzärmliges Hemd. Ein Erfolgstyp, dachte sich der Kriminalist. So hatte er sich diese Privatflieger immer vorgestellt. »Was is'n hier los?«, fragte der Ankömmling, ohne den Kriminalisten zu grüßen.

»Heute gesperrt, kein Flugbetrieb«, entgegnete der ebenso wortkarg. Der Mann, dessen forsches Auftreten dem Kriminalisten sichtlich gegen den Strich ging, stutzte und blieb stehen. »Wieso das denn?«

»Polizeiliche Ermittlungen«, sagte Deutschländer und fügte im Weitergehen hinzu: »Fragen Sie Herrn Hauff, der wird sagen, wie's weitergeht.«

Der Privatpilot schien irritiert zu sein und ging jetzt deutlich langsamer weiter.

Der baumlange Kommissar hatte sich noch ein paar Minuten mit seinen Kollegen der Spurensicherung unterhalten und sich vergewissert, dass die Fahndung nach dem Sportflugzeug tatsächlich bundesweit lief und die Flugsicherungen verständigt worden waren. Es konnte nicht ausgeschlossen werden, dass der Unbekannte den Flugverkehr gefährdete, Kontrollzonen missachtete oder durch Sperrgebiete flog. Die Radarlotsen wurden zu erhöhter Aufmerksamkeit angewiesen. Das würde bundesweit, aber auch in den angrenzenden Gebieten, zu Verspätungen im Flugverkehr führen. Allerdings, das war den Experten klar, lange Zeit würde diese Alarmbereitschaft nicht aufrechterhalten werden müssen. Ging man davon aus, dass der Unbekannte im Morgengrauen gestartet und der Kraftstofftank tatsächlich ziemlich voll war, dann müsste ihm spätestens jetzt allmählich der Sprit ausgehen. Doch egal, wo er landete, um aufzutanken – er würde heute auffallen.

Die Gefahr für die Luftfahrt wurde also mit jeder Minute, die verging, geringer. Deshalb machte es auch jetzt keinen Sinn mehr, militärische Abfangjäger aufsteigen zu lassen. Ganz abgesehen davon, dass es auch völlig unklar gewesen wäre, wo sie hätten suchen sollen. Kleinflugzeuge waren an einem solchen Sommertag mit diesen idealen Wetterbedingungen zuhauf unterwegs. Diese Maschinen waren auf den Radarschirmen nichts weiter als kleine Punkte, die sich aber nicht identifizieren ließen.

Die Ermittler beschränkten sich deshalb auf die Kleinarbeit am Tatort und auf die Lautsprecher-Durchsage auf dem Campingplatz. Danach war Deutschländer mit seinem Dienst-VW-Golf über einen schmalen Asphaltweg direkt von der Hahnweide nach Kirchheim zurück gefahren, unter der Autobahn hindurch, vorbei an Kleingärten und den Gebäuden der Wasserversorgungsgruppe. Als er hinter der Bahnbrücke das Stadtzentrum erreichte, blickte er auf die Uhr. Zwölf. Kein Wunder, dass sich der Verkehr staute.

Es dauerte noch eine geschlagene Viertelstunde, bis er die Kriminalaußenstelle in der Max-Eyth-Straße erreichte, ein unscheinbares Gebäude, das sich hinter dem mächtigen Arkaden-Bau der Kreissparkasse in die Front der Stadthäuser einreihte.

Deutschländer öffnete die Gittertür, mit der innerhalb des Gebäudes der Treppenaufgang ins erste Obergeschoss gesichert war. Er ging über den schmalen Flur und sah durch eine geöffnete Tür seinen Kollegen Stefan Knödler am Schreibtisch sitzen. Dieser altgediente Beamte, der nicht nur ein paar Jährchen mehr auf dem Buckel hatte als sein Chef, sondern auch wesentlich kleiner war, strich sich gerade mit der flachen Hand über den Glatzkopf, den nur noch ein schmaler Kranz weißer Haare umgab. Knödler war auf den seitlich stehenden Computerbildschirm konzentriert, drehte sich dann aber auf seinem Bürostuhl um, als Deutschländer am Schreibtisch gegenüber Platz nahm. Die beiden Männer begrüßten sich kurz, worauf Knödler sofort zur Sache kam: »Die Kollegen haben mir am Funk gesagt, dass sie ziemlich ratlos seien. Keine Spur.«

»Nix, aber auch gar nix«, bestätigte der Chef.

»Und auch keine Hinweise auf die Identität der Frau?«, hakte Knödler nach.

Deutschländer lehnte sich einigermaßen erschöpft auf seinem Bürosessel zurück und schüttelte den Kopf. »Nein, keine Handtasche, nichts in den Hosentaschen, was uns weiterhelfen könnte. Nur der Chef dieser Motorflugschule glaubt sich zu entsinnen, sie schon einmal auf dem Flugplatz gesehen zu haben.«

»Das ist doch schon was«, meinte Knödler und spielte mit einem Kugelschreiber.

»Na ja, da wär' ich mir nicht so sicher, was glaubst du, wie viele Piloten und Passagiere sich da draußen tummeln ...«

»Um ehrlich zu sein, ich hab' zu diesen Fliegern keinen Draht, spiel' lieber Tennis.«

»Und was gedenkst du jetzt zu tun?«, wollte Knödler wissen.

»Die Sekretärin vom Flugplatz will mir bis zum frühen Nachmittag eine Liste aller Piloten und Flugschüler ausdrucken, die mit der Motorflugschule zu tun haben. Einer von denen wird ja wohl unsere Tote kennen.«

»Und wie stellst du dir das vor? Wir haben doch kein Foto. Nicht mal als Leiche kannst du sie ablichten – bei den Verletzungen.«

Deutschländer biss sich auf die Unterlippe und blickte auf den Ventilator, der die stickige Büroluft in Bewegung brachte, ohne sie abzukühlen. »Ich weiß, das ist nicht einfach, wir werden die Piloten eben entsprechend befragen. Nach einer Passagierin, dunkelbraune Haare, groß, na ja, irgendeine Beschreibung werden uns die Jungs von der Gerichtsmedizin doch abgeben können.« Er zuckte mit den Schultern, um dann fortzufahren: »Gehst du mit auf eine Pizza?«

Knödler, für seine schwäbische Sparsamkeit bekannt, lehnte wie erwartet ab. Während Deutschländer zur Bürotür ging, rief ihm sein Kollege nach: »Wart' mal, habt ihr eigentlich überlegt, wie der Täter zum Flugplatz gekommen ist? Ich meine, wenn er's bei Nacht und Nebel getan hat und dann davongeflogen ist, müsste er entweder hergebracht worden sein oder irgendwo ein Fahrzeug stehen haben.«

Deutschländer drehte sich um. »Mensch, Stefan, du hast Recht.«

»Ich werd' veranlassen, dass die Kollegen den Parkplatz und das Gelände um die Hahnweide nach abgestellten Autos absuchen.«

Deutschländer runzelte nachdenklich die Stirn. »Du weißt aber hoffentlich schon, was da draußen an so einem Tag wie heute los ist? Spaziergänger mit und ohne Hunde, Segelflieger, Camper – da stehen jetzt Dutzende Fahrzeuge rum. Vielleicht sogar Hunderte.«

»Wir lassen einfach mal alle Kennzeichen notieren«, blieb Knödler hartnäckig und drehte sich mit seinem Bürosessel hin und her.

»He«, entfuhr es dem Kripo-Chef, der wieder ein Stück näher an die Schreibtische herantrat, »du bringst mich auf was. Unser Täter könnte ein Camper sein – ja, einer, der seinen Wohnwagen auf dem Campingplatz stehen hat. Der geht nächtens zur Halle, klaut sich ein Flugzeug, fliegt weg und kommt, wie auch immer, später wieder mit dem Taxi von irgendwoher zurück. Auf einem Campingplatz fällt es überhaupt nicht auf, wenn einer mal ein paar Tage fehlt.«

»Genial«, stimmte ihm sein Kollege zu, »nur übersiehst du eines: Wo liegt der Sinn einer solchen Aktion?«

Deutschländer presste die Lippen zusammen und ging wortlos hinaus. Ihm war heiß.

3

Der schwarze BMW der Siebenerreihe fuhr im Schatten der alten Bäume die ehemalige Militärstraße hinauf. Links und rechts standen die Gebäude, die einst von den in Göppingen stationierten Amerikanern genutzt wurden. Nach der politischen Wende waren die Häuser saniert, umgebaut und erweitert worden. Das ganze Areal wurde inzwischen gewerblich genutzt. Der BMW bog von der Hauptzufahrt ab und rollte auf einen großen Gebäudekomplex zu, der auf dem Platz einer ehemaligen Panzerwaschanlage entstanden war. Mit seinen vier Geschossen überragte er die anderen Gewerbe-Immobilien. Die Architektur der 90er-Jahre, viel Glas und Stahl, war unverkennbar. Das Auto parkte gleich neben dem großzügig gestalteten Portal, das die Bedeutung des Unternehmens symbolisierte.

Der Mann hinterm Steuer, um die 45 Jahre alt, war braungebrannt, trug eine Sonnenbrille und hatte volles schwarzes Haar. Er stieg aus, öffnete die hintere Tür und nahm vom Rücksitz einen schwarzen Pilotenkoffer. Dann verriegelte er den Wagen lässig mit der Schlüssel-Fernsteuerung und ging durch das Portal. Er grüßte die attraktive Empfangsdame, die hinter einer Glasscheibe saß, und ging eiligen Schritts eine Marmortreppe nach oben, die von einem schlichten, jedoch goldenen Geländer umgeben war.

Der Flur im ersten Obergeschoss war lichtdurchflutet. Die linke Seite bestand aus einer Glaswand, die den Blick auf das parkähnliche Gewerbegebiet mit den Kastanien- und Lindenbäumen freigab. Der Mann, der sportlich gekleidet war, eilte an mehreren, unterschiedlich farbigen Türen vorbei, bis er jene am Ende des langen Flurs öffnete und eintrat. Seine Sekretärin, ein junges Mädchen mit kurzen blonden Haaren, saß am Schreibtisch und blätterte in einem Aktenordner. »Hallo Herr Rottler«, lächelte sie, um kurz zu stutzen und dann hinzuzufügen: »Ich dachte, Sie sind heut' gar nicht da.«

Rottler durchquerte das großzügig gestaltete Büro, vorbei an üppigen Philodendron-Pflanzen und über einen dicken Teppich, um zu einer weit offen stehenden Tür zu gelangen. »Hat sich zerschlagen«, antwortete er knapp, verschwand im nächsten Büro und ließ die Tür hinter sich ins Schloss fallen.

Der Raum bestand an zwei Seiten fast nur aus Glaswänden, an die die Äste der Laubbäume nahe heranreichten. Den Schreibtisch hatte Rottler so aufstellen lassen, dass er von seinem Platz aus in diese Parklandschaft hinausblicken konnte. Hinter ihm stand eine lederne Sitzgruppe, die in einer Ecke von einem mächtigen Bücher- und Aktenregal umgeben war. Rottler ging zu einem Schrank und öffnete ein Türchen, hinter dem ein Tresor zum Vorschein kam. Auch dessen Tür entriegelte er und schob seinen Koffer hinein. Dann verschloss er beides wieder. Er ließ sich, schwer atmend, in seinen Chefsessel sinken und drückte an seinem multifunktionalen Telefon einen Knopf.

Es dauerte keine zwei Sekunden, da hörte er die Stimme eines Mannes, die ihm vertraut war. »Ja?«

»Ich bin's, es ist schief gelaufen.«

»Was?« Die Stimme verriet Nervosität.

»Flugverbot auf der Hahnweide. Polizei und Kripo. Vergangene Nacht ist irgendein Verbrechen geschehen«, beschied Rottler ihm kurz.

»Was heißt Verbrechen? Und was hat das mit dir zu tun?«

»Gar nichts. Nur so viel, dass man heut' auf der Hahn-weide nicht fliegen darf. Die Spurensicherung hat alles abge-riegelt.«

Durch die Leitung war das schwere Atmen des Gesprächs-partners zu vernehmen.

»Und jetzt?«, fragte er schließlich.

»Neuer Termin, lässt sich nicht vermeiden.«

»Dann sag' aber Bescheid«, knurrte der andere, »aber denk' dran: Auf dem üblichen Weg, verstanden?«

»Hab' ich doch schon erledigt, auf der Herfahrt.«

Rottler wollte gerade die Aus-Taste drücken, als sich sein Gesprächspartner noch mal meldete: »Ach ja, dieser Sessel-furzer will was von uns.«

»Altmann?«, hakte Rottler nach, als wüsste er nicht längst, wie der Vorstandsvorsitzende des Unternehmens den Finanzschnüffler seit Monaten verächtlich betitelte.

»Hat heute schon irgendwas von Bargeschäften geredet, die ihm aufgefallen sind«.

Rottler kniff die Augen zusammen und blickte auf den Lautsprecher des Telefonapparats. »Und jetzt?«

»Ich habe ihn angewiesen, die Fragen schriftlich zu fixie-ren. Er weiß, dass du heute nicht da bist.«

»Okay. Dann werden wir sie auch schriftlich beantworten. Das verzögert die Sache erst mal. Lassen wir ihn schmoren.«

Rottler stand auf und ging zu einer der großen Fenster-wände hinüber. Er holte tief Luft und schaute durch das grüne Blätterkleid der Bäume zum sommerblauen Him-mel hinauf. Das wäre heute ein traumhafter Tag zum Flie-gen gewesen, dachte er bei sich.

In den Mittagsnachrichten der Rundfunkstationen waren Kurzmeldungen über das Verbrechen auf der Hahnweide nun landesweit verbreitet worden – verbunden mit der

Fahndungsmeldung nach dem Flugzeug. Das Landeskriminalamt hatte außerdem bundesweit die Medien verständigt. Offenbar wurde das Ereignis von den Journalisten dankbar aufgenommen, zumal es nicht alltäglich war, dass ein Flugzeug gesucht wurde. Außerdem passte das Ereignis zu der negativen Grundeinstellung, die die Medien zur Privatfliegerei hatten – aus reiner Unkenntnis, wie die Hobby- und Geschäftspiloten seit Langem verärgert feststellten. Denn was da meist geschrieben und verbreitet wurde, ließ nur erkennen, dass die Autoren keinerlei Ahnung von der Materie hatten, sich aber erdreisteten, die öffentliche Meinung gegen die Fliegerei aufzuhetzen.

Schon deshalb war sich Kripo-Chef Markus Deutschländer ziemlich sicher, dass der Fall in den Medien entsprechend aufgebauscht werden würde. Ein Umstand, der ihm bei den Ermittlungen zugute kam. Wenn dieses Flugzeug irgendwo gelandet war, dann gewiss nicht unbemerkt. An einem solchen Sommertag hielten sich genügend Menschen in freier Natur auf. Und irgendwo musste die Maschine inzwischen stehen. Wenn sie nicht gar abgestürzt war. Aber dies wäre erst recht aufgefallen.

Deutschländer hatte wieder eine Pizza mit Knoblauch gegessen. Sein Kollege Knödler, der sich nur schnell bei einem Metzger einen Leberkäswecken besorgt hatte, stellte dies sofort naserümpfend fest, als der Kripo-Chef nach der kurzen Mittagspause das Büro betrat.

»Esslingen will, dass wir eine Sonderkommission gründen«, teilte Knödler seinem sichtlich verwunderten Chef mit, der sich in seinen Bürosessel sinken ließ.

»Hm«, machte er nachdenklich.

»Wegen der landesweiten Bedeutung, Luftfahrt und so«.

»Da will doch nicht etwa irgendein Schwachkopf einen terroristischen Hintergrund konstruieren?«

»Doch, doch«, entgegnete Knödler, »es soll in Medienberichten bereits davon die Rede gewesen sein. Du weißt ja, 11. September und so. Oder der Verrückte, der im Januar um die Hochhäuser von Frankfurt rumgeschwirrt ist.«

»Wenn unser Täter so was hätte tun wollen, hätt' er's getan, bevor auch nur ein Mensch den Diebstahl des Flugzeugs bemerkt hätte. Denn spätestens jetzt«, Deutschländer schaute auf die Armbanduhr, »ach, was, schon vor zwei, drei Stunden, ist dem Kerl der Sprit ausgegangen.«

Deutschländer wusste, dass es keinen Sinn machte, dem Chef in der Esslinger Direktion zu widersprechen. Er rief ihn deshalb an und ließ sich Instruktionen geben und erfuhr, dass ihm der Kriminalrat die Leitung der Kommission übertrug, die aus einem Dutzend Beamten bestehen sollte. Die meisten davon würden von Esslingen nach Kirchheim kommen. Und zwar sofort.

Weil in den beengten Räumlichkeiten der Kriminal-Außenstelle natürlich kein Platz für eine Sonderkommission war, hatte man bereits vor geraumer Zeit Abhilfe geschaffen: Rund zwei Kilometer entfernt beim Polizeirevier in der Dettinger Straße. An die dortige Jugendstil-Villa, die sich inmitten einer parkähnlichen Anlage befand, war ein großer Konferenzraum angebaut worden, der alle logistischen Voraussetzungen für die Arbeit einer Sonderkommission bot. Deutschländer rief bei den uniformierten Kollegen an und bat sie um Unterstützung bei der Vernetzung diverser Computer. Unterdessen schob ihm Knödler drei gefaxte Blätter über den Tisch. »Die Piloten-Liste von der Hahnweide.«

Deutschländer beendete das Telefongespräch und überflog die Papiere. Er schätzte, dass annähernd 200 Namen samt Adressen und Telefonnummern aufgelistet waren. Nicht nur lizenzierte Piloten, sondern auch zahlreiche Flugschüler, denen man auf der Hahnweide bereits zutraute, eine Maschine allein fliegen zu können.

»Oh Gott«, entfuhr es ihm resignierend, »da sitzen wir ja nächstes Jahr noch dran.«

»Ich hab' aber auch was Erfreulicheres«, sagte Knödler und lehnte sich lächelnd zurück, »die Lautsprecher-Durchsage auf dem Campingplatz hat tatsächlich etwas erbracht. Zwei Männer und eine Frau haben den Flieger starten hören. Sie sind sich ganz sicher. Allerdings gehen die Ansichten über die Uhrzeit auseinander. Während die Männer behaupten, es sei um halb fünf gewesen, meint die Frau, es sei kurz vor vier gewesen.«

Deutschländers Gesicht erhellte sich. »Ist doch schon was. Aber gesehen hat den Flieger keiner?«

»Nein. Allerdings hat sich einer der Männer, er ist Segelflieger und kennt sich in der Fliegerei aus, noch darüber gewundert, dass schon so lange vor Sunrise, wie er sich ausdrückte, also vor Sonnenaufgang, ein Flugzeug starten darf. Aber gefährlich sei dies ja nicht, es habe ja schon der Morgen gegraut. Sei halt ein Verstoß gegen die Luftverkehrsordnung.«

Deutschländer überlegte einen kurzen Moment. »Und wie war das jetzt mit dem Erreichen des Flugplatzes? Das mit den Autos hat zu nichts geführt?«

»Die Kollegen haben über 50 Kennzeichen notiert, werden derzeit abgecheckt«, berichtete Knödler.

»Wir müssen unsere öffentlichen Suchmeldungen präzisieren und ergänzen«, stellte Deutschländer fest, »wir müssen fragen, ob jemand in der Nacht verdächtige Personen gesehen hat, die sich im Bereich der Hahnweide aufgehalten haben.«

Knödler machte sich Notizen. »Ich werd' den Ö drauf anspitzen«, erklärte er und meinte damit den Beamten, der für die Öffentlichkeitsarbeit zuständig war, Wilfried Mehldorn.

»Und jetzt will ich von diesem Chef der Motorflugschule wissen, wer ihm von diesen Personen auf seiner Liste ein bisschen merkwürdig erscheint. Und ob er sich, verdammt noch mal, nicht doch entsinnen kann, wem er die Tote am ehesten zuordnen würde.« Er machte eine Pause und fügte hinzu: »Von der Gerichtsmedizin noch keine Nachricht?«

Knödler schüttelte den Kopf.

»Die sollen uns so bald wie möglich eine detaillierte Personenbeschreibung geben. Ruf dort mal an. Ich fahr' noch mal zur Hahnweide raus.« Deutschländer faltete die drei Fax-Zettel zusammen und verließ den drückend heißen Raum.

4

Altmann, der Finanzbeamte, der sich auf die Prüfung von Konzern- und Firmengeflechten spezialisiert hatte, war mit dem Fortschritt seiner Arbeiten bei ›Steinke Network GmbH & Co. KG‹ zufrieden. Ein Unternehmen dieser Größenordnung stellte ihm ein eigenes Büro zur Verfügung, in dem er sich monatelang in Buchungen und Daten vertiefen konnte. Manchmal schien es ihm dann so, als gehöre er schon zum Personal. Er benutzte die Kantine und holte sich Kaffee am Automaten. Alles natürlich gegen Bezahlung. Darauf legten er und seine Dienststelle allergrößten Wert. Bloß keine Abhängigkeiten, auch nicht andeutungsweise, aufkommen lassen. Nicht den geringsten Verdacht der Bestechung. Altmann, der gleich nach der Realschule die Laufbahn des Finanzbeamten eingeschlagen hatte, war überaus korrekt. Sein ausgeprägter Gerechtigkeitssinn ließ ihn, wenn es sein musste, auch mal gnadenlos durchgreifen. Steuern sollten nicht nur die kleinen Bürger zahlen, sondern auch die Großen, pflegte er oft zu sagen. Er war deshalb froh, sich nicht auf die Kleinbetriebe, auf die Handwerker oder Mini-Selbstständigen, stürzen zu müssen. Er wusste nur zu gut, dass denen nur wenig Spielraum und vor allem Zeit blieb, sich der vielen legalen und meist illegalen Tricks zum Steuersparen zu bedienen. Das waren rechtschaffene Menschen. Doch in den großen Konzernen, in den unübersichtlichen Firmengeflechten, da wurde jede Möglichkeit, und sei sie scharf am Rande der Legalität oder schon ein bisschen in den Grauzonen darüber, hemmungslos ausgeschöpft, um dem Staat nichts überweisen zu müssen.

Altmann kannte sich in den Gesetzen ebenso aus, wie in den Machenschaften der Wirtschaft. Er las eifrig die Nachrichten- und Wirtschaftsmagazine, verfolgte die entsprechenden Fernsehsendungen und legte sich Akten an. Manchmal, das wusste er aus Erfahrung, reichte auch schon ein aufmerksamer Blick aus dem Fenster seines ihm zugewiesenen Büros, um Ungereimtheiten aufzudecken. Einmal hatte er verwundert feststellen müssen, wer regelmäßig hinterm Steuer angeblicher Firmenwagen auf das Areal gefahren kam. Auf diese simple Weise waren gleich mehrere Großlimousinen und ein Porsche ins private Eigentum von Familienangehörigen der Manager zurückgestuft worden. Altmann hatte im Laufe der Jahre geradezu detektivische Fähigkeiten entwickelt. Er trat auch nie als der sture Beamte auf, sondern zeigte sich in den Gesprächen mit den Führungskräften der Betriebe zuvorkommend und freundlich. Im Grunde seines Herzens war er ein Finanzexperte, dem keiner ein X für ein U vormachen konnte. Das hatte auch dieser Steinke schon zu spüren bekommen. Auch für Altmann war es ungewöhnlich, wie atemberaubend schnell dieses Unternehmen expandierte. Das erinnerte ihn zwangsläufig an die dramatischen Pleiten, die in jüngster Zeit gerade in der Computerbranche zu beklagen waren. Steinke, das war den Büchern zu entnehmen, hatte schon frühzeitig damit begonnen, kleinere Betriebe aufzukaufen, um sich selbst an die Spitze der Branche zu bringen. Es schien so, als spiele er im gnadenlosen Verdrängungswettbewerb tatsächlich eine entscheidende Rolle.

Während er sich darüber Gedanken machte, blickte er auf das weitläufige Firmen-Areal hinaus, das sich am Rande dieses ehemaligen Militärgeländes befand. Vor ihm auf dem Schreibtisch lagen aufgeschlagene Aktenordner. Das Unternehmen hatte ihm zwar einen Computer zur Verfügung gestellt, ohne ihm jedoch den Zugriff auf die Firmendaten zu ermöglichen. Der Rechner diente nur dazu, die ihm übergebenen Datenträger öffnen zu können. Ihm waren, darüber ärgerte sich Altmann seit Langem, gesetzlich enge Grenzen gesetzt. Die ›Gegenseite‹, das hatte er oft schon seinen Vorgesetzten beklagt, bediene sich modernster Technologien, während er als staatlicher Prüfer noch auf dem Stand der letzten zwanzig Jahre verharren musste. Der Gesetzgeber hatte einfach nicht mit der Entwicklung Schritt gehalten. Aber dieses Los teilte Altmann auch mit seinen Kollegen von Polizei und Staatsanwaltschaft. Das Klopfen an der Tür brachte ihn wieder in die Realität zurück.

Vor ihm stand der Vorstandsvorsitzende persönlich. Lächelnd, der Optimist in Person, dachte sich der Beamte und stand höflichkeitshalber auf.

»Behalten Sie Platz«, sagte Frederik Steinke, schloss die Tür hinter sich und setzte sich an den seitlich zu einer Arbeitsplatte abgerundeten Schreibtisch.

»Entschuldigen Sie, wenn ich Sie so störe«, begann Steinke, als sei er nicht der erfolgreiche Boss, sondern ein Mitarbeiter, der um eine Gehaltserhöhung bat.

»Sie stören mich überhaupt nicht«, entgegnete Altmann und schob die Akten zur Seite, um sich zwischen ihm und Steinke eine freie Arbeitsfläche zu schaffen.

»Ich hab' mir nach unserm Gespräch von heute Morgen überlegt, dass wir uns das Leben gegenseitig so einfach wie möglich machen sollten. Vielleicht wäre es sinnvoll, wenn wir uns, sozusagen unter vier Augen, über die Gepflogenheiten in der Computerbranche unterhalten, die ihre, sagen wir es mal so, eigenen Gesetzmäßigkeiten hat.«

Altmann lächelte. »Das hat jede Branche«, stellte er sachlich fest, »kein Fall ist wie der andere, aber ich nehme mir gerne die Zeit, wenn Sie Ihre betriebsspezifischen und vielleicht auch internen Vorgehensweisen darlegen wollen.«

»Ja, es ist mir ein gewisses Bedürfnis«, fuhr Steinke fort, der sich wieder über die Ärmel seines hellen Lederjacketts strich. »Möchten Sie einen Kaffee?«

Altmann lehnte dankend ab.

»Sie sollten einfach wissen«, kam Steinke dann zur Sache, »die Computer-Branche, und da meine ich natürlich nicht die Hardware, sondern die Software, ist global tätig. Wir stehen in Konkurrenz zu großen und kleinen Unternehmen überall auf der Welt. Bis hin zu dem Hinterhof-Programmierer in seiner Hütte in Indien, der zu Tiefstpreisen Programme schreibt und sie via Internet seinen Auftraggebern versendet. Wissen Sie, Herr Altmann, die Sache mit der ›Green Card‹, dass man sich hierzulande also Computer-Spezialisten aus Indien herholt, ist doch kalter Kaffee. Die Leute können bleiben, wo sie sind. Bei der weltweiten Datenvernetzung spielt das nämlich nicht die geringste Rolle«.

Altmann nickte verständnisvoll. Er selbst hatte sich ohnehin seit Langem schon gefragt, weshalb die Firmenchefs noch immer darauf bestanden, dass allmorgendlich die Mitarbeiter eine Sternfahrt zu ihren Büros machen, um selbige nachmittags in die Gegenrichtung wieder anzutreten. Längst wäre es möglich, Büro-Arbeitsplätze daheim einzurichten und damit einen riesigen Beitrag zur Entlastung der Verkehrsnetze und Straßen zu leisten. Neue Straßen bräuchten, so hatte Altmann schon oft argumentiert, kaum noch gebaut zu werden, wenn die Rushhour einzudämmen wäre. Aber offenbar lag es an der Mentalität der Unternehmer, ihre Büro-Angestellten um sich zu scharen und arbeiten sehen zu können. Dabei wäre entsprechende Heimarbeit ohne weiteres am Computer zu überwachen – zumal dies, das wusste Altmann, doch innerhalb der Betriebe ohnchin längst praktiziert wurde. Denk- und Verwaltungsarbeit wäre nicht mehr nach Stunden zu bezahlen, was ohnehin Schwachsinn war, weil pure Anwesenheit im Büro noch lange nicht mit Produktivität gleichzusetzen ist, sondern nach der tatsächlich bewältigten oder benutzten Datenmenge.

Also nicht ganz dumm dieser Steinke, dachte er bei sich und war gespannt, was dieser Firmen-Boss ihm sonst noch zu berichten hatte.

»Ich will Ihnen mal einen Einblick geben«, meinte der und lehnte sich zurück.

Die Sonne hatte ihren Tageshöchststand knapp überschritten, in der Luft lag der bläuliche Sommerdunst. Trotz des traumhaften Wetters waren auf der Hahnweide keine Flugzeugmotoren zu hören. Noch immer herrschte Startverbot, weil die Spurensicherer hofften, im weiteren Umkreis irgendwelche Gegenstände zu finden, die auf das Verbrechen hätten schließen lassen. Viele der Flugschüler, Charter-Piloten und Segelflieger hatten sich's auf der Terrasse der Flugplatz-Gaststätte gemütlich gemacht und diskutierten die Ereignisse. Inzwischen war eine Hundertschaft der in Göppingen stationierten Bereitschaftspolizei aufgezogen. Die Beamten, ausschließlich junge, die gerade ihre Ausbildung absolvierten, bildeten eine Suchkette und gingen im Abstand von zwei Metern über die Wiese der Rollbahn. Kripo-Chef Deutschländer nahm diese Aktion zufrieden zur Kenntnis, als er mit seinem Golf vor dem Bürotrakt der Motorflugschule parkte und in das Gebäude hineinging.

Schulungsleiter Hauff bot ihm wieder einen Platz am Schreibtisch an.

Deutschländer zog die zusammengefalteten Faxblätter aus der Hosentasche und bedankte sich für die prompte Erledigung.

»Kein Problem, ist denn die ›Echo-Bravo‹ schon aufgetaucht?«, fragte Hauff nervös.

Der Kriminalist schüttelte ernst den Kopf. »Nein, trotz unserer intensiven Fahndungen nicht.«

»Der Sprit jedenfalls ist längst aufgebraucht«, stellte der Chef der Motorflugschule sorgenvoll fest und blätterte in einem Schnellhefter, der vor ihm auf der Tischplatte lag, »inzwischen haben wir ausgerechnet, wie viel die ›Echo-Bravo‹ noch im Tank gehabt haben muss.«

Deutschländer lehnte sich zurück und lächelte zufrieden. »Und?«

»Es ist davon auszugehen, dass der Tank voll war, zumindest ziemlich.«

»Ach, dann hat unser Täter also eine ziemliche Strecke zurücklegen können?«

»Ja, der Sprit hat auf jeden Fall vier Stunden gereicht. Das sind 360 Meilen, ungefähr also 650 Kilometer.«

»Durch die halbe Republik und nach Italien«, stellte Deutschländer überschlägig fest, um weiter zu fragen: »Wie kommen Sie zu dieser Berechnung?«

»Unsere Tankstellen-Automatik registriert jede Tankung und ordnet sie dank eines speziellen Schlüssels dem jeweiligen Flugzeug zu. Die Flugschüler und Charter-Kunden tanken, davon ist auszugehen, meist voll, sobald die Tankanzeige deutlich unter die Hälfte gefallen ist. Dazu gibt es natürlich auch entsprechende Vorschriften«, erklärte der Experte und setzte seine schmale Lesebrille auf, um in dem Schnellhefter zu lesen: »Die ›Echo-Bravo‹ wurde demnach gestern dreimal betankt. Zweimal war sie offenbar bis zur Hälfte leergeflogen und jedes Mal wieder ganz befüllt worden. Das erste Mal um 9.33 Uhr, also wohl vor dem gestrigen Flugbetrieb. Das zweite Mal um 15.09 Uhr. Sie wurde dann noch einmal befüllt, das war um 19.33 Uhr. Allerdings war der Tank bis zu diesem Zeitpunkt noch nicht mal ein Viertel leergeflogen.«

Deutschländer stutzte. »Ist so was ungewöhnlich?«

»Nein, keinesfalls, es gibt Piloten, die grundsätzlich vor ihrem Flug voll tanken, egal, wie weit sie fliegen wollen. Ist auch nicht zu beanstanden.«

Der Kriminalist verschränkte die Arme. »Und wie weit ist dieser Pilot gestern Abend noch geflogen?«

»Nicht mehr weit«, stellte Hauff fest, »bei uns endet der Flugbetrieb um 20 Uhr. Er hat nur noch Platzrunden geflogen, also nur starten und gleich wieder landen.« Hauff machte eine Pause und erklärte dann: »Wissen Sie, zum Erhalt der Lizenz ist eine bestimmte Anzahl vorgeschrieben. Außerdem haben wir hier am Platz eingeführt, dass Piloten, die länger als 90 Tage nicht da waren, einen Überprüfungsflug mit Fluglehrer machen müssen. Reine Sicherheitsmaßnahme.«

Deutschländer nahm die Fax-Blätter zur Hand und überflog die aufgelisteten Namen. »Sie haben die Namen sicher auch selbst schon mal durchgesehen«, fuhr er fort, »gibt es keinen, dem Sie die Tote zuordnen könnten? Sie hatten ja erwähnt, dass Sie die Frau schon mal hier in Begleitung eines Piloten gesehen haben.«

Hauff beugte sich vor: »Sie werden verstehen, dass ich niemanden anschwärzen will …«

»Keine Sorge«, hob der Kommisar beschwichtigend eine Hand, »was wir hier reden bleibt unter uns. Aber verstehen Sie mich bitte: Es ist nahezu unmöglich, all diese Personen zu vernehmen, zumindest nicht in der gebotenen Eile.«

»Das ist mir auch klar«, entgegnete Hauff, »andererseits dürfen Sie sich nicht darauf versteifen, den Täter unbedingt in unseren Reihen zu suchen.«

»Ich weiß, dass Sie um den guten Ruf Ihrer Schule besorgt sind«, zeigte Deutschländer Verständnis, »aber es deutet doch vieles darauf hin, dass sich der Täter hier zumindest gut ausgekannt hat. Er muss gewusst haben, wie sich das Hallentor öffnen lässt und dass er frühmorgens nahezu ungehört hier hantieren konnte.«

Der andere nickte. »Um ehrlich zu sein, ja, natürlich hab' ich mir Gedanken gemacht. Ich kann Ihnen vielleicht vier, fünf Namen von Personen nennen, von denen ich meine, dass sie mit der Frau da gewesen sein könnten.«

Deutschländer holte tief Luft. »Das würde uns sehr weiterhelfen. Wie gesagt, damit wird ja niemand verdächtigt.«

Hauff griff zu den Fax-Blättern, die Deutschländer vor sich liegen hatte. »Hier, ich kreuze Ihnen die Namen an.« Der Motorflug-Chef nahm einen Kugelschreiber und kennzeichnete nacheinander fünf Namen, drei davon waren Männer.

Deutschländer lächelte zufrieden und schob die Blätter wieder zu sich herüber. »Und wie sind Sie ausgerechnet nun auf diese Namen gekommen?«

Der Gesprächspartner überlegte kurz. »Diese Personen sind mir spontan eingefallen, weil sie, wie ich meine, gelegentlich einen Passagier mitbringen. Ob da tatsächlich die getötete Frau dabei war, kann ich Ihnen aber beim besten Willen nicht sagen.«

Deutschländer nickte. »Noch eine Bitte«, sagte er, »lässt sich feststellen, wer gestern hier geflogen ist? Also Schüler und Charter-Piloten? Vielleicht auch zeitmäßig. Und vor allem, wer mit diesem gestohlenen Flieger den Tag über geflogen ist?«

»Kein Problem«, erwiderte Hauff, »meine Sekretärin wird Ihnen die Liste ausdrucken.«

Gerade als Deutschländer aufstand, um sich zu verabschieden, begann sein Handy die Melodie ›Clou‹ zu spielen. Der Kriminalist holte sein kleines Nokia aus der Hosentasche und meldete sich.

Hauff nahm die Gelegenheit wahr, ins Büro seiner Sekretärin hinüberzugehen, um die Charter-Liste des gestrigen Tages ausdrucken zu lassen. Als er wieder an seinen Schreibtisch zurückkehrte, hatte der Kriminalist sein Gespräch beendet.

»Die Obduktion hat ein erstes Ergebnis erbracht«, sagte Deutschländer knapp und steckte sein winziges blaues Handy wieder ein. »Allerdings kann man das Tatwerkzeug nicht eindeutig identifizieren.«

Hauff schluckte und blieb seitlich an seinem Schreibtisch stehen. »Und was wird vermutet?«

»Es müssen mehrere wuchtige Schläge mit einem festen Gegenstand gewesen sein, möglicherweise eine Eisenstange«, erklärte Deutschländer knapp.

5

Der Bodensee lag im schönsten Sonnenschein. Als sich das Flugzeug aus Richtung Norden näherte, über Meersburg anschwebend und den Sinkflug eingeleitet, glitzerte die ruhige Oberfläche des Sees, als bestünde sie aus Abermillionen von Diamanten. Unzählige Segelboote bildeten einen faszinierenden Kontrast zu dem Blau des ruhigen Wassers. Im Hintergrund zeichnete sich im Dunst des Sommermittags sanft die Gebirgskette ab. Die junge Frau am Steuer der kleinen Cessna musste sich jetzt aber auf den Landeanflug auf Konstanz konzentrieren. Der Tower hatte ihr die Landerichtung ›drei-null‹ zugewiesen, also in Richtung Westen. Was dies bedeutete, wusste sie längst, schließlich war sie schon x-mal in Konstanz gelandet. Sie brauchte deshalb auch keinen Blick auf die Anflugkarte zu werfen. Die Modalitäten besagten, dass sie den Flugplatz in einer Höhe von 3.000 Fuß über Normalnull, was etwa tausend Meter sind, quer überfliegen musste, um dann sogleich eine Linkskurve zu beschreiben und sich in die so genannte Platzrunde einzufädeln. Die Orientierung war hier einfach. Der Flugplatz lag dicht an der weithin erkennbaren, weil von Bäumen gesäumten Zufahrt zur Insel Reichenau. Schon meilenweit waren bei einem Wetter wie heute die dortigen Gewächshäuser zu erkennen, die sich im Sonnenlicht spiegelten. Als sie den Flugplatz, eine Graspiste, überflogen hatte, legte Svea Heinemann ihre Cessna in eine Linkskurve, um nun dort, wo ein flaschenhalsartiger Ausläufer des Bodensees sich zum Untersee windet, für kurze Zeit die Stadt anzusteuern. Noch vor einer Straßenbrücke musste sie ihren Flieger erneut kräftig nach links ziehen – die Landeklappen auf 20 Grad ausgefahren, den Hebel für die Vergaservorwärmung gezogen, den Gashebel ebenfalls zurückgenommmen. Der Motor wurde leiser, der Zeiger des Höhenmessers drehte sich entgegen des Uhrzeigersinns. Als die Cessna nun auf die Landebahn zeigte, westwärts, befand sich das Flugzeug noch in einer Höhe von 1.600 Fuß – und damit 300 Fuß über Grund. Svea Heinemann behielt jetzt alle Instrumente im Auge: Geschwindigkeitsanzeige, Höhenmesser, Umdrehungszahl des Motors. Die flachen Gebäude des Gewerbegebiets, das nur durch eine Straße vom Zaun des Flugplatzes getrennt war, kamen näher. Svea Heinemann spürte leichten Seitenwand, steuerte nach und konzentrierte sich auf das kurze Stück Wiese, das mit rot-weißen Markierungen begrenzt war. Sie nahm das Gas vollends heraus und drückte die Taste für die Landeklappen bis zum Anschlag. Die Cessna schwebte jetzt wie ein Segelflugzeug dem Landepunkt entgegen. Die Pilotin sah, dass drüben auf den Parkflächen des Flugplatzes keine einzige Maschine stand. Sie ließ ihre Cessna dicht an die Piste heranschweben, zog das Höhenruder, um die Geschwindigkeit weiter zu reduzieren, auf 40 Knoten, um dann das Fahrwerk sanft den Grasboden berühren zu lassen. Kurz zuvor noch hatte es einen Piepston gegeben, die Überziehwarnung. Sie signalisiert dem Piloten, dass die Luftströmung nicht mehr an den Tragflächen anliegt, weil die Geschwindigkeit zu gering ist.

Ein Rumpeln und Schütteln ging durch die Cessna, als sie über die ziemlich unebene Wiese dieses Flugplatzes rollte. Svea Heinemann, die eine kurze Jeanshose und eine ärmellose hellblaue Bluse trug, drückte den Hebel für die Vergaservorwärmung wieder zurück und brachte die Landeklappen in die Normalstellung. Wenig später war die Cessna ausgerollt. Die Pilotin griff zum Gashebel, drückte ihn, bis sich der Propeller wieder in den Luftmassen festklammern und das Flugzeug ziehen konnte. Mit den Füßen betätigte die junge Frau das Seitenruder, das gleichzeitig die Steuerung für das Bugrad war. Sie manövrierte die Cessna zu einer Abstellfläche links des Towers, wo Kurzbesucher parken durften. In einem engen Bogen drehte sie die Maschine vollständig um, so dass sie gleich wieder mit dem Cockpit zur Landebahn zeigte.

Das Ausschalten des Motors war reine Routine. Svea Heinemann strich sich durchs lange blonde Haar und stieg aus. Als sie ihre langen Beine ins Freie baumeln ließ, spürte sie den warmen Sommerwind, der draußen auf dem See die Segelboote vor sich hertrieb und der sie im Landeanflug leicht versetzt hatte.

Die junge Frau nahm nur eine kleine Handtasche mit, als sie aus der rot-weißen Maschine stieg und über den Grasboden zum Tower hinüberging, der am Ende einer Reihe von Flughallen stand. Schon auf dieser kurzen Wegstrecke kam der Pilotin die Hitze unerträglich vor. Daran konnte auch der leichte Wind nichts ändern. Sie öffnete die Tür zum Tower und empfand die Kühle, die ihr entgegenschlug, als angenehm. Der Flugleiter hatte die kesse Pilotin mit den Hotpants bereits kommen sehen. Er kannte sie seit Langem. Als sie jetzt die Treppe herauf kam, lächelte er ihr zu: »Hallo, willkommen am Bodensee.«

Sie wirkte kühl, wie immer und warf ihr langes blondes Haar nach hinten.

»Hi«, sagte sie, »bei euch gar nichts los, heut?«

Der ältere Herr im blauen Overall und mit hochgekrempelten Ärmeln, blickte durch die schräg nach unten verlaufenden Fenster seiner engen Kanzel: »Kein Mensch fliegt heut'«, stellte er bedauernd fest, »na ja, die Urlaubszeit steht erst noch vor der Tür. D' Leut' müssat schaffa.«

»Ich hatte eigentlich eine Freundin treffen wollen«, sagte die Blondine und fügte hinzu: »Müsste von der Hahnweide kommen.«

Der Flugleiter, auf dessen Stirn sich Schweißperlen gebildet hatten, lehnte sich zurück und musterte das hübsche Mädel. »Tut mir leid, aber von dort ist heut' noch keine einzige Maschine gekommen.«

Svea Heinemann stutzte. »Das ist aber komisch, wie das denn?«

Der Mann runzelte die Stirn: »Auf der Hahnweide wird heut' überhaupt net g'floge.«

Die Pilotin war irritiert. »Ist was passiert?«

»Flugverbot, polizeilich. Jemand hat heut' Nacht dort eine Cessna geklaut und eine Frau umgebracht.«

Die Blondine wurde blass und schluckte. »Mord?«, fragte sie verstört.

»Wir haben ein Fax von der Flugsicherung gekriegt. Sie suchen eine blau-weiße Cessna«, er holte das Schreiben aus einem gelben Ablagekörbchen und überflog es, »die ›Echo-Bravo‹ von der Hahnweide.«

Die junge Frau verengte ihre Augenbrauen und trat näher an den Schreibtisch heran, als wolle sie das Fax selbst lesen. »Die ›Echo-Bravo‹?«, wiederholte sie ungläubig. Der Flugleiter schaute sie überrascht an. »Ja, ist was damit?«, fragte er und ärgerte sich im gleichen Moment, dass er überhaupt etwas davon gesagt hatte.

»Mit der ›Echo-Bravo‹ ist doch meine Freundin immer von der Hahnweide gekommen«, sagte die Blondine jetzt sichtlich aufgeregt.

Erich Altmann staunte innerlich. Bisher war ihm dieser Vorstandsvorsitzende des größten Software-Unternehmens weit und breit immer aus dem Weg gegangen. Und jetzt schien er plötzlich kooperativer zu sein.

Steinke zog sein teures Lederjackett aus und hängte es lässig über die Lehne eines der Stühle, die in dem Besprechungsraum um den Tisch herum gruppiert waren. Dann ging er zu einem Fenster und öffnete es. Die Schwüle im Raum trieb ihm den Schweiß aus allen Poren. Er lockerte seine Krawatte.

Altmann lehnte sich zurück und schob sein Laptop beiseite.

»Nun schießen Sie mal los«, sagte er geradezu burschikos, nachdem der Vorstandsvorsitzende den Eindruck erweckt hatte, eher halboffiziell mit ihm reden zu wollen.

»Nun ja«, begann Steinke, »wissen Sie, ich bin ein schwäbischer Geschäftsmann vom alten Schlag.«

»Das hab' ich bereits mit gewisser Anerkennung festgestellt«, erwiderte Altmann und vermied dabei den amtlichen Ton.

»Bei mir wird nicht rumgeredet, sondern gearbeitet«, fuhr der Unternehmer fort, »das ist bei anderen Unternehmen ganz anders. Sie kennen das sicher, wo Sie auch hinschauen nur Nordlichter. Wir Schwaben haben die seltsame Neigung, diese in führende Positionen zu bringen«, fuhr Steinke im reinsten Hochdeutsch fort. »Wie angenehm, dass Sie ein Hiesiger sind.« Altmann nickte stumm und verkniff sich eine Bemerkung.

»Andere haben keine Hemmungen und reden, wie ihnen der Schnabel gewachsen ist. Doch was die stillen Tüftler im Schwabenland so alles entwickelt haben, nimmt niemand zur Kenntnis.«

Altmann sah jetzt den Zeitpunkt für eine Bemerkung

gekommen: »Absolut richtig, Herr Steinke, wir stellen unser Licht untern Scheffel. Aber leider ist es in vielen Bereichen zu spät. Denken Sie an die Unterhaltungselektronik oder an die Uhrenindustrie im Schwarzwald – alles den Bach runter, ab nach Japan.«

»Sehat Se«, bestätigte Steinke, »sehat Se. Ällas nach auswärts. Ond woran liegt's? Manager ond G'schäftsführer, die koin Bezug zu Landschaft und Unternehmen hent, verschäpprat so an Betrieb«, Steinke merkte, dass er jetzt doch wieder ins Schwäbische geraten war, »verkauft wird meistbietend, wenn's mal knapp wird«, fuhr er fort, »verkauft, aufgeba – anstatt mit klugem Kopf und schwäbischem Ehrgeiz da Karra rumzureiße, rechtzeitig natürlich. Aber noi, man holt sich Schwätzer, die ons blendat, vor denne mir en Ehrfurcht erstarrat. So nach dem Motto: Wir lassen uns sagen, wie man's macht – ond mir sent die Blöde dia schaffat.« Altmann nutzte eine kurze Pause, um eine, wie ihm insgeheim erschien, provokante Feststellung einzuschieben: »Aber, gestatten Sie die Bemerkung, Herr Steinke, auch Sie haben doch Leute von nördlich der Mainlinie in ihrer Chefetage, oder seh' ich das falsch?«

Der stutzte und ließ seinen Blick durch das offene Fenster auf die Bäume hinausschweifen. »Ja«, sagte er, um gleich hinzuzufügen: »Leider.«

»Ihren Finanzchef, den Herrn Rottler?«

Steinke erwiderte nichts. Altmann schwieg ebenfalls.

»Großer Gott«, entfuhr es Horst Hauff, dem Chef der Motorflugschule auf der Hahnweide. Er wurde blass und ging zum Fenster, durch das er auf das verwaiste Fluggelände hinausblicken konnte. Dass an einem solch herrlichen Sommertag, wie dem heutigen, kein Motorengeräusch zu hören war, das dürfte es seit Langem nicht mehr gegeben haben.

»Dann also brutal erschlagen«, wiederholte Hauff fassungslos, als habe er noch gehofft, es handle sich um einen Unfall.

»Ja, offenbar ein äußerst kaltblütiger Mord«, stellte Kommissar Deutschländer fest, als er sein Handy wieder in die Hosentasche steckte.

Hauff drehte sich um. »Aber warum gerade hier? Warum vor der Halle?« Er setzte sich wieder hinter seinen Schreibtisch, ohne eine Antwort zu erwarten.

»Man kann das hin und her überlegen«, entgegnete Deutschländer, »irgendwie gibt dies alles keinen Sinn.« Er ließ einige Sekunden des Bedauerns und Nachdenkens verstreichen, ehe er auf das Blatt deutete, das Hauff von seiner Sekretärin mitgebracht hatte: »Sie haben die Namen der gestrigen Piloten hier?«

Der Mann schien noch in Gedanken versunken zu sein. »Ja, ja, hier …«, er schob das DIN-A-4-Blatt über die Schreibtischplatte. »Die in der linken Spalte sind Charterkunden, die rechts sind Schüler.«

Deutschländer überflog sie, doch kein einziger dieser Namen, die mit Adressen und Telefonnummern versehen waren, kam ihm bekannt vor. Nach einer kurzen Pause sagte er: »Noch eine Frage. Flugschüler, die bei Ihnen die Ausbildung gemacht haben, bleiben nicht zwangsläufig anschließend Ihre Kunden, sehe ich das richtig?«

Hauff nickte. »Ja, so ist es. Viele suchen sich in örtlichen Vereinen eine fliegerische Heimat – oder sie ziehen weg und wir hören nie mehr wieder etwas von ihnen. Wir hatten sogar Flugschüler, die sich weitergebildet haben und die heute bei großen Airlines als verantwortliche Piloten fliegen.« Aus seiner Stimme war ein gewisser Stolz herauszuhören.

6

»Gestohlen, sagen Sie? Ein Flugzeug gestohlen? Und wo ist die Maschine jetzt?« Svea Heinemann blickte auf die Graspiste des Konstanzer Flugplatzes hinab.

Der Flugleiter, dessen blauer Overall um den Bauch herum spannte, zuckte mit den Schultern. »Bis jetzt hat's noch keine neue Mitteilung gegeben. Wahrscheinlich noch nicht wieder aufgetaucht.«

Die junge Frau holte ihren Geldbeutel aus der kleinen Handtasche und bezahlte die Landegebühr.

»Wohin geht's jetzt?«, fragte der Flugleiter pflichtgemäß.

Svea Heinemann überlegte kurz. »Wieder zurück nach Rothenburg ob der Tauber, aber vielleicht mit ein paar kleinen Sightseeing-Abstechern«, sagte sie dann. Die Andeutung eines Lächelns huschte über ihr blasses Gesicht.

»Dann wünsch' ich guten Flug«, sagte der Mann im Overall, als sich die Pilotin verabschiedete und zur Wendeltreppe ging. Der Flugleiter blickte ihr nach und überlegte, ob es der Polizei hilfreich wäre, sie von diesem Gespräch zu unterrichten. Doch er verwarf den Gedanken. Sicher reiner Zufall, dass diese Frau gerade heute wieder hier ihre Freundin treffen wollte. Auch dass diese oft mit dieser ›Echo Bravo‹ von der Hahnweide kam, musste ein Zufall sein. Soweit er wusste, konnte dort niemand eine bestimmte Maschine bestellen.

Der Flugleiter erhob sich, um von seinem Fenster aus zu der jungen Frau hinabblicken zu können, die mit ihren langen Beinen flott und kess zu ihrer geparkten Cessna hinüberging. Im Schatten, den eine Halle warf, blieb sie plötzlich stehen, um etwas aus ihrer Handtasche zu kramen. Es war offenbar ein Handy. Sie drückte einige Tasten und hielt es sich wartend ans Ohr. Wenig später schien sich jemand gemeldet zu haben, denn sie begann wild gestikulierend zu reden. Das Gespräch dauerte immerhin sechs Minuten, stellte der Mann beim Blick auf die Uhr fest. Dann hörte er, wie der Motor angelassen wurde. Augenblicke später meldete sich die Frau über Funk bei ›Konstanz Info‹ und erbat, ganz nach Vorschrift, Rollinformation. Der Flugleiter nannte die Startrichtung – westwärts. Von dort blies ein leichter Sommerwind aus der sonnenverwöhnten oberrheinischen Tiefebene herüber. Als er der Pilotin die Anweisung gab, sah er im Augenwinkel, dass sich aus dem Faxgerät ein Blatt Papier schob, das den Briefkopf der Flugsicherung trug.

Noch während Svea Heinemann mit ihrer Cessna zum Startpunkt holperte, ganz hinaus zum östlichen Begrenzungszaun, wo das Gewerbegebiet begann, streckte sich der Flugleiter zum Faxgerät, um das Blatt Papier zu greifen. Er überflog es hastig und sah sofort den entscheidenden Satz: »Die Suchmeldung nach der in Kirchheim (Hahnweide) gestohlenen Cessna wird hiermit zurückgenommen. Das Flugzeug wurde auf dem Flugplatz Bad Ditzenbach-Berneck sichergestellt.« Die Flugsicherung hatte sich auf ein paar dürre amtliche Verlautbarungen beschränkt, ohne mitzuteilen, ob der Pilot festgenommen oder ermittelt werden konnte. Der Mann vom Tower beschloss, die 15-Uhr-Nachrichten des Südwestrundfunks einzuschalten, um auf diese Weise ein bisschen mehr von diesem Fall zu erfahren. Dann brachte ihn eine Gewitter-Warnung des Deutschen Wetterdienstes auf andere Gedanken.

»Da haut's dir's Blech weg«, sagte die Stimme im Telefon. Ein Ausdruck höchster Verwunderung. Wenn sich Mike Linkohr auf diese Weise äußerte, dann hatte er soeben etwas Rätselhaftes oder Erstaunliches erfahren. Er war der jüngste Kriminalist in der Göppinger Kriminal-Außenstelle Geislingen/Steige und soeben mit dem Anruf eines Spaziergängers konfrontiert worden. Dieser hatte trotz der Hitze eine Wanderung auf der Hochfläche der Schwäbischen Alb gemacht, wo jetzt die Sonne gnadenlos von einem diesigbläulichen Himmel knallte. Der Mann, offenbar ein Rentner, hatte das Geislinger Polizeirevier über Handy davon unterrichtet, dass jenes Sportflugzeug, das den ganzen Tag über bereits in den Rundfunk-Nachrichten erwähnt worden war, unweit der Rollbahn des Flugplatzes Berneck stehen würde, ganz dicht am angrenzenden Wald, auf einer abgemähten Wiese.

Das Gespräch war zu Linkohr verbunden worden, der sich den Ort genau schildern ließ und dann, weil dieser Fall landesweite Bedeutung zu haben schien, diesen Zeugenhinweis an die Polizeidirektion in die Kreisstadt Göppingen meldete. Linkohr war einigermaßen erleichtert, dass sich dort nicht Kripo-Chef Bruhn meldete, dessen energischer Befehlston seit Jahr und Tag in Kollegenkreisen gefürchtet war. Stattdessen bekam er den überaus sympathischen Hauptkommissar August Häberle an die Strippe. Voriges Jahr, daran erinnerte sich Linkohr noch jetzt mit großer Freude, hatten sie an ähnlich heißen Sommertagen, wie den derzeitigen, in Geislingen einen großen Fall geklärt. Damals war ein Diskotheken-Besitzer von einem Felsen gestoßen worden.

Häberle, ein Gemütsmensch, der mit eiserner Disziplin seine Leibesfülle nicht mehr weiter hatte anwachsen lassen und sich mit Begeisterung nach wie vor als Judo-Trainer betätigte, hörte gespannt zu, was sein junger Kollege aus Geislingen zu berichten wusste. Der altgediente Kriminalist, der wieder in die Provinz zurückgekehrt war, nachdem er jahrelang beim Landeskriminalamt die kniffligsten Fälle aufgeklärt hatte, wischte sich mit dem linken Handrücken den Schweiß von der Stirn. In seinem kleinen Büro war es unerträglich heiß, obwohl alle Fenster weit geöffnet waren. Über Göppingen, so schien es, lag seit Tagen eine Hitzeglocke. Daran hatten auch die kurzen Gewitter vom vergangenen Wochenende nichts geändert. Das bevorstehende Wochenende schien wieder tropisch heiß zu werden. Häberle hatte sich in Gedanken bereits auf die freien Tage eingestellt, doch Linkohrs Anruf an diesem Donnerstagnachmittag verhieß nichts Gutes.

Der Fall, um den es ging, ließ eine gewisse Brisanz erkennen, das hatte er schon den ganzen Vormittag über in Gesprächen mit Bruhn und dem Landeskriminalamt bemerkt. Man vermutete politische Hintergründe, vielleicht sogar terroristische. Und nun stand dieses Flugzeug ausgerechnet im Kreis Göppingen, in seinem Zuständigkeitsgebiet.

Häberle versprach, die Kollegen in Esslingen und das Landeskriminalamt von dem Zeugenhinweis zu informieren und die Experten der Spurensicherung auf die Albhochfläche zu schicken. Jetzt musste zunächst geklärt werden, ob es sich tatsächlich um die gesuchte Maschine handelte und vor allem, wo der Pilot war.

»Sie ist offenbar ganz in ein Waldeck hineingerollt worden«, erklärte Linkohr und fügte hinzu: »Ich fahr' jetzt mal mit einer Streife rauf.«

Häberle legte auf und drückte als nächstes die Kurzwahl-Taste, die ihn mit dem zuständigen Kollegen beim Landeskriminalamt verband. Die beiden Männer frotzelten zunächst über vergangene Zeiten, doch dann kam Häberle rasch zur Sache und berichtete, dass vermutlich das gesuchte Flugzeug gefunden worden sei.

Sein Kollege, Leiter des Dezernats Sonderfälle, überlegte nicht lange: »Die Esslinger Kollegen sind gerade dabei, eine Soko zu gründen. Mensch, August, jetzt wo der Fall landesweite Dimensionen annimmt, bist du doch der Richtige, der die Leitung übernimmt. Wenn du willst, leite ich das in die Wege. Der Kollege Deutschländer wird uns das nicht verübeln.«

Häberle stand auf und blickte aus dem Fenster, durch das er den schräg gegenüberstehenden Turm der Stadtkirche sah. Ein schöner großer Fall, dachte er sich. Das würde mal wieder Abwechslung in sein eher tristes Provinzdasein bringen. Aber damit würde wohl dieses Sommerwochenende endlich gestorben sein. Er dachte an seine Frau, der er versprochen hatte, am übermorgigen Samstag zusammen mit Freunden im Garten zu grillen.

»Okay«, sagte er dann, »wenn du meinst, dann übernehm ich's.«

Sein Gesprächspartner schien zufrieden zu sein. »Das ist doch ein Fall für einen Kerl wie dich.« Häberle setzte sich wieder und lehnte sich genüsslich zurück. Er würde jetzt die Spurensicherung aufs Berneck schicken, seiner Frau Bescheid sagen und dann mal wieder selbst auf die Alb hinauf fahren. Endlich mal wieder.

7

Altmann spürte, wie sich auf seiner Stirn Schweißperlen bildeten. Er tupfte sie mit einem Papiertaschentuch ab und fächerte sich mit seinem Schreibblock Luft zu.

»Sie haben schlechte Erfahrungen mit Ihrem Finanz-Chef?«, hakte er nach.

Steinke zuckte mit der rechten Wange, stand auf und ging zu einem der offenstehenden Fenster hinüber. »Nee«, sagte er langsam, »net grad schlechte Erfahrunge. I hab' nur manchmal den Eindruck, dass manches net so läuft, wie ich es will.«

»Ist er befugt, eigene Entscheidungen zu treffen?«

»Offiziell nicht«, erwiderte Steinke und begann jetzt, die Fensterfront abzuschreiten. Dabei musste er den weit in den Raum hereinragenden Fensterflügeln ausweichen. »Offiziell nicht«, wiederholte er, »aber Sie wissen ja selbst, dass es nicht so einfach ist, dieses Firmengeflecht unter Kontrolle zu halten. Da geht leicht was daneben.«

Altmann verengte die Augenbrauen. »Sie meinen, er wirtschaftet in die eigene Tasche?«

Steinke schüttelte energisch den Kopf und unterstrich dies mit einer Handbewegung. »Verstehen Sie mich nicht falsch. Ich hab' keine konkreten Hinweise.

Altmann wurde wieder amtlich. »Nun ja, verantwortlicher Geschäftsführer sind Sie.«

Der Mann kniff die Lippen zusammen und setzte sich

wieder, um sogleich in tiefe Resignation zu verfallen: »Letztlich bisch halt dr Depp«, stellte er nun wieder in reinstem Schwäbisch fest.

Der Finanzbeamte lächelte gequält. »Lassen Sie uns doch gemeinsam die unklaren Punkte durchgehen. Ich werde Ihnen, wie besprochen, die Fragen schriftlich formulieren – und dann kann sich Ihr Finanz-Chef dazu äußern.«

Während in dem modernen Anbau beim Kirchheimer Polizeirevier die technischen Voraussetzungen für eine Sonderkommission bereits geschaffen waren, die Beamten mehrere Computer und Telefone eingesteckt und vernetzt hatten, traf Kommissar August Häberle am Flugplatz Berneck ein, wo an den Wochentagen kein Flugbetrieb herrschte. Die Start- und Landebahn zog sich einige hundert Meter durch eine breite Senke, die an ihren leicht ansteigenden Rändern dicht bewaldet war. Jetzt knallte die Sonne heiß auf die kurz gemähte Wiese. Der Kommissar kniff die Augen zusammen. Ein idyllisches Plätzchen, dachte er. Seine Geislinger Kollegen hatten ihm genau geschildert, wo das gesuchte Flugzeug stand. Häberle ließ seinen Wagen direkt dorthin rollen. Drei uniformierte Beamte drehten sich zu ihm um. Zwischen ihnen erkannte der Kriminalist den jungen Kollegen Linkohr. Häberle begrüßte alle Vier mit Handschlag und ließ sich – während im Hintergrund ein Rabe krähte – von Linkohr die ersten Feststellungen schildern. »Do haut's dir's Blech weg«, begann dieser, »das ist die gesuchte Maschine. Aber keine erkennbaren Spuren im Cockpit. Es scheint eine ganz normale Landung gewesen zu sein. Der Täter ist wahrscheinlich absichtlich soweit rausgerollt, damit man die Maschine nicht gleich findet.«

Häberle pflichtete ihm bei. »Die Jungs von der Spurensicherung kommen auch gleich«, sagte er, »sie sollen nach Reifenabdrücken schauen. Möglicherweise wurde unser Täter ja hier von einem Komplizen abgeholt.«

Die drei Uniformierten schafften aus einem der Streifenwagen mehrere Rollen Absperrbänder herbei, um sie weiträumig auf dem Boden auszulegen.

»Die Landung hat hier sicher kein Mensch bemerkt«, stellte Linkohr fest und deutete rundum an den bewaldeten Horizont, »es sei denn, wir haben wieder Frühaufsteher, wie letztes Jahr, Sie erinnern sich …«

Häberle lächelte und dachte an den Sturz von jenem Felsen, der sich in diesen Juni-Tagen tatsächlich jähren musste. Der Kriminalist kannte die Gegend. »Sie haben Recht, ein landendes Sportflugzeug hört hier kein Mensch. Die nächsten Orte sind zwei, drei Kilometer weg.«

Einer der Uniformierten, der drei Sterne auf dem Revers hatte, kam wieder auf Häberle zu: »Saget Se, warum bringt einer eine Frau um, klaut ein Flugzeug und fliegt grad' mal schätzungsweise 30 Kilometer und landet wieder?«

Linkohr ereiferte sich, die Antwort zu geben: »Ob er tatsächlich auf dem direkten Weg von Kirchheim hier raufgeflogen ist, wissen wir noch nicht. Das wird erst die Tankuhr zeigen.«

»Stimmt«, ergänzte Häberle, »von der Hahnweide sind bereits einige Leute hierher unterwegs.«

8

»Ich bin's«, sagte Olaf Rottler schmeichelnd. Sein Tonfall ließ darauf schließen, dass er mit einer Frau telefonierte. Deshalb hatte er sich auch zuvor noch einmal versichert, dass die Tür zum Büro seiner Sekretärin geschlossen war. Er wollte ungestört sein, lehnte sich genüsslich zurück und blickte durch ein weit geöffnetes Fenster auf die alten Bäume hinaus, die das Firmengebäude umgaben.

»Konnte nicht fliegen«, fuhr er in seinem Telefongespräch fort »irgendein Verbrechen ist auf der Hahnweide geschehen, der Flugplatz gesperrt.« Er lauschte kurz, um dann hinzuzufügen: »Nein, keine Ahnung, hab' mich auch nicht drum gekümmert.«

Rottler spürte, wie sein Hemd schweißnass am Rücken klebte. Er berichtete seiner Gesprächspartnerin, dass er zwar kurz nach zehn zum Flugplatz gefahren, dann aber sofort wieder zurückgekehrt sei.

»Das wird ein super Abend, falls die Gewitter nicht früher aufziehen«, sagte er nach kurzer Pause, um damit anzudeuten, dass er diese Frau vom anderen Ende der Leitung heute noch gerne gesehen hätte. Er lauschte und begann, mit seinem Kugelschreiber Kringel auf den Rand einer Fachzeitschrift zu malen. »Meinst du, du kannst weg, ohne dass er misstrauisch wird?«, fragte er noch eine Spur leiser, um nach einigen Sekunden des Zuhörens fortzufahren: »Ich würde mich riesig freuen. Dir wird sicher was einfallen. Treffpunkt

Wannenhof?« Rottler lauschte und nickte schließlich zustimmend mit dem Kopf. »Schön«, sagte er und war zufrieden, dass sich diese Frau seinetwegen wieder von daheim wegstehlen wollte. Zum üblichen Treffpunkt in jenem Waldcafé, das sich weit außerhalb Göppingens befand. Ein verträumter Platz, an dem man sich nicht jeden Augenblick neugierigen Blicken ausgesetzt sah. Vielleicht, so hatte es sich Rottler ausgemalt, würden sie auch noch einen Spaziergang um den nahen Linsenholzsee machen. »Ich hab' dich lieb«, sagte er schließlich, lächelte und legte den Hörer auf.

Der Mann schloss die Augen und holte tief Luft. Augenblicke später riss ihn der elektronische Ton seines Telefons wieder in die Realität zurück. Er nahm ab, meldete sich und hörte die Stimme seines Chefs, der ziemlich nervös klang. »Ich hab' den Eindruck, diesen Sesselfurzer müsset wir ernst nemme«, sagte Steinke, ohne lange Vorrede aufgeregt.

»Ist was passiert?«, fragte Rottler und verengte die Augenbrauen, als säße ihm der Konzernchef gegenüber.

»Noch nix. Aber der wird unang'nehme Froga stella. Ich hab' ihm a bissle auf den Zahn g'fühlt. Ich will kein' Ärger, hast du mich verstanda?« Steinke war offenbar ziemlich aufgewühlt.

Rottler wartete mit einer Antwort kurz, um dann so ruhig wie möglich zu entgegnen: »Keine Sorge, Frederik. Da gibt es nichts, was uns ernsthaft in Bedrängnis bringen könnte.«

»Dein Wort in Gottes Ohr«, hörte er seinen Chef sagen, »aber der Sesselfurzer kruschtelt en allem rum.«

»Okay, ich hab's verstanden«, sagte Rottler und hörte, wie sein Chef grußlos auflegte.

August Häberle, der Kriminalist, der landesweit bereits die kniffligsten Fälle gelöst hatte, war gerade von dem Alb-Flugplatz Berneck gekommen. Im Kirchheimer Polizeirevier wurde er von den dortigen Kollegen freudig begrüßt. Viele von ihnen kannten ihn persönlich, anderen war er noch aus seiner Zeit als erfolgreicher Ermittler beim Landeskriminalamt ein Begriff. Häberle lächelte, schüttelte Hände und brachte damit zum Ausdruck, dass er ein Mann des Volkes geblieben war. Einer, der sich nie mit Ellbogen nach vorne gedrängt hatte. Einer, der den jüngsten Wachtmeister genauso akzeptierte, wie die altgedienten Beamten. Und einer, der den ewig Besserwissenden mit den vielen Sternen am Revers auch mal in aller Deutlichkeit sagen konnte, was er von ihnen und ihren bürokratischen Anweisungen hielt. Häberles Stärke war, dass er von den Ganoven ob seiner Leibesfülle meist falsch eingeschätzt wurde. Doch hinter dem freundlich lächelnden Gemütsmenschen verbarg sich ein Sportler, der – wenn's drauf ankam – einen erstaunlichen Spurt hinlegen konnte. Dass er ein sehr erfolgreicher Judosportler war und jetzt noch immer die jungen Judokas trainierte, das kam ihm schon in mancher brenzligen Situation zugute. Häberle war keiner, der gleich zur Waffe griff. Oft genug reichte die Kraft seiner voluminösen Oberarme, um Gegner im wahrsten Sinne des Wortes in die Knie zu zwingen.

Kirchheims Kripo-Chef Deutschländer, der zwar mit seiner Körpergröße den Häberle aus Göppingen weit überragte, hatte da eher Mühe, ein Handgemenge für sich zu gewinnen. »Herr Kollege Häberle, wie schön, Sie hier zu sehen«, sagte Deutschländer, der den Vorschlag der Esslinger Direktion, die »Sonderkommission Hahnweide«, angesichts der landesweiten Bedeutung des Falles von Häberle leiten zu lassen, sofort akzeptiert hatte. Allein schon die Tatsache, den berühmten Kriminalisten im Hause zu haben, war eine Ehre.

Irgendwie hatte es Häberle sogar dank seiner Kontakte zur Landespolizeidirektion Stuttgart I auf die Schnelle geschafft, den jungen, jedoch äußerst motivierten Kollegen Mike Linkohr aus Geislingen mit in die Sonderkommission integrieren zu dürfen. Schließlich hatten sie beide im vorigen Jahr bereits bestens zusammengearbeitet.

Häberle stellte den jungen Kollegen vor und frotzelte, dieser habe gewiss das Zeug, einmal beim Landeskriminalamt in seine früheren Spuren zu treten.

Beim Blick in den großen Raum zeigte sich Häberle dann zufrieden darüber, dass die technischen Voraussetzungen für die Arbeit einer Sonderkommission bereits geschaffen waren. Er zog sich mit seinem Kirchheimer Kollegen Deutschländer in ein Büro zurück, um sich über die bisherigen Ermittlungen informieren zu lassen.

Als sie sich an einem kleinen weißen Schreibtisch gegenüber saßen, kam Deutschländer gleich zur Sache: »Wir wissen jetzt, dass die gestohlene Maschine tatsächlich auf dem direkten Weg zum Berneck hoch geflogen sein muss.« Er blickte auf die Notizen, die er sich gemacht hatte, und fuhr fort: »Die Maschine wurde noch vor dem letzten Flug gestern Abend voll betankt und dann nur zwölf Minuten geflogen. Und jetzt ist der Tank noch immer so gut wie voll.«

Häberle lehnte sich zurück und sah, dass an der Wand hinter Deutschländer ein großformatiges Luftbild hing, das aus niedriger Höhe die Burg Teck zeigte. Der Göppinger Kriminalist hörte aufmerksam zu und fragte nach: »Und Spuren? Hat man rund ums Flugzeug irgendetwas Brauchbares entdeckt?«

»Nein«, schüttelte Deutschländer den Kopf und schaltete einen winzigen Ventilator ein, der keine Chance gegen die Hitze haben würde, »nichts. Wir haben aber eine Hundertschaft der Bereitschaftspolizei angefordert. Sie soll das Gelände weiträumig durchsuchen. Gleiches haben wir heut' auch schon drüben auf der Hahnweide gemacht.«

»Und wer die tote Frau ist, dazu gibt's auch noch keine Erkenntnisse?«, fragte Häberle weiter.

Deutschländer schüttelte abermals den Kopf. »Nicht die geringsten. Auch keine Vermisstenmeldung, weder bei uns, noch in den angrenzenden Landkreisen.«

»Na ja«, zuckte Häberle mit seinen kräftigen Schultern, die in einem kurzärmeligen Hemd steckten, das irgendwie aus den Nähten zu platzen drohte, »falls sie allein gelebt hat, wird das eine Zeit lang dauern, bis man sie vermisst …«

»Weil vieles darauf hindeutet, dass sich der Täter auf dem Fluggelände ausgekannt haben muss, haben wir uns die Namen der dort registrierten Sportflieger geben lassen«, fuhr Deutschländer fort und erläuterte die Gepflogenheiten, wie sie auf der Hahnweide und dort insbesondere bei der Motorflugschule bestanden. Häberle runzelte die Stirn, als er hörte, wie viele Personen überprüft werden mussten. Ein überaus kniffliger Fall, dachte er sich. Wo kein Motiv erkennbar war, tat man sich verdammt schwer. Doch gerade darin sah er wieder einmal eine Herausforderung.

»Wir machen einen Medien-Aufruf«, entschied er, »wir veröffentlichen die Beschreibung der Toten und wollen wissen, ob jemand heut' in aller Herrgottsfrühe im Bereich der Hahnweide verdächtige Personen gesehen hat. Gleiches gilt natürlich auch fürs Berneck. Von dort muss der Täter ja schließlich weggekommen sein, nachdem er gelandet ist.«

Der Kollege stimmte nickend zu. Er war insgeheim froh darüber, dass Häberle den Fall übernahm. Dieser erfahrene Kriminalist hatte nicht nur eine geradezu phänomenale Kombinationsgabe, sondern auch das entsprechende Gespür im Umgang mit den Medien, deren Interesse an dem Verbrechen von Stunde zu Stunde stieg. In den letzten Rundfunk-Nachrichten hatte er mit gewisser Sorge gehört, dass nun allen Ernstes offenbar Verbindungen zu

Terror-Anschlägen der jüngsten Zeit konstruiert wurden. Seit dem 11. September 2001 war alles, was mit Luftfahrt zusammenhing, noch viel sensibler als jemals zuvor. Mit so einem spektakulären Fall konnte man sich zwar einerseits profilieren, andererseits aber auch ganz schön in die Nesseln setzen und sich die Zukunft verbauen. Da war es ihm lieber, die nötigen Sporen in der Provinz zu verdienen. Außerdem hatte er den Job als Außenstellen-Leiter erst vor einem Jahr angetreten.

Häberle war hingegen eher dafür geschaffen, sich mit ›den Oberen‹ anzulegen, auch mal unkonventionell vorzugehen. Er erklärte, er werde sich mit seinem jungen Mitarbeiter Linkohr persönlich um den Kreis jener Personen kümmern, von denen dieser Motorflugschul-Chef glaubte, sie in jüngster Zeit öfters in Begleitung einer fremden Frau gesehen zu haben. Das war aber alles ziemlich vage, wie Häberle befürchtete. Auf einem Flugplatz wie der Hahnweide trafen sich an schönen Tagen Dutzende von Fliegern mit ihren Passagieren.

»Noch was«, sagte Deutschländer, als Häberle bereits aufgestanden war, um in den Raum der Sonderkommission hinüberzugehen, »ich weiß ja nicht, ob es von Belang ist. Wir haben auch mal prüfen lassen, wer die gestohlene Maschine am Vorabend zuletzt geflogen hat.« Er blätterte in einem Wust von Papieren, »es ist ein guter Kunde des Charter-Betriebs, ein gewisser Rottler, Olaf mit Vornamen, wohnt bei Ihnen drüben in Göppingen.«

Häberle drehte sich an der Tür um und überlegte. »Der kann ja wohl kaum etwas dafür, wenn nachts die Maschine geklaut wird. Aber geben Sie mir die Adresse mal her«, sagte Häberle und ließ sich von seinem Kollegen den Notizzettel reichen.

Die Hitze lag unerträglich in den schmalen Gassen der Stadt Göppingen. Obwohl es inzwischen schon später Nachmittag war und der Wetterdienst für den Abend heftige Gewitter angekündigt hatte, trübte kein Wölkchen den strahlend blauen Himmel. Jetzt, nach Büroschluss, suchten die ersten Krawatten-Träger in den Gartenwirtschaften Zuflucht. Elvira Schneider, eine hochgewachsene überaus schlanke Frau, knapp über 50, dunkelblonde Haare, kannte nahezu alle Gäste, die um diese Zeit in ihre ›Down-Town‹ Kneipe kamen. Viele von ihnen, meist Männer, tranken hier, bevor sie zu Bus oder Bahn gingen, ein Pils oder – was an heißen Tagen besonders beliebt war – ein Hefeweizen. Die paar Gartentische, die die Wirtin in einem schmalen Stück Hof zwischen ihrem Lokal und dem Nachbarhaus hatte aufstellen können, waren rasch besetzt. Dafür herrschte im modernen Innenraum gähnende Leere.

Elvira Schneider, deren jugendliches Outfit heute mit Hotpants und einer besonders engen Bluse noch unterstrichen wurde, blieb an einem der Tische stehen, an dem mehrere Personen Platz genommen hatten. »Wir hatten schon befürchtet, das auf der Hahnweide könntest du gewesen sein …«, sagte ein Mann mittleren Alters, der den obersten Knopf seines Hemdes geöffnet und die Krawatte gelöst hatte.

Elvira Schneiders Gesicht wurde plötzlich ernst. »Eine schreckliche Sache. Ausgerechnet vergangene Nacht. Unglaublich. Habt ihr's in den Nachrichten gehört?«

Die vier Männer und die beiden Frauen, alle zwischen 30 und knapp 50, nickten. »Das hört sich alles entsetzlich an«, sagte eine Frau mit auffallend blondem, kurzem Haar, »wer stiehlt schon nachts ein Flugzeug?«

Die Wirtin zog sich einen leeren Stuhl vom Nebentisch heran und setzte sich zu ihren Bekannten. »Vor allem wissen sie noch nicht mal, wer die Tote ist«, stellte sie fest.

»Meinst du, wir müssen sie kennen?«, hakte der offenbar älteste der Männer nach. Er hatte sein dunkles Jackett über die Stuhllehne gehängt und seine Krawatte ebenfalls gelockert.

»Ist doch möglich, oder?«, entgegnete die Wirtin, »drüben auf der Hahnweide ist heut' jedenfalls der Teufel los.«

»Warst du denn heut' schon dort?«, fragte die Blondine sichtlich neugierig.

»Ja, hab' auf halb zwei 'ne Maschine bestellt gehabt. Wollt' mal wieder Svea treffen. Aber da gab's heut' keine Chance. Es wimmelt von Bullen.«

»Und? Was haben die gesagt?«, fragte einer der jüngeren Männer nach, dessen schwarze Haare pomadig oder verschwitzt am Kopf klebten und der einen Schnauzbart trug.

»Natürlich nichts«, berichtete die Wirtin und schlug ihre nackten Beine übereinander, »nur der Hauff hat gesagt, er wisse noch nicht, wann wieder geflogen werden könne.«

»Und auch der hat keine Ahnung, was geschehen ist?«, hakte der junge Mann nach und drehte nervös sein Pilsglas im Kreis.

Die Wirtin zuckte mit den Schultern. »Er war heut' nicht sonderlich gesprächig. Verständlicherweise. Ich bin auch gleich wieder gegangen.«

»Und Svea?«, fragte die Blondine, die ihr Glas mit Mineralwasser in den Händen hielt.

»Ich hab' sie sofort auf'm Handy anrufen wollen, war aber schon unterwegs und hat's natürlich nicht gehört.«

»Dann ist sie vergeblich nach Konstanz geflogen?«, meinte die Blondine.

»Ja, leider. Sie hat mich sofort von dort angerufen. Sie will heut' noch herkommen.«

Jetzt beugte sich auch ein anderer Mann nach vorne, der bisher den Gesprächen wortlos gefolgt war. Er hatte eine

Stirnglatze, graumeliertes blondes Haar und war ohne Krawatte in die Gartenwirtschaft gekommen. Der Mann, der knapp 50 war, machte den Eindruck eines erfolgreichen Geschäftsmannes. Er kniff die Augen zusammen. »Wie? Sie kommt her? Hierher?«, staunte er.

Die Wirtin lächelte ihn an: »Wieso nicht? Sind über die Autobahn nur zwei Stunden. Ich schätze, sie wird bald da sein.«

Der Geschäftsmann und die Blondine schauten sich an.

9

August Häberle hatte sich die Adressen jener fünf Personen geben lassen, die in jüngster Zeit möglicherweise mit einem fremden Passagier auf der Hahnweide waren. Sein Kollege Mike Linkohr hatte ihm außerdem vorgeschlagen, jenen Olaf Rottler mit in die Liste aufzunehmen, der die gestohlene Maschine am Vorabend zuletzt geflogen hatte. Weil dieser in Göppingen wohnhaft war, in Häberles ›Heimatrevier‹ sozusagen, hatten die beiden Kriminalisten beschlossen, dort mit den Ermittlungen zu beginnen. So konnte Häberle vielleicht auch mal kurz bei seiner Frau vorbeischauen und sie schonend darauf vorbereiten, dass es mit dem freien Wochenende nun wohl nichts werden würde.

Es war jetzt kurz nach fünf, doch noch immer brannte die Sonne gnadenlos auf die Landschaft im Vorfeld der Schwäbischen Alb. Häberle steuerte den weißen Mercedes aus Kirchheim hinaus in Richtung Göppingen.

»Sie haben jetzt auch einen Daimler gekriegt«, stellte Linkohr auf dem Beifahrersitz fest.

»Ja, seit die Autos geleast sind, gibt's nur noch Daimler«, erwiderte Häberle, »obwohl mir mein alter Audi ausgereicht hätte.«

Sie fuhren auf der B 297 ostwärts, die Sonne jetzt im Rücken. Vor ihnen lag das weite Gebiet des Schlierbacher Waldes, vor vielen Jahren Schauplatz eines bis heute ziemlich mysteriösen Mordes an einem Jungen, dachte Häberle.

Damals war er noch ein junger Kriminalist gewesen, aber genauso engagiert, wie dieser Linkohr neben ihm.

»Was glauben Sie, was hinter der Sache auf der Hahnweide steckt?«, fragte der sympathische junge Kollege, als sie die kurvenreiche Strecke durch den Wald erreicht hatten.

Häberle presste zunächst die Lippen zusammen, wie er das immer tat, wenn er scharf überlegte. »Um ehrlich zu sein, ich find' auch keinen Reim drauf. Irgendwie macht das alles keinen Sinn. Aber ich bin sicher, wenn wir wissen, wer die Frau ist, dann dröseln wir das Ding von hinten auf.«

Linkohr dachte nach. »Wahrscheinlich irgendeine Liebesgeschichte. Vielleicht wollten sie irgendwo hin verschwinden, haben Streit gekriegt und dann hat er ihr eine über den Schädel geschlagen.«

»So sieht's auf den ersten Blick aus«, bestätigte Häberle, »nur, Kollege, ich hab' schon viel zu viel erlebt, als dass ich mich gleich mit dem zufrieden gäbe, wonach es im ersten Moment aussieht.«

Linkohr runzelte die Stirn und schwieg.

Als sie kurz vor Schlierbach das große Waldgebiet verließen, sahen sie, wie sich am nordwestlichen Horizont Wolkenberge auftürmten. »Die Gewitter kommen doch«, stellte Häberle fest und deutete mit der linken Hand durch die geöffnete Seitenscheibe. Das Laub an den Bäumen ließ erkennen, dass ein leichter Wind aufgekommen war.

»Wo wohnt dieser Rottler?«, fragte Linkohr schließlich.

»In einer feinen Gegend«, erklärte Häberle, »im Hailing, Nordstadt, ganz oben am Stauferwald.«

Der junge Kollege kannte sich in Göppingen noch von seiner Zeit, als er dort bei der Bereitschaftspolizei seine Ausbildung absolviert hatte, bestens aus.

Der Kripo-Mercedes rollte auf der Umgehungsstraße an Schlierbach vorbei und dann hinab nach Albershausen

Uhingen. Dort erreichten sie die vierspurige B 10, die hier durchs Filstal Stuttgart mit Göppingen verbindet. Als sie durch die dunkle Galerie fuhren, in der die Schnellstraße den Hang eines Wohngebietes anschnitt, meinte Linkohr: »Fliegen ist doch ein ziemlich teures Hobby, oder?«

Häberle überholte einen Sattelschlepper. »Das kommt drauf an, wie intensiv man's betreibt. Ich kenn' einige Flieger, das sind ganz normale Angestellte. Ich denk', wenn jemand im Winter intensiv Ski fährt und sich bei der Ausrüstung allen Pipapo leistet, wird er kaum weniger investieren müssen.«

»Aber die Meinung, das seien alles Bonzen, ist doch weit verbreitet.«

»Ja, das stimmt«, bestätigte Häberle, als sie jetzt auf Faurndau zurollten, »zum Leidwesen der Fliegervereine. Das mag früher so gewesen sein, aber heut' sind das ganz normale Menschen. Wissen Sie, Kollege, Spinner gibt's überall.«

»Logisch«, sagte Linkohr, »allerdings kann man heutzutage mit einem elitären Kungelkreis kaum noch einen Verein wirtschaftlich führen. Sogar bei unserem Golfclub, droben in Oberböhringen, machen sie seit einiger Zeit auf volksnah. Das war vor einigen Jahren noch ganz anders. Doch mit dieser Masche sind sie baden gegangen.«

Häberle erinnerte sich, darüber vieles in der Zeitung gelesen zu haben.

Er verließ die B 10 in Göppingen-West, um durch den Stadtbezirk Faurndau und dann vorbei am Werk des weltberühmten Modelleisenbahn-Herstellers Märklin die Innenstadt von Göppingen zu erreichen. Seit dort riesige Bauarbeiten im Gange waren, mit denen verkehrsberuhigende Maßnahmen entstehen sollten, mussten sich selbst Einheimische überlegen, wie sie ihr Ziel erreichen konnten. Häberle bog deshalb rechtzeitig nach links ab, um das vornehme

Wohngebiet Hailing anzusteuern. Vorbei an der Hohenstaufenhalle, in der die Bundesliga-Handballer von Frisch-Auf Göppingen ihre Heimspiele austrugen, erreichten sie schließlich die Stadtrand-Siedlung, in der bereits in der Vorkriegszeit Luxusvillen entstanden sind.

Wenn Kriminalfälle in ›besseren Kreisen‹ spielten, wohnten die Beteiligten, Opfer oder manchmal auch die Täter hier oben. »Stinkvornehm«, entfuhr es Linkohr beim Anblick der parkähnlichen Vorgärten, der stilvollen Fassaden und der teuren Fahrzeuge, die in den Einfahrten parkten. Über den alten Bäumen zogen dunkle Wolken auf, noch aber schien die Sonne.

Häberle hielt vor dem letzten Haus, ehe die Straße wieder nach links abschwenkte. Es war einstöckig, hatte jedoch ein mächtiges Dach, das mit Gauben und terrassenartigen Einbuchtungen aufgelockert wurde. Erker und Rundungen brachten eine ungewöhnliche und wohl auch teure Architektur zum Ausdruck. Der Garten war groß und reichlich mit Sträuchern und Hecken bewachsen, die den Anschein erweckten, als ginge die Bepflanzung nahtlos in den dahinter liegenden Stauferwald über.

Die beiden Kriminalisten stiegen aus und wandten sich dem schweren Gartentor zu, das sich allerdings nicht öffnen ließ. Häberle drückte auf den Klingelknopf, neben dem in kleinen, schmiedeeisernen Buchstaben ›Rottler‹ stand.

»Womöglich nicht da«, meinte Linkohr. Doch dann meldete sich eine krächzende Stimme in einem Lautsprecher. »Ja?«

»Herr Rottler?«, fragte Häberle nach.

»Ja. Und?«

»Kriminalpolizei. Dürfen wir Sie kurz sprechen?«

Pause. »Kommen Sie«, sagte die Stimme, während gleichzeitig der Summer des Öffners betätigt wurde. Linkohrs

Blick fiel auf eine Kamera, die an einem grüngestrichenen Mast unauffällig hinter einer Hecke auf das Gartentor gerichtet war.

Sie gingen den breiten, mit weißem Kiesel ausgelegten Weg zum Haus hinauf. Dort, an der mit Rosen umrankten zweiflügligen Eingangstür, tauchte ein Mann auf, braungebrannt, volles, schwarzes Haar, vermutlich um die 45. Er wirkte leger. Seine Jeans war verwaschen, sein blaues kurzärmliges Hemd gab den Blick auf eine behaarte Brust frei.

Er ließ die beiden Kriminalisten auf sich zukommen, um dann mit ernster Miene zu fragen: »Hallo, was verschafft mir denn die Ehre?«

Sie schüttelten sich die Hände und Häberle stellte sich und seinen Mitarbeiter vor. »Reine Routine«, erklärte der Kommissar, »wir müssen nur was abklären.«

Rottler bat die beiden Männer in den großen Vorraum, der mit rustikalen Balken eine Art Hüttenatmosphäre verbreitete. Mehrere Türen, allesamt schwer und massiv wirkend, zweigten ab. Die Männer durchschritten dieses Foyer, von dem eine Wand vollständig mit Schieferplatten getäfelt war. Im Vorbeigehen fiel Häberles Blick in ein Zimmer, dessen Tür halb geöffnet war. Für einen kurzen Moment sah er, dass es sich um einen Arbeitsraum handeln musste. Der Schreibtisch quoll über von unordentlich gestapelten Akten, sogar auf dem gefliesten Boden lagen, weit verstreut, Papiere, Schnellhefter und Ordner. Und dann glaubte Häberle, im Bruchteil einer Sekunde auch noch eine zerschlagene Fensterscheibe erkannt zu haben. Doch der Blick war zu kurz, um alle Details erfassen zu können. Rottler war vorausgeeilt, so dass sie rasch die gegenüberliegende Seite des Foyers erreichten. Dort führte eine offenstehende Terrassentür in den rückwärtigen Garten, wo vom Waldrand die Äste der alten Buchen herüber ragten. Eine hölzerne, stark bewachsene Sichtschutzwand trennte das Grundstück von dem vorbeiführenden Wanderweg.

Die drei Männer setzten sich um einen großen runden Tisch, auf den der Schatten eines weißen Sonnenschirms fiel. Die Stühle, das stellte Häberle sofort fest, waren bequem und stammten sicher aus einem teuren Möbelhaus.

Auf dem Tisch lagen zwei Aktenordner, eine Vielzahl von Notizzetteln, allesamt mit Kieselsteinen gegen das Wegflattern im aufkommenden Wind geschützt. Um die Blütenvielfalt der Blumen, die geschmackvoll in mehreren Beeten gepflanzt waren, summten Bienen.

»Sie wollen etwas abklären?«, fragte Rottler schließlich und schlug die Beine übereinander.

»Sie sind Flieger auf der Hahnweide?«, fragte Häberle unvermittelt.

Rottler verengte für einen kurzen Moment die Augenbrauen, dann verzog er den Mund zu einem Lächeln. »Ja, klar, seit Langem schon.« Er holte tief Luft und fügte sofort hinzu: »Ach so, Sie kommen wegen der Sache auf der Hahnweide heut' morgen.«

Linkohr lehnte sich zurück. Er verfolgte mit Interesse, wie sein Chef eine solche Vernehmung anging.

»Genau«, sagte Häberle, »woher haben Sie davon erfahren?«

»Abgesehen davon, dass es heut' schon x-mal im Radio kam – ich war selbst dort heut' Vormittag.«

Die beiden Kriminalisten ließen sich kein Erstaunen anmerken.

»Heute schon?«, hakte Häberle nach und verschränkte die Arme vor seinem voluminösen Körper.

»Um elf. Ich hatte ein Flugzeug bestellt. Wollte bei diesem tollen Wetter fliegen.«

»Aber Sie durften nicht …«

»Nein, war ja alles abgesperrt. Der Herr Hauff wusste auch nicht, wann der Platz wieder freigegeben sein würde.«

»Sie sind öfters auf der Hahnweide?«

»Was heißt öfters?! Wenn's die Zeit zulässt und das Wetter passt. Meist trifft ja beides gleichzeitig nicht zu. Leider.«

»Haben Sie gelegentlich auch Passagiere?« Häberle versuchte, gleich zur Sache zu kommen.

Rottler rückte näher an den Tisch und griff nach einem Stück Papier, das der Wind wegzuwehen drohte. Er lächelte. »Wenn jemand mitfliegen will, kann er das natürlich tun. Natürlich. Bekannte, Freunde, Geschäftskollegen … Warum fragen Sie?«

»Weil wir nicht wissen, wer die tote Frau ist.«

Rottler wurde misstrauisch. »Ach, und da meinen Sie, ich …«

»Nicht nur Sie«, unterbrach ihn Häberle, um ihn nicht noch misstrauischer zu machen, »wir befragen alle Stammkunden von der Hahnweide. Es würde uns nämlich sehr weiterhelfen, wenn wir wüssten, wer diese Frau ist.«

»Ich hab' sie ja nicht gesehen, sie war zugedeckt, als ich dort war.«

»Aber Sie haben sicher im Radio inzwischen die Personenbeschreibung gehört?«, stellte Häberle fragend fest.

»Ja, natürlich. Selbstverständlich«, erwiderte der schnell, während jetzt die Sonne hinter den Wolken verschwand.

»Und? Keine Frau auf der Hahnweide gesehen, auf die diese Beschreibung passen könnte?«, fragte Häberle und warf Linkohr einen Blick zu.

»Nein, nicht dass ich mich entsinnen könnte.«

Jetzt sah auch Linkohr eine Gelegenheit, sich in das Gespräch einzuschalten. »Auch nicht auf eine Passagierin, die Sie vielleicht mal an Bord hatten?«

Rottler war über diese zusätzliche Frage einigermaßen empört. »Ich sagte Ihnen doch bereits, dass ich keine Ahnung habe, wer sie ist.«

»Wo wollten Sie denn heute hinfliegen?«, fragte Häberle eine Spur zu schnell.

»Soll das jetzt eigentlich ein Verhör sein?«, zeigte sich Rottler energisch, »wenn das so ist, werde ich einen Anwalt konsultieren. Wie komm' ich mir hier eigentlich vor?«

Häberle hob beschwichtigend die Hände. »Ich bitt' Sie, Herr Rottler, das ist nur ein informatorisches Gespräch. Selbstverständlich brauchen Sie uns nicht zu sagen, wohin Sie fliegen wollten.«

»Das ist kein Geheimnis«, lenkte der Angesprochene ein, »Sightseeing. Mal hier hin, mal da hin. Zum Bodensee, den Rhein aufwärts, um den Schwarzwald rum – oder ins Gebirge. Haben Sie das jemals erlebt? Diese große Freiheit, einfach hinfliegen, wo's Spaß macht?«

»Und gestern Abend?«, wollte Häberle wissen.

Rottler stutzte. »Gestern Abend?«, fragte er nach. »Ach so, ja, da bin ich noch drei Platzrunden geflogen. Wie kommen Sie denn da drauf?«

»Reiner Zufall. Sie hatten dabei nämlich jene Maschine, die heut' früh gestohlen wurde.«

Rottler sprang auf. »Was verfolgen Sie hier eigentlich für Ziele? Wollen Sie mir diese Geschichte andichten, bloß, weil ich gestern Abend zufällig mit dieser Cessna noch geflogen bin?«

Häberle hob erneut beschwichtigend die Hände. »Um Gottes willen, nein, Herr Rottler. Ich sagte doch: Reine Routine.«

»Das wär' ja wohl auch ziemlicher Schwachsinn«, wetterte Rottler, ging zu einem Blumenbeet hinüber und kam nervös wieder zurück, »abends noch schnell fliegen und nachts das Flugzeug klauen. Wie bescheuert müsste man da sein?«

Rottler setzte sich wieder. Der Wind wurde deutlich stärker.

»Aber bitte«, sagte Häberle mit geradezu sanfter Stimme und lächelte, »dann sagen Sie uns halt, wieso Sie am Abend noch geflogen sind.«

»Ich hatte den Flieger bereits vor einer Woche für diesen Abend bestellt, um mal wieder Platzrunden zu fliegen. Sie müssen wissen, alle drei Monate muss man drei Starts und Landungen nachweisen. Das ist Vorschrift, um Passagiere mitnehmen zu dürfen. Und weil dann das Wetter so gut angekündigt war, hab' ich ganz kurzfristig noch vorgestern angerufen und gefragt, ob's auch noch für Donnerstagfrüh, also für heute, eine Maschine gebe. Und zufällig war noch um elf ein Termin frei. Geschäftlich hat's bei mir auch reingepasst – und so hab' ich die Maschine bis 18 Uhr gechartert.« Er lächelte und schaute auf seine Armbanduhr. »Wenn's geklappt hätte, wäre ich vorhin erst zurückgekommen. Wär' ja ein super Tag gewesen.«

»So lange wollten Sie weg sein?«, fragte Linkohr interessiert.

»Ja, warum nicht? Wenn ich schon mal Zeit hab', nütz' ich es aus.«

»Und das alles nur, um rund um Alb und Schwarzwald zu fliegen?«, wollte Linkohr wissen.

»Natürlich wird da ein paar Mal gelandet. In Rottweil, Donaueschingen oder Konstanz – vielleicht auch noch irgendwo im Allgäu oder droben in Rothenburg ob der Tauber – um nur ein paar beliebte Plätze zu nennen.«

»Hätten Sie denn auch einen Passagier gehabt?«, fragte Häberle nach.

Rottler schüttelte den Kopf. »An einem normalen Werktag hat kaum jemand Zeit. Außerdem bin ich oftmals viel lieber allein da oben.«

»Und auch mal geschäftlich?«, hakte Linkohr nach.

Rottler zögerte einen kurzen Moment. »Auch mal geschäftlich, ja. Wenn wir's mit einer Firma zu tun haben, die einen Flugplatz in der Nähe hat. Aber man ist in der Fliegerei stark vom Wetter abhängig. Sie müssen wissen, ich hab' nur die Lizenz für den Sichtflug. Keinen Blindflug, keinen Nachtflug.«

»Dürfen wir Sie fragen, weshalb Sie an einem normalen Werktag so viel Zeit haben, einen reinen Sightseeing-Flug zu machen?«, knüpfte Häberle an die vorausgegangene Erklärung Rottlers an.

»Zeit hab' ich eigentlich keine«, erwiderte dieser forsch, »ich nehm' sie mir und muss mich vom Schreibtisch fortstehlen, sozusagen. Schon mal was von Steinkes Computerfirma gehört?«

»Drüben im neuen Gewerbegebiet Stauferpark?«, vergewisserte sich Häberle.

»Richtig. Ich bin dort der Finanz-Chef.«

Der Kommissar nickte zufrieden. »Danke, Sie haben uns sehr weitergeholfen«, sagte er und stand auf. Linkohr tat es ihm nach. Rottler erhob sich rasch und beeilte sich, die Gäste wieder hinauszubringen.

Häberle nutzte die Gelegenheit, die Rückseite des Gebäudes zu betrachten. Das zerschlagene Fenster, das er vorhin zu sehen geglaubt hatte, ging ihm nicht mehr aus dem Sinn. Hier jedenfalls war es nicht zu sehen. Es musste sich demnach an einer seitlichen Wand befinden.

Häberle und Linkohr folgten dem Mann durch das großzügige Foyer, in dem es genauso heiß war wie draußen im Garten. Während der Hausherr bereits auf der gegenüberliegenden Seite die Eingangstür öffnete, hatte der Chef-Kriminalist seinen Schritt verlangsamt, um eher zufällig in das Zimmer mit der halb offenstehenden Tür blicken zu können.

»Oh«, entfuhr es ihm mit gekünstelter Verwunderung, »Ihnen ist ein Malheur passiert?«, fragte er und blieb vor der Tür stehen. Die Fensterscheibe war tatsächlich zerbrochen. Genau, wie er es vorhin im Vorbeigehen zu sehen geglaubt hatte.

Rottler ließ die Eingangstür wieder ins Schloss fallen und kam zurück. »Ach so, Sie meinen die Scheibe …« Er hielt kurz inne. »Durchzug, ein verdammter Durchzug. Ich hab' schon versucht, einen Glaser anzurufen. Der Aupperle in Holzheim draußen hat versprochen, heut' noch zu kommen. Irgendein Provisorium will er anbringen.«

Die beiden Kriminalisten wunderten sich insgeheim über die Unordnung, die in dem Zimmer nicht zu übersehen war. Als habe jemand darin gewütet, so lagen Akten und Schnellhefter, Notizzettel und Bücher kreuz und quer auf dem gefliesten Boden, dazwischen vor dem Fenster die Scherben der zertrümmerten Scheibe. An den wenigen Wandbereichen, an denen kein Regal angebracht war, hingen gerahmte Luftbilder.

»Ist mein Arbeitszimmer«, sagte Rottler ein wenig verlegen und ging hinein, »hier kann ich mich sozusagen austoben. Im Geschäft muss ja alles ganz ordentlich aussehen.«

Häberle lächelte verständnisvoll. »Das kenn' ich. Im Chaos zeigt sich der wahre Meister.«

Auch er und Linkohr betraten das Zimmer, sorgfältig darauf achtend, auf keine Akten zu treten. Häberle wandte sich den großformatigen Luftbildern zu, von denen eines den Hohenstaufen und ein anderes den Autobahn-Albaufstieg bei Aichelberg zeigte. Außerdem entdeckte er Fotos von schneebedeckten Gebirgsbergen, die aus der Luft aufgenommen worden waren. Eines davon erweckte seine besondere Aufmerksamkeit. Eine Stadt, die sich an einen Berg schmiegte, davor ein See.

»Sankt Moritz«, erklärte Rottler stolz, »in der Ferne, dort, rechts am See, ist sogar noch Silvaplana zu sehen.« Häberle nickte interessiert und sah, dass das Foto vom Pilotensitz aus durch die rechte Seitenscheibe des Flugzeugs aufgenommen worden sein musste. Man erkannte oben einen Teil der Tragfläche, außerdem waren die dunklen Haare einer nach rechts schauenden Frau gerade noch knapp angeschnitten worden. Sie hatte just in diesem Moment offenbar auch ihre linke Hand ans Ohr geführt, so dass eine runde Armbanduhr ins Bild ragte.

»Machen Sie die Fotos alle selbst?«, fragte Häberle als begeisterter Bergwanderer nach. Rottler nickte stolz und zeigte auf ein weiteres Foto, das oberhalb eines Regales hing, auf dem unterschiedlich große Bücher nach beiden Seiten umgefallen waren: »Das ist die Zugspitze bei phantastischem Wetter.«

Linkohr sah sich derweil in dem Raum um, dessen Unordnung ihn irgendwie an Tatorte erinnerte, an denen jemand hastig nach etwas gesucht hatte.

Die Männer verabschiedeten sich, während in der Ferne bereits der erste Donner grollte.

10

Die Frau mit den schulterlangen blonden Haaren und den knallengen Jeans hatte ihr rotes BMW-Cabrio mit dem Ansbacher Kennzeichen in einer der engen Seitengassen der Göppinger City abgestellt und vorsorglich das Verdeck geschlossen. Der Westhimmel sah nach Gewitter aus.

Sie nahm eine kleine Handtasche untern Arm und ging zielstrebig zwei Straßenzüge weiter, wo sie auf die kleine Gartenwirtschaft traf, die sie seit Jahren kannte. Unter den Sonnenschirmen, die jetzt nicht mehr nötig gewesen wären, waren nahezu alle Plätze belegt. Ihr kesses Winken wurde von drei Personen erwidert. Es waren zwei Männer und eine blonde Frau, die ihre Haare kurz trug.

»Hi«, grüßten alle. Einer, der mit seiner Stirnglatze aussah, als sei er ein erfolgreicher Geschäftsmann, deutete auf den freien Stuhl an seiner Seite und bot ihr einen Platz an. »Elvira hat schon gesagt, dass du kommen würdest«, sagte der etwa 50-Jährige, dessen blondes Haar graumeliert schimmerte.

»Nachdem ich von ihr erfahren hab', was da auf der Hahnweide los war, hat mir das keine Ruhe gelassen. Der Flugleiter in Konstanz konnte mir ja auch nichts sagen«, erwiderte sie und legte ihre Handtasche auf die Tischplatte. Noch bevor die anderen etwas sagen konnten, eilte die Wirtin herbei und umarmte Svea. »Schön, dass du da bist«, sagte Elvira Schneider, die noch immer ihre Hotpants trug. Sie bestellte für Svea eine Zitronenlimonade und erklärte, dass sie die nächsten zehn Minuten nicht gestört werden wolle. Dann setzte sie sich ihrer Freundin gegenüber – neben den jungen schnauzbärtigen Mann mit den pomadigen schwarzen Haaren.

»Jeder, der sich auf der Hahnweide auskennt, ist schockiert«, sagte sie dabei, »weil kein Mensch weiß, wer da ermordet wurde.«

»Du sagst ermordet«, griff Svea Heinemann die Feststellung ihrer Freundin auf, »ist man sich da denn so sicher?«

»Im Radio hat's immerhin geheißen, sie sei mit einem schweren Gegenstand erschlagen worden«, schaltete sich jetzt die blonde Frau ein, nachdem sie an ihrem Cola-Glas genippt hatte. Der Wind erfasste die Sonnenschirme, die jedoch fest in ihren Betonsockeln verankert waren.

»Könnt ihr euch denn vorstellen, wer diese Frau ist?«, fragte Svea weiter und blickte in die Runde.

»Ich hab' mir die Personenschreibung schon tausendmal durch den Kopf gehen lassen, aber ich komm' auf niemand«, erwiderte die Wirtin und wischte eine Stechmücke von den Schenkeln.

Der Geschäftsmann mit den wenigen Haaren runzelte die Stirn. »Ich denke, die Polizei wird jetzt gründlich die Flieger-Szene durchforsten.«

»Wie meinst du denn das?«, fuhr der Pomadige dazwischen.

»Überleg' doch, Andy«, entgegnete ihm der Geschäftsmann, »wenn die keinen Anhaltspunkt haben, bleibt denen doch nichts anderes übrig, als ein Mosaiksteinchen nach dem anderen zusammenzusetzen.

»Du meinst, die tauchen auch bei uns auf?« Der Pomadige, der Andy genannt wurde, schien nervös zu werden.

»Damit ist zu rechnen«, stellte der Geschäftsmann fest.

Die Wirtin schluckte und behielt den Graumellierten im Auge. »Sag' mal, Tommy, ist das dein Ernst?«

Tommy, der Geschäftsmann, dessen Nachname Hausold in Göppingen für feinste Herren- und Damenmode stand, zuckte mit den Schultern. »Ich versetz' mich nur in die Lage der Kriminalisten. Man liest und sieht ja schließlich Krimis.«

Die Blonde mit den kurzen Haaren war auffallend still geworden. Sie nahm noch einmal einen Schluck Cola und beobachtete den Geschäftsmann Hausold.

Svea Heinemann zeigte sich selbstsicher, wie immer in solchen Momenten. »Wir haben ja, was diese Sache anbelangt, nichts zu befürchten«, stellte sie fest, um nach kurzer Pause hinzuzufügen. »Hoffe ich jedenfalls.« Sie blickte fragend in die Runde.

»Natürlich nicht«, sagte Hausold und strich sich über die schweißnasse Stirnglatze.

»Wir lassen das cool auf uns zukommen«, ergänzte die Wirtin.

»Ansonsten stellen wir jetzt halt mal vorläufig die Fliegerei ein bisschen ein«, meinte Svea Heinemann und versuchte ein Lächeln.

»Das find ich nicht gut«, sagte Andy, »dann machen wir uns doch gleich verdächtig. Wer sein Verhalten verändert, den drehen die gleich gnadenlos durch die Mangel.«

»Was heißt verdächtig«, schaltete sich die wortkarge Blonde ein, »wieso werd' ich verdächtig, wenn ich nichts getan habe?«

»Du solltest eines bedenken«, sagte Tommy Hausold fast väterlich und lehnte sich zurück, »vor Gericht ist letztlich nicht das wahr, was geschehen ist, sondern, was sich beweisen lässt.«

»Hat sicher Geld, wie Heu. Da haut's dir's Blech weg«, meinte Mike Linkohr, als sein Chef mit dem weißen Mercedes auf der B 10 filstalaufwärts fuhr. Dieser Rottler konnte es sich offenbar leisten, allein eine riesige Villa am Stadtrand zu bewohnen.

»Die Computerfritzen zocken doch allesamt ab ohne Ende«, stellte Häberle fest, nachdem er bereits Eislingen hinter sich gelassen hatte. Im Rückspiegel sah er die bedrohlich finstre Wolkenwand immer näher kommen. Der Wind hatte nun deutlich zugenommen.

Als sie vor Rottlers Haus ins Auto gestiegen waren, hatten sie telefonisch versucht, die anderen Flieger zu erreichen, die sie noch aufsuchen wollten. Doch nur ein einziger war zu Hause gewesen – Jens Hilgenrainer in Süßen. Sie hatten ihm gesagt, dass sie in einer Viertelstunde bei ihm sein würden. Reine Routine. Er wohnte in dem Neubaugebiet rechts der B 10. Häberle fand die Adresse auf Anhieb und parkte entlang der Vorgärten.

Die Luft roch irgendwie nach Wasser – als habe es in einiger Entfernung bereits geregnet. Immer wieder grollte weit am Horizont ein Donner. Die Sonne war zwar von der aufziehenden Gewitterfront verdeckt, doch die Schwüle lag noch immer überm Land.

Die beiden Kriminalisten hatten den kleinen Vorgarten des Reihenhäuschens schnell durchschritten. Häberle drückte den Klingelknopf und Augenblicke später wurde die Tür geöffnet. Offenbar hatte Jens Hilgenrainer, ein Mann mittleren Alters, dessen dünnes, rot-blondes Haar ziemlich zerzaust war, bereits gespannt auf die angekündigten Besucher gewartet. Er trug ein kurzärmliges Jeanshemd und schlapprige Shorts, die dünne, behaarte Beine freigaben. Die Füße steckten in völlig ausgelatschten Sandalen. Hilgenrainer verengte die Augenbrauen. »Sie haben angerufen?«, fragte er vorsichtig. Seine Stimme verriet Nervosität.

Häberle lächelte, wie er dies immer tat, wenn er die Atmosphäre zu entspannen versuchte. »Haben wir«, sagte er und stellte sich und seinen Kollegen vor. Jetzt zerrte eine kräftige Böe an ihren Haaren.

Hilgenrainer bat die Besucher herein. Im Innern des Reihenhäuschens war noch einiges im Rohbau-Zustand: An einer Wand im engen Treppenhaus fehlte der Verputz, im Wohnungsflur ragten dort, wo vermutlich die Deckenlampe hätte montiert werden sollen, die Drähte heraus.

»Entschuldigen Sie«, sagte Hilgenrainer und ging voraus in ein Wohnzimmer, »aber ich bin erst vor kurzem eingezogen. Manches ist noch nicht fertig.« Er wies auf eine hellblaue Sitzgruppe und bat die Gäste, Platz zu nehmen. Die übrige Einrichtung bestand aus einfachen Möbeln. Ein riesiger Fernsehapparat nahm einen Großteil der Kiefern-Schrankwand ein. Auf den Regalen lagen und standen Unmengen von Büchern, dazwischen CDs und Video-Kassetten.

»Als Junggeselle nimmt man's nicht so genau«, fuhr der Mann fort. Er setzte sich in einen Sessel an der Oberkante des kleinen Couchtisches und schlug die Beine übereinander.

»Ich kann mir denken, weshalb Sie kommen«, machte er weiter und schien wieder Selbstvertrauen gefasst zu haben, »die Sache von der Hahnweide.«

Häberle nickte und verschränkte die Arme. »So ist es. Wir haben uns sagen lassen, dass auch Sie dort fliegen.«

Der Angesprochene nickte lächelnd. »Schon seit Jahr und Tag. Und jetzt wollen Sie sicher wissen, ob ich weiß, wer die Frau umgebracht hat?«

»Nicht ganz«, erwiderte Häberle, »das wäre erst der

zweite Schritt. Momentan interessiert uns viel mehr, wer diese Frau ist.«

»Ach«, machte Hilgenrainer und kam mit dem Oberkörper nach vorne, während die Donnerschläge jetzt lauter wurden, »Sie wissen noch immer nicht, wer diese Frau ist?«

»Wissen Sie's denn?«, fuhr Linkohr dazwischen. Der Andere war für einen kurzen Moment perplex. »Ich? Wieso sollte ich?«

»Na ja, es könnte doch zumindest sein, dass Sie auf der Hahnweide gelegentlich jemand treffen, mit jemandem reden, kennen lernen, flirten ...«, sagte Häberle und lächelte wieder.

»Wissen Sie, ich bin eher ein Schönwetter-Flieger. Ich geh' rüber, wenn die Sicht super ist, von Horizont zu Horizont, und mach' ein Sightseeing-Flügle«, erklärte Hilgenrainer und schaute Häberle fest in die Augen.

»Fliegen ist ein teurer Sport«, erwiderte dieser.

»Das ist ein weit verbreitetes Vorurteil. Auch, dass es nur etwas für Großkopfete sei«, erklärte Hilgenrainer und versuchte erneut, sein zerzaustes Haar zu glätten, »dabei ist Fliegen ein Hobby, wie jedes andere. Nur viel interessanter und verantwortungsvoller, verstehen Sie? Man braucht all' seine Sinne dazu und muss sich penibel genau an die Anweisungen und Vorschriften halten. Natürlich gibt's Piloten, bei denen Geld keine Rolle spielt. Aber seien Sie ehrlich: In jeder Sportart hat's welche, die unbedingt zeigen müssen, was sie haben.«

Häberle nickte verständnisvoll. »Wann waren Sie denn zuletzt auf der Hahnweide?«

»Vor über zwei Wochen.« Die Antwort kam eine Spur zu schnell.

»Allein?«, fragte Linkohr nach.

Der Mann schien irritiert zu sein. »Brauch' ich denn ein Alibi?«

Häberle lächelte. »Nein, natürlich nicht. Mein Kollege will nur wissen, ob es Passagiere gibt, die uns vielleicht auch weiterhelfen könnten.«

»Wissen Sie«, sagte Hilgenrainer, »Passagiere gibt's immer mal. Denn wie hat schon mein alter Fluglehrer immer gesagt: Das Wichtigste am Fliegen ist ein zahlender Passagier.«

»Und Sie kennen keine Frau, auf die die Beschreibung zutreffen könnte?«

»Keine Ahnung, ehrlich. Ich bin auch nicht der Typ, der sich lange auf dem Flugplatz aufhält. Ich komm', check meine Maschine, flieg' und stell' sie wieder hin. Fertig. Mir fehlt einfach auch die Zeit dafür.«

»Was sind Sie denn von Beruf?«

»Informatiker. Computer-Branche.«

Häberle stutzte. »Hier im Filstal?«

»Bei Steinke, dem Größten hier, ja«, erwiderte Hilgenrainer.

Die beiden Kriminalisten ließen sich ihre Verwunderung nicht anmerken. Nur kurz trafen sich ihre Blicke, als wieder ein Donner grollte.

»Dann …«, griff Häberle den Faden wieder auf, »dann kennen Sie auch Herrn Rottler?«

»Logisch«, sagte Hilgenrainer knapp, »unser Finanz-Chef. Fliegt übrigens auch. Den sollten Sie befragen, der weiß viel mehr. Der ist doch oft genug auf der Hahnweide. Fliegt ständig in der Landschaft rum.«

»So?«, zeigte sich Linkohr eher beiläufig interessiert.

»Der hat die Zeit dazu?«, hakte Häberle nach und verengte die Augenbrauen.

»Was heißt Zeit dazu«, erwiderte Hilgenrainer, »der braucht's doch auch geschäftlich. Das ist die ideale Kombination. Fliegen – und es sich von der Firma bezahlen lassen.«

Die beiden Kriminalisten standen auf. Auch Hilgenrainer erhob sich und schien sichtlich froh zu sein, dass der Besuch beendet war.

»Danke, Herr Hilgenrainer«, sagte Häberle, »ich denke, Sie haben uns geholfen.« Sie schüttelten sich die Hände.

»Ja, und die Leiche?«, fragte Hilgenrainer interessiert nach, »was vermuten Sie denn, wer das ist?«

»Wahrscheinlich eine Frau, die zu viel wusste ...«, sagte Häberle betont langsam und verließ das Wohnzimmer, gefolgt von Linkohr. Hilgenrainer blieb wortlos und nachdenklich am Couchtisch stehen, während die Kriminalisten die Wohnungstür von außen ins Schloss zogen.

11

Sie hatte ihr dunkelblaues Mercedes-Cabrio mit geschlossenem Verdeck auf dem Parkplatz hinter den Göppinger Sportplätzen abgestellt – versteckt hinter einer Reihe von Sträuchern. Als sie ausstieg, um zu dem schwarzen BMW zu gehen, der bereits auf sie gewartet hatte, griff eine Windböe nach ihrem überaus kurzen weißen Rock und ließ ihn nach oben flattern. Der Mann im BMW lächelte zufrieden, öffnete von innen die Tür und ließ die attraktive Frau einsteigen. »Schön, dass du es doch noch möglich gemacht hast«, begrüßte er sie, küsste sie auf den Mund und umarmte sie.

Die Frau, die Mitte 30 war, hatte jene enge kurzärmlige schwarz-weiß gemusterte Bluse angezogen, die er so sehr mochte. Genau wie das Röckchen. Ihre dunkelblonden Haare waren schulterlang und lockig. Ein traumhafter Abend, dachte sich der Mann.

»Olaf, du bist wunderbar«, hauchte die Frau und lehnte sich in den Beifahrersitz.

»Du noch viel mehr«, erwiderte der braungebrannte Mann, über dessen volles schwarzes Haar sie mit der linken Hand streichelte. Er startete den Motor und ließ den BMW aus dem Parkplatz hinaus zur vorbeiführenden Straße rollen. Dort bog er links ab – hinein in den Stauferwald, der sich hier im Norden von Göppingen bis fast zum Hohenstaufen hinzog. Der Wind war jetzt kräftiger geworden. Obwohl der Sommer gerade erst begann, fielen bereits vereinzelte Blätter von den Bäumen.

»Was hast du ihm denn gesagt?«, wollte der Mann am Steuer wissen, während er seine rechte Hand wie beiläufig auf das nackte Knie seiner Beifahrerin sinken ließ.

»Dass ich nach der Hitze des Tages noch ein bisschen mit meiner Freundin und ihrem Hund durch den Wald bummeln möchte«, lächelte sie.

Sie fuhren stumm und irgendwie zufrieden durch das weite Waldgebiet, bis Olaf Rottler den Blinker nach rechts setzte und in eine schmale Straße einbog. Sie war holprig und wurde immer enger, führte ziemlich kurvig durch eine Tannenschonung, bis sich ein weites, sanftes Wiesental auftat. Rottler nahm dort den linken Weg und steuerte auf das Waldcafé zu. Einige wenige Autos parkten davor, keines jedoch, das er kannte, stellte Rottler zufrieden fest.

Der Wind schien sich jetzt zu einem Sturm zu entwickeln. Das Donnergrollen, das bereits seit geraumer Zeit von der Ferne zu hören war, schwoll an.

Das Paar ging eilig zur Eingangstür des Lokals, dessen Einrichtung eine gepflegt-rustikale, vor allem gediegene Atmosphäre verbreitete. Kaum die Hälfte der Plätze war belegt. Rottler musterte die Gäste, wie er das immer tat, wenn es ihm unangenehm gewesen wäre, auf Bekannte zu stoßen. Draußen auf der Terrasse schien nur noch ein einziger Tisch frei zu sein, stellte er bei einem flüchtigen Blick durch die Fenster fest. Ein Lächeln und ein Blickkontakt genügten und er erkannte, dass seine Begleiterin ebenfalls gerne ins Freie sitzen würde. Rottler ging voraus, die Frau hinterher – von den Blicken der männlichen Gäste verfolgt.

Die beiden setzten sich an den freien Tisch und genossen für einen Augenblick schweigend die herrliche Sicht ins Filstal und zur Schwäbischen Alb, die weit in der Ferne aufragte.

Sie bestellten zwei Viertele Rotwein und prosteten sich zu.

»Wenn du heut' geflogen wärst, wärst du womöglich noch in die Gewitterfront geraten«, meinte die Frau mit gedämpfter Stimme.

»Ich wär' längst wieder zurück. Das hätt' gereicht, keine Sorge«, sagte er und griff nach ihren Händen, die sie auf der Tischplatte liegen hatte.

»Manchmal hab' ich richtig Angst, wenn du unterwegs bist«, erwiderte sie und holte tief Luft, »denn ohne dich könnt' ich mir das Leben nicht mehr vorstellen.«

Rottler lächelte. »Ich doch auch nicht, Melanie.«

Dass sie ausgerechnet jetzt das Gespräch auf das Verbrechen von der Hahnweide brachte und mehr davon wissen wollte, fand er allerdings reichlich unpassend. Er schilderte deshalb nur mit knappen Worten, was er gesehen und gehört hatte und dass bereits zwei Kriminalisten bei ihm gewesen seien.

»Wieso kommen die denn ausgerechnet zu dir?«, staunte sie.

»Weil sie offenbar absolut im Dunkeln tappen und auf jeden Hinweis angewiesen sind.«

»Ist das nicht schrecklich? Da läuft also einer frei rum, der eine Frau getötet hat?«

Rottler kniff die Lippen zusammen und machte ein nachdenkliches Gesicht.

»Wahrscheinlich eine Beziehungstat. Eifersucht, Hass, Enttäuschung«, sagte er schließlich, »man kennt das ja …«

»Ja, man kennt das …«, wiederholte sie mit deutlicher Resignation in der Stimme, um langsam hinzuzufügen, »zur Genüge, ja.«

»Du denkst an uns?«, fragte Rottler und streichelte ihr über die Hände.

Sie nickte. »Du kannst dir gar nicht vorstellen, wie gern ich mit dir zusammen wäre. Für immer.« Sie stockte. »Diese Geheimnistuerei nagt an den Nerven.«

Er nickte verständnisvoll. Oft schon hatten sie darüber gesprochen, ohne zu einem Ergebnis zu kommen. In letzter Zeit war er dem Thema jedoch immer häufiger ausgewichen. Das musste auch sie gespürt haben.

»Weißt du, dass das nächsten Monat nun schon drei Jahre geht?« Sie versuchte zu lächeln.

»Weiß ich, Schatz. Mir ist es, als wär' es erst gestern gewesen.« Er nahm einen Schluck Wein und ließ seine Blicke zu den ausgedehnten Wiesen wandern. Ein Donner grollte. Der Himmel verfinsterte sich jetzt zusehends.

»Manchmal wundere ich mich, dass Frederik nie etwas gemerkt hat.« Die Frau wurde wieder ernst.

»Der kennt nur eines: Seine Firma. Dafür lebt er, dafür hat er Zeit«, stellte Rottler fest.

»Er hat sie ja auch mit eisernem Willen aufgebaut«, sie stockte kurz, um dann fortzufahren: »Und mit fähigen Leuten wie dir.« Rottler fühlte sich geschmeichelt.

Er hörte dies gern. »Stell' dir vor, das Ding würde uns gehören. Ich der Chef und du an meiner Seite ...«

Sie schwieg, während er noch immer ihre Hände hielt.

»Hin und wieder«, so fuhr sie schließlich fort, »hin und wieder hab' ich in letzter Zeit den Eindruck, als ob auch du dich mehr zur Firma hingezogen fühlst als zu mir.«

Als sie es gesagt hatte, tat ihr dies bereits wieder leid.

Er lächelte und hielt ihre Hände noch fester. »Aber Schatz, wo denkst du denn hin? Ich bin mit Arbeit voll bis über die Ohren. Ich kann nicht einfach zu jeder Tageszeit davonlaufen. Du weißt doch«, seine Stimme wurde sanfter, »wir haben seit Wochen diesen Betriebsprüfer im Hause sitzen. Ein penetranter Bursche. Du hast keine Ahnung, worin der überall rumschnüffelt. Heut' hat er schon wieder neue Fragen gestellt, die ich beantworten muss.«

»Entschuldige, Olaf, es war nur so ein Gefühl, das ich dir einfach mal sagen musste. Wir haben uns doch versprochen, über alles zu reden.«

»Das ist auch gut so«, sagte er, »aber leider, ja, leider, geht manchmal das Geschäft vor. Wenn auch nur in seltenen Fällen. Aber du kannst dir vorstellen, dass in einem so großen Unternehmen, wie es dein Mann ausgetüftelt hat, mit vielen Tochter- und Beteiligungsgesellschaften, mit einem zigfachen Engagement im Ausland, dass es da ein undurchschaubares Steuerwirrwarr gibt. Ein Fehler und der Staat zockt uns ab. Und zwar gnadenlos. Dies anzuzetteln, ist die Aufgabe dieses Amtsschimmels, der jeden Beleg viermal rumdreht.«

Jetzt zuckte der erste Blitz, aber der Donner folgte viel später. Einige Gäste verließen die Terrasse, eine Bedienung klappte die Sonnenschirme zu.

»Aber irgendwann«, hakte Melanie noch einmal nach, »irgendwann, Olaf, müssen wir den Absprung schaffen.«

»Lass' uns den Abend genießen und die Probleme vergessen.« Er versuchte abzulenken. »Wie lange ist uns heute gegönnt?«

»Ich hab' ihm gesagt, dass ich spätestens um halb elf zurück sein werde. Da ist's nämlich dunkel und ich kann ihm kaum länger einreden, ich sei so lange mit meiner Freundin im Wald gewesen.«

Er lächelte wieder. »Und dass du's mit mir warst, das soll ja schließlich unser kleines Geheimnis bleiben.« In diesem Moment krachte der erste kräftige Donner. Da wurde ihr plötzlich bewusst: »Wenn's jetzt zu regnen anfängt, muss ich früher zurück. Der glaubt mir doch nicht, dass ich mit meiner Freundin im Regen rumlaufe.«

August Häberle und sein Kollege Mike Linkohr fuhren dem Unwetter entgegen – wieder westwärts und damit zurück nach Göppingen. Die Autos kamen ihnen bereits mit Licht entgegen, obwohl es noch nicht regnete. Doch am Himmel waren tief dunkelblaue Wolken aufgezogen, überall zuckten Blitze.

»Wenn jetzt bloß nicht der Sommer schon wieder vorbei ist«, meinte Häberle, als er kurz vor Göppingen an den großen Baumärkten vorbeifuhr.

»Wie's letztes Jahr war«, stellte Linkohr fest, »im Juni ein paar Wochen schön und danach meist nur noch Sudelwetter.«

Der Wind hatte sich jetzt zu einem Sturm aufgebaut. Die Böenwalze, die jedem Gewitter vorausgeht, war im Filstal eingetroffen. Wenig später klatschten die ersten dicken Regentropfen gegen die Windschutzscheibe.

»Es soll heute der bisher heißeste Juni-Tag in der Nachkriegszeit gewesen sein«, sagte Linkohr und schaute auf seine Armbanduhr. Es war jetzt kurz vor 21 Uhr. Sie hatten den letzten Besuch, den sie sich vorgenommen hatten, absichtlich so spät gelegt, weil es sich bei der Person, die sie vernehmen wollten, offenbar um eine Gastwirtin handelte, die sie um diese Zeit mit Sicherheit antreffen würden. Auch ihren Namen hatte der Chef der Motorflugschule auf seiner Liste angekreuzt und damit zum Ausdruck gebracht, dass sie möglicherweise Angaben über die Tote von der Hahnweide machen könnte.

»Fragen Sie mal bei den Kollegen nach, ob's was Neues gibt«, sagte Häberle, als er auf die erste Ampel nach dem Göppinger Ortseingang zusteuerte.

Linkohr betätigte sofort das Funkgerät und rief die ›Sonderkommission Hahnweide‹. Wenig später erfüllte die krächzende Stimme eines Mannes den Kripo-Wagen.

»Haben Sie neue Erkenntnisse?«, wollte Häberles Kollege wissen.

»Negativ«, antwortete der Beamte aus dem Kirchheimer Quartier der Sonderkommission.

»Was hat die Spurensicherung erbracht?«

»Nichts Verwertbares, weder auf der Hahnweide noch auf Berneck. Und auch im Flugzeug gibt's keine vernünftige Spur. Das Flugzeug wird ständig von so vielen Piloten benutzt, dass man unzählige Fingerabdrücke findet. Wir haben zwar alle sicherstellen lassen, aber bei all' dem, wie der Täter vorgegangen ist, wird er kaum so dilettantisch gewesen sein und keine Handschuhe getragen haben.«

»Okay, Kollegen«, sagte Linkohr.

Häberle wandte sich ihm beim Losfahren an der Ampel zu: »Sagen Sie ihnen, sie sollen sich ablösen lassen oder Feierabend machen, falls nichts Dringendes mehr anliegt.« Der Angesprochene gab die Anweisung weiter und beendete das Gespräch.

Häberle meinte, es mache keinen Sinn, sich die ganze Nacht um die Ohren zu schlagen. »Im Moment brennt kaum was an«, stellte er fest. »Wir müssen eine Vernehmung nach der anderen angehen. Ein verdammt stupides Geschäft. Und nach Mitternacht können wir wohl kaum noch bei jemand auftauchen.«

Er schaltete die Scheibenwischer auf die nächst höhere Stufe, während der weiße Mercedes nun ins Zentrum von Göppingen rollte.

Die ›Down-Town‹ Kneipe, die das Ziel war, kannte Häberle vom Vorbeigehen. Drinnen war er noch nie. Sie befand sich in einer jenen kleinen Straßen, die sich im Schachbrett-System um die Innenstadt gruppierten. Nach dem großen Stadtbrand von 1782 war dieses Bebauungsmuster von höchster Stelle angeordnet worden, um künftige Feuerbrünste besser in den Griff zu bekommen. Jetzt, im Juni 2003, schien es so, als wollten die Stadtväter noch einmal alles umkrempeln. Trotz leerer Kassen, die die Kommunen allerorten beklagten, hatte man in Göppingen ›die neue Mitte‹ propagiert, eine Tiefgarage gebaut und verkehrsberuhigende Maßnahmen größeren Stils in Angriff genommen. Rigoros waren deshalb die prächtigen Kastanienbäume gefällt worden, die bis dahin das Gesicht des Zentrums geprägt hatten. Dies bedauerte Häberle ebenso, wie den Verlust der herrlichen Platanen, die in der Fußgängerzone erst vor 25 Jahren gepflanzt worden und inzwischen zu stattlichen Bäumen herangewachsen waren – doch auch sie wurden vor kurzem dem unbändigen Drang nach Modernisierung und Großstadt-Feeling geopfert. Heute hatte es in einem Regionalsender geheißen, bei den Bauarbeiten sei man auf Reste der mittelalterlichen Stadtmauer gestoßen. Es handle sich wohl um das massive Fundament des früheren Obertores am westlichen Zugang zur damaligen Stadt. An diese Meldung dachte Häberle. Neuerdings jedenfalls kam er sich vor, als fahre er in eine fremde Stadt hinein. Noch lange vor der Marktplatz-Baustelle bog er nach rechts ab. Er steuerte den Mercedes in die seitlichen Straßen, wo zu dieser abendlichen Stunde das Parken an den Parkuhren gebührenfrei erlaubt war.

»Wir haben keinen Schirm an Bord«, stellte der Kommissar fest, als sie beide ausstiegen und von einer Regenböe erfasst wurden. »Ist aber gleich da drüben«, erklärte er seinem Kollegen. Sie setzten zu einem kurzen Spurt an und erreichten die ›Down-Town‹ Kneipe in weniger als einer halben Minute. Die kleine Gartenwirtschaft war geräumt. Die Stühle lehnten zusammengeklappt an den Tischen, die Sonnenschirme waren mit Gummibändern gesichert.

Häberle betrat als Erster das Lokal, in dem sich nur noch wenige Gäste aufhielten. Linkohr folgte ihm und schloss die Tür. An der langen Theke lehnten mehrere Männer, während sich an zwei Tischen weitere Personen aufhielten. Altersmäßig, so erkannte Häberle auf einen Blick, waren offenbar alle Jahrgänge vertreten. Sein Blick fiel auf zwei blonde Frauen, die eine mit langem, die andere mit eher kurzem Haar. Sie saßen an einem Ecktisch mit zwei Männern zusammen, von denen einer besonders pomadiges, schwarzes Haar hatte, der andere schien deutlich älter zu sein, hatte blondes graumeliertes Haar mit Stirnglatze. Sie führten offenbar ein ziemlich ernstes Gespräch.

Während Häberle auf einen freien Platz am Tresen zuging, fiel ihm abseits, an der Registrierkasse, eine attraktive, dunkelblonde Frau auf, die überaus knappe Shorts trug. Häberle warf seinem Kollegen Linkohr einen aufmunternden Blick zu, ehe sie sich beide lässig an den Tresen lehnten und jeweils ein Hefeweizen bestellten. »Das gönnen wir uns jetzt«, sagte der Chef-Kriminalist. Als die Kurzbehoste die schäumenden Gläser reichte, beugte er sich leicht zu ihr hinüber. »Sind Sie die Frau Elvira Schneider?«

Aus ihrem Gesicht verschwand das berufsmäßige Lächeln. »Ja, warum?«

Häberle wurde leiser, damit die Umstehenden es nicht hören konnten. »Mein Name ist Häberle, Kriminalpolizei. Wir hätten ein paar Fragen an Sie.«

Die Wirtin runzelte die Stirn, überlegte kurz und sagte dann: »Geh'n wir doch an einen Tisch rüber.« Sie deutete in eine Nische, weit abseits der anderen Gäste. Die beiden Kriminalisten nahmen ihre Gläser und folgten der Wirtin in eine nur spärlich beleuchtete Ecke. Häberle setzte sich mit dem Rücken an die Wand, Linkohr nahm ihm gegenüber Platz, die Wirtin an der Oberkante des Tisches. »Nichts Aufregendes«, begann Häberle lächelnd, »nur reine Routine. Wir dachten, dass wir Sie um diese Zeit am ehesten antreffen würden.« Eine gewaltige Böe trieb den Regen prasselnd gegen die Fensterscheibe. Im Lokal brannten bereits einige Lichter.

»Ich kann's mir fast denken«, versuchte die Wirtin wieder zu lächeln.

»Ja?«, fragte Häberle und nahm einen kräftigen Schluck aus dem Weizenbierglas, nachdem er seinem Kollegen zugeprostet hatte.

»Kommt doch den ganzen Tag über schon im Radio. Die Hahnweide, nehm' ich an«, sagte Elvira Schneider.

»Stimmt. Wir gehen gerade so ziemlich alle Kunden der Motorflugschule durch, weil wir unbedingt wissen sollten, wer die tote Frau ist.«

»Darüber zerbrech' ich mir auch schon den ganzen Tag den Kopf. Aber es ist unmöglich, all die Leute zu kennen, schon gar nicht die Passagiere, die immer mitgebracht werden. Gibt es denn überhaupt Anhaltspunkte dafür, dass die Tote einen Bezug zur Fliegerei hatte?«

Häberle zögerte. »Nein, keinen konkreten. Aber immerhin scheint sich der Pilot, mit dem sie dort war, bestens auf der Hahnweide auszukennen.«

Linkohr schaltete sich ein. »Sie kennen auch niemanden, der öfters mal mit einer jungen Frau geflogen ist?«
Elvira Schneider lächelte wieder. »Oh, doch natürlich. Aber die Beschreibung, wie sie im Radio genannt wurde, passt auf keine von denen. Ein Foto gibt's wohl nicht?«

Häberle schüttelte den Kopf. »Sie ist erheblich verletzt worden.«

»Wann waren Sie zuletzt auf der Hahnweide?«, hakte jetzt Linkohr nach.

Die Wirtin legte ihre nackten Beine übereinander und verengte die Augenbrauen. »Ich? Heute Mittag. Wieso fragen Sie?«

Die beiden Kriminalisten zeigten sich verwundert. »Heute?«, wiederholte Häberle fragend.

»Ja, aber man durfte ja nicht fliegen.«

»Sie haben als Wirtin an so einem schönen Tag Zeit zu fliegen?«, staunte Linkohr.

»Soll das jetzt ein Verhör sein?«, wurde die Frau misstrauisch.

Häberle lächelte und verschränkte seine Arme, wie er das immer tat, wenn er besonders locker und gelöst wirken wollte. »Sehen wir so aus, als ob wir Sie jetzt verhören wollten? Uns geht's nur um Information, damit wir ein Stück weiterkommen.«

Elvira Schneider zögerte, fühlte sich dann aber durch Häberles Blicke dazu ermuntert, doch etwas zu sagen. »Ich hab' gutes Personal. Und wenn das Wetter so super ist, wie jetzt, schleich' ich mich kurz davon. In einer halben Stunde bin ich drüben.«

»Und dann gibt's einen Sightseeing-Flug?«, fragte Häberle.

»Ja, so kann man das bezeichnen, ja. Mal hierhin, mal dahin, so ein- oder eineinhalb Stunden lang. Sind Sie schon mal an der Alb entlang geflogen?«

»Mit dem Polizeihubschrauber mitgeflogen, ja«, sagte Häberle und Linkohr nickte kräftig.

»Wenn Sie eine so eifrige Fliegerin sind, dann kennen Sie aber doch einige andere Piloten von der Hahnweide«, stellte Linkohr fest, während es draußen blitzte und sofort donnerte.

»Ja, natürlich. Mit einigen hab' ich den Schein gemacht, andere sind ja auch hier aus der Gegend«, sagte sie.

»Wie der Herr Rottler«, stieß Häberle plötzlich dazwischen.

Über Elvira Schneiders rechte Lippe huschte ein Lächeln. »Den Olaf«, sie zögerte kurz, »ja, natürlich. Kennen schon, aber eher flüchtig, wir haben miteinander den Schein gemacht, vor Jahren.«

»Und sonst?«, hakte Häberle nach.

»Nichts«, sagte sie verständnislos, »nichts. Er ist ein geschäftiger Mensch, hab' ich mir damals gedacht. Wir haben uns seit damals auch nie mehr wieder getroffen. Obwohl er doch hier in Göppingen wohnt.«

»Und den Herrn Hilgenrainer aus Süßen?«, legte Häberle nach.

»Sie haben ja wohl schon die ganze Fliegerszene durchleuchtet«, entgegnete die Wirtin leicht gereizt. »Wenn Sie ohnehin jeden kennen, brauchen Sie mich doch gar nicht mehr zu fragen.«

Die beiden Kriminalisten nahmen wieder einen kräftigen Schluck aus ihren Biergläsern. Häberle wischte sich den Schaum vom Mund. »Wir wollen nur die Zusammenhänge ein bisschen beleuchten.«

»Und einen Mörder finden«, ergänzte die Frau, die jetzt mit einem Bierdeckel zu spielen begann.

»Das ist leider unser Job«, sagte Häberle, »da haben Sie Recht.«

»Wissen Sie«, erklärte die Wirtin und lehnte sich zurück, »das Image des Sportfliegers ist ziemlich angekratzt. Da wird völlig unsinnigerweise behauptet, das seien alles Bonzen und Geldsäcke. Wenn Sie sich aber umschauen, werden Sie kaum andere Menschen finden, wie in anderen Sportvereinen. Nur, dass halt ein Pilot eine aufwändige Ausbildung hinter sich hat, die viel Verantwortung verlangt. Die Umweltschützer stempeln uns oftmals zum Buhmann, weil sie von der Fliegerei null Ahnung haben. Unglaublich, welch' haarsträubende Argumente dahergebracht werden und dann sogar in irgendwelche amtlichen Dokumente einfließen. Da kennt der Bürokratismus keine Grenzen. Aber das ist ja in Deutschland überall so.«

Die beiden Kriminalisten hörten aufmerksam zu. Die Frau schien sich jetzt in Fahrt geredet zu haben: »Ich bin jedes Mal erschüttert, wenn ich dann in den Medien höre und lese, welcher Unfug über die Fliegerei verzapft wird. Ohne jedes Hintergrundwissen. Manchmal hab' ich den Eindruck, die Stimmungsmache gegen uns ist auch ein Stück weit Neid derer, die die Faszination des Fliegens nicht erleben können. Dabei wäre jeder Fliegerclub dankbar, wenn sich die Leute vor Ort interessieren und informieren ließen.« Wieder krachte ein Donner. Draußen prasselte der Regen in die Gassen.

»Sie erwähnen die Konfrontation mit dem Umweltschutz ...«, griff Häberle dieses Stichwort auf.

»Nicht Konfrontation, nein, so will ich das nicht gesagt haben. Es gibt unterschiedliche Auffassungen, aber meist nur, wie gesagt, weil die Umweltschützer nicht ausreichend informiert sind.«

»Aber es ist nicht so«, unterbrach Linkohr den Redefluss, »dass es da auf der Hahnweide erhebliche Schwierigkeiten gäbe?«

Elvira Schneider zuckte mit den Achseln. »Nicht, dass ich wüsste. Um ehrlich zu sein, das interessiert mich auch nicht. Das müssen die da drüben unter sich austragen.«

Häberle zog ein Stück Papier aus seiner Hosentasche. Es war die Liste mit den Namen, die der Motorflugschulen-Chef angekreuzt hatte. Die Wirtin warf einen seitlichen Blick drauf, konnte jedoch nichts lesen. Linkohr versuchte, sie abzulenken: »Sie haben doch sicher heute schon mit anderen Fliegerfreunden über das Verbrechen gesprochen?«

»Ja, natürlich. Wir sind fassungslos. Vor allem, weil es möglich war, ein Flugzeug zu stehlen. Man weiß doch nie, was heutzutage so ein Verrückter damit anfängt. Aber dass der dann nur bis zum Berneck raufliegt, ist ja wohl ein Witz, oder?«

»Es gibt keinen Sinn, da haben Sie Recht«, erwiderte Linkohr, »wenn er nach dem Mord schon flüchten wollte, dann hätte er viel weiter wegfliegen können.«

»Wenn er genug Sprit hatte«, stellte die Frau fest.

»Hatte er. Es hätte einige Stunden gereicht«, erklärte Linkohr, während Häberle nun sein Glas leer trank. Der steckte danach seinen Zettel wieder ein und wandte sich an die Wirtin: »Sagt Ihnen der Name Günter Mosbrucker etwas?«

Sie lächelte wieder. »Der Elektriker?«

Häberle zuckte mit den Schultern. »Weiß ich nicht. Wohnt in Bad Boll draußen.«

»Ja, natürlich«, bestätigte die Wirtin, »ist auch Flieger. Steht wohl auf Ihrer Liste.«

»Sie kennen ihn?«, wollte der Kommisar bestätigt wissen.

»Ja, wir haben auch zusammen den Pilotenschein gemacht.« Sie überlegte, um dann energischer zu werden: »Wie kommen wir eigentlich alle auf Ihre Liste? Sind wir etwa die Verdächtigen?«

Häberle versuchte es wieder mit der sanften Tour. »Ach, was«, er machte mit der Hand eine abfällige Bewegung, »Quatsch, wir gehen nur einen nach dem anderen durch. Und weil der Herr Mosbrucker gar nicht weit von hier wohnt, liegt es doch nahe, Sie nach ihm zu fragen.«

Linkohr versuchte, den Faden wieder aufzunehmen: »Wenn Sie alle so kennen, ich meine, den Herrn Mosbrucker und den Herrn Hilgenrainer, auch den Herrn Rottler, dann trifft man sich nur beim Fliegen, oder auch sonst?«

Die Wirtin wirkte leicht irritiert. »Auch sonst mal, ja.«

»Hier in Ihrem Lokal?«, fragte Häberle.

Elvira Schneider wirkte plötzlich ernst. »Was soll jetzt eigentlich diese Frage?«

»Wir wollen uns nur ein Bild machen, wie eng die Kontakte sind«, erklärte Häberle und spürte, dass er jetzt vorsichtig sein musste.

»Ich glaube, dass Sie ein bisschen zu weit gehen. Das ist also doch ein Verhör ...« Ihr Misstrauen wurde größer.

»Nicht so, wie Sie denken«, formulierte es Häberle eine Spur diplomatischer, »aber wir denken, es ist besser, sich hier zu unterhalten, als offiziell bei einer Vernehmung in der Dienststelle.«

»Sie wollen mich vorladen?«, entfuhr es der Frau empört. »Darf ich bittschön wissen, was gegen mich eigentlich vorliegt?«

Der Kriminalist hob die Hände. »Nichts, ich bitt' Sie, nichts. Sie könnten uns allenfalls eine wertvolle Hilfe sein.«

»Entschuldigen Sie«, erwiderte sie, »aber ich glaub', ich hab' Ihnen alles gesagt, was Ihnen in Ihrem Mordfall weiterhelfen könnte.«

Sie schwiegen sich ein paar Sekunden an und lauschten einem weiteren Donner und dem Regenprasseln vor dem Haus. Häberle bat dann um die Rechnung. Die Wirtin erhob sich wortlos und ging zu ihrer Registrierkasse am Tresen.

»Ich will noch eins wissen«, flüsterte Häberle seinem Kollegen zu, als er den Geldbeutel aus der Gesäßtasche fingerte und andeutete, dass er beide Biere bezahlen wolle. Die Wirtin kam wieder und legte die ausgedruckte Quittung auf den Tisch. Häberle warf einen kurzen Blick darauf und reichte der Frau einige Euro-Münzen: »Das stimmt so.« Er lächelte ihr zu und sah sie von unten an: »Nur noch eine letzte Frage, Frau Schneider, hat sich denn Ihr engster Fliegerkreis, wenn ich das mal so sagen darf, in letzter Zeit mal getroffen?«

Sie ging einen Schritt zurück, so dass die beiden Kriminalisten sehen konnten, wie knapp ihre Hotpants saßen. »Ist das von so großer Bedeutung?«, fragte sie und ließ die Münzen in ihren Bedienungsgeldbeutel klimpern.

»Wie gesagt, wir wollen alle Zusammenhänge beleuchten«, erklärte Häberle sanftmütig, um dann hinzuzufügen: »Sie machen uns das Leben nur unnötig schwer.«

»Okay, Sie werden's ja doch rauskriegen. Wir haben uns gestern Abend getroffen, zu einem Grillfest, drüben an den Bürgerseen.«

Die Kriminalisten schwiegen. Linkohr kannte sich mit den Örtlichkeiten nicht aus, Häberle hingegen wusste, wo sich diese Seen befanden, fragte aber nach, um sich zu vergewissern: »Bei der Hahnweide?«

»Ja«, sagte die Wirtin nickend und wollte sich abwenden.

»Von wann bis wann?«

Die Wirtin überlegte. »Bis kurz nach Mitternacht. Ist das von Bedeutung?«

»Es könnte ja sein, dass Ihnen bei der Heimfahrt etwas aufgefallen ist – vorbei an der Hahnweide ...«, erwiderte Häberle.

Sie schüttelte den Kopf.

»Waren da noch andere Personen an den Bürgerseen?«

Elvira Schneider zögerte. »Na ja, Sie wissen doch, wie's dort auf- und zugeht. Großer Parkplatz, mehrere Feuerstellen, eine kleine Kneipe. Da ist man nie allein.« Mit einem verkrampften Lächeln ergänzte sie: »Auch wenn die Fußballnationalmannschaft gegen diese Insulaner gekickt hat ...«

Die beiden Kriminalisten verstanden: Es war das Zitterspiel gegen die Färöer-Inseln gewesen, das buchstäblich in letzter Minute noch 2:0 für das Team von Rudi Völler ausgegangen war.

»Nur noch eine letzte Frage«, hakte Häberle nach und stand auf, um nah an seine Gesprächspartnerin herantreten zu können. »Wer war aus Ihrem engsten Fliegerkreis alles dabei?«

Sie hielt ihren Geldbeutel jetzt verkrampft in beiden Händen. »Ich weiß nicht, ob ich Ihnen das sagen muss.«

»Es wäre schön, wenn Sie es täten, wir müssen leider abchecken, was vorige Nacht rund um die Hahnweide geschehen ist.«

»Sie kennen doch fast schon alle. Der Jens … Jens Hilgenrainer aus Süßen war dabei, der Günter Mosbrucker, ja, und ich.«

»Und Rottler, gehört der auch zu Ihrer Clique?«, fragte Häberle.

Sie schüttelte den Kopf. »Nein, den zähl' ich nicht dazu.«
Häberle bedankte sich und ließ die Wirtin zur Theke zurückgehen, während sein Kollege aufstand. Dann verließen sie das Lokal.

Während sich die beiden Kriminalisten durch ein kräftiges Sommergewitter kämpften und aus der Ferne vielfaches Martinshorn hörten, was auf ausgerückte Feuerwehren schließen ließ, räumte Wirtin Elvira Schneider die leergetrunkenen Weizenbiergläser ab. Nachdem sie den Männern am Tresen neues Pils serviert hatte, ging sie zu den Personen am Ecktisch hinüber.

»Was war denn los?«, wollte der graumelierte Geschäftsmann wissen, den sie Tommy nannten. Die Wirtin setzte sich und zog eine nachdenkliche Miene. »Kripo«, sagte sie knapp, »die schnüffeln jetzt ganz schön in Fliegerkreisen rum.«

»Ach«, machte Svea Heinemann »und wieso kommen die ausgerechnet zu dir?«

»Die haben eine Liste mit unzähligen Namen drauf, wahrscheinlich alles Piloten der Hahnweide. Die rätseln nämlich noch immer, wer die Tote ist«, erklärte die Wirtin.

»Verdammte Scheiße«, entfuhr es dem pomadigen, schnauzbärtigen jüngeren Mann, »die mischen den ganzen Laden auf.«

»Was meinst du damit?«, frage die kurzhaarige Blondine.

»Die lassen doch nicht locker. Was glaubt ihr denn? Wenn die auch nur die Spur eines Verdachts finden, irgendetwas Ungereimtes, dann beißen die sich fest wie tollwütige Hunde«, sagte der Pomadige, Andy genannt. Er hatte einige Semester Jura studiert, ehe er die Banker-Laufbahn eingeschlagen hatte.

»Und wenn schon?«, zeigte sich Svea Heinemann zuversichtlich, wie schon einmal an diesem Tag, »wir haben doch nichts zu befürchten. Was haben wir schon mit dem Mord zu tun? Nichts, überhaupt nichts.« Alle schwiegen für ein, zwei Sekunden, so dass sie zweifelnd und unsicher hinzufügte: »Denke ich jedenfalls, oder?«

Die Wirtin brach als Erste das Schweigen: »Wir sollten aber vielleicht unserem Freund Emil Bescheid geben.«

Sie schauten sich fragend an, bis erneut Svea Heinemann das Wort ergriff: »Unbedingt. Aber nicht per Handy und auch nicht übers normale Telefon. Das übernehm' ich – von einer Telefonzelle aus.«

»Richtig«, bestätigte Tommy, der ältere Geschäftsmann, »denkt bitte unbedingt dran. Kein Telefonat von einem identifizierbaren Anschluss. Nur von Telefonzellen aus. Ich entsinn' mich noch genau, wie die voriges Jahr in Geislingen einen Mörder geschnappt haben, nur weil er auf seinem Handy in der Nähe des Tatorts ein ›SMS‹ empfangen hat.

Denkt dran: Ein eingeschaltetes Handy hinterlässt überall Spuren. Man kann noch Monate danach euren Aufenthaltsort feststellen.«

»Im Übrigen«, so erklärte die Wirtin und wurde deutlich leiser, »stellen wir alle Aktivitäten vorläufig ein. Bis Gras über die Sache gewachsen ist. Habt ihr verstanden?«

Svea Heinemann nickte und ergänzte: »Außerdem bin ich für euch jederzeit da. Aber auch da gilt: Nur über Telefonzellen und nur, wenn's sein muss. Natürlich auch keine E-Mails mehr. Vorläufig bin ich ja noch weit vom Schuss. Und wenn ihr mich anruft, dann bitte nur verschlüsselt reden. Man weiß nie. Die könnten auf die Idee kommen, Telefonanschlüsse zu überwachen. Fragt mich einfach, ob wir uns zu einem Plauderstündchen treffen sollen. Dann«, sie machte eine kurze Pause, »dann weiß ich Bescheid. Wir nennen auch keinen Treffpunkt am Telefon. Unser Plauderstündchen findet deshalb grundsätzlich im Autobahn-Rasthaus ›Ellwanger Berge‹ an der A 7 statt – Fahrtrichtung Würzburg. Habt ihr das verstanden?«

Die drei anderen nickten.

Der Geschäftsmann griff das Thema wieder auf: »Was haben die beiden denn wissen wollen?«

»Wann ich meine engsten Fliegerfreunde zuletzt gesehen hätte.«

»Ach«, machte Tommy, der Geschäftsmann, »und, was hast du gesagt?«

»Wie es ist, gestern natürlich, hab' ich gesagt.«

»Und wen hast du namentlich genannt?«, fragte der Pomadige besorgt.

»Ich sagte doch, nur die Flieger. Und die sind denen sowieso schon bekannt.«

Es schien sich eine gewisse Erleichterung breit zu machen.

»Da haut's dir's Blech weg«, stellte Linkohr fest, als sie durch wolkenbruchartigen Regen die Stadt Göppingen verließen. Sein Erstaunen galt nicht der Wetterlage, sondern dem, was die Wirtin gesagt hatte. »Der Hilgenrainer war also auch bei der Grillfete«, resümierte er.

»Und uns hat er weisgemacht, er sei zuletzt vor zwei Wochen auf der Hahnweide gewesen«, ergänzte Häberle, der Mühe hatte, den Straßenverlauf zu erkennen.

»Na ja«, überlegte Linkohr, »im Prinzip hat er ja nicht mal so unrecht. Er war am Mittwochabend an den Bürgerseen – aber nicht auf der Hahnweide.«

»Als ob es da einen riesigen Unterschied gäbe«, empörte sich Häberle, »vielleicht zweihundert Meter Luftlinie! Wenn ich keinen Dreck am Stecken hab', sag' ich doch, wie's war – dass ich zwar nicht auf dem Flugplatz, aber ganz in der Nähe war. Und was macht dieser Hilgenrainer? Er verschweigt das!«

»Das wird ihm das Genick brechen«, meinte Linkohr.

»Nur langsam, Kollege«, empfahl Häberle, »mir scheint, dass die Sache ganz so einfach nicht ist.«

Inzwischen waren in weiten Teilen des Kreises Göppingen die Feuerwehren im Einsatz. Der Gewitterregen hatte Straßen überschwemmt und hunderte Keller unter Wasser gesetzt. An vielen Stellen waren Bäume über die Fahrbahn gefallen. Die Scheibenwischer des Kripo-Mercedes' kämpften gegen den niederprasselnden Regen an. Häberle steuerte den Wagen über die Jebenhäuser Bahnbrücke aus Göppingen hinaus. Nachdem sie eingestiegen waren, hatte er, obwohl es schon kurz vor 22 Uhr war, noch den Versuch unternommen, den Elektriker Günter Mosbrucker in Bad Boll telefonisch zu erreichen, der als nächster auf der Liste stand. Tatsächlich hatte sich der Mann gemeldet und sich bereit erklärt, die Kriminalisten zu später Stunde zu empfangen. Häberle war darüber froh gewesen, denn diese eine Vernehmung würde an diesem Tag das Bild vollends abrunden.

Von der Sonderkommission in Kirchheim, so ergab Linkohrs neuerliche Anfrage, gab es nichts Neues. Nur so viel, dass inzwischen alle Autos, die mittags auf dem Parklatz der Hahnweide registriert worden waren, abgefahren seien. Es war also kein herrenloses Fahrzeug zurückgeblieben, mit dem der unbekannte Pilot hätte gekommen sein können. Wie also, so überlegte Häberle, wie also hatte er den ein, zwei Kilometer außerhalb der Stadt gelegenen Fluglatz erreicht? Hat er sich hinbringen lassen? Oder kam er doch vom nahen Campingplatz? Der Kriminalist bat seinen Kollegen, noch einmal Funkkontakt mit der Sonderkommission aufzunehmen. »Fragen Sie, ob die Vernehmungen auf dem Campingplatz etwas erbracht haben, ob es Erkenntnisse gibt, dass dort jemand verschwunden ist.«

Linkohr befolgte dies. Die Antwort konnte Häberle über Lautsprecher mithören. »Keine Ansatzpunkte«, erklärte eine krächzende Männerstimme, »aber es ist natürlich brutal schwierig, dies festzustellen. Der ganze Campingplatz besteht fast nur aus Dauercampern. Jede Menge abgestellte Wohnwagen, die nur gelegentlich genutzt werden. Wenn da einer gestern gekommen und dann weggeflogen ist, merkt das kein Mensch.«

Häberle zeigte sich zerknirscht. Linkohr beendete die Verbindung.

Der Kommissar schwieg. Insgeheim hoffte er jetzt auf die Veröffentlichungen in der morgigen Tageszeitung. Die Zeugenaufrufe waren den Lokalzeitungen von Kirchheim, Nürtingen, Esslingen, Göppingen, Geislingen und Ulm gemailt worden. Vielleicht gab es auch Zeugen, die in den vergangenen Wochen schon etwas von einem geplanten Flugzeug-

Diebstahl gehört hatten. Allerdings waren auf die Rundfunk-Nachrichten, die bereits seit den Mittagsstunden entsprechende Zeugenaufrufe enthielten, keine Hinweise eingegangen – nicht einmal aus dem ländlichen Umfeld des Bernecks, wo normalerweise jeder Fremde sofort auffallen musste. Das stimmte ihn nachdenklich.

Als sie die Anhöhe zwischen Göppingen und Jebenhausen erreicht hatten, peitschte ihnen der kräftige Westwind noch mehr Wassermassen entgegen. Die Bäume des Öde-Waldes, rechts der Straße, bogen sich bedrohlich, kleinere Äste waren bereits auf die Straße gefallen. Häberle fuhr scharf an den Fahrbahnrand, als er im Rückspiegel das zuckende Blaulicht eines herannahenden Feuerwehrfahrzeugs sah. Er bremste und ließ es überholen. Im selben Moment zuckte ein Blitz, der die Albkante in der Ferne für einen kurzen Augenblick schemenhaft erkennen ließ.

»Da geht was ab, da haut's dir's Blech weg«, staunte Linkohr.

»Weltuntergangsstimmung«, meinte Häberle ungewöhnlich einsilbig.

Drunten in Jebenhausen floss das Wasser zentimeterhoch über die Straße, in einer Seitengasse zuckte gespenstisch ein Blaulicht. Häberle drosselte die Geschwindigkeit. Erst als sie das Jüdische Museum erreicht hatten, das in der alten Dorfkirche eingerichtet worden war, führte die Straße wieder leicht aufwärts, so dass die Wassermassen schneller abflossen.

»Waren Sie schon mal in diesem Naturkundlichen Museum?«, fragte Häberle, als sie wenig später auch an diesem Gebäude vorbeikamen.

Linkohr schüttelte den Kopf. »Gehört hab' ich davon, drin war ich aber noch nie.«

»Lohnt sich, viele Versteinerungen, alle aus der Gegend.«

Linkohr besah sich im Vorbeifahren die Fassade, während erneut ein gewaltiger Blitz zuckte und gleichzeitig ein Donner den Mercedes vibrieren ließ.

»Hier in Jebenhausen sind übrigens die Urgroßeltern mütterlicherseits von Einstein begraben«, erzählte Häberle weiter.

»Tatsächlich?«, zeigte sich Linkohr interessiert.

»Ja, Einstein ist in Ulm geboren – und man sagt, er sei als Kind manchmal auch hier in Jebenhausen gewesen.« Häberle schaltete einen Gang zurück. Die Sicht wurde durch den peitschenden Regen immer schlechter. Es war stockfinstre Nacht, obwohl der Himmel in den Tagen vor der Sommersonnenwende jetzt eigentlich noch hätte ziemlich hell sein müssen.

Bis zum nächsten Göppinger Stadtbezirk, dem ländlichen Bezgenriet, schwiegen sich die Kriminalisten an. Erst am Ortseingang sagte Häberle wieder: »Hier in Bezgenriet gibt's so etwas wie eine Rarität. Ein Privatflugplätzle. Mitten in der Landschaft, idyllisch, wie man sich die Fliegerei wohl in Amerika und in Australien vorstellen muss. Schon mal was vom Fritz Ulmer gehört?«

Linkohr zuckte mit den Achseln.

»Ein Flugzeugfan, wie's wohl keinen Zweiten gibt. Hat Oldtimer gesammelt, ein ganzes Leben lang. Segelflugzeuge, Motorflugzeuge. Wollte da draußen ein Museum bauen und ist auf den erbitterten Widerstand von Naturschützern gestoßen. Sie glauben nicht, mit welch fadenscheinigen Argumenten die das damals verhindert haben. Obwohl der Ulmers Fritz nichts anderes wollte, als die wertvollen Stücke einigermaßen stilgerecht zu präsentieren, haben sie ihm vorgeworfen, er wolle eine Art Vergnügungspark errichten. ›Mit Geisterbahn‹ und so, hatten die Gegner behauptet – das ist mir aus einem Zeitungsbericht von damals noch in Erinnerung.«

Wieder zuckte ein Blitz, krachte ein Donner. Sie hatten das kleine Bezgenriet bereits verlassen.«

»Und was ist draus geworden?«, wollte Linkohr wissen.

»Nichts. Ulmer war verbittert, hat vieles verkauft, an andere Museen, ich glaub' auch ins Technische nach Sinsheim – und den Rest hat er in seiner Flugzeughalle da draußen zerlegt und reingepfercht gelagert. Bis vor zwei, drei Jahren ein paar Taugenichtse aus purer Langeweile die Halle angezündet haben und die Träume vom Oldtimer-Fliegen in Schutt und Asche gesunken sind.«

»Tragisch«, meinte Linkohr.

»Ja, absolut. Für Göppingen wär' es eine große Chance gewesen, eine Besonderheit bieten zu können. Aber«, er kniff die Augen zusammen, weil er den Eindruck hatte, in ein schwarzes Loch zu fahren, »aber die Göppinger haben's mit dem Fliegen ohnehin nicht.«

»Wie meinen Sie das?«

»Na ja, obwohl sie Ende der zwanziger Jahre einen wahren Luftfahrt-Pionier in ihren Reihen hatten, den Eugen Kopp, der einen Flugplatz geschaffen und Zubringerflüge zu den großen Flughäfen der damaligen Zeit machen wollte, haben sie in jüngster Zeit ohne Not den Flugplatz aufgegeben, den ihnen die Amerikaner hinterlassen haben. Eine asphaltierte Piste im Filstal. Haben Sie's schon gesehen?«

»Ja, vom Polizeihubschrauber aus mal, ja.«

Häberle brachte zum Ausdruck, dass er manche kommunalpolitische Entscheidung nicht nachvollziehen konnte: »Wer gibt heute ohne Not einen Flugplatz auf? Schon gar in einer Gegend, die immer wehklagt, sie sei so furchtbar strukturschwach und habe keine vernünftige Anbindung ans überörtliche Verkehrsnetz. Eine Messe haben sie drauf bauen wollen. Utopische Pläne eines wortgewaltigen Baubürgermeisters, der inzwischen längst im Ruhestand ist. Ich frag' Sie: Wer interessiert sich in Göppingen für eine Messe, wenn ein paar Kilometer weiter auf den Fildern, am Stuttgarter Flughafen, eine gigantomanische geplant wird?«

»Und den Flugplatz, den wollte keiner mehr?«

Häberle schüttelte den Kopf, während der Innenraum des Mercedes wieder von einem Blitz erhellt wurde. »Nein. Das wurde schon Mitte der Neunzigerjahre entschieden. Auch, weil die Anwohner Zeter und Mordio geschrie'n haben. Dabei haben die allesamt da oben gebaut, als es den Flugplatz längst gab.«

»Und was ist jetzt aus dem Flugplatz geworden?«

»Nichts. Derzeit wird, glaub' ich, da oben Golf gespielt.«

»Die Flieger haben scheinbar wirklich eine schlechte Lobby«, stellte Linkohr fest, als sie Boll erreicht hatten. Ihr Ziel war jedoch der Teilort ›Bad Boll‹, wo es neben dem Thermalbad und dem Kurhaus auch einige Privathäuser gab. Dazu mussten sie jenen Ortsbereich, den sie auf der Durchgangsstraße erreicht hatten, wieder verlassen und noch etwa einen Kilometer bis zu einer Abzweigung fahren. Dort bog Häberle links in Richtung Eckwälden ab. Ganz nah vor ihnen, das sahen sie bei jedem zuckenden Blitz, erhob sich jetzt die Schwäbische Alb.

»Meinen Sie, der Brand in der Flugzeughalle des Oldtimer-Sammlers war gegen die ganze Fliegerszene gerichtet?«, fragte Linkohr plötzlich.

»Nein«, stellte der Ältere fest, »dazu gab es keine Hinweise. Das waren nur schlichtweg dumme Jungs, die da gezündelt haben. Ich glaub', die waren sich gar nicht bewusst, was in der Halle war. Die sah auch nach außen eher wie eine Feldscheune aus.«

Häberle bog erneut links ab – dorthin, wo die Wegweiser zum Thermalbad zeigten.

Augenblicke später tauchte links das Straßenschild auf,

das er suchte. Linkohr nannte die Hausnummer. Häberle ließ den Mercedes langsam durch die schmale Wohnstraße rollen, an der auf beiden Seiten altehrwürdige Häuser standen, die im Schein der Straßenlampen nur schemenhaft zu erkennen waren. Die großen Bäume dazwischen bogen sich im Sturm. Der Regen hatte eher noch zugenommen.

»Hier«, sagte Linkohr und deutete auf ein kleines Einfamilienhaus auf der linken Seite. Im Erdgeschoss brannte Licht. Vor dem umzäunten Garten stand ein orangefarbener VW-Kombi mit der Aufschrift ›Elektro-Service Mosbrucker‹, davor ein alter weißer Kleinwagen, ein Fiat Cinquecento.

Die beiden Kriminalisten parkten auf der gegenüberliegenden Seite, sprangen aus ihrem Wagen und rannten über einen schmalen Gartenweg zum Hauseingang, den ein winziges Vordach schützte. Wieder zuckten Blitze, krachten Donner. Das Gewitter schien am nordwestlichen Rand der Schwäbischen Alb festzusitzen. Jetzt war auch die deutliche Abkühlung zu spüren. Das musste ein gewaltiger Temperatursturz gewesen sein, dachte Häberle, als er den Klingelknopf betätigte. Der Bewohner hatte sie erwartet und war deshalb gleich an der Tür. »Hallo, kommen Sie rein«, sagte Günter Mosbrucker, der in halblangen Shorts, einem verknitterten, bunten kurzärmligen Hemd und Turnschuhen vor ihnen stand. Die beiden Kriminalisten betraten das Treppenhaus, dessen holzgetäfelte Wände mit Luftbildern geschmückt waren, dazwischen auch Fotos vom Start eines amerikanischen Spaceshuttles.

Der Mann, dessen ziemlich langes blondes Haar zerzaust war, dürfte etwa 40 Jahre alt sein, schätzte Häberle. Er bat sie ins Wohnzimmer, auf dessen marmornem Couchtisch die traurigen Überreste eines zerlegten Videorecorders lagen. Die beiden Kriminalisten nahmen drumherum in abgegriffenen Ledersesseln Platz, während sich Mosbrucker auf die Couch setzte. »Entschuldigen Sie, hier sieht's ziemlich unordentlich aus«, sagte der Elektriker, der ungewöhnlich harte Gesichtszüge hatte, »aber ich bin Junggeselle.«

»Lassen Sie nur, wir stören uns daran nicht«, sagte Häberle und stellte sich und seinen Kollegen vor. Dabei fiel sein Blick auf die mit Büchern und Geräten aller Art überladene Schrankwand. Dort waren mehrere Videorecorder gestapelt, offensichtlich nicht mehr die neuesten Typen, dazwischen Lautsprecher und allerlei Apparate, von denen Häberle nicht hätte sagen könnten, worum es sich dabei handelte. Alles schien kreuz und quer mit Kabeln verbunden zu sein. Der Teppichboden, so stellte Häberle fest, wäre auch längst erneuerungsbedürftig gewesen.

»Wir haben Ihnen am Telefon bereits angedeutet, was unser Anliegen ist«, begann er schließlich, »es geht um die schreckliche Sache heut' früh auf der Hahnweide drüben.«

»Ich hab' es den ganzen Tag über im Radio verfolgt, ja«, sagte Mosbrucker und musterte die Kriminalisten.

»Wir haben noch immer keine Ahnung, wer die tote Frau ist. Deshalb bleibt uns nur, alle Piloten der Hahnweide zu fragen, ob sie sich vorstellen können, wer sie ist.«

Mosbrucker nickte und wirkte irgendwie in sich zusammengesunken. Er starrte auf die Einzelteile des Videorecorders, die vor ihnen auf dem Tisch lagen. »Die Personenbeschreibung wurde im Radio genannt«, griff er die Frage Häberles auf, »da macht man sich in der Tat so seine Gedanken.«

Die beiden Kriminalisten lauschten aufmerksam und ließen ihr Gegenüber nicht aus den Augen.

»Und zu welchem Ergebnis sind Sie gekommen?«, hakte Linkohr nach.

»Ich bin mir nicht sicher«, Mosbrucker machte eine Pause,

»sonst hätt' ich Sie doch längst schon angerufen. Wissen Sie, ich will niemand in etwas hineinziehen. Als Geschäftsmann muss ich vorsichtig sein, gerade in heutiger Zeit. Jeder Auftrag, der mir flöten geht, ist, um ehrlich zu sein, eine Katastrophe.«

Häberle setzte wieder seinen väterlichen Blick auf. »Seien Sie unbesorgt, von uns erfährt niemand etwas. Wir brauchen nur Hinweise. Alles andere wird von uns dezent und diskret überprüft.«

»Als Sie vorhin angerufen haben«, redete Mosbrucker langsam weiter, »da ist mir klar geworden, dass ich's Ihnen sagen muss.«

»Und?« versuchte Linkohr die Gesprächsbereitschaft anzukurbeln.

Mosbrucker zögerte noch einen Moment, dann sagte er: »Es könnte die Heidrun Pulvermüller aus Wiesensteig sein.«

Die beiden Kriminalisten holten tief Luft. Zum ersten Mal an diesem langen Donnerstag, dem 12. Juni 2003, spürten sie so etwas, wie ein Erfolgserlebnis. Häberle fingerte umständlich seine völlig zerknitterte Namensliste aus der Hosentasche. Er drehte das Stück Papier um und machte sich auf der Rückseite Notizen. »Wie sagten Sie, Heidrun Pulvermüller?«

»Ja«, bestätigte der Elektriker, »wohnt in Wiesensteig, irgendwo in dem Tal Richtung Filsursprung, glaub' ich. Aber Sie finden sie sicher im Telefonbuch.«

»Und die Personenbeschreibung könnte passen?«, vergewisserte sich Linkohr.

Mosbrucker nickte und stützte seine Ellbogen auf den Knien ab.

»Woher kennen Sie sie?«, wollte Häberle wissen.

»Reiner Zufall. Da war mal so ein Flugplatzfestle, ist schon zwei, drei Jahre her. Da bin ich durch Zufall an einen

Tisch gekommen, an dem eine ziemlich lustige Gruppe saß, wohl auch die Heidrun. Eine ganz attraktive Frau, müssen Sie wissen«, Mosbrucker machte wieder eine Pause, »ich hab' sie später noch ein paar Mal angerufen, aber ich hab' gespürt, dass sie nichts von mir wollte. Letztes Jahr hab' ich sie durch Zufall dann wieder auf der Hahnweide getroffen. Ich war gerade dabei, meinen Flieger vor dem Start zu checken, da kam sie mit einem Piloten daher.«

»Sie selbst ist keine Fliegerin?«, fragte Linkohr.

»Zumindest damals nicht. Ob sie inzwischen den Schein gemacht hat, weiß ich nicht.«

»Und wer war der Pilot, in dessen Begleitung sie war?«, forschte Häberle nach.

Der Mann zuckte die Schultern. »Keine Ahnung. Meine Maschine stand auf der anderen Seite des Vorplatzes. Da konnt' ich nicht so genau sehen.« Er lächelte. »Na ja, außerdem hab' ich nur auf Heidrun geachtet.«

»Könnte es denn einer von denen gewesen sein, die damals beim Flugplatzfest waren?«, schaltete sich der jüngere Kriminalist wieder ein.

Mosbrucker schüttelte bedächtig den Kopf. »Wie soll ich das wissen? Ich interessiere mich nicht so sehr für Männer, wenn Sie versteh'n, was ich meine ...«

»Würden Sie ihn wieder erkennen?«, fragte Häberle.

Mosbrucker schüttelte den Kopf. »Wie gesagt, ich war weit weg und hab' nur auf Heidrun geachtet.«

»Jung, alt, groß, klein, Deutscher, Ausländer?« Häberle versuchte in ihn zu dringen.

Dieser zuckte wieder mit den Schultern.

»Lässt sich noch feststellen, wann das war?«, fragte Häberle.

»Nein«, Mosbrucker kniff die Lippen zusammen, »wie denn auch?«

»Sie müssen doch ein Flugbuch führen. Starts, Landungen, Flüge notieren, oder nicht?«

»Schon, ja«, Mosbrucker überlegte, »ja, natürlich. An einem der Tage des letzten Jahres muss es gewesen sein, im Sommerhalbjahr, vielleicht im Juni, ja, es war heiß, das weiß ich noch, weil die Heidrun Shorts getragen hat.«

»Das ist doch schon etwas. Wenn auf der Hahnweide jede Flugbewegung notiert wird, was die ja tun, dann müssten wir doch rausfinden können, wer an diesen Tagen kurz nach Ihnen gestartet ist.«

»Wahrscheinlich«, meinte Mosbrucker eher desinteressiert.

»Können wir Ihr Flugbuch kriegen?«, fragte Linkohr.

»Wenn ich's wieder bekomme, klar.« Mosbrucker stand auf und verließ das Wohnzimmer.

»Da haut's dir's Blech weg«, kommentierte der Jung-Kriminalist den Erfolg zu später Stunde.

»Ich hab's irgendwie gespürt, dass wir heut' noch einen Schritt weiterkommen«, sagte Häberle mit gedämpfter Stimme.

Mosbrucker kam mit einem schmalen querformatigen Buch zurück, das einen blauen, abwaschbaren Einband hatte. »Hier ist das ganze Fliegerleben dokumentiert«, sagte er, während er das Buch vor den beiden Kriminalisten auf den Tisch legte. Häberle schlug es auf und stellte fest: »Das hilft uns weiter. Startzeit, Landezeit, Landeort, super.«

»Sie sollten jedoch beachten, dass die Uhrzeiten in Greenwich angegeben sind. Wenn bei uns Sommerzeit ist, müssen Sie zu den Daten zwei Stunden dazu zählen, ansonsten eine«, erklärte Mosbrucker.

Häberle nahm das Buch und stand auf, die beiden anderen taten es ihm nach.

»Herr Mosbrucker, Sie haben uns sehr geholfen«, sagte der Chef-Kriminalist und schüttelte ihm kräftig die Hand, um dabei eher beiläufig nachzuhaken: »Ach ja, noch eine letzte Frage, wann waren Sie denn zuletzt auf der Hahnweide?«

Mosbrucker zog seine Hand zurück und überlegte. »Ich bin zuletzt vor drei Wochen geflogen«, sagte er.

Häberle und Linkohr sahen sich an. »Geflogen?«, griff der Chef-Kriminalist die Antwort auf, »geh'n Sie denn gelegentlich auch hin, ohne zu fliegen?«

Mosbrucker verzog das Gesicht zu einem krampfhaften Lächeln. »Auch, ja, gestern Abend war ich dort, an den Bürgerseen drunten.«

»Allein?«, fragte Linkohr.

Mosbrucker biss sich kurz auf die Unterlippe. »Ich denk' doch, dass Sie das längst wissen«, er lächelte, »wir haben gegrillt.«

»Wer ist ›wir‹?«, fragte Häberle und steckte seine rechte Hand in die Hosentasche.

»Ich weiß nicht, ob ich Ihnen das sagen muss«, erwiderte Mosbrucker.

Häberle ging nicht darauf ein, sondern preschte vor: »Dann sag' ich's Ihnen: Der Jens Hilgenrainer war dabei und die schöne Wirtin von der ›Down-Town‹ Kneipe, stimmt's?«

Mosbrucker schluckte.

»Und wer noch?«, wollte Linkohr wissen.

»Wie – wer noch?« Mosbrucker schien irritiert zu sein.

»Nur ihr drei?«, zeigte sich Häberle hartnäckig.

Mosbrucker zögerte kurz. »Nur wir drei, ja.«

»Ganz sicher?«, hakte Linkohr zweifelnd nach.

Mosbrucker nickte langsam. »Ganz sicher.«

»Ist der Aufwand nicht ein bisschen groß – nur zu dritt an einer großen Feuerstelle?«, staunte Häberle.

»Wie kommen Sie denn da drauf?!«, entfuhr es Mosbrucker, »im Prinzip ist man an einem lauen Sommerabend dort nicht allein. Da sind jede Menge Leute.« Und er fügte hinzu: »Trotz des Länderspiels auf den Färöern.«

»Wie lange waren Sie denn dort?«, fragte Linkohr nach.

»Vielleicht halb eins, länger nicht. Elvira … Frau Schneider hat auf Eile gedrängt. Sie wollte noch in ihr Lokal.«

»Und dann ist jeder für sich gefahren?«, zeigte sich Häberle interessiert.

Mosbrucker nickte. »Jeder wohnt woanders, ja. Aber darf ich fragen, was das alles zur Sache tut?«

Häberle lächelte fast väterlich: »Ist unser Job, der uns so neugierig macht, sonst gar nix.« Er reichte Mosbrucker zum Abschied erneut die Hand. Sein Gegenüber schien sichtlich froh zu sein, dass die Kriminalisten nun tatsächlich verschwinden wollten. Häberle spürte die kalte, schweißnasse Hand des Mannes. Das war vor ein paar Minuten noch anders gewesen. Linkohr schüttelte ihm ebenfalls die Hand und folgte Häberle ins Freie hinaus. Noch immer tobte der Regensturm. Nur die Blitze waren seltener geworden. Als sie wieder im Auto saßen, meinte Häberle: »Kollege, wir verschieben den Feierabend, funken Sie die Jungs in Kirchheim an. Die sollen uns die Adresse dieser Heidrun raussuchen – ich will wissen, ob wir richtig sind. Wir fahren nach Wiesensteig rauf.« Es war jetzt kurz vor viertel zwölf.

Häberle nahm die Autobahn. An der Anschlussstelle Aichelberg, gerade mal zwei, drei Kilometer von Bad Boll entfernt, bog er in die A 8 in Richtung Ulm ein. Die rechte der drei bergaufwärts führenden Spuren war mit einer unübersehbaren Kolonne kriechender Lastzüge belegt – wie immer. Die meisten hatten, wie es für langsam fahrende Fahrzeuge ein Hinweisschild vorschrieb, ihre gelben Warnblinklichter angeschaltet. Dies war eine Vorsichtsmaßnahme, zu der die Behörde gegriffen hatte, weil es nach dem Ausbau dieses Streckenabschnitts einige böse Auffahrunfälle gegeben hatte. Nachfolgende Pkw-Lenker hatten langsam kriechende Lkw übersehen oder deren Tempo überschätzt.

Für die Kollegen in der Sonderkommission war es kein Problem gewesen, Adresse und Telefonnummer von Heidrun Pulvermüller herauszusuchen. Als der Kripo-Daimler die so genannte Grünbrücke erreichte, mit der am Aichelberg die Waldgebiete beidseits der Autobahn für den Wildwechsel miteinander verbunden bleiben sollten, versuchte Linkohr, in Wiesensteig anzurufen. Dass sich niemand meldete, war in diesem Fall ein gutes Zeichen. Dies konnte darauf hindeuten, dass sie tatsächlich auf der richtigen Spur waren. Dennoch ließ es Linkohr klingeln, bis die Automatik abschaltete.

»Und, fahren wir trotzdem hin?«, fragte er zweifelnd und drückte auf den ›Aus‹-Knopf des Handys, als sie kurz vor dem Maustobel-Viadukt auf der mittleren Spur an der endlosen Lkw-Kolonne vorbeizogen. Der Regen hatte nachgelassen, doch die Sicht war schlecht. Schweigen. Häberle schien zu überlegen.

Rechts erkannte Linkohr die neue Tank- und Rastanlage Gruibingen, deren Parkflächen ebenso aufwändig gestaltet worden waren, wie das Rasthaus selbst, das im Feng-Shui-Stil entstanden ist. Als einziges in Europa, behauptete der Inhaber.

Kommissar Häberle überlegte laut: »Wenn die Pulvermüller unsere Tote ist, müssen wir so schnell wie möglich rauskriegen, mit wem sie befreundet war, wo sie gearbeitet hat – kurzum, ihr gesamtes persönliches Umfeld.«

»Ich bin auch davon überzeugt, dass wir dann ziemlich schnell wissen, mit wem sie heut' früh fliegen wollte«, bekräftigte Linkohr, »und dann werden wir auch erfahren, was dieser kurze Luftsprung aufs Berneck eigentlich sollte.«

Sie erreichten die Ausfahrt Mühlhausen, vor der das Tempo auf 80 km/h beschränkt ist – wegen des dann folgenden Albaufstiegs in Richtung Ulm, der viel zu steil und viel zu eng ist.

»Klar, wir werden uns das Umfeld anschau'n. Vielleicht gibt's ja Angehörige oder Wohnungsnachbarn«, meinte Häberle.

»Um diese Zeit …?«, zweifelnd deutete der Kollege auf die Uhr im Armaturenbrett.

»In diesem Fall scheu'n wir uns nicht, auch ein paar Leute aus dem Schlaf zu klingeln, oder?« Häberle lächelte. Er verließ die Autobahn und ließ den Mercedes jetzt auf die Landstraße rollen, die in weitem Bogen an Mühlhausen vorbei führte. Schon nach wenigen hundert Metern setzte Häberle den Blinker nach rechts in Richtung Wiesensteig. Das ›Goißatäle‹, wie der Volksmund das obere Filstal in diesem Bereich titulierte, zog sich an der Schwäbischen Alb entlang – bis hin zum Ursprung der Fils, der sich zwei Kilometer hinter dem idyllischen Städtchen Wiesensteig befindet. Hier, wo die umliegenden Hänge steil sind, gab es sogar eine Skischanze. Im Sommerhalbjahr wurde das Skigelände seit einigen Jahren von Gleitschirmfliegern als beliebter Startplatz genutzt. Das hatte Häberle erst kürzlich in der ›Geislinger Zeitung‹ gelesen, nachdem dort sogar ein 90-Jähriger zum wiederholten Mal durch die Lüfte gesegelt war.

Das Ziel der Kriminalisten war jedoch nicht dieses Seitental, sondern jenes, aus dem die junge Fils hervorkam. Dort, in der Helfensteinstraße, befand sich das Haus von Heidrun Pulvermüller. Häberle fuhr auf der schmalen Ortsdurchfahrt an den herausgeputzten kleinen Fachwerkhäusern vorbei, bis er am Ende des kleinen Städtchens der Beschilderung zum Filsursprung folgte.

Auf diese Weise gelangte er in das gesuchte Wohngebiet, das sich in dem engen Seitental weiter westwärts zog. Der Regen hatte aufgehört, doch ließen tiefe Pfützen an den Straßenrändern darauf schließen, dass es auch hier wolkenbruchartig geschüttet haben musste.

Linkohr zählte die Hausnummern mit, die in der Dunkelheit nicht an jedem Gebäude zu erkennen waren. »Da vorne muss es sein«, sagte er schließlich und deutete auf ein am rechten Hang stehendes kleines Einfamilienhaus, vor dem einige junge Birken wuchsen. In der Hofeinfahrt parkte ein älterer, weißer VW-Polo. »Doch jemand da«, meinte Linkohr zweifelnd, als der Kommissar den Mercedes eine Hauslänge davon entfernt stoppte. Sie stiegen aus und erkannten, dass nur hinter wenigen Fenstern in der Nachbarschaft noch Licht brannte. In dem Einfamilienhaus, das sie gesucht hatten, war jedoch alles dunkel. Sie durchschritten den kleinen Vorgarten, der pflegeleicht mit Bodendeckern bepflanzt war, und gingen zur hölzernen Haustür, der Wind und Wetter offenbar heftig zugesetzt hatte. Häberle erkannte im fahlen Licht der Straßenbeleuchtung, dass sie richtig waren. ›H. Pulvermüller‹ stand am Klingelknopf. Er drückte ihn. Irgendwo im Innern ertönte ein ziemlich lauter Gong.

Die beiden Kriminalisten schauten an der Gebäudefassade hoch, die längst wieder einen Anstrich nötig gehabt hätte, wie man selbst bei dieser schlechten Beleuchtung erkennen konnte. Nichts rührte sich. Häberle drückte abermals den Knopf.

»Da wohnt auch sonst keiner im Haus«, stellte Linkohr mit gedämpfter Stimme fest. »Offenbar Single«, fügte er hinzu.

»Sieht ganz so aus«, bestätigte Häberle und drückte noch weitere Male auf den Klingelknopf.

»Lassen wir aufbrechen?«, fragte sein Kollege.

Häberle überlegte kurz und holte tief Luft. »Da brauch' ich zuerst den Staatsanwalt. Nein, das machen wir morgen früh. Wenn wir jetzt mit der ganzen Mannschaft anrücken, gibt das ein wahnsinniges Aufsehen. Vorläufig können wir davon ausgehen, dass wir richtig sind.«

Die beiden Kriminalisten zuckten zusammen. Etwas hatte die Stille zerrissen. Nicht sehr laut und auch nur kurz. Ein Schlag, als sei im Haus eine Tür zugefallen. Ein kurzes, dumpfes Rumsen. Die beiden Männer schauten sich ungläubig an und verharrten. »Was ist'n das?«, flüsterte Linkohr verwundert. Häberle deutete ihm an, still zu sein. Sie blieben regungslos vor der Haustür stehen und beobachteten die Umgebung. Linkohr ging ein paar Schritte zurück und blickte an der Hausfront hinauf. Kein Licht. Keine Bewegung an den Vorhängen, soweit er dies erkennen konnte. Die Kriminalisten blieben nahezu eine Minute stehen, bis Häberle flüsternd und mit einer Handbewegung andeutete, was er vorhatte: »Wir geh'n mal rum.«

Der Chef-Kriminalist ging, gefolgt von Linkohr, zur linken Hausecke, wohin ein völlig deformierter Plattenweg führte. An der Giebelseite maß der mit Stauden bewachsene Vorgarten bis zum Zaun des Nachbargrundstücks etwa vier Meter. Der Plattenweg führte auch dort direkt am Gebäude entlang. Nach einigen Schritten blieb Häberle stehen, um am Gebäude hochzublicken. Nichts. Im Streulicht der Straßenlampe, die sich in einiger Nähe zum Haus befand, erkannte er, dass das Grundstück im hinteren Bereich steil zum Waldrand hin anstieg und einen ziemlich verwilderten Eindruck machte. Er bedauerte es, keine Taschenlampe dabei zu haben. Gleichzeitig wurde ihm bewusst, dass sie beide nicht einmal eine Waffe mitgenommen hatten. In einer derartigen Situation hatte sich Häberle schon häufiger befunden. Er verließ sich meist auf seine bärenstarken Kräfte. Andererseits jedoch gab es brenzlige Momente, in denen eine Schusswaffe durchaus hilfreich, wenn nicht gar lebenswichtig sein konnte. Wie vielleicht jetzt.

Sie lauschten in die Nacht. In der Ferne heulte ein Käuzchen, auf der Hochfläche rauschte der Wind im Blätterwerk der Bäume. »Verstärkung?«, flüsterte Linkohr. Er hatte vorsorglich das Handy mitgenommen.

Häberle deutete ihm mit einer Handbewegung an, sich absolut still zu verhalten. Ihm schien so, als habe er wieder etwas gehört. Hastige Schritte im Laub. Das Geräusch kam von der Rückseite des Gebäudes.

Sie schlichen sich langsam vorwärts zur nächsten Hausecke. Häberle ging auf Zehenspitzen, Linkohr folgte. Wieder war das Käuzchen zu hören, ganz in der Ferne sogar noch ein Donner des längst abgezogenen Gewitters. Wieder die Schritte. Jemand flüchtete in Richtung Wald. Das Geräusch war so laut und heftig, dass es nicht mehr von dem abgeflauten Wind herrühren konnte. Häberle huschte um die Ecke zur Gebäuderückseite und blickte vorsichtig in den ansteigenden Garten, der sich auf der ganzen Breite offenbar zum finstren Waldrand hinaufzog. Die Hecken und Stauden, nur als pechschwarze Gebilde zu erkennen, hoben sich mit wenig Kontrast von der Wiese ab. Häberle kniff die Augen zusammen und versuchte, am Waldrand, der etwa fünfzehn Meter entfernt sein mochte, etwas zu erkennen. Unmöglich. Die Schritte wurden leiser. Irgendjemand entfernte sich hangaufwärts.

Der Kommissar entschied, das Versteckspiel aufzugeben. »Ist hier jemand?«, schrie er mit sonorer Stimme, wie sie nur sein gewaltiger Brustumfang zustande bringen konnte, in die

Nacht hinaus. Linkohr war seinem Chef gefolgt. Sie befanden sich jetzt im stockfinstren Schatten, den das Haus im Schein der Straßenlampe nach hinten warf. »Da haut einer ab«, stellte Häberle mit gedämpfter Stimme fest. Er spürte, wie die Anspannung von ihm abfiel.

»Da haut's dir's Blech weg«, meinte Linkohr, »wir haben wohl jemanden gestört, der nicht erkannt werden will.«

»Sieht ganz danach aus. Rufen Sie die Kollegen, die sollen ein paar Streifen rausschicken. Da oben verläuft die Straße, die nach Weilheim und Richtung Kirchheim rüberführt.«

Immer noch staunend drückte Linkohr einige Tasten an seinem Handy und hatte Sekunden später einen Kollegen der Sonderkommission an der Strippe. Er schilderte ihm die Situation, während im Nachbarhaus hinter einem Fenster im Erdgeschoss Licht anging.

Linkohr wandte sich an Häberle: »Die Kollegen wollen wissen, ob sie eine Fahndung einleiten sollen.«

Der Chef-Kriminalist zögerte einen Augenblick. »Nach wem denn? Wir haben doch keine Ahnung, nach wem wir fahnden müssen.«

Linkohr gab dies so weiter, lauschte ins Handy und fragte abermals: »Und der Hubschrauber mit Wärmebildkamera?«

Der Kommissar erinnerte sich, dass seit kurzem die Hubschrauberstaffel des Landes Baden-Württemberg mit modernster Technik ausgerüstet und somit rund um die Uhr einsatzbereit war. »Okay«, sagte er, »lassen Sie die Jungs anfliegen.« Insgeheim befürchtete er jedoch, dass nur eine geringe Erfolgschance bestand. Der Kerl, der da im Wald verschwunden war, würde vermutlich ganz in der Nähe sein Auto abgestellt haben – in einem Forstweg oder an einem Ausranker. Bis die Streifen oder der Hubschrauber anrückten, würde er längst über alle Berge sein – und dies im wahrsten Sinne des Wortes. Viel mehr versprach sich der erfahrene Kriminalist von einem neuerlichen Zeugenaufruf. Vielleicht hatte ja droben auf der Neidlinger Steige ein vorbeikommender Autofahrer zufällig eine verdächtige Person oder ein verdächtiges Fahrzeug gesehen.

Häberle ging, nachdem Linkohr das Telefongespräch beendet hatte, vorsichtig an der rückwärtigen Hausfassade entlang. Er orientierte sich an der Wand und bekam ein Geländer zu fassen, das offenbar in einen Kellerabgang führte. Seine Augen hatten sich inzwischen an die Dunkelheit gewöhnt. Die Sehkraft reichte aus, um zu erkennen, dass die hell gestrichene Tür, die rund einen Meter tiefer lag, offen stand. Häberle hielt inne und deutete auf den Treppenabgang: »Da ist er raus.«

12

Das Verbrechen auf der Hahnweide war sogar dem ›Nacht-magazin‹ im Ersten Deutschen Fernsehen eine kurze Meldung wert gewesen. Allerdings nur, weil dabei ein gestohlenes Flugzeug eine Rolle gespielt hatte, wie es zur allgemein grassierenden Furcht vor Terroranschlägen aus der Luft passte. Auch der Mann, der mit sorgenvoller Stirn einen heißen Arbeitstag lang im Tower des kleinen Konstanzer Flugplatzes gesessen war, obwohl nur selten eine Maschine kam oder ging, hatte die Fernsehnachrichten gehört. Schlagartig wurde ihm wieder bewusst, dass er heute schon einmal bezweifelt hatte, ob von Bedeutung sein würde, was ihm aufgefallen war: Dass just heute wieder die attraktive Blondine angeflogen war und sich nach einer Maschine von der Hahnweide erkundigt hatte. Die beiden Frauen, das wusste er, trafen sich offenbar häufig in Konstanz. Ein paar Mal hatte er sogar einen Mann gesehen, der sie am Eingang zum Flugplatz abgeholt hatte.

Der Flugleiter, mit grüner kurzer Sporthose und einem weißen Unterhemd bekleidet, das den Bauch einzuzwängen schien, blickte in Gedanken versunken durchs Fenster zum Himmel hinauf, der in einer Sommernacht, wie dieser, nie richtig dunkel wurde.

Der Mann trommelte mit den Fingern der linken Hand auf die hölzerne Platte des Couchtisches, stand dann auf und holte sich das Mobilteil des Telefons, das in einem Regal der locker gestalteten Schrankwand lag. Noch während er wieder zu seiner Couch zurück ging, über der ein ziemlich naturgetreues Gemälde des Bodensees mit Blick zur Insel Mainau hing, drückte er die Nummer der Telekom-Auskunft. Er ließ sich gleich mit der Polizei in Kirchheim/Teck verbinden. Dort meldete sich eine Männerstimme, der er sein Anliegen vortrug. Er wurde sogleich zur ›Sonderkommission Hahnweide‹ weitergeleitet, wo sich ein Kommissar meldete, dessen Namen er nicht verstand.

»Weber aus Konstanz«, meldete sich der Flugleiter, »bin ich richtig, wenn's um die Sache auf der Hahnweide geht?«

»Ja, selbstverständlich«, bestätigte der Kommissar.

»Ich hab's mir lang überlegt, ob es was bringt, mich zu melden. Aber nachdem die Sache auch im Fernsehen gekommen ist, denk' ich, es kann ja nichts schaden, wenn ich Sie mal anrufe.«

»Schießen Sie los«, ermunterte ihn die Stimme, »macht ja nichts, wenn es uns nicht weiterhilft. Wir sind momentan auf jeden Hinweis angewiesen.«

»Also, Sie müssen wissen, ich bin der Flugleiter am Flugplatz in Konstanz, sitze im Tower und bin für an- und abfliegende Maschinen verantwortlich«, begann er zu erzählen, »ich hab' ja heut' gewusst, was auf der Hahnweide los war. Wir wurden entsprechend unterrichtet, per Fax.« Der Kommissar zeigte sich zwischendurch immer wieder mit einem »mhm« an den Schilderungen interessiert.

»Mir ist dann halt aufgefallen, dass heut' am frühen Nachmittag eine Pilotin gekommen ist, die sich mit einer anderen treffen wollte, die eigentlich hätte von der Hahnweide kommen sollen. Als ich ihr dann gesagt hab', was geschehen ist und dass deshalb heute von der Hahnweide überhaupt niemand würde kommen können, war sie ziemlich schockiert. Umso mehr noch, so hatte ich den Eindruck, als ich ihr das Kennzeichen des vermissten Flugzeuges genannte hab. Gerade damit sei doch immer ihre Freundin geflogen, hat sie gesagt.« Weber hatte sich konzentriert, um den Ablauf so kurz wie möglich zu schildern.

»Und dann ist sie wieder weggeflogen?«, fragte der Kriminalist.

»Ja, wieder zurück nach Rothenburg ob der Tauber, hat sie jedenfalls angegeben.«

»Sie kennen die Frau?«.

»Nur vom Sehen, kommt ja öfters vorbei, um ihre Freundin zu treffen. Aber wie sie heißt, weiß ich nicht.«

»Bei Ihnen wird aber das Kennzeichen des Flugzeugs notiert?«, vergewisserte sich die Stimme im Telefon.

»Ja, natürlich, Landezeit, Startzeit, Kennzeichen. Ist so Vorschrift«, erklärte Weber und stand auf, um nun in seinem Wohnzimmer telefonierend hin- und herzugehen.

»Haben Sie's noch im Kopf?«

»Nein, leider nicht. Ich müsste in meinem Buch im Tower nachsehen.«

»Und wer die Freundin ist, die von der Hahnweide kommen sollte, das wissen Sie auch nicht?«

»Nein, auch nicht.«

Der Kriminalist machte eine Pause. Danach fuhr er mit überaus freundlicher Stimme fort: »Das ist zumindest ein kleiner Hinweis, dem wir nachgehen können. Meine herzliche Bitte: Rufen Sie uns gleich morgen früh an, wenn Sie wieder an Ihrem Arbeitsplatz sind, und teilen Sie uns das Flugzeug-Kennzeichen mit.«

»Selbstverständlich.«

Der Beamte ließ sich Telefonnummer und Adresse Webers geben.

Nachdem der Flugleiter aufgelegt hatte, sank er seufzend auf seine Couch zurück. Das Gewitter, das auch über dem

Bodensee niedergegangen war, hatte kaum für Abkühlung gesorgt.

Häberle und Linkohr hatten aus dem Dienst-Mercedes eine Handlampe geholt. Ihr starkes Halogenlicht, so stellten sie zufrieden fest, war in der Lage, bis zum Dach des Einfamilienhauses zu strahlen. Häberle ging voraus zum Grundstück zurück, links um das Gebäude, wo sie inzwischen vom Nachbargrundstück aus ein älterer Mann in Boxer-Shorts und Unterhemd kritisch und fragend beäugte. »Ist was los?«, rief er über den bewachsenen Zaun.

»Häberle, Kriminalpolizei«, stellte sich der Chef-Kriminalist vor, »nichts Aufregendes. Hier wurde vermutlich eingebrochen.«

Der Nachbar zeigte sich entsetzt, wollte Details wissen, doch die beiden Kriminalisten verschwanden um die nächste Ecke zur Rückseite des Hauses. Häberle ließ den Lichtkegel der Lampe in den Kellerabgang fallen. Dort war die verrostete Tür, die offenbar nur aus relativ dünnem Metall bestand, im Bereich der Klinke aufgewuchtet und aus dem Schließmachanismus gehievt worden. »Nicht mal ein Sicherheitsschloss«, stellte Häberle schon beim Näher- kommen fest, »absolutes primitives Zeug. Ich frag' mich, was unser Vorbeugungsprogramm eigentlich soll.« Auch Linkohr kam nun die paar Stufen herab und besah sich die deformierte Tür.

»Da ist jetzt sicher keiner mehr drin«, stellte Häberle eher für sich fest. Dennoch schien es ihm geboten, Vorsicht walten zu lassen. Er öffnete die verbogene Tür und leuchtete in den Raum hinein. Es war wohl eine Art Waschküche, in der sich Waschmaschine und Trockner befanden, aber auch eine Vielzahl von Kartons. Häberle drückte auf den Lichtschalter und sogleich begann eine Leuchtstoffröhre zu zucken und grell zu strahlen. Der Kriminalist betrat den Raum und ging zur nächsten, nur angelehnten Tür. Linkohr, der ihm gefolgt war, zog sie mit einem Ruck auf, so dass der Strahl von Häberles Lampe in einen Flur fiel. Auch dort knipste der Kommissar das Licht an. Die beiden Männer drangen in das Gebäude vor. Durch eine weitere Tür gelangten sie ins Treppenhaus, durch das sie ins Erdgeschoss hochstiegen. Dazu brauchten sie ihre Handlampe nicht mehr, weil sie nun überall die Lichter einschalten konnten. Es handelte sich um ein eher schmuckloses Haus, stellte Häberle fest. Die Wände hätten längst eine neue Tapete nötig gehabt, die Lampen im Treppenhaus erinnerten an den Geschmack der späten 50er-Jahre. Häberle nahm ein Taschentuch, um beim Öffnen der unverschlossenen Wohnungstür keine Fingerspuren zu verwischen. Als sie den Flur betraten und auch dort das Licht eingeschaltet hatten, blieben sie für einen Moment wie angewurzelt stehen. Vor ihnen machte sich das Chaos breit. Die Schubladen des Garderoben-Schrankes waren herausgerissen, der Inhalt auf dem gefliesten Fußboden verstreut.

»Da hat einer ganze Arbeit geleistet«, stellte Häberle fest und stieg vorsichtig mit den Zehenspitzen über die Gegenstände hinweg. Er sah einen Schlüsselbund, diverses Schminkzeug, Kämme, Bürsten und eine Unmenge von Schmierzetteln. Linkohr folgte seinem Chef, der eine Tür öffnete, die zum Wohnzimmer führte. Auch dort knipste Häberle das Licht an. Gleiches Chaos. Die Türchen der Schrankwand standen weit offen, Bücher, Broschüren und Zeitungen waren auf dem gesamten Teppichboden verstreut. Der Unbekannte, der vor wenigen Minuten hier gehaust hatte, war mit der Einrichtung nicht gerade zimperlich umgegangen. Alles deutete auf große Eile hin.

Die beiden Kriminalisten hatten Mühe, nichts von dem, was am Boden lag, zu zertreten. Häberle ging wieder in den

Flur zurück und öffnete eine weitere Tür. Zum Schlafzimmer. Als er das Licht angeschaltet hatte, blickten er und sein Kollege auf ein Bett, das vollständig zerwühlt war. Das Kissen mit den roten Herzen lag auf dem Boden, das Leintuch war an allen Seiten herausgerissen. Einige Kleidungsstücke hatte der Eindringling aus dem großen, mit Spiegeln versehenen Schrank ebenfalls auf den rötlichen Teppichboden geworfen, darunter ein überaus reizvolles Abendkleid, wie Häberle erkannte.

Die beiden Kriminalisten wandten sich einem weiteren Raum zu, der vom Flur aus zu erreichen war. Es schien ein Arbeitszimmer zu sein. Auch hier dasselbe chaotische Bild. Aktenordner, Schnellhefter, ja selbst hunderte Blätter leeres Druckerpapier waren verstreut. Dann fiel Häberle das Ventilatoren-Geräusch des Rechners auf. Der Computer-Bildschirm stand auf dem Schreibtisch, der sich abseits des Fensters befand. Er war eingeschaltet, zeigte jedoch nur weiße Buchstaben- und Zahlenkombinationen auf schwarzem Grund. Als ob das Programm abgestürzt wäre.

»Da haut's dir's Blech weg«, entfuhr es Linkohr, »da hat einer im Rechner rumgepfuscht.«

»Ich würd' eher sagen, er hat etwas beseitigt«, resümierte Häberle, um dann hinzuzufügen: »Das ist eine Sache für unsere Spezialisten. Ich wette, unser Unbekannter hat die Festplatte formatiert oder zerstört. Die Daten sind futsch.«

»Dann hat wohl die Frau Pulvermüller irgendetwas gespeichert gehabt, was unseren Täter verraten hätte.«

»Es sieht verdammt danach aus.«

»Und wir waren dem Kerl dicht auf der Spur«, meinte der junge Kollege mit ein bisschen Stolz in der Stimme.

»Ja, waren. Das ist der richtige Ausdruck. Waren. Inzwischen aber dürfte er schon meilenweit weg sein.«

Es hatte eine Zeit lang gedauert, bis die Streifenwagen die Neidlinger Steige erreichten. Die Polizisten aus Geislingen waren gerade in Böhmenkirch gewesen – ganz am anderen Ende ihres Revierbereichs, ihre Kollegen aus Göppingen hatten es mit einem streunenden Hund in Hohenstaufen zu tun gehabt und die Kirchheimer Streife mit einem Ehestreit irgendwo im Lenninger Tal. Für alle jedenfalls bedeutete der Einsatz in Wiesensteig einen langen Anfahrtsweg. Selbst das Autobahn-Polizeirevier im nahen Mühlhausen hatte keine Streife abziehen können, weil diese sich gerade zu einer Unfallaufnahme am Autobahnkreuz Ulm/Elchingen befand.

Inzwischen waren zwei Streifenwagen bereits mehrfach die Neidlinger Steige auf- und abgefahren, ohne jedoch eine Spur des Geflüchteten zu entdecken. Wenn er tatsächlich, wie Häberle vermutete, den Steilhang hinter den Häusern hochgerannt war, hatte er in fünf, sechs Minuten die Straße erreicht. Und dort gab es jede Menge Möglichkeiten, ein Auto abzustellen. Vermutlich, so hatte Häberle den Beamten am Funk die Situation geschildert, war der Einbrecher von dort oben auch gekommen.

In der noch immer schwülen Luft lag jetzt das Knattern eines Hubschrauber-Rotors. Die diensthabende Crew war sofort nach der Alarmierung in Stuttgart gestartet und an der Autobahn entlang Richtung Aichelberg geflogen, dort aber dann nach rechts in Richtung Weilheim und hinauf ins Neidlinger Tal abgebogen. Pilot und Co-Pilot trugen ihre Spezialbrillen, mit denen sie auch in dieser Dunkelheit, wie sie nach dem durchgezogenen Gewitter herrschte, das Gelände erkennen konnten. Die Alb hob sich aber auch ohne diese Sehhilfe als drohend schwarzer Koloss vom helleren Himmel ab. Die beiden Piloten sahen unter sich die Lichter der Fahrzeuge, die in dieser Sommernacht über die schmalen Sträßchen des Albvorlandes zu schleichen schienen.

»Bussard eins«, krächzte es in den Kopfhörern der beiden Piloten. Der Uniformierte auf dem rechten Sitz meldete sich und gab gleichzeitig die Position des Helikopters durch.

»Wie groß ist Ihre Chance, eine flüchtige Person in diesem Waldgebiet ausfindig zu machen?«

»Gering«, sagte der Co-Pilot und blickte auf das schwarze Waldgebiet unter sich hinaus, »außerdem sind noch viele Fahrzeuge unterwegs. Wenn die Zielperson ein Auto abgestellt hatte, ist sie längst weg.« Hinzu kam, dass die Wärmebild-Technik kaum weiterhelfen würde. Viel zu viele Objekte waren nach der sommerlichen Tageshitze trotz des Gewitterregens noch derart stark aufgeheizt, dass einzelne Menschen kaum herauszufinden waren.

Der Helikopter überflog jetzt Neidlingen und folgte der aufwärts führenden Straße – in Richtung Wiesensteig.

»Wir machen ein paar Erkundungen und nehmen die Kamera zu Hilfe«, funkte der Co-Pilot zurück, »wenn ihr was habt, dann meldet euch«, fügte er hinzu.

Vereinzelt sahen sie jetzt aus der Luft auch Blaulichter zucken. Inzwischen waren weitere Streifen eingetroffen, die damit begannen, Kontrollstellen einzurichten und Fahrzeuge zu kontrollieren.

Der Pilot legte die Maschine in eine Steilkurve nach rechts, um das Waldgebiet entlang der Straße nun systematisch abzufliegen. Gerade entlang der Albkante erforderte ein Nachtflug hohes fliegerisches Können und höchste Aufmerksamkeit. Bereits nach wenigen Minuten mussten die Männer im Helikopter feststellen, dass trotz des vorausgegangenen Unwetters noch relativ viele Autos an den Waldrändern parkten.

»Sind vielleicht nur bei ihrem Schäferstündchen vom Regen überrascht worden«, stellte der Pilot fest, dessen Stimme sein Kollege im Helmlautsprecher hören konnte.

»Und wie sollen wir da rauskriegen, wer unser Täter ist?«, fragte der Co-Pilot zurück.

Der Mann auf dem linken Sitz zuckte mit den Schultern. »So lange die keine Freund-Feind-Kennung haben, machen die's uns schwer.«

13

Die Sonderkommission hatte die Spezialisten der Spurensicherung nach Wiesensteig geschickt und auch gleich einen Computer-Experten des Landeskriminalamts aus dem Bett geholt. Gegen halb zwei war das Einfamilienhaus in der Helfensteinstraße durch einen Lichtmast der Bereitschaftspolizei in gleißendes Licht gehüllt. Seit einer dreiviertel Stunde durchkämmten zusätzlich zwei Hundeführer den Steilhang hinter dem Gebäude. Häberle hatte eingewilligt, alles zu alarmieren, was in irgendeiner Weise Erfolg versprechen konnte. Noch immer lag das Knattern der Helikopter-Rotoren in der Luft. Der Großeinsatz hatte dazu geführt, dass alle gehfähigen Bewohner dieses Gebiets auf den Beinen waren. Deshalb musste die Straße weiträumig mit rot-weißen Plastikbändern abgesperrt werden. Trotzdem hatten mehrere junge Beamte Mühe, die Schaulustigen zurückzuhalten. Das Gerücht machte die Runde, in dem Haus habe es ein Blutbad gegeben. Die allein stehende Frau, die dort seit drei Jahren wohnte, hatte unter der eher biederen Nachbarschaft ohnehin Anlass für mancherlei Spekulation gegeben.

Häberle und Linkohr hatten sich in einen Mannschaftstransportwagen zurückgezogen. Sie fühlten sich hundemüde und hatten Ränder unter den Augen, wie sie im grellen Licht der Wageninnenbeleuchtung besonders krass hervortraten.

Während Linkohr Notizen machte, fasste Häberle den Entschluss, sich einige Stunden Schlaf zu gönnen, um am

Morgen mit neuer Kraft die Erkenntnisse der Spurensicherung bearbeiten zu können.

»Wir geh'n«, sagte er und tippte seinem jungen Kollegen auf die Schulter.

»Noch eins«, begann der zu berichten, »die Kollegen in Kirchheim sagen, es habe sich ein Mann aus Konstanz gemeldet. Flugleiter dort. Ihm ist heut' Mittag aufgefallen, dass sich bei ihm zwei Frauen treffen wollten, eine hätte von der Hahnweide kommen sollen.«

»Ach«, überlegte Häberle, »das klingt spannend.«

Dann setzten sich die beiden Kriminalisten in ihren Mercedes. Häberle hatte Mühe, ihn zwischen den Einsatzfahrzeugen zu wenden. Anschließend löste ein Wachtmeister das Absperrband, das quer über die Straße gespannt war und forderte die Gaffer auf, dem Wagen Platz zu machen. Der Kommissar winkte dem Wachtmeister freundlich zu und steuerte den Mercedes zur Durchgangsstraße zurück. Linkohr, der in Geislingen wohnte, musste mit nach Göppingen fahren. Denn dort hatte er am späten Vormittag seinen beigen Renault Twingo abgestellt, als er von Häberle in die Sonderkommission berufen worden war.

Die beiden Kriminalisten verabredeten sich auf 9.30 Uhr bei der Göppinger Dienststelle. Das würde eine verdammt kurze Nacht werden.

Es war Freitag, der Dreizehnte. Frederik Steinke verdrängte den Gedanken, es könnte ein Unglückstag sein. Er war nicht abergläubisch und hasste das dumme Geschwätz der Rundfunk-Moderatoren, die ihm bei der Fahrt ins Büro unablässig weismachen wollten, es könnte heute alles schief gehen. Dass ihm jedoch beim Betreten des großen Verwaltungsgebäudes auch gleich wieder dieser Altmann über den Weg gelaufen war, konnte tatsächlich ein böses Zeichen sein. Freitag, der

Dreizehnte, und dann auch noch dieser Sesselfurzer, dachte er bei sich. Hinzu kam, dass ihn dieser Finanzmensch zwar überaus freundlich begrüßt hatte, dann allerdings mit gewissem Befehlston in der Stimme um ein Gespräch ›unter vier Augen‹ bat. Steinke zuckte zusammen, ließ sich aber nichts anmerken. Er versprach, in einer halben Stunde in jenes Büro zu kommen, das seit Monaten von dem Betriebsprüfer in Beschlag genommen wurde.

Als Steinke die Tür seines Büros hinter sich geschlossen hatte, zog er sein helles Lederjackett aus. Er öffnete ein Fenster und ließ die Frische des Morgens herein. Es hatte abgekühlt, der Himmel war noch mit Wolken verhangen. Doch die Meteorologen kündigten bereits wieder zunehmende Hitze an. Kein Wetter, wie man es von den zurückliegenden Sommern her kannte. Früher hatte ein einziges Gewitter das Wetter auf Wochen hinaus versaut. Nun schien es aber so, als schreite die Versteppung Mitteleuropas langsam voran, hatte Steinke kürzlich zu einem Geschäftsfreund ironisch gesagt.

Der braun gebrannte Vorstandsvorsitzende des größten Computer-Unternehmens weit und breit ließ sich in seinem übergroßen Chefsessel nieder und sah die Schlagzeile der in Göppingen erscheinenden Neuen Württembergischen Zeitung, kurz NWZ genannt, die ihm seine Sekretärin zusammen mit der Stuttgarter Zeitung und der Frankfurter Allgemeinen jeden Morgen fein säuberlich auf den Schreibtisch legte. Obwohl er die Heimatzeitung bereits zu Hause überflogen hatte, ließ er die Schlagzeile der ersten Seite noch einmal auf sich wirken: »Deutschland stöhnt unter der Hitze.«

Dann schob er die Zeitungen zur Seite und drückte einen Knopf an seinem multifunktionalen Telefon. »Ja«, hörte er Rottlers Stimme unwirsch.

»Komm' bitte zu mir.«

Rottler erwiderte etwas, das nicht zu verstehen war. Doch Steinke hatte auch nicht vorgehabt, auf eine Antwort zu warten. Keine halbe Minute später klopfte es und Olaf Rottler betrat lässig den Raum. Sein volles schwarzes Haar war heute allerdings nicht so sauber gekämmt, wie Steinke dies gewohnt war. Der Finanz-Chef seines Hauses trug eine hellblaue Hose und ein weißes, kurzärmeliges Hemd, keine Krawatte. Er schien bereits aufs Wochenende eingestimmt zu sein.

Steinke bot ihm einen Platz an dem Besprechungstisch an, wo sie sich in bequemen Ledersesseln gegenüber saßen. »Der Sesselfurzer will mit mir unter vier Augen schwätzen«, begann er in gequältem Hochdeutsch.

»Das ist ja nichts Neues«, gab Rottler eine Spur zu schnippisch zurück.

»Du solltest das schon a bissle ernster nehme, mein Lieber«, entgegnete Steinke, »ich hab' nämlich a ganz ungut's G'fühl.«

Rottler verengte die Augenbrauen und rutschte nervös auf seinem Sessel hin und her. »Wie kommst du denn darauf?«

»Na ja, zuerst kündigt er schriftliche Fragen an, die wir noch nicht beantwortet hent – und jetzt plötzlich treff' ich den vorhin beim Reingehen, rein zufällig, und da sagt er mir mit Grabesstimme, dass er mich unter vier Augen sprechen will. Ohne dich.« Steinke blickte seinen Finanz-Chef durchdringend an. Dieser versuchte, den Blicken standzuhalten: »Und was glaubst du, hat das zu bedeuten?«

Steinke stützte sich mit den Ellbogen auf der Tischplatte ab. Das tat er immer, wenn er aufgeregt war. »Nichts Gutes, nichts Gutes«, entgegnete er, »ich sag' dir, wenn der irgendwelche Unregelmäßigkeiten entdeckt hat, bisch du der Verantwortliche – damit wir uns gleich richtig verstandet.« Seine Stimme klang bedrohlich.

Rottler erschrak, doch er versuchte, ruhig zu bleiben. »Ich wüsste nicht, was es zu beanstanden gäbe.«

»Dein Wort in Gottes Ohr«, versetzte der Vorgesetzte energisch. »Ich hoff' bloß, dass mit den Belegen und Buchungen alles wasserdicht isch.«

»Absolut«, erklärte Rottler und unterstrich dies mit einer entsprechenden Handbewegung.

»Ich wollt' nur noch mal geklärt haben: Ich bezahl' dich fürstlich, das weißt du, damit du mir die Kohle aus dem Feuer holst. Hent wir uns da richtig verstande?«

»Absolut«, sagte Rottler kurz und lächelte gequält.

»Ich werd' mir also anhöre, was der Sesselfurzer zu verzapfen hat, aber eine Stellungnahme kriegt der von mir nicht. Des isch dein Part.«

Rottler nickte und stand auf, während Steinke das Thema wechselte: »Hosch des mit dr Hahnweide g'lese? Die Kripo tappt offenbar ziemlich im Dunkeln, wie mir scheint.«

Rottler blieb stehen und schaute zu seinem sitzenden Chef hinab: »Ja, eine schlimme Geschichte. Ganz schlimm, gewiss.«

»Und du kennst da drübe niemand, der in die Sach' verwickelt sein könnt'?«

Der Finanzexperte schüttelte den Kopf. »Nein, du weißt, ich bin kein Vereinsmeier. Ich brauch' zum Fliegen keine kleinkarierten Vereinsheinis um mich rum.«

Steinke nickte in Gedanken versunken und ließ den anderen ohne weitere Worte gehen. Er blickte durch das geöffnete Fenster zu den Ästen der alten Bäume hinaus, die seinen Firmenkomplex umgaben. Freitag, der Dreizehnte, dachte er aufgewühlt.

14

August Häberle hatte seiner Frau schonend beigebracht, dass es mit dem Grillen an diesem Wochenende wohl nichts werden würde. Sie war darüber enttäuscht gewesen, das hatte er gespürt, aber dennoch konnte er sich sicher sein, dass sie es verstehen würde. Sein Job ließ gar keine andere Möglichkeit zu. Und seit er wieder in Göppingen war, hatte er ohnehin mehr freie Abende und Wochenenden, als zu seiner Zeit als Sonderermittler beim Landeskriminalamt. Die Arbeit dort hatte ihm Freude gemacht, doch genoss er es nun, wieder daheim in der Provinz zu sein, wo manches etwas weniger hektisch war, als in der Landeshauptstadt.

Häberle hatte nur ein spartanisches Frühstück zu sich genommen und war kurz nach acht zur Göppinger Dienststelle gefahren und in sein Büro gegangen. Obwohl er früher, als verabredet dort ankam, wartete sein junger Kollege bereits. Linkohr unterhielt sich mit einigen altgedienten Kriminalisten, die sich schildern ließen, was die Sonderkommission am gestrigen Tag ermittelt hatte. Er erzählte und ließ dabei erkennen, wie hochmotiviert er war. Als Häberle auf dem Flur auftauchte, wandten sich die Kriminalisten ihm zu und begrüßten ihn. Sie waren sichtlich erfreut, dass der gewiefte Ermittler noch vor der Fahrt nach Kirchheim bei ihnen vorbeischaute.

Sie wechselten einige freundliche Worte und Häberle sagte, er könne derzeit noch nicht abschätzen, wie lange ihn die Aufgabe in Kirchheim in Anspruch nehmen werde.

»Der Chef ist nicht sehr begeistert«, berichtete einer der Kollegen und meinte damit den Leiter der Kriminalpolizei. Häberle lächelte vielsagend und verabschiedete sich. Linkohr tat es ihm nach.

Als sie wieder in ihrem Dienst-Mercedes saßen und über die vierspurige B 10 in Richtung Uhingen fuhren, brachte Häberle das Gespräch auf die Medienberichte. »Schon gelesen, was die Zeitung schreibt?«

»Nur die Geislinger, die haben's aber ziemlich ausführlich gemacht. Der Sander hat noch einen Extrabericht übers Berneck geschrieben.«

Der Sander, ja, dachte Häberle. Sander war der Polizeireporter der ›Geislinger Zeitung‹, in deren Zuständigkeitsgebiet der Alb-Flugplatz Berneck lag. Häberle schätzte diesen Journalisten, weil auf ihn absoluter Verlass war. Das konnte er von anderen Medienvertretern, die er im Laufe seines Berufslebens kennen gelernt hatte, nicht unbedingt behaupten. Vor allem ließen es viele, was die Polizeiarbeit anbelangte, am nötigen Sachverstand missen – oder am Verständnis.

»Ich denke, wir werden heut' einige Hinweise aus der Bevölkerung kriegen«, meinte er, »wir werden uns jetzt erst mal von unseren Jungs in Kirchheim einen Lagebericht geben lassen.«

Sie verließen bei Uhingen die B 10 und steuerten über Albershausen und Schlierbach auf Kirchheim zu. Bereits nach 35 Minuten hatten sie ihr dortiges Ziel, das Polizeirevier in der Dettinger Straße, erreicht. Als sie auf dem parkähnlichen Areal ausstiegen, spürten sie die angenehme Frische des Morgens. Das Gewitter hatte die drückende Schwüle aufgelöst. Am Himmel hingen zwar noch tiefe Wolken, doch begannen sie sich bereits aufzulockern. Die Front, die am späten Donnerstagabend durchgezogen war, sollte das Wetter nicht nachhaltig beeinträchtigen. Fürs Wochenende versprachen die Meteorologen schon wieder hitzige Temperaturwerte.

»Für uns ist Freitag, der Dreizehnte, kein Unglückstag, sondern ein Glückstag«, schmunzelte Häberle, als sie die Kollegen begrüßten, die in dem modernen, hellen Anbau vor verschiedenen Computerbildschirmen saßen oder sich in die Aktenberge vertieften.

Markus Deutschländer, der braungebrannte Kripo-Außenstellenleiter, der ein kurzes blaues Hemd und Jeans trug, bat die beiden Ankömmlinge in ein kleines Büro im Erdgeschoss, um sie über den Stand der Ermittlungen zu informieren. Demnach gingen seit den Morgenstunden, als die Tageszeitungen erschienen waren, immer wieder Anrufe ein, mit denen auf merkwürdige Beobachtungen verwiesen wurde. Häberle und Linkohr gruppierten ihre Stühle um den Kollegen, der vor sich einen unübersehbaren Papierwirrwarr liegen hatte. Die Zettel waren mit handschriftlichen Notizen versehen, aber auch mit Kringel und Kreisen, wie sie aus Langeweile beim Telefonieren gemalt werden.

»Die Aktion heut' Nacht war eher eine ›Aktion Wasserschlag‹«, erklärte der Kirchheimer Kripo-Chef. »Die Jungs im Hubschrauber haben mit ihrer Wärmebildkamera nicht viel ausrichten können. Nach dem heißen Tag waren viel zu viele Objekte noch aufgeheizt. Da ist es nahezu unmöglich, einzelne Personen aufzuspüren.«

»Also nichts?«, warf Linkohr enttäuscht ein.

»So ist es«, sagte Deutschländer und kratzte sich im vollen Haar, »auch die Hunde sind nicht fündig geworden Es sieht ganz danach aus, als sei die Zielperson auf der Neidlinger Steige spurlos verschwunden, also offenbar in ein Auto gestiegen und weggefahren.«

»Und die Streifen kamen natürlich alle zu spät«, stellte Häberle mit einer gewissen Resignation in der Stimme fest. Deutschländer sagte nichts. Er sortierte stattdessen seine Blätter und suchte neue Notizen. Dann fuhr er fort: »Die Kollegen der Spurensicherung haben das Haus der Heidrun Pulvermüller auf den Kopf gestellt.«

»Und?« Häberle zeigte sich ungeduldig.

»Nichts, was uns weiterbringen könnte. Zumindest sieht es danach aus. Der Einbrecher hat offenbar in hektischer Eile alles durchsucht, bis hinauf zum Dachboden. Wir haben natürlich keine Ahnung, ob etwas gestohlen wurde. Sicher ist nur, dass er die Festplatte ausgebaut hat.«

»Ach«, staunte Häberle, »und das geht so einfach ruckzuck?«

»Auskennen muss man sich natürlich schon. Aber welcher 15-Jährige wär' heutzutage dazu nicht in der Lage?« Deutschländer zögerte und lächelte. »Wir dürfen da nicht unbedingt von uns ausgehen.«

Linkohr hakte nach: »Und ein Notizbuch? Gibt's kein Telefonverzeichnis, irgendetwas, das auf ihren Freundes- und Bekanntenkreis schließen ließe?«

»Wir haben eine Menge Ordner aus ihrem Arbeitszimmer mitgenommen. Die Kollegen sind dabei, sie zu sichten«, sagte der Braungebrannte.

»Wahlwiederholung am Telefon?«, fragte Häberle knapp.

»Wurde getestet. Es taucht aber nur eine ›Eins‹ auf. Der Täter hat offenbar an alles gedacht, kurz abgehoben und eine Zahl gedrückt – damit ist die vorherige Nummer futsch.«

»Sind andere Nummern programmiert gewesen?«

»Ja«, erklärte der Deutschländer, »aber bisher nicht gecheckt.«

»Und ein Handy?«, wollte Linkohr wissen.

»Hat sich keines gefunden. Wir lassen aber prüfen, ob

auf ihren Namen bei irgendeiner Telefongesellschaft eines angemeldet ist. Das dauert noch einige Stunden. Außerdem wollen wir feststellen, wohin sie in den vergangenen Tagen vom Festnetz aus telefoniert hat. Das dürfte für die Telekom kein Problem sein.«

»Wenn's Probleme mit Staatsanwalt oder Richter gibt, dann lasst mich das wissen«, erwiderte Häberle, dessen Beziehungen in diese Richtung geradezu phänomenal waren.

»Die Frau war allein stehend?«, fragte er.

Deutschländer nickte. »Nachbarn sagen, die Eltern seien schon lange tot. Männliche Bekanntschaft sei nie in Erscheinung getreten. Es soll eine Schwester in Tuttlingen geben, die wir gerade ausfindig machen wollen. Sie muss zur Identifizierung herkommen.«

»Und keiner der Nachbarn hat in diesem verschlafenen Wohngebiet jemals gesehen, ob sie Besuch bekommen hat?«, staunte Linkohr.

»So ist es. Obwohl sie schon seit drei Jahren dort wohnt. Finde ich auch seltsam«, meinte Deutschländer, »das Einzige, was den Nachbarn aufgefallen ist, ist offenbar ihr Hang zum Nachtleben. Sie sei oftmals erst heimgekommen, wenn die Zeitungsfrau schon unterwegs war.«

»Ach«, entfuhr es Häberle, »Rotlicht-Milieu?«

Deutschländer zuckte mit den Schultern. »Keine Ahnung.«

»Wo hat sie denn gearbeitet?«

»In einem Steuerbüro in Geislingen. Sie war wohl Sekretärin dort.«

Häberle presste die Lippen zusammen, wie er das immer tat, wenn er scharf nachdachte.

Steinke hatte ein ziemlich ungutes Gefühl. Er versuchte insgeheim, dafür den Temperatursturz der vergangenen Nacht verantwortlich zu machen. Seine Wetterfühligkeit hatte ihm schon oft zu schaffen gemacht. Außerdem war in ihm beim Frühstück wieder einmal der Verdacht aufgestiegen, seine Frau könnte ihn belügen. Auch wenn sie von dem gestrigen Waldspaziergang, den sie angeblich mit einer Freundin gemacht hatte, viel früher, als sonst zurückgekehrt war – schließlich hatte es ja auch ziemlich bald zu regnen begonnen –, so tauchten doch Zweifel in ihm auf. Dabei konnte er nicht einmal so genau sagen, warum. Vielleicht lag es daran, dass sich solche abendlichen ›Spaziergänge‹ in letzter Zeit gehäuft hatten. Doch dies konnte natürlich auch einen ganz simplen Hintergrund haben, redete er sich dann wieder ein. Schließlich war die Witterung geradezu ideal für ein Plauderstündchen zweier Frauen im Freien.

Er hasste es, mit Privatproblemen beladen, in die Firma zu gehen. Hier konnte er es sich nicht leisten, dass sich seine Gedanken ständig um eine Sache drehten, die ihn vom Wesentlichen, nämlich seinem Geschäft, ablenkten. Schon gar nicht, wenn ein Betriebsprüfer auf ihn wartete, der es überaus genau nahm. Steinke wies seine Sekretärin an, in jenes Zimmer, das dieser Erich Altmann von der Oberfinanzdirektion Stuttgart seit Monaten in Beschlag genommen hatte, Kaffee bringen zu lassen.

Wenig später trat er ohne anzuklopfen ein. Der Beamte, wie immer korrekt gekleidet, das dünne Haar ordentlich gekämmt, das Jackett über die Stuhllehne gehängt, erhob sich und schüttelte dem Firmenchef die Hand.

»Schön, dass Sie so schnell gekommen sind«, sagte Altmann und setzte sich wieder. Steinke nahm ihm gegenüber Platz. Durch ein geöffnetes Fenster kam die frische Morgenluft herein. Sie tat ihm gut. Er trug heute kein Jackett und hatte die Krawatte gelockert.

»Sie haben ja gesagt, es gäbe Wichtiges zu besprechen«,

erwiderte der Firmenchef knapp und versuchte, seine Nervosität zu verbergen.

Altmann lehnte sich auf dem bequemen Bürosessel zurück und holte Luft. »Ich dachte, es ist besser, wenn wir beide dies unter vier Augen bereden. Zunächst jedenfalls.«

Sein Gegenüber schluckte und begann nervös mit den Fingern zu spielen, merkte es aber sogleich und verschränkte die Arme. »Ich hab' Ihne ja schon g'sagt, dass Probleme dazu da sind, sie zu lösen«, entgegnete er.

»Seit unserem gestrigen Gespräch«, fuhr der Beamte fort und blätterte in einem schmalen Schnellhefter, »hat sich einiges Neues ergeben. Ich hatte Ihnen ja bereits gesagt, dass mir einige Ungereimtheiten und vor allem einige Bargeschäfte aufgefallen sind.« Er machte eine kurze Pause, während Steinke wie versteinert auf seinem Bürosessel saß. Dann fuhr er fort: »Sie werden verstehen, dass ich parallel zu Ihren Bemühungen, die aufgeworfenen Fragen durch Ihren Finanz-Chef beantworten zu lassen, ebenfalls gewisse Recherchen angestellt habe.«

»Des isch Ihr gutes Recht«, sagte Steinke und war entsetzt, wie trocken ihm der Mund geworden war.

Altmann ging auf diese Bemerkung nicht ein, sondern konzentrierte sich auf seine Notizen. »Demnach wurden in den vergangenen drei Jahren insgesamt vierzehn Mal größere Beträge abgehoben – von Ihrem Konto der Baden-Württembergischen Bank in Stuttgart. Und zwar handelt es sich um Beträge zwischen damals noch 900 000 Mark und zuletzt eins-komma-fünf Millionen Euro.« Altmann schlug seine Akte wieder zu. »Ist das nicht ein bisschen viel? Jedes Mal finden sich dazu zwar Belege, keine Frage, das scheint auf den ersten Blick ordnungsgemäß abgewickelt worden zu sein, doch leider sind die Empfänger immer irgendwelche Berater oder Gesellschaften, die ihren Sitz in Liechtenstein,

Monaco und in der Schweiz haben. Ich sag' Ihnen ehrlich, Herr Steinke, das hat mich stutzig gemacht.«

Steinke spürte plötzlich innere Unruhe. Er atmete tief durch und lehnte sich mit den Oberarmen auf den Schreibtisch, um energischer zu wirken. »Ich habe Ihnen ja bereits gesagt, wie es dazu kommt«, begann er langsam auf Hochdeutsch, »was glauben Sie, wie in manchen Ländern Bakschisch notwendig ist, um an Aufträge zu kommen. Schmiergeld zu zahlen, ist soweit ich das weiß, im internationalen Geschäft doch gang und gäbe und auch nicht verboten. Natürlich geht man nicht her und überweist das einfach an den Geschäftsführer einer Firma, von der man sich Aufträge verspricht. Sie wissen doch genauso gut wie ich, dass das nur über Mittelsmänner funktionieren kann. Dezent und diskret«, erklärte er und schien seine alte, weltmännische Fassung wieder gefunden zu haben.

»Das brauchen Sie mir nicht zu erzählen«, antwortete Altmann sachlich und kühl. »Insgesamt sind aber auf diese Weise 11,25 Millionen Euro verschwunden. Nur in den vergangenen drei Jahren. Da stellt sich mir durchaus die Frage, ob es so viel Bakschischs bedurft hat. Irgendwie, erlauben Sie mir den Hinweis, steht das trotz Ihres geschäftlichen Erfolges und der Bilanzsummen in keinem gesunden Verhältnis zu dem, was letztlich dabei herausgekommen ist.«

Steinke zuckte mit den Schultern. »Nicht jedes Geschäft, das man ankurbeln will, ist von Erfolg gekrönt. Das hab' ich Ihnen doch gestern zu erklären versucht. Im Übrigen müssen Sie verstehen, dass ich mich nicht um alles kümmern kann.«

»Na ja, Peanuts sind das ja nicht gerade«, stellte Altmann süffisant fest.

»Des hab' i damit net g'sagt«, erklärte der Firmen-Chef wieder ins Schwäbische verfallend. »Aber wann und wohin welche Beträge fließen, des isch Sache von mei'm Finanzvorstand. Der allein isch dafür verantwortlich. Aber auch das hab' ich Ihne scho g'sagt.«

Altmann machte ein nachdenkliches Gesicht. »Wer letztlich zur Verantwortung gezogen werden kann, das ist Sache der Finanzverwaltung und der Gerichte.«

»Gerichte?«, brauste Steinke plötzlich auf. »Wie soll ich des verstehe?«

»Ich sag's Ihnen: In meinen Augen stehen Sie im Verdacht, Steuern hinterzogen zu haben – und zwar in gewaltiger Höhe. Alles sieht danach aus, als ob das Geld nicht so verwendet wurde, wie Sie es mir glauben machen wollen, sondern, dass es auf Auslandskonten transferiert wurde, um es der Besteuerung durch den deutschen Staat zu entziehen.«

Steinke sprang auf. »Das saget Sie«, fuhr er Altmann bissig an und hastete zu dem offen stehenden Fenster, »des behauptet Sie, ohne irgendeinen Beweis zu habe, wisset Sie überhaupt, was Sie da saget? Isch Ihne bewusst, welch' ungeheure Anschuldigung Sie da aussprechet?« Er kam an den Schreibtisch zurück und baute sich vor Altmann auf. »Und wenn an dem, was Sie hier so daherschwätzet, tatsächlich was dran wär', dann hat des alles der Rottler verbockt. Der alloi.« Er holte tief Luft. Schon tat ihm der Gefühlsausbruch leid. »Entschuldigen Sie«, sagte er jetzt wieder ruhiger und setzte sich Altmann gegenüber, der ihn regungslos beobachtet hatte.

»Kann vorkommen, macht nichts«, sagte der Finanzbeamte kühl. Die Andeutung eines Lächelns huschte über sein Gesicht.

»Und was werden Sie jetzt tun?«, wollte Steinke verunsichert wissen.

Altmann runzelte die Stirn und rückte seine Brille zurecht. »Anzeige erstatten«, meinte er dann.

Häberle und Linkohr hatten den Ausführungen ihres Kollegen Deutschländer aufmerksam gelauscht. Doch dann hatte dieser noch eine Überraschung parat. »Ein interessanter Zeuge hat sich gemeldet.«

Häberle verengte die Augenbrauen. Deutschländer versuchte erneut, Ordnung in seine Zettelwirtschaft zu bringen. Dann fuhr er fort:

»Ein Omnibusfahrer, der gestern früh die Linie von Blaubeuren nach Geislingen gefahren ist, entsinnt sich an einen merkwürdigen Fahrgast«, begann er und versuchte offenbar selbst, seine Schrift zu entziffern, »in Aufhausen, was Luftlinie gerade mal vielleicht zwei Kilometer von unserm Berneck entfernt ist, sei ein Fahrgast zugestiegen, der einen etwas durchnächtigten Eindruck gemacht habe.«

Häberle lauschte gespannt. »Um wie viel Uhr war das?«

»Müsste gegen 5.35 Uhr gewesen sein. Das ist die Zeit, in der der Linienbus in Aufhausen abfährt.«

»Hm«, machte Häberle, »könnte hinhauen. Wenn unser Knabe im Morgengrauen losgeflogen ist, war er locker schon kurz vor fünf auf dem Berneck. Zu Fuß braucht er dann maximal eine dreiviertel Stunde bis zur Bushaltestelle in Aufhausen.«

Die drei Kriminalisten schwiegen für einen Moment.

»Und? Kann der Fahrer ihn beschreiben?«, wollte Häberle wissen.

»Kaum. Der Mann habe sich in einen toten Winkel des Innenspiegels gesetzt«, las Deutschländer von seinen Zetteln, »und sei bis zum Geislinger Bahnhof gefahren. Der Zeuge hat im Berufs- und Schülerverkehr dann auch nicht mehr weiter auf ihn geachtet, aber«, und da machte Deutschländer eine theatralische Pause, »der Mann soll eine relativ große Tasche dabei gehabt haben. Eine schwarze.«

Häberle machte einen zufriedenen Gesichtsausdruck.

»Das klingt spannend. Und – was sagt der Zeuge, wie hat der Mann ausgesehen?«

»Er kann nicht mal etwas über die Haarfarbe sagen. Er meint, es sei noch ziemlich füllig gewesen, zerzaust, wie das nach einer durchwachten Nacht halt so sei.«

Der Kommissar holte tief Luft. »Na ja, ist doch schon immerhin etwas«, meinte er schließlich und lächelte zuversichtlich.

Linkohr wechselte das Thema: »Da hat sich doch gestern Abend noch dieser Flugleiter aus Konstanz gemeldet – hat denn das was gebracht?«

Deutschländer blätterte wieder in seinen Unterlagen. »Um ehrlich zu sein, dieser Sache haben wir keine allzu große Bedeutung beigemessen. Was soll's auch? Ich denk', der Flugleiter nimmt sich ein bisschen zu wichtig. Warum soll auch schon eine Pilotin, die in Konstanz eine Bekannte von der Hahnweide treffen wollte, etwas mit der Sache zu tun haben – bloß, weil diese Bekannte immer mit dem geklauten Flieger geflogen ist!«

Häberle überlegte. »Habt ihr das Kennzeichen von diesem Flugzeug?«

»Ja, das hat er uns heut' früh gleich durchtelefoniert«, Deutschländer studierte seine Unterlagen und nannte die fünf Buchstaben des Kennzeichens. »Wir haben's beim Luftfahrtbundesamt gecheckt. Zugelassen ist es auf eine Haltergemeinschaft in Rothenburg ob der Tauber. Sind drei Personen.« Der Kriminalist drehte eines seiner eng beschriebenen Blätter um. »Nur eine davon ist eine Frau. Eine Svea Heinemann, wohnt auch in Rothenburg. Aber jetzt kommt's …« Er hatte die seltsame Gabe, das Interessante meist bis zum Schluss aufzuheben.

»Sie werden's uns gleich verraten«, erwiderte Häberle einigermaßen ungeduldig.

»Der Beruf der Dame hat mich nämlich ein bisschen stutzig gemacht. Sie ist Steuerberaterin.«

Häberle verengte die Augenbrauen. »Steuerberaterin?«, wiederholte er.

»Komisch, gell?«

»Irgendwie schon«, meinte Häberle und schaute Linkohr an, der auch begriffen zu haben schien: Die tote Frau Pulvermüller war schließlich Sekretärin bei einem Steuerberater gewesen.

»Sie meinen, unsere Pulvermüller könnte etwas damit zu tun haben?«, sprach Linkohr aus, was sie alle dachten.

Deutschländer zuckte mit den Schultern.

»Vielleicht sollten wir dieser Dame in Rothenburg mal auf den Zahn fühlen«, meinte Häberle.

»Und dem Chef von der Frau Pulvermüller«, fügte Deutschländer hinzu.

Die drei Kriminalisten beendeten ihr Informationsgespräch. Deutschländer ging wieder in den angrenzenden Saal der Sonderkommission hinüber, während die beiden Anderen in dem kleinen Besprechungsraum sitzen blieben.

»Ich schlag' vor«, begann Häberle und lehnte sich zurück, »unsere Kollegen hier nehmen mal das Flugbuch von diesem Mosbrucker zur Hand und fahren damit zur Hahnweide. Dort wird sich feststellen lassen, wer vorigen Sommer etwa zur selben Zeit einen Flieger gechartert hat, wie unser Elektriker. Vielleicht stoßen wir dabei ja auf einen alten Bekannten. Vielleicht ...«

»Und wir?«, wollte Linkohr wissen.

»Wir lassen uns mal von der flotten Wirtin in Göppingen etwas über ihre Freundin in Rothenburg erzählen – und danach werden wir uns um den Chef unserer Toten kümmern. Vielleicht kann der ein bisschen was über ihr Privat- und Liebesleben erzählen.«

Die Gartenstühle waren die Nacht über zusammengeklappt im Freien gestanden. Elvira Schneider, die angesichts der Kühle des Vormittags auf ihre kessen Shorts verzichtete und stattdessen lange Jeans und einen kurzärmeligen leichten Pullover trug, wischte das Regenwasser von den Tischen. Inzwischen hatte sich die Bewölkung aufgelockert, so dass die engen Gassen Göppingens längst sonnendurchflutet waren. »Hallo Elvi«, hörte sie plötzlich eine Stimme hinter sich. Es war Tommy, der immer strahlende Erfolgsmensch, der heute ein sportliches Outfit zur Schau trug. Er streichelte der attraktiven Frau über die Schulter und führte sie in ihr Lokal. Sie ließ sich das gerne gefallen. Drinnen war die Luft stickig. Der Zigarettenqualm der vergangenen Nacht hatte sich noch nicht verflüchtigt. Die Fenster waren weit geöffnet, alle Plätze leer. Im Hintergrund spielte ein Radiosender nostalgische Schlager.

»Schon die NWZ gelesen?«, fragte Tommy, als er auf einem Barhocker Platz nahm. Auf dem Tresen lag die Göppinger Tageszeitung, obenauf die Seite mit den Landesnachrichten gefaltet. »Bluttat auf dem Flugplatz«, lautete eine Schlagzeile. Elvira Schneider nickte und drückte an der Kaffeemaschine einige Tasten.

»Was mir immer durch den Kopf geht«, sagte er und blickte sich prüfend um, ob sich noch jemand im Lokal befand. »Was mir Kopfzerbrechen macht, ist unsere Fete vom Mittwochabend. Dir ist schon klar, dass wir verdammt nah dran waren.«

Sie wandte sich von der Kaffeemaschine ab und lehnte sich an den Tresen. »Nah dran«, wiederholte sie gelassen, »zeitlich und räumlich, du hast vollkommen Recht.«

Er war überrascht, wie locker die Frau diese Feststellung nahm.

»Hast du keine Sorge, die Kripo-Menschen könnten da noch ein bisschen weiterbohren?«

»Und wenn schon?«, lächelte Elvira Schneider, »müssen wir Angst haben?«

Tommy schwieg.

»Diese Zeit braucht starke Frauen«, zwinkerte die Wirtin mit den Augen und ließ nun zwei Tassen Kaffee einlaufen, »und keine ängstlichen Männer. Der Andy macht auch beinah' in die Hose.«

Tommy blickte sich wieder vorsichtig um. Noch immer war niemand in das Lokal gekommen. »Der Andy wär' auch ruckzuck seinen Job los. Bei den Banken lassen die heutzutage nicht mit sich spaßen«, stellte der Geschäftsmann fest, während die Wirtin die beiden Kaffeetassen auf den Tresen stellte.

»Mein Gott, was haben wir schon getan!?«, fragte sie und nahm einen Schluck Kaffee; Tommy tat ihr es nach.

»Aber wir können ziemlich schnell in eine Sache mit hineingezogen werden, die unabsehbare Folgen hat«, sagte der Geschäftsmann mit gedämpfter Stimme, »mir wär' es jedenfalls recht, wenn wir uns vorläufig auch hier nicht mehr treffen.«

»Schwachsinn«, wiegelte die Wirtin ab, »wir dürfen unsere Gewohnheiten jetzt nicht ändern. Jeder Depp' würd' doch dann gleich merken, dass etwas geschehen ist. Nein«, entschied sie energisch, »alles bleibt, wie es war – nur kein Wort vorläufig mehr über unsere Sache.«

»Du scheinst dir ja ganz sicher zu sein«, meinte Tommy mit ernstem Gesichtsausdruck.

Sie überlegte. »Wichtig ist, dass jeder Schritt überlegt getan wird, verstehst du? Natürlich ist nichts ohne Risiko. Eines besteht nämlich …« Sie zögerte.

Der Mann verengte die Augenbrauen. »Und?«

»Günter«, sagte die Wirtin knapp und nippte an ihrer Kaffeetasse.

»Der Mosbrucker?«, fragte er eher rhetorisch nach.

Sie nickte. »Ein harter Brocken.«

»Wie darf ich das verstehen?«

»Ich trau' dem nicht so recht über den Weg.« Sie lehnte sich mit beiden Unterarmen auf dem Tresen auf, um näher an Tommy heranzukommen, »aber mach' dir keine Sorgen, das kriegen wir geregelt.«

»Welcher Art sind die Schwierigkeiten, die er macht?«

Sie lächelte gezwungen und schwieg.

Er schien nervös zu werden. »Wir dürfen keine Schwachstelle haben«, appellierte er an sie. Einige Sekunden danach fügte er hinzu: »Ich sag' dir, wenn das auffliegt, gibt es einen Skandal, wie ihn Göppingen noch nie gesehen hat.«

»Soll ich dir mal was sagen«, entgegnete ihm die Wirtin und trat noch dichter an den Tresen heran, um ihm über die Barriere hinweg zärtlich ins Ohr flüstern zu können: »Du bist ein ganz schöner Hosenscheißer.« Er erwiderte nichts.

Erich Altmann hatte seine Pflicht getan und den Firmen-Chef über das weitere Vorgehen verständigt. Nun würden sich die Steuerfahnder des Falles annehmen. Steinke hatte sich ziemlich frostig von Altmann verabschiedet und noch knapp gesagt: »Tun Sie, was Sie nicht lassen können – so macht ihr jegliches unternehmerische Engagement kaputt.« Insgeheim, das wusste der Betriebsprüfer aus Erfahrung, sann der Vorstandsvorsitzende des größten Computer-Unternehmens weit und breit auf Rache. Meist kannten diese Erfolgsmenschen einen einflussreichen Landespolitiker oder einen hochrangigen Beamten im Finanzministerium, von dem sie sich Hilfe versprachen. Ob dabei auch eine kleine finanzielle Zuwendung gewisse Türchen öffnete, vermochte Altmann nicht zu sagen. Das interessierte ihn auch nicht. Er jedenfalls tat alles, um Recht und Gesetz walten zu lassen. Nur reichte sein Arm halt nicht bis in die höchsten Etagen des Stuttgarter Ministeriums. Manchmal allerdings hat er sich schon gewundert, wie scheinbar große Fälle elegant und geräuschlos aus der Welt geschafft wurden. Öffentlich würde er sich dazu aber niemals äußern wollen.

Steinke war wortlos an seiner schwarzhaarigen Sekretärin vorbeigehastet und hatte die Tür seines Büros hinter sich ins Schloss fallen lassen. Außer Atem erreichte er seinen Schreibtisch, wo er noch im Herumgehen eine Taste seines multifunktionalen Telefons drückte. Eine Frauenstimme meldete sich.

»Wo ist Rottler?«, bäffte er.

»Er ist außer Haus.«

»Was?«, entfuhr es Steinke während er sich in seinen Sessel plumpsen ließ.

»Ist vorhin gegangen«, sagte die Frauenstimme.

»Wohin?«

»Hat er nicht gesagt.«

Er beendete das Gespräch wortlos und fluchte leise in sich hinein. Er wählte am Telefon die Handy-Nummer Rottlers, doch da meldete sich nur dessen automatische Ansage, wonach er leider derzeit nicht zu erreichen sei und dass man ihm eine Nachricht auf die Mailbox sprechen könne. Steinke wartete auf den Piepston und zischte: »Ruf mich sofort an – im Büro.« Dann wählte er wütend eine andere Nummer. Es war die seines Rechtsanwalts, einem weithin bekannten Experten für Steuerrecht. Er wartete ungeduldig, mit den Fingern auf die Tischplatte trommelnd, bis er endlich zu ihm durchgestellt wurde. Nach einer kurzen Begrüßung kam er gleich zur Sache: »Ich brauch' dringend Ihre Hilfe. Es sieht ganz danach aus, als säß' ich gewaltig in der

Klemme.« Er schilderte das Gespräch mit Altmann, das ihn in höchste Aufregung versetzt hatte. Dann fügte er hinzu, für welche Granatensauerei er es halte, dass sich ausgerechnet jetzt sein Finanz-Chef einen freien Vormittag gegönnt habe und nicht einmal telefonisch erreichbar sei.

Der Rechtsanwalt versprach, all' seine Termine für den heutigen Freitag abzusagen und zu kommen.

»Vor dem Wochenende werden die nicht mehr viel unternehmen«, beruhigte der Jurist seinen Auftraggeber, um nach kurzer Pause einzuschränken: »Es sei denn, die stufen die Sache als besonders brisant ein.

Häberle und Linkohr waren von Kirchheim wieder zurück ins sonnige Göppingen gefahren, wo sie zu dieser Zeit problemlos einen Parkplatz in einer der Seitenstraßen fanden. Nachdem Häberle schweren Herzens eine Parkuhr gefüttert hatte, gingen sie noch knapp 50 Meter zu Fuß zur ›Down-Town‹ Kneipe. Die Wirtin, die sie gestern Abend kennen gelernt hatten, war gerade dabei, die Gartenbestuhlung zu säubern und wieder herzurichten. Das Wetter schien ideal zu werden.

Elvira Schneider sah die beiden Männer bereits auf sich zukommen und legte ihr Putzleder beiseite. Nach einem kurzen »Hallo«, blickte sie die Kriminalisten kritisch an: »Was verschafft mir schon wieder die Ehre?«

»Leider Dienstliches«, lächelte Häberle charmant, »viel lieber würden wir's uns heut' Mittag in Ihrer Gartenwirtschaft gemütlich machen.«

»Geh'n wir rein«, entschied sie. Die beiden Männer folgten ihr ins Innere des Lokals, wo inzwischen ein junges Studenten-Pärchen in einer Ecke saß.

Die Wirtin steuerte auf die andere Seite zu, um dort ein ungestörtes Gespräch führen zu können. Ihre Frage, ob sie den beiden Männern etwas anbieten könne, lehnten diese beim Hinsetzen ab.

»Soll das ein Verhör werden?«, fragte sie vorsichtig nach und schlug ihre Beine übereinander.

»Reine Information«, lächelte Häberle, »Sie werden verstehen, dass wir uns an jede Kleinigkeit klammern.«

»Wir wissen zwar jetzt, wer die Tote von der Hahnweide ist«, schaltete sich Linkohr erläuternd ein, »aber sonst halt noch viel zu wenig.«

»Sie wissen, wer die Tote ist?«, staunte die Wirtin.

Die beiden Kriminalisten nickten und Häberle bekräftigte: »Ja«, sagte Häberle, »wir haben heut' Nacht noch einen Tipp gekriegt, der offenbar zugetroffen hat – auch wenn letztendlich noch eine Angehörige die Tote identifizieren muss.«

»Darf man wissen, wer es ist?«, fragte die Wirtin.

Häberle nickte. »Heidrun Pulvermüller aus Wiesensteig.«

Die Wirtin kniff nachdenklich die Augen zusammen. »Heidrun Pulvermüller?«, wiederholte sie. Die beiden Kriminalisten sagten nichts.

Nach einer Schweigepause hakte der Kommissar nach: »Kennen Sie diese Frau?«

»Nein ... nein«, sagte Elvira Schneider, als sei sie für einen kurzen Moment abwesend, »kann mich an diesen Namen nicht erinnern.«

»Auch nicht im Zusammenhang mit Ihren Fliegerfreunden?«, fragte Linkohr.

Sie schüttelte den Kopf, um dann wieder energisch zu werden: »Warum glauben Sie eigentlich, ausgerechnet bei mir mit Ihren Ermittlungen weiterzukommen?«

»Nicht nur bei Ihnen«, beschwichtigte Häberle, »bei vielen. Wir müssen ein Mosaiksteinchen zum anderen setzen.«

»Und Sie können uns eine wertvolle Hilfe sein«, ergänzte sein Kollege.

»Na schön. Was wollen Sie wissen?«, lenkte sie ein.

»Nur kurz und prägnant«, begann Häberle, »Sie kennen eine Svea Heinemann aus Rothenburg ob der Tauber …?!«

Die Wirtin verengte für einen kurzen Moment ihre Augenbrauen, zuckte mit einer Backe und lehnte sich nach vorne zur Tischplatte. »Ja, und …?«

»Sie wollten sie gestern Nachmittag auf dem Konstanzer Flugplatz treffen«, stellte er mit ernster Miene fest.

»Richtig. Hätt' ich das nicht gedurft?« Sie schien ihre Fassung wieder gefunden zu haben und lehnte sich betont entspannt zurück.

»Doch, selbstverständlich. Gar keine Frage«, entgegnete Häberle. »Dürfen wir erfahren, welcher Art Ihre Beziehungen zu dieser Frau sind?«

Die Wirtin lächelte. »Freundschaftliche. So, wie sich andere in einem Café-Haus zu einem Plausch treffen, fliegen wir zu einem Schwätzle nach Konstanz. Nichts weiter.«

»Und wie haben Sie sich kennen gelernt? Ich meine, Rothenburg ist ja schon ein Stück weg«, machte Häberle weiter.

»Das ist schnell erklärt. Svea hat mal in Reutlingen gewohnt und zur selben Zeit auf der Hahnweide den Flugschein gemacht wie ich. Später ist sie nach Rothenburg umgezogen«.

»Sie ist Steuerberaterin«, warf Linkohr dazwischen.

Die Wirtin schien kurz zu stutzen. »Ja, das war auch der Grund, weshalb sie umgezogen ist. Sie konnte damals in Rothenburg ein Steuerbüro übernehmen – ein Glücksfall für sie.«

»Wissen Sie, was uns ein bisschen stutzig macht?«, begann Häberle wieder.

Sie schaute ihm mit versteinerten Gesichtsausdrücken in die Augen ... »Wieso sollte ich?«, fragte sie selbstbewusst zurück.

»Dass die tote Frau Pulvermüller auch in einem Steuerbüro gearbeitet hat.«

Linkohr ergänzte: »Zwar nur als Sekretärin, aber immerhin.«

»Was wollen Sie damit sagen?«

»Na ja – es könnte doch sein, dass zwischen Ihrer Freundin Heinemann und der Frau Pulvermüller irgendwelche Zusammenhänge bestanden«, meinte Häberle und verschränkte seine Arme vor der Brust, »schließlich sind diese Berufsgruppen ja nicht unbedingt so häufig anzutreffen.«

»Sie wollen damit sagen, Svea habe etwas mit dem Mord zu tun?«, empörte sich Elvira Schneider.

Häberle hob beschwichtigend die Hände. »Ich bitt' Sie«, sagte er väterlich, »das wär' verdammt weit hergeholt. Nein, die Frage war nur, ob gesprächsweise vielleicht mal der Name von Heidrun Pulvermüller gefallen ist – wie auch immer.«

»Ich sagte doch schon, dass mir der Name nicht geläufig ist.«

Die Kriminalisten schwiegen für einen Moment.

»Eine letzte Frage«, machte Häberle weiter, »diese Grillfete am Mittwochabend an den Bürgerseen ...«

»Ja?«, zeigte sich die Wirtin erstaunt.

»Da waren wirklich nur Sie und diese beiden Männer dabei, dieser Hilgenrainer und dieser Mosbrucker?«

Sie zögerte kurz, erwiderte dann aber energisch: »Ich glaub', das hab' ich Ihnen bereits gesagt.«

»Es könnte ja sein, Sie hätten jemand vergessen ...«, meinte Linkohr vielsagend.

»Oder vornehme Zurückhaltung geübt«, fügte Häberle spitzbübisch lächelnd hinzu.

Sie verzog keine Miene. »Ich glaub', ich muss mich von Ihnen nicht als Lügnerin abstempeln lassen.« Elvira Schneider stand auf und ging zu dem Pärchen in der anderen Ecke. Häberle und Linkohr schauten sich an und verließen wortlos die ›Down-Town‹ Kneipe.

15

Seit die Göppinger Innenstadt umgekrempelt wurde, war es nicht einfach, sich im mittäglichen Verkehrsgewühl zurecht zu finden. Häberle kannte zwar alle Seitenstraßen, doch waren auch diese hoffnungslos verstopft. Linkohr hatte vom Handy aus den Steuerberater in Geislingen angerufen, bei dem die tote Heidrun Pulvermüller beschäftigt war. Ihr Chef erklärte sich bereit, die beiden Kriminalisten kurz nach halb eins zu empfangen.

»Ich wett', jetzt laufen die Drähte zwischen der Schneider und ihrer Freundin in Rothenburg heiß«, meinte Linkohr schließlich, als der Dienst-Mercedes über die hufeisenförmige Eisenbahnüberführung stadtauswärts rollte, »da wär' eine Telefonüberwachung nicht schlecht gewesen.«

Häberle blickte seinen Kollegen von der Seite kritisch an. »Mit welcher Begründung denn? Selbst bei großem Wohlwollen hätt' ich keinen Staatsanwalt und keinen Richter dazu bewegen können. Die Schneider ist eine solide Geschäftsfrau – über jeden Verdacht erhaben. Noch jedenfalls«, stellte er fest und bog an einer Ampel-Kreuzung links in Richtung Geislingen und Ulm ab. Im Wagen war es bereits wieder unerträglich heiß, trotz der geöffneten Seitenfenster.

Häberle forderte seinen Kollegen auf, bei der Sonderkommission in Kirchheim nach Neuigkeiten zu fragen. Der drückte einige Tasten am Handy, das in der Freisprech-Einrichtung steckte. Der Stimme nach zu urteilen, meldete sich Deutschländer. »Doch, wir haben Neuigkeiten«, sagte er, nachdem ihn Häberle über die Freisprech-Einrichtung begrüßt hatte.

»Oh, lassen Sie hören, Herr Kollege«, freute sich Häberle, während der Mercedes am Göppinger Freibad vorbei rollte.

»Die Hahnweide hat uns soeben die Namen einiger Piloten genannt, die im letzten Sommer zur selben Zeit auf dem Flugplatz gewesen sein müssten, wie dieser Mosbrucker aus Boll.«

»Super«, lobte Häberle, »und – wie viel sind es, die wir kennen müssten?«

»Nur drei – und zwar jene vom 6. Mai, 12. Juli und 27. August«.

»Und wer sind die Piloten?«.

Deutschländer legte eine Pause ein, weil er offenbar wieder in seinen Papieren nachsehen musste. »Elvira Schneider, Jens Hilgenrainer und Olaf Rottler«, las er dann vor.

»Da haut's dir's Blech weg«, staunte Linkohr auf dem Beifahrersitz.

»Das klingt spannend«, meinte auch der Kommissar und wollte das Gespräch dankend beenden, doch der Kirchheimer Kollege hatte noch etwas parat: »Stopp, Kollege«, sagte er, »heut' Vormittag ist noch ein interessanter Hinweis eingegangen.«

»Ich höre und staune«, erwiderte Häberle. Er hatte bereits die Einmündung in die B 10 erreicht, die ab hier bis zur Schwäbischen Alb meist nur noch zweispurig war und durch viele enge Ortsdurchfahrten führte. Erstes ›Hindernis‹ auf dem Weg in Richtung Geislingen war das Städtchen Eislingen – mit unzähligen, kaum aufeinander abgestimmten Ampeln. Jetzt, kurz nach zwölf Uhr mittags, ging's in der Lkw- und Pkw-Kolonne fast nur im Schritt-Tempo vorwärts.

Der Andere schien wieder in seinen Papieren zu blättern. Entsprechende Geräusche waren über den Lautsprecher zu hören. »Es hat sich noch mal ein Busfahrer gemeldet, dem kurz nach Mitternacht gestern ein Pärchen aufgefallen ist«, erklärte die Stimme im Lautsprecher, machte eine kurze Pause und fuhr dann fort: »Im Omnibus von Wendlingen nach Kirchheim. Muss etwa zehn Minuten nach Mitternacht gewesen sein, der letzte Bus sozusagen.«

»Und was meint der Fahrer?«, fragte Häberle während er mit dem Mercedes mühsam den Verkehrsknoten in Eislingens Mitte hinter sich brachte.

»Na ja, er sagt, nachdem er in der Zeitung gelesen habe, dass wir darüber rätseln, wie der Täter zur Hahnweide gekommen sein könnte, sei ihm eben dieses Pärchen eingefallen, das am Wendlinger Bahnhof eingestiegen und in Kirchheim am Zentralen Omnibusbahnhof ausgestiegen sei.«

Häberle kniff die Lippen zusammen. Er sagte nichts und konzentrierte sich auf den wieder flotter gewordenen Verkehr, der jetzt aus Eislingen hinausrollte. Vorne tauchte die Nordkante der Schwäbischen Alb auf.

»Leider kann er die Personen nicht gut beschreiben«, erklärte Deutschländer mit Bedauern in der Stimme, »eine jüngere Frau halt und ein Mann mittleren Alters, meint er.«

»Und was war das Ungewöhnliche dran?«, wollte Häberle wissen. Er hielt sich exakt an die Tempo-Beschränkung auf 70 km/h. Von Weitem sah er bereits die rot-weißen Baken, mit denen in diesen Sommerwochen an der Abfahrt Salach das kurze vierspurige Stück wieder verengt wurde, um einem Umleitungsverkehr das Einfädeln zu erleichtern. Häberle musste auf 50 km/h reduzieren.

»Sie hätten so gar nicht den Eindruck hinterlassen, vom Nachtleben zurückzukommen. Eher, als hätten sie noch etwas vorgehabt«, erklärte Deutschländer.

Häberle lächelte. »Warum auch nicht? Die Nacht war lau.«

»Schon«, stimmte der Kollege zu, »aber der Mann habe eine Sporttasche oder so etwas Ähnliches dabei gehabt und auch die junge Dame erschien dem Zeugen ziemlich sportlich gekleidet.«

»Und wo die beiden nach dem Aussteigen in Kirchheim hingegangen sind, weiß er natürlich nicht«, fragte Häberle zweifelnd.

»Nein. Er habe sich ja zu diesem Zeitpunkt auch noch keine allzu großen Gedanken darüber gemacht.«

»Personenbeschreibung?«, hakte Häberle nach, während vor ihm das Ortsschild von Süßen auftauchte – mit neuerlichem Stau vor einer Ampel.

»Ich sagte doch: Fehlanzeige. Er kann sich nicht mal an die Haarfarben erinnern. War ja schließlich finstre Nacht.«

»Okay, danke«, sagte Häberle. Sein Kollege Linkohr drückte den Aus-Knopf.

»Was sagt uns das?«, fragte der junge Kriminalist.

Häberle zuckte mit den Schultern. »Es wäre zumindest denkbar, dass es sich um unseren Täter und sein Opfer gehandelt hat. Wendlingen, wo sie in den Bus eingestiegen sind, hat einen Bahn-Anschluss. Es liegt an der Strecke Tübingen-Plochingen. Und Plochingen ist der Umsteigeknoten zur Strecke Stuttgart-München. Da gibt's also viele Möglichkeiten. Die können von weither gekommen sein«.

»Oder auch nur aus Göppingen und Geislingen«, fügte Linkohr hinzu.

Häberle nickte. »Jedenfalls geht's durchs Filstal hier mit der Bahn schneller, als mit dem Auto«, stöhnte er angesichts des Stop-and-go-Verkehres durch Süßen.

»Sagen Sie das nicht. Die Bahn vernachlässigt ihren Nahverkehr ganz brutal. Wir in Geislingen können ein Klagelied davon singen. Die Bahn repariert dort nicht mal ihre defekte Bahnhofsuhr. Geht auf der einen Seite genau, auf der anderen aber zwei Minuten zu spät. Wie soll ein Reisender wissen, wonach er sich richten soll?«

»In dieser Republik geht langsam alles den Bach runter«, stellte Häberle fest und dachte insgeheim an die unselige Diskussion zur Ämterreform, wie sie der Herr Ministerpräsident ins Gespräch gebracht hatte. Damit hätte die Polizei den Landratsämtern eingegliedert werden sollen. Er konnte sich über solche Vorschläge nur wundern. ›Furz-Ideen‹ nannte er dies – wenn's sein musste, würde er dies auch den Herren in Stuttgart sagen.

16

Sie trug wieder ihr weißes kurzes Röckchen, heute jedoch eine enge kurzärmelige Bluse. Ihr dunkelblaues Mercedes-Cabrio hatte sie in die hinterste Ecke des Parkplatzes gestellt. Sie öffnete die Beifahrertür des schwarzen BMW, stieg ein und umarmte den Mann am Steuer. »Olaf, ich bin überglücklich«, flüsterte sie ihm ins Ohr und küsste ihn.

»Fahr'n wir zum See?«, fragte Olaf Rottler während er den Motor startete. Sie nickte. Egal, wo er mit ihr hinfuhr, es war ihr egal – Hauptsache, sie konnte wieder bei ihm sein. Rottler fuhr, wie bereits gestern Abend, zur Landstraße vor, um dann links in das große Waldgebiet abzubiegen, das sich in Richtung Hohenstaufen erstreckte.

»Was hast du ihm erzählt?«, wollte Rottler wissen, der spürte, wie verschwitzt er war.

»Gar nichts«, sagte sie und streichelte ihm übers schwarze Haar, »er kommt ja mittags meist auch nicht heim.«

»Ja, ich befürchte, heut' hat er anderes zu tun«, erwiderte Rottler, als er seinen BMW beschleunigte.

»Ist etwas passiert?«, fragte sie und ließ ihr Röckchen höher rutschen.

»Das kann man wohl sagen«, erklärte der Mann und holte tief Luft.

»Probleme mit Kunden?« Sie spürte, dass ihr Geliebter nachdenklich war, dass ihn etwas bedrückte.

»Ne«, sagte er knapp, »mit dem Finanzamt.«

Sie schwieg.

»Der Betriebsprüfer ist offenbar auf etwas gestoßen ...«, erklärte Rottler, »ich befürchte, da kommt etwas in Gang.«

Sie verschränkte die Arme. »Wie meinst du das?«

Rottler schloss auf einen langsamen Lastzug auf und musste bremsen. »Ich halt' es durchaus für denkbar, dass uns dieser Betriebsprüfer die Steuerfahnder auf den Hals hetzt.«

Die Frau blickte ihren Geliebten sorgenvoll an. »Jetzt, gleich? Heute? Am Freitagnachmittag noch?«

»Wenn die Schnüffler glauben, in ein Wespennest gestochen zu haben, ist denen nichts heilig – auch nicht das Wochenende«, sagte er und steuerte den BMW durch das kurvenreiche Waldgebiet weiter. Überholen war hier unmöglich.

»Haben die denn ...«, sie überlegte kurz, »... in ein Wespennest gestochen?«

»Weiß ich nicht, wie die das sehen. Aber du weißt doch, was bei uns läuft«, erwiderte Rottler, »ein Firmengeflecht mit riesigem Ausmaß, alles ineinander verwoben und verschachtelt, verstehst du? Auslandsbeteiligungen, Verlustobjekte, ja, auch mal eine Menge Schmiergeld rübergeschoben, um in den Bananen-Republiken zum Zug zu kommen ...«

»In den Bananen-Republiken ...?«, wunderte sich die attraktive Mittdreißigerin, in deren dunkelblonden schulterlangen Haaren sich das Sonnenlicht verfing, das seitlich durch den Wald hereinblitzte.

»Auch Deutschland gehört zu einem gewissen Teil dazu«, räumte Rottler ein, »da hat doch so ein Sesselfurzer, wie dein Mann immer sagt, ein weites Betätigungsfeld.«

»Und das kann alles gefährlich werden? Ich mein', bis hin, dass jemand eingesperrt wird?« Der Gedanke daran, ihr geliebter Olaf müsste in einer kleinen Zelle schmoren, unerreichbar für sie, versetzte ihr einen Schock.

»So schlimm wird's nicht kommen«, beruhigte er sie, »außerdem«, er lächelte, »ist ja dein Mann der Boss. Er ist Geschäftsführer und Inhaber, Vorstandsvorsitzender. Ihn allein werden sie zuerst packen, wenn sie etwas finden.«

Die Frau lächelte. »Er im Gefängnis«, überlegte sie, »und ich bräuchte keine Story mehr zu erfinden.«

Rottler erwiderte nichts. Er setzte den Blinker nach links und bog zum Wanderparkplatz am beschaulichen Linsenholz-See ab. Dort stand ein weiterer Pkw – ein weißer Polo älteren Datums. »Kennen wir nicht«, stellte Rottler beim Blick aufs Kennzeichen fest.

Die beiden stiegen aus und gingen Händchen haltend an der Schranke vorbei, die den Parkplatz zum Forstweg begrenzte. Er führte sanft zu dem See hinab, der vor 30 Jahren aufgestaut wurde und heute, umgeben von hohem Baumbestand, so aussah, als sei er schon immer da gewesen. Von ihm aus zog sich die Senke in der Hügellandschaft in Richtung Hohenstaufen hinauf.

Sie gingen ein paar Schritte schweigend nebeneinander her.

»Dir geht es heut' nicht gut«, stellte die Frau fest, die ein paar Schritte vorauseilte, um sich dann ihm provozierend in den Weg zu stellen. Ihr Röckchen schwang um ihre Schenkel. Rottler lachte gezwungen. »Du siehst super aus«, sagte er.

»Nur für dich«, erwiderte sie und fiel ihm um den Hals. Er nahm sie fest in seine Arme, um ein paar Sekunden tief Luft zu holen und zu sagen: »Ich muss ein paar Dinge mit dir bereden.«

Sie ließ ihn erschrocken los. »Ich dachte, wir wollten einen schönen Mittag miteinander verbringen.«

»Nichts wär' mir lieber als das«, entgegnete Rottler und wischte sich mit dem linken Handrücken den Schweiß von der Stirn, »aber wir müssen ein paar Dinge klären.«

Er sah die vor ihnen liegende See-Oberfläche im Sonnenlicht glitzern, als sei sie mit Diamanten übersäht. Es roch
nach dem Harz frisch geschlagener Fichten. Grillen zirpten,
Vögel zwitscherten. Kein Mensch war zu sehen.

»Du machst mir Angst«, sagte die Frau und fasste nach
seiner rechten Hand.

Er wiegte den Kopf hin und her. »Dazu besteht kein
Grund, aber du sollst eines bedenken: Die Lage ist ernst.
Verdammt ernst.«

Häberle und Linkohr hatten mühsam Süßen, Gingen und
Kuchen hinter sich gelassen und rollten mit dem Mercedes
nun auf Geislingen zu. Vor ihnen lag die markante Albkante, hier mit der Burgruine Helfenstein, dem mittelalterlichen Ödenturm und jenem hoch aufragenden Kreuz, das
zum Gedenken der vertriebenen Südmährer errichtet worden war, denen Geislingen seit 50 Jahren Patenstadt war. Ab
Ende Juli, das hatte Häberle in der Zeitung gelesen, würde
es nun sogar beleuchtet sein und bis in die Nacht hinein
über der Stadt erstrahlen.

Der Steuerberater, den sie suchten, hatte sein Büro in einer
Seitenstraße ganz in der Nähe der weltberühmten Besteck-
fabrik WMF, unweit des Polizeireviers. Linkohr kannte sich
dort aus und wies seinem Chef den Weg.

Sie fanden auch sofort einen Parkplatz. Mit wenigen Schritten hatten sie die gläserne Eingangstür des einfachen Stadthau-
ses erreicht. Sie ließ sich zur Überraschung Häberles sofort
öffnen, so dass sie gleich in einem großen Vorraum standen,
der mit zwei Schreibtischen ausgestattet war, an denen jedoch
niemand saß. Die Computer waren angeschaltet, die Mitarbeiter aber vermutlich in die Mittagspause gegangen.

Aus einem der hinteren Räume kam ein Mann, der schon
kurz vor der Pensionsgrenze sein dürfte, schätzte Häberle.

Er ging auf die Kriminalisten zu und stellte sich als ›Liebermann, Franz Liebermann‹ vor. Dann bat er seine Besucher nach hinten in einen Besprechungsraum, an dessen Wänden einige Ölgemälde hingen, die auf den ersten Blick kein Motiv erkennen ließen. Der Tisch war oval und eichen, die Stühle drumherum angenehm gepolstert und mit Armlehnen.

»Ich kann es noch immer nicht fassen«, begann der Steuerberater, dessen fülliges Haar sich schneeweiß verfärbt hatte. Er trug eine randlose Brille, vermutlich teure Kunststoffgläser mit sündhaft teurem Titan-Gestell, dachte sich Häberle.

»Wir haben zwar noch nicht die letzte Bestätigung«, begann der Kommissar das Gespräch, »aber bei allem, was wir wissen, handelt es sich tatsächlich um Ihre Mitarbeiterin.«

Liebermann, der eine dezent grau-weiß-gestreifte Krawatte und ein langärmliges weißes Hemd trug, das unter den Achseln feuchte Schweißflecken aufwies, schüttelte ungläubig den Kopf. »Eine so lebensfrohe Frau«, sagte er.

»Wir sollten ein paar Dinge über sie wissen«, kam Häberle zur Sache.

»Bitte, kein Problem«, erwiderte Liebermann höflich und zuvorkommend.

Häberle fasste zusammen: »Frau Pulvermüller war alleinstehend, hat nur eine Schwester, die aber in Tuttlingen lebt, und auch sonst offenbar keine sozialen Bindungen – zumindest ist uns bis jetzt nichts bekannt geworden.«

Liebermann spielte mit einem Füllfederhalter. »Um ehrlich zu sein, ich weiß auch recht wenig von ihr. Sie arbeitet seit sieben Jahren hier. Da ist in all dieser Zeit auch kein Freund in Erscheinung getreten. Entsprechende Anrufe auch nicht. Das können Ihnen meine beiden anderen Damen bestätigen, die mit ihr eng zusammengearbeitet haben. Wir haben uns vor der Mittagspause noch drüber unterhalten.«

»Nie ein Anruf?«, fragte Linkohr ungläubig.

»Nein, offenbar nicht. Zumindest nicht diese Liebschaften, wenn Sie wissen, was ich meine. Wenn die Damen stundenlang flöten …«

»Aber es gibt ja heutzutage die still und heimliche Art der Konversation – per E-Mail«, warf Häberle ein.

»Natürlich«, erwiderte der Steuerberater, »klar. Da kann man unbemerkt zwischendurch ganze Liebesbriefe übermitteln.« Er lächelte und fügte hinzu: »Doch eigentlich ganz praktisch, finden Sie nicht auch?«

Häberle ging nicht darauf ein »Wo hat die Frau Pulvermüller denn vorher gearbeitet?«

»Dass Sie mich dies fragen würden, hab' ich gedacht. Deshalb hab' ich mich vorhin in der Personalakte schlau gemacht«, Liebermann griff zu einem Schrank, der hinter ihm stand, und brachte einen Schnellhefter zum Vorschein. Er blätterte darin und fand rasch, was er gesucht hatte: »In Göppingen war sie, bei meinem Kollegen Schindlbek. Den gibt's aber nicht mehr. Hat damals aufgegeben und ist inzwischen verstorben.«

»Dann hatte sie also Beziehungen zu Göppingen«, meinte Linkohr.

»Na ja, das ist ja nichts Außergewöhnliches, »stellte Liebermann fest, »wenn man in Wiesensteig aufgewachsen ist, wie sie. Da ist man schneller in Göppingen als in Geislingen.«

»Oder in Kirchheim, über die Autobahn«, warf Häberle ein und fuhr fort: »Frau Pulvermüller war Sekretärin, hatte also mit steuerberatender Tätigkeit nichts zu tun?«

Liebermann schüttelte den Kopf und legte die Personalakte wieder zurück. »So ist es. Sie hat die Korrespondenz erledigt oder, was auch mal vorkam, bei den Kunden irgendwelche Akten abgeholt.«

»Sie hatte also auch direkten Kontakt zu den Kunden?«, hakte Linkohr nach.

»Ja, wenn Sie so wollen, ja. Aber, wie gesagt, das beschränkte sich auf Kuriertätigkeiten, ja, so könnte man das nennen. Einblick in firmeninterne Finanzsachen hatte sie nicht, falls Sie dies meinen.«

Häberle nickte verständnisvoll. »Und Kontakt zu anderen Steuerberatern?«

Der Mann überlegte. »Beruflich sicher nicht. Ob sie natürlich Kolleginnen kannte, die bei anderen Steuerberatern arbeiten, entzieht sich meiner Kenntnis.«

»Sie hat am Mittwoch gearbeitet?«, fragte Häberle weiter.

»Ja, ganz normal«, bestätigte Liebermann und faltete seine Hände auf der Tischplatte zusammen.

»Nichts, was ungewöhnlich gewesen wäre?«, wollte Linkohr wissen.

»Gar nichts, nein«, bestätigte der Steuerberater.

»Eine Bitte«, sagte Häberle, »unsere Experten müssen sich in den persönlichen Dingen der Frau Pulvermüller umsehen. Nur dies kann uns weiterbringen. Wir dürfen doch ihren Schreibtisch und ihre E-Mails durchsehen?« Er wollte zum Ausdruck bringen, dass er dies auch ohne Zustimmung des Arbeitgebers hätte durchsetzen können. Liebermann zeigte Verständnis und der Kommissar war zufrieden. »Wir schicken nachher ein paar Kollegen her«, sagte er, »es wäre gut, wenn Sie ihnen beim E-Mail-Programm behilflich wären. Uns interessieren die geschäftlichen Inhalte nicht – nur, was privat sein könnte.« Der Steuerberater versprach die erforderliche Unterstützung.

»Abschließend nur noch eine Frage«, sagte Häberle eher beiläufig, »Sie kennen doch sicher einige Ihrer Kollegen?«

Liebermann stutzte. »Ja, selbstverständlich.«

»Auch außerhalb, ich mein' im Ländle?«

Der Steuerberater überlegte, worauf der Kriminalist wohl hinaus wollte. »Natürlich, man trifft sich ja bei Seminaren und Kongressen. Das ist nichts Außergewöhnliches.«

»Sagt Ihnen der Name Heinemann etwas? Svea Heinemann aus Rothenburg ob der Tauber?«

Liebermann verengte die Augenbrauen. Es sah so aus, als gebe er sich ernsthaft Mühe, über diese Frage nachzudenken. »Heinemann?«, wiederholte er. Häberle sagte nichts, sondern nickte.

»Nein, nie gehört«, erwiderte der Mann schließlich mit fester Stimme. Die beiden Kriminalisten bedankten sich und gingen.

17

Günter Mosbrucker, der selbstständige Elektro-Meister hatte den ganzen Vormittag über im Neubau eines Einfamilienhäuschens in Aichelberg gearbeitet. Seinem Lehrling hatte er freigegeben, so dass er heute allein Schlitze klopfen und Strippen ziehen musste. Vom künftigen Wohnzimmer des Gebäudes aus ging der Blick weit ins Alb-Vorland hinaus. Er sah das Asphaltband der sechsspurig ausgebauten Autobahn im Sonnenlicht strahlen, links am Steilhang der Alb die Burg Teck, ganz in der Ferne konnte er den Flugplatz Hahnweide erahnen. Während seiner Arbeit hatte er heute Vormittag ständig an das Verbrechen denken müssen, aber auch an den Besuch der beiden Kriminalisten. Es war ihm unangenehm, in diese Sache verwickelt zu werden. Allein schon die Fragen, die man ihm gestellt hatte, verhießen nichts Gutes.

Im Laufe der Nacht hatte Mosbrucker einen Entschluss gefasst. Weil er ein Mann der allergrößten Vorsicht war, weil er niemandem traute und jegliches Risiko auszuschalten versuchte, war er an eine Telefonzelle gegangen, die er auf dem Weg zu seiner Baustelle gefunden hatte. Er hatte eine Nummer gewählt und erklärt, dass er nicht mehr bereit sei, länger zu warten. Und dass er sich zur Mittagszeit noch einmal melden werde.

Mosbrucker, mit blauem Arbeitsanzug bekleidet, war deshalb jetzt wieder zu dieser Telefonzelle gefahren. Sein Herz pochte schneller, als er erneut die Nummer wählte. »Ich bin's wieder«, sagte er knapp, »hast du dir's überlegt?« Er lauschte auf die Antwort, worauf er leise, als ob jemand zuhören könnte, unmissverständlich erklärte: »Ich will heute eine Entscheidung. Ich kann nicht mehr warten.« Wieder hörte er der Stimme im Hörer zu. Lange, viel zu lange, ließ sie ihn nicht zu Wort kommen. Dann endlich schien er die Chance wieder ergreifen zu können: »Das ist mir alles scheißegal, verstehst du?«, zischte er gefährlich, »scheißegal. Ich sag' nur eins: Die Bullen waren auch schon bei mir.« Mosbrucker kniff die Augen zusammen, als er die Antwort hörte. Ein Redeschwall ging über ihn nieder. Es dauerte zwei, drei Minuten, bis er wieder zu Wort kam: »So war das natürlich nicht gemeint«, schwächte er ab, »ich wollte nur sagen, wie brenzlig alles ist und dass ich nicht mehr länger warten kann.« Wieder trat eine Pause ein, während der er zwei ältere Damen beobachtete, die mit ihren Einkaufstaschen an der Telefonzelle vorbeigingen.

Dann hakte er wieder eine Spur schärfer nach: »Und? Was schlägst du also vor?« Er lauschte der Antwort und nickte schließlich eifrig mit dem Kopf, als ob diese Geste durchs Telefon hindurch zu sehen sin wäre.

»Okay«, zeigte er sich zufrieden, »halb elf, natürlich pünktlich, ich werde da sein und bring' die Unterlagen mit. Danke.« Er holte tief Luft und hängte den Hörer ein.

Sein Blutdruck war gestiegen, das spürte er deutlich. Und seine linke Hand, mit der er den Hörer gehalten hatte, war schweißnass und eiskalt.

Er verließ die Telefonzelle, stieg in seinen VW-Bus und fuhr wieder durch die Gemeinde Aichelberg zu seiner Baustelle hinauf. Er verspürte keinen Hunger mehr, ließ deshalb sein Vesper, das er sich morgens in einer Metzgerei gekauft hatte, auf dem Beifahrersitz liegen. Stattdessen griff er zu einem bläulichen Kuvert, das er frühmorgens aus seinem Briefkasten genommen und ungeöffnet aufs Armaturenbrett geworfen hatte. Der Inhalt würde ihm großen Kummer bereiten, das wusste er. Nun riss er das Kuvert auf und zog den länglichen Kontoauszug heraus. Sein Blick fiel auf die lange Reihe der Abbuchungen, die er lediglich überflog. Wichtig war für ihn nur die allerletzte Zahl. Der Kontostand: 37.437,88 Euro – mit einem deutlichen Minus-Zeichen davor. Mosbrucker schluckte, runzelte die Stirn und schob den Kontoauszug ungeordnet in das Kuvert zurück. Er versuchte, sich auf seine Baustelle zu konzentrieren. Doch dies fiel ihm zunehmend schwerer.

Als Häberle und Linkohr nach ihrem Gespräch mit dem Steuerberater in Geislingen wieder in ihren Dienst-Mercedes stiegen, spürten sie die neuerliche Schwüle. Der gestrige Gewitterregen hatte offenbar nur dazu geführt, dass jetzt noch mehr Feuchtigkeit in der Luft hing. Fürs Wochenende hatten die Meteorologen bereits wieder eine Rekordhitze prophezeit. Häberle bedauerte, dass er dieses schöne Wetter nicht würde nützen können. Nachdem sie jetzt schon über 24 Stunden an dem Fall knabberten, ohne irgendwelche logischen Zusammenhänge erkennen zu können, ganz zu schweigen von einem Motiv, das hinter dem Tod der jungen Frau auf der Hahnweide stecken könnte, war zu befürchten, dass sich die Ermittlungen noch eine Zeit lang hinziehen würden. Während er aus der Parklücke rangierte, meldete sich der Esslinger Polizei-Presse-Sprecher Mehldorn per Handy.

»Der Staatsanwalt wünscht für den Spätnachmittag eine Pressekonferenz«, hörten die beiden Kriminalisten die Stimme im Lautsprecher krächzen.

»Ach du liebes bissle«, entfuhr es Häberle, »es gibt

nichts zu sagen – außer dem, was heut' schon in der Zeitung steht oder dem, was ständig im Radio verbreitet wird.«

»Die Medien werden nervös«, berichtete Mehldorn, während Häberle auf die B 10 einbog und wieder in Richtung Göppingen fuhr.

»Und wenn schon!«, erwiderte der unwirsch, »mich braucht ihr dazu nicht. Lassen Sie sich halt von dem Kollegen Deutschländer in Kirchheim ein paar Sätze sagen und sprechen Sie sich mit dem Staatsanwalt ab.«

Mehldorn wollte sich nicht so schnell abspeisen lassen. »Die Medien vermuten noch immer mehr hinter dem Fall. ›Bild‹ bastelt offenbar an einer Terrorismus-Story.«

»Schwachsinn«, kommentierte Häberle. Links zog das große Verwaltungsgebäude der WMF vorbei.

Der Pressesprecher blieb hartnäckig: »Die greifen irgendeine seltsame Agentur-Meldung auf – von einem Flugzeug in Afrika, das seit zehn Tagen spurlos verschwunden sei, eine Boeing 727. Das Passagierflugzeug sei seit seinem Start von einem Flughafen in Angola verschollen. Interpol ist eingeschaltet, es heißt, die Maschine könnte in eine fliegende Bombe umgewandelt werden.«

Linkohr nickte zustimmend und flüsterte Häberle zu: »Hab' ich heut' auch schon gelesen, steht im überregionalen Teil der ›Südwest-Presse‹.«

»Idiotie«, bekräftigte der Kommissar seinen Standpunkt, »wir haben's hier mit einem ganz normalen Verbrechen zu tun. Entweder eine Beziehungstat oder Hintergründe, die wir noch nicht kennen. Jedenfalls keine Al-Kaida-Sache.«

Mehldorn war anzumerken, dass er unter Druck stand. »Und warum dann das gestohlene Flugzeug auf der Hahnweide? Gibt's irgendeine Erklärung, weshalb der Täter ein paar Kilometer wegfliegt und dann zu Fuß flüchtet?«

»Herr Kollege, wenn ich das wüsste, würd' ich nicht in dieser Affenhitze durch die Landschaft hetzen.« Häberle war sichtlich ungehalten. Als Praktiker, der er war, hasste er diese Schwätzer, die ihn nur störten und ihm wertvolle Zeit stahlen. Und er hasste Journalisten, die Geschichten konstruierten, nur um eine auflagenträchtige Schlagzeile basteln zu können.

»Sie kommen also nicht zur Pressekonferenz?«, wollte Mehldorn jetzt ganz konkret wissen.

»Nein«, sagte Häberle knapp. Nachdem der Gesprächspartner stumm blieb, beendete Linkohr die Verbindung.

»Und jetzt?«, wollte der junge Kollege wissen, als der Mercedes vor einer roten Ampel am jüngst umgestalteten Geislinger Verkehrsknoten ›Sternplatz‹ stand.

»Ich denk', dass uns dieser Jens Hilgenrainer noch eine Antwort schuldig ist. Erstens hat er uns verschwiegen, dass er am Mittwoch mit der schönen Wirtin an den Bürgerseen grillen war – und zweitens könnte er voriges Jahr mal mit dieser Pulvermüller auf der Hahnweide gewesen sein.«

»Er oder dieser … Rottler«, ergänzte Linkohr und fügte nach kurzem Überlegen hinzu: »Und die Wirtin. Aber unser Elektriker-Freund meint ja, die Pulvermüller letzten Sommer in Begleitung eines Mannes gesehen zu haben, den er nicht kannte. Natürlich kann sich Mosbrucker auch getäuscht haben – ist schließlich eine Weile her.«

Häberle hatte inzwischen wieder freie Fahrt. »So ist es«, stimmte er seinem Kollegen zu.

»Es muss doch zu schaffen sein, etwas mehr über diese Pulvermüller zu erfahren«, meinte Linkohr.

»Das ist im Moment auch unsere einzige Chance«, bekräftigte der Ältere.

»Wer mag schon Grund gehabt haben, diese Frau frühmorgens totzuschlagen?«.

»Das ist die zentrale Frage. Irgendwie hat der Fall natürlich etwas mit der Fliegerei zu tun. Wenn's da nur um Eifersucht oder was weiß ich gegangen ist, mach' ich doch keinen solchen Aufwand, marschier' in mondheller Nacht zur Hahnweide – oder wie auch immer – brech' die Flugzeughalle auf, richte ein Blutbad an und flieg' dann ein paar läppische Kilometer auf die Alb hinauf«, fasste Häberle kurz zusammen, was ihn seit über einem Tag beschäftigte. In Kuchen staute sich der Verkehr schon wieder – diesmal vor einer Fußgängerampel.

»Anstatt auf Antworten, stoßen wir auf neue Merkwürdigkeiten«, meinte Linkohr, »auf eine Steuerberaterin, die sich mit einer Wirtin in Konstanz trifft – und auf ein Opfer, das, oh welch ein Zufall, auch noch Sekretärin bei einem Steuerberater ist. Und keiner will keinen kennen.«

Häberle überlegte und konnte mit dem Mercedes wieder einige hundert Meter Boden gewinnen. Die Tacho-Nadel pendelte zwischen 20 und 30 km/h.

»Ich weiß nicht, ob wir uns da nicht in etwas verrennen«, zweifelte er, »vielleicht haben all diese Umstände gar nichts mit dem Mord zu tun.«

Sein Kollege gab zu bedenken: »Vergessen Sie nicht den nächtlichen Besucher im Haus der Pulvermüller. Und dass irgendjemand großes Interesse daran haben muss, Dokumente und Daten von ihr zu beseitigen.«

»Ich hab' große Hoffnung, dass unsere EDV-Jungs in dem Rechner doch noch was aufspüren – oder dass uns die Telekom mit den Anrufen weiterbringt.«

»Ich bin sicher, dass wir schon einen Zipfel zu fassen gekriegt haben«, zeigte sich Linkohr optimistisch, »gerade, weil alles so merkwürdig erscheint. Ist doch irgendwie auch seltsam, dass die Fliegerfreunde und unsere schöne Wirtin just an jenem Abend auf der Hahnweide ein Grillfest veranstalten, während sich dort auch ein Mörder auf den Weg macht.«

Häberle lächelte. »Wenn ein Verbrechen geschehen ist, sieht hinterher vieles ein bisschen seltsam aus – so lange man nicht weiß, wie die Zusammenhänge sind.« Sie hatten jetzt die Kuchener Ortsdurchfahrt bewältigt. Doch sogleich stellte sich ihnen ein neuer Stau in den Weg – vor der Ampel zum dortigen Gewerbepark.

»Eine Elendsfahrerei«, stöhnte Häberle, »ein Unding, dass es die Politiker seit Jahr und Tag nicht schaffen, hier eine vernünftige Straßenanbindung zu bauen.«

»Die pumpen das Geld nach Ossi-Land rüber«, stellte Linkohr fest, »und wir versinken im Filstal in die Bedeutungslosigkeit. Immerhin haben sie jetzt die neue B 10 bis Geislingen in die oberste Priorität eingestuft – hat's jedenfalls in der Zeitung geheißen.«

»Schwätzer, alles Schwätzer«, kommentierte Häberle und fuhr langsam weiter. Vor ihnen in der Ferne erhob sich im Sommerblau des frühen Nachmittags der kegelförmige Hohenstaufen.

Der Kommissar überlegte: »Was mich in der Kette der Merkwürdigkeiten auch nachdenklich stimmt, ist dieser Hilgenrainer, zu dem wir jetzt fahren. Der scheint offenbar in alle Richtungen Kontakte zu haben. Zur schönen Wirtin, vielleicht zu der Toten und auch zu diesem Rottler, der ja in derselben Firma beschäftigt ist – bei diesem Computerfritzen.«

Der Mercedes erreichte mühsam Gingen, dessen charakteristischer Kirchturm von Weitem die Häuser überragte.

»Sie meinen, das könnte eine Schlüsselfigur sein?«.

Häberle zuckte mit den Schultern. »Wir werden ihm mal ein bisschen kräftiger auf den Zahn fühlen.«

Sie hatten sich in der Mittagspause im Göppinger Schloss-wäldchen getroffen. Die Bezeichnung ›Wäldchen‹ freilich war ziemlich übertrieben. Hinterm Schloss, in dem sich seit geraumer Zeit das Amtsgericht befand, standen einige wenige Bäume, die der schmalen Grünfläche am Rande der Innenstadt ein parkähnliches Aussehen gaben. Schattige Ruhebänke waren an heißen Sommertagen beliebte Ruhe-plätze.

Tommy Hausold, der stets braungebrannte Geschäfts-mann, hatte seinen jungen Freund Andy angerufen, um mit ihm die neue Lage besprechen zu können. Jetzt saßen sie beide auf einer Bank – mit Blickrichtung auf die rückwär-tige Fassade des Schlosses. Links von ihnen sahen sie die triste Betonmauer, die den Hof der Jugendarrest-Anstalt umgab, ein historisches Fachwerkhaus, für dessen kultur-historische Vergangenheit die heutigen Insassen kaum Inte-resse haben dürften.

Andy, der mit Nachnamen Obermayer hieß und knapp 30 Jahre alt sein mochte, hatte sich besonders gestylt: Die schwarzen Haare pomadig an den Kopf geklebt, eine rot-gestreifte Krawatte, kurzärmliges weißes Hemd und dunkle Hose. Das Jackett hatte er im Büro des Geldinstituts gelas-sen, in dem er als Anlageberater arbeitete.

»Hast du mit Elvira schon gesprochen?«, fragte Haus-old mit gedämpfter Stimme während er sich umblickte, um ungewünschte Zuhörer rechtzeitig ausfindig machen zu können.

Andy schüttelte den Kopf und kniff die Augen zusammen, weil es nicht nur unerträglich heiß, sondern auch ungewöhn-lich hell war. »Haben sich die Bullen wieder gemeldet?«

»Sie waren wieder bei Elvira«, begann Hausold leise, »sie haben die Tote identifiziert, irgendeine Sekretärin eines Steuerberaters.«

»Ach?«, machte Obermayer, »muss man die beiden kennen?«

»Keine Ahnung, ich weiß nicht, wie er heißt. Ist auch unwichtig«, Hausold wollte sich nicht an Nebensächlichkeiten aufhalten, »viel wichtiger ist, dass sie rausgekriegt haben, wen Elvira in Konstanz treffen wollte.«

Andy verengte die Augenbrauen und legt seinen linken Arm auf die Rückenlehne hinter Hausold. »Wie das denn?«

»Spielt ja keine Rolle. Jedenfalls wissen sie, dass es die Svea gibt. Und weil die auch Steuerberaterin ist, haben sie angefangen zu kombinieren. Mir gefällt die Sache überhaupt nicht mehr, Andy.« Hausold bückte sich nach vorne und stützte sich mit den Ellbogen auf den Knien ab.

»Und wir? Was ist mit uns?« Andy schien nervös zu werden. »Sind wir auch schon irgendwo ins Gespräch gekommen?«

Der Freund zuckte mit den Schultern und blickte seinen Gesprächspartner mit gesenktem Kopf von unten an. »Bis jetzt deutet offenbar nichts darauf hin. Es sei denn, einer von den anderen hat geplaudert.«

»Jens und Günter?« Andy erwartete keine Antwort.

»Günter wird nervös«, stellte Hausold fest, »ihm steht das Wasser bis zum Hals. Eine verdammt brenzlige Situation. Das weißt du.«

Andy spürte, wie sein Blutdruck stieg. Er wischte sich mit dem rechten Handrücken den Schweiß von der Stirn. »Was willst du damit sagen?«

Eine junge Frau, bauchnabelfrei und mit knallengen langen Jeans, kam vorbei, so dass Hausold zunächst nicht antwortete. Erst als sie außer Hörweite war, erklärte er: »Ich meine, dass wir in dieser Situation nun alles brauchen können, nur keine Panik. Stillhalten wäre dringend angeraten.«

»Und der Idiot tut's nicht«, konstatierte Andy Ober-mayer.

»So ist es. Ein engstirniger Hund.«

»Wir müssen unter allen Umständen verhindern, dass die Bullen noch mehr bei uns rumschnüffeln«, meinte Ober-mayer fast beschwörend.

»Ich weiß doch auch nicht, verdammt noch mal, weshalb ausgerechnet wir in die Schusslinie geraten. Da gäb's doch tausend Möglichkeiten, weshalb da einer auf der Hahnweide ein Weib umbringt.«

»Was schlägst du nun vor?« Andy wurde ungeduldig.

»Nichts, gar nichts. Keinerlei Aktivitäten mehr, verstehst du«, entschied Hausold mit energischer Stimme, »und mit Günter werd' ich mal reden.«

Andy kniff seine Augen noch fester zu, so sehr war er von der Helle des Tages geblendet. »Mach' ihm bitte aber auch klar, was für mich auf dem Spiel steht.«

Der andere nickte.

18

Häberle und Linkohr hatten für die 18 Kilometer von Kuchen bis Göppingen mehr als eine dreiviertel Stunde gebraucht. Als sie den ›Stauferpark‹ erreicht hatten, jenes Gewerbegebiet auf dem Gelände der früheren US-Kaserne, atmeten sie tief durch. Die alten Bäume bescherten Schatten, doch auch da dürften die Temperaturen inzwischen wieder weit über 25 Grad geklettert sein.

Häberle ging voraus, öffnete die große Tür ins Foyer des Verwaltungsgebäudes von ›Steinke-Network GmbH & Co. KG‹ und stellte sich einer Empfangsdame vor, die hinter einem großzügig gestalteten Tresen residierte. Sie war eine Spur zu dick, befand er insgeheim, war dann aber, als sie sich erhob, von ihrem raffiniert geschlitzten hellgrünen Kleidchen angetan. Er stellte auch seinen Kollegen vor und erkundigte sich nach Rottler. Er wollte den ›Dienstweg‹ beschreiten, um dann über die Chef-Etage zu Jens Hilgenrainer zu kommen, der ja ohnehin ein Fliegerkamerad des Finanz-Chefs war.

Die Empfangsdame, deren dunkelblondes Haar schulterlang war, lächelte bedauernd. »Herr Rottler ist nicht im Hause«, sagte sie kühl.

»Weiß man denn, wann er wieder kommt?« wollte Häberle stirnrunzelnd wissen.

»Bedaure, nein. Er hat sich bei mir nicht abgemeldet. Aber ich könnte Sie mit Herrn Steinke bekannt machen.«

Sie schaute auf ihre Armbanduhr, »seinen nächsten Termin hat er erst um 15 Uhr.« Jetzt war es kurz vor zwei.

Häberle und Linkohr schauten sich an.

»Okay«, entschied der Kommissar, »wenn sich's gerade so anbietet – warum eigentlich nicht?«

Die Empfangsdame bat die Besucher mit einer Handbewegung zu einer beigen Leder-Sitzgruppe, die abseits in einer lichtdurchfluteten Ecke stand, umgeben von großen Philodendren. Dann drückte sie an ihrem Telefon einige Tasten und teilte dem Herrn Vorstandsvorsitzenden mit, dass zwei Herren von der Kripo ihn sprechen wollten. Häberle nahm aus gut zehn Metern Entfernung zur Kenntnis, dass der Angerufene offenbar nicht so sehr begeistert reagierte. Schließlich schien er aber doch einzuwilligen. Die Empfangsdame legte lächelnd auf und rief den Gästen zu: »Der Herr Steinke lässt Sie von seiner Sekretärin abholen.«

Es dauerte keine zwei Minuten, bis flotte Schritte durch den großen Eingangsbereich hallten. Auf der nach oben führenden Marmortreppe tauchte eine junge Frau mit langen schwarzen Haaren und einem weißen, knapp knielangen Kleid auf. Sie führte die beiden Kriminalisten nach oben und dort über den langen Flur, dessen linke Seite nahezu vollständig aus Glas bestand. Der Blick ging auf die alten Bäume hinaus, die auf diesem ehemaligen Militär-Areal das Zeitalter des Kalten Krieges unbeschadet überstanden hatten.

Der Vorstandsvorsitzende des größten Computer-Unternehmens weit und breit wirkte blass und nervös. Seine Gesichtszüge waren versteinert, er versuchte krampfhaft zu lächeln. »Kriminalpolizei?«, fragte er ungläubig, als er den beiden Männern die Hände drückte und ihnen einen Platz auf der großen ledernen Couch anbot. Steinke hatte die Krawatte abgelegt, den obersten Knopf seines weißen Hemdes gelöst. Drüben auf seinem Schreibtisch, das stellte Häberle fest, herrschte Unordnung – etwas, das bei Vorstandsvorsitzenden äußerst selten zu beobachten war. Unzählige Ordner und Schnellhefter lagen kreuz und quer aufgeschlagen übereinander. Normalerweise waren Chef-Schreibtische blitzblank.

»Keine Aufregung bitte«, lächelte er und hob wieder beschwichtigend die Hände. »Wir wollten eigentlich gar nicht zu Ihnen, sondern zu Ihrem Herrn Rottler und Ihrem Herrn Hilgenrainer.«

»Darf ich fragen, ob etwas passiert ist? Sie treffen mich inmitten zweier wichtiger Termine«, entgegnete Steinke und begann langsam wieder seine Fassung zu finden.

»Im Prinzip ist nichts passiert«, sagte Häberle, »es geht um das Verbrechen auf der Hahnweide. Sie haben sicher davon gehört.«

Steinke verengte die Augenbrauen. »Ja, gehört und gelesen …«, … er schien zu begreifen, »Rottler und Hilgenrainer sind Piloten. Deshalb Ihr Besuch, nehm' ich an.«

Häberle und Linkohr nickten.

»Sie wollen sicher wissen …«, fuhr Steinke sichtlich erleichtert fort und zögerte, denn auf seiner Stirn hatten sich feine Schweißperlen gebildet, »Sie wollen sicher wissen, ob die beiden Herren etwas beobachtet haben.«

»So könnte man es ausdrücken«, klärte Häberle auf, »und bei der Gelegenheit wollten wir von Ihnen erfahren, wie häufig Ihr Herr Rottler geschäftlich geflogen ist.«

Der Andere schien jetzt irritiert zu sein und verfiel ins Schwäbische. »Ich versteh' net ganz …«

Linkohr schaltete sich ein: »Sie sind nicht der Einzige, den wir so fragen. Wir sind dabei, das Umfeld vieler Piloten der Hahnweide zu durchleuchten.«

»Ein Mosaiksteinchen nach dem anderen …«, klärte Häberle auf, »inzwischen wissen wir, es gibt reine Sonntags- und Schönwetterflieger, wie wohl Herr Hilgenrainer. Und dann gibt es aber Piloten, die ihr Hobby auch geschäftlich nutzen können.«

Steinke nickte zustimmend. »So ist es«, sagte er, »spricht ja auch nichts dagegen, oder?«

Der Kommissar winkte ab. »Vergessen Sie's. Wir sind keine Steuerfahnder.« Er machte eine Pause, ehe er seine nächste Frage stellte: »Herr Rottler ist also gelegentlich geschäftlich mit dem Sportflugzeug unterwegs?«

»Ja, wenn das Wetter stabil ist und sich ein Flugplatz anbietet. Eigentlich ideal«.

»Zum Besuch von Geschäftsfreunden?«, hakte Linkohr nach.

»Natürlich.«

»Hat er auch gelegentlich einen Passagier?«, fragte Häberle und lehnte sich weit zurück.

»Passagier?«, fragte Steinke als wüsste er nicht, was dies sei, »nein, jedenfalls hat er nie etwas davon erzählt.«

»Eine Freundin?«, wollte Linkohr wissen.

Der Mann lächelte vielsagend. »Heut' die, morge jene … Warum soll er das nicht genießen?«

Häberle verzog das Gesicht verständnisvoll. »Nur Fliegen ist schöner«, stellte er vielsagend fest, um dann hinzuzufügen: »Wohin fliegt er denn am häufigsten?«

»Wohin er privat fliegt, kann ich Ihnen natürlich nicht sagen. Unsere Geschäftspartner, die im Privatflugzeug erreichbar sind, befinden sich vielfach in Sachsen, Bayern, Österreich und der Schweiz – oder nördlich der Alpen.«

Häberle ging wieder in aufrechte Sitzposition. »Okay, das reicht uns schon. Den Herrn Hilgenrainer können wir kurz sprechen?«.

»Aber bitte, kein Problem. Ich lass' ihn ins Besprechungszimmer nebenan kommen.« Steinke stand auf, ging zu seinem voll beladenen Schreibtisch und drückte an seinem Telefon einige Tasten.

»Noch eine Frage«, begann Häberle, »ein Großunternehmen wie das Ihrige verlässt sich bestimmt nicht allein auf einen hauseigenen Finanz-Experten?«

Der Manager blieb stehen und presste die Lippen zusammen. Linkohr lächelte ihn von der Seite an.

»Hab' ich Recht?«, fragte Häberle nach.

Steinke sah den Chef-Kriminalisten skeptisch an. »Ich verstehe Ihre Frage nicht.«

»Interessiert mich nur so, da bedarf es doch sicher gewitzter und gewiefter Steuerberater, oder seh' ich das falsch?«

»Bei den heutigen Gesetzen kommen Sie ohne Experten nicht zurecht. Kein Mensch ist mehr in der Lage, dies zu durchschauen.«

»Und zu umgehen?«, fragte Linkohr lächelnd, aber ziemlich frech.

Steinke zeigte sich empört. »Ich muss doch sehr bitten. Bei uns wird nicht geschummelt. Aber wir haben auch nichts zu verschenken.«

»Ist Ihnen der Herr Liebermann aus Geislingen ein Begriff?«, fragte Häberle plötzlich. Steinke zuckte zusammen. »Wie kommen Sie denn da drauf?«

»Ist er oder ist er nicht?«, blieb Häberle hartnäckig.

Der Mann überlegte, ob er darauf antworten sollte. Dann entschied er sich: »Ja, wieso?«

»Wie eng sind Ihre Geschäftsverbindungen?«, wollte Häberle wissen.

»Was heißt eng?«, wiederholte Steinke, »und was hat das alles mit der Hahnweide zu tun?«

»Ich will's Ihnen sagen«, schaltete sich Linkohr ein, »unser Mordopfer war Sekretärin bei Liebermann. So schließt sich der Kreis.«

»Ist Ihnen der Herr Liebermann ein Begriff?«, wiederholte Häberle seine Frage.

Steinke nickte. »Er gehört zu einem ganzen Steuerberater-Konsortium, ja. Für bestimmte Fälle ziehen wir ihn zu Rate.«

Jens Hilgenrainer wirkte in dieser seriösen Umgebung ganz anders, als gestern Abend bei sich daheim. Sein dünnes blondes Haar war einigermaßen ordentlich gekämmt, er trug eine saubere Jeans und ein kurzärmliges buntes Hemd. Als Häberle und Linkohr die Tür zum Besprechungszimmer geöffnet hatten, drehte sich der junge Mann um, der aus dem offenen Fenster in die Parkanlage hinab geschaut hatte. »Sie?«, entfuhr es ihm, während die beiden Kriminalisten auf ihn zugingen und ihn per Handschlag begrüßten.

»Entschuldigen Sie die Störung«, sagte Häberle und setzte sich auf einen der gepolsterten Stühle, die um einen ovalen, schneeweißen Tisch herum standen. An den Wänden hingen große abstrakte Gemälde, mit denen er jedoch nichts anzufangen wusste. Wahrscheinlich waren sie teuer, dachte er bei sich.

Auch Linkohr und der sichtlich irritierte Hilgenrainer setzten sich.

»Wir halten Sie sicher nicht allzu lange auf«, begann Häberle, »aber wir sollten zwei Dinge von Ihnen wissen.«

Hilgenrainer wischte sich mit einem Papiertaschentuch den Schweiß von der Stirn. »Ich dachte, ich hätt' Ihnen schon alles gesagt, was ich zur Hahnweide weiß.«

»Leider nicht ganz«, stellte Häberle fest, »oder sagen wir besser: Nicht vollständig.«

Der junge Mann schluckte. Er lehnte sich zurück und versuchte, bewusst locker zu wirken. Linkohr ließ ihn nicht aus den Augen.

»Sie meinen ...«, begann Hilgenrainer und spürte, wie sein Hals trocken wurde, »... Sie wollen damit sagen, ich hätt' Sie angelogen?«

Häberles Tonfall wurde väterlicher. »Nicht direkt«, sagte er, »aber etwas verschweigen ist fast so schlimm, wie lügen – zumindest, wenn's um ein wichtiges Detail geht.«

Der junge Mann ging in die Offensive: »Sie meinen den Mittwochabend ...?«

»Exakt erkannt«, entgegnete ihm Häberle, »absolut richtig. Wir haben Sie gefragt, wann Sie zuletzt auf der Hahnweide waren, stimmt's?«

»Und Sie haben gesagt«, machte Linkohr weiter, »das sei vor zwei Wochen gewesen. Im Prinzip ja nicht mal gelogen.«

»Im Prinzip«, ergänzte der Kommissar und sah, wie Hilgenrainer immer blasser wurde, »schließlich waren Sie am Mittwochabend auch nicht direkt auf der Hahnweide, sondern daneben – drunten an den Bürgerseen.«

Der Angestellte nickte. »Ja, Sie haben Recht.«

»Da stellt sich für uns misstrauische Kriminalisten natürlich die Frage, warum Sie uns dies gestern verschwiegen haben«, erklärte Häberle.

»Dass Sie's vergessen haben könnten, wollen wir Ihnen nicht abnehmen«, stellte Linkohr fest.

Und Häberle konstatierte: »Wenn in unmittelbarer Nähe ein Verbrechen geschieht, fällt einem doch sofort ein, dass man kurz zuvor dort gewesen ist.«

»Und man sagt dies auch«, ergänzte sein junger Kollege, »es sei denn, man hat etwas zu verschweigen.«

Hilgenrainer schwieg. Hatte er zunächst geglaubt, sich in ein besseres Licht rücken zu können, so fühlte er sich jetzt in die Enge gedrängt.

»Und was gibt es dazu zu sagen?«, blieb Häberle hartnäckig.

Der junge Mann rückte näher an den Tisch und stützte sich mit den Unterarmen ab. »Es war Schwachsinn von mir«, rang er sich durch, »völliger Schwachsinn. Ich war gestern Abend, als Sie bei mir waren, nicht gut drauf. Hinterher hab' ich mir selbst die größten Vorwürfe gemacht.«

»Aber nicht angerufen und Ihre Aussage richtig gestellt«, warf ihm Linkohr jetzt eine Spur energischer vor.

»Das war ein Fehler«, räumte Hilgenrainer ein und wirkte so, als wolle er gleich in Tränen ausbrechen.

»Erklärung?«, fragte Häberle knapp.

»Ich will da nicht mit hineingezogen werden, ich hab' mit dem, was da auf der Hahnweide geschehen ist, nichts zu tun. Es war ein gemütliches Grillen an den Bürgerseen, nichts weiter. Wir haben das schon vor Wochen ausgemacht und die Chance genutzt, bevor wieder Gewitter angesagt waren.«

»Das kann man aber doch zugeben«, staunte Linkohr, »wieso lügen und sich der Gefahr aussetzen, in einen Mordfall hineingezogen zu werden?«

»Ich sagte doch schon: Es war schwachsinnig, ja.« Hilgenrainer holte tief Luft und wischte sich erneut den Schweiß von der Stirn.

Häberle wurde deutlich: »Soll ich Ihnen was sagen? Da unten an den Bürgerseen ist etwas gelaufen, das wir nicht wissen sollen.«

Hilgenrainer stutzte. »Wie kommen Sie denn da drauf?« Er schien hochspringen zu wollen, hatte sich dann aber offenbar doch unter Kontrolle.

»Weil allesamt so geheimnisvoll tun. Sie, die Frau Schneider und der Herr Mosbrucker. Keiner will so recht mit der Sprache heraus«, wetterte Häberle.

»Man sagt nur so viel, wie notwendig«, mischte sich Linkohr wieder ein, »man könnt' den Eindruck gewinnen, als sei der Mörder dabei gewesen – und alle wüssten's.«

Hilgenrainer erschrak. »Das können Sie nicht sagen«, empörte er sich, »das geht entschieden zu weit.«

Häberle sah den Moment eines noch energischen Einschreitens für gekommen: »Dann will ich jetzt, hier und heute, von Ihnen wissen, was sich am Mittwochabend an den Bürgerseen abgespielt hat.«

»Was heißt da abgespielt?«, griff der junge Mann die Aufforderung auf und rutschte auf seinem Stuhl hin und her, »wir haben uns an dem lauen Abend erfreut, haben Feuer gemacht – und jeder hat seine Wurst gegrillt. Nichts weiter.« Seine Stimme verriet Nervosität.

»Nichts weiter«, wiederholte Häberle abfällig, »nichts weiter. Soll ich Ihnen sagen, was ich glaube?« Er erwartete keine Antwort, sondern fuhr fort: »Ich glaub' in der Tat, dass da noch mehr Personen dabei waren. Keine Unbekannten für Sie, sondern weitere Flieger aus Ihrer Clique, stimmt's?«

Hilgenrainer schwieg.

»Es würde nicht nur uns weiterhelfen, wenn Sie die Wahrheit sagen würden, sondern auch Ihr Gewissen erleichtern«, lenkte Linkohr ein und schaute ihn aufmunternd an.

Der Kommissar machte weiter: »Es ist doch nur eine Frage der Zeit, bis wir rauskriegen, was wirklich gelaufen ist. Und dann …«, er machte eine Pause, »dann kommen Sie in noch viel größere Erklärungsnöte, das dürfen Sie mir glauben.«

Die drei Männer schwiegen sich an.

Hilgenrainer schloss für einen kurzen Moment die Augen und holte tief Luft. »Es ist wirklich nichts Aufregendes«, sagte er, »wir haben tatsächlich nur gegrillt. Ich schwör' es …«

Häberle lehnte sich zurück und verschränkte die Arme. »Okay«, sagte er ruhiger, »wie Sie wollen. Ich prophezeih' Ihnen aber, dass Sie heut' Nacht nicht schlafen können.«

Der so Angesprochene schluckte trocken. »Ich hab'
nichts zu verbergen, absolut nichts.«

»Dann lassen Sie uns zu Nummer zwei kommen«, versetzte Häberle kühl.

»Nummer zwei?« Hilgenrainers Stimme zitterte.

»Ja«, erklärte der Chef-Kriminalist, »ich hab' doch gesagt,
dass es zwei Punkte zu klären gilt. Nämlich die Frage, ob
Sie eine Frau Heidrun Pulvermüller kennen.«

Der Mann schüttelte er den Kopf. »Nein, nie gehört.
Wirklich nicht.«

»Sind Sie sich sicher?«, versuchte ihn Linkohr zu verunsichern.

Der schaute ihn an. »Ganz sicher, ja. Nie gehört. Ich kenn'
keine Frau, die so heißt.«

»Sie waren auch nie mit ihr auf der Hahnweide?«, fragte
Häberle nach.

»Nein, sicher nicht. Ich kann's beschwören«.

»Dann dürfen Sie jetzt wieder zurück an die Arbeit«, entschied Häberle und stand auf. Während sich auch Hilgenrainer und Linkohr erhoben, schob der Kommissar noch
eine Frage nach: »Sie sind hier Informatiker? Die Geschäfte
laufen gut?«

Hilgenrainer versuchte, seinem versteinerten Gesicht ein
Lächeln abzugewinnen. »Ich denke doch, ja«, sagte er, »ich
glaub', wir können nicht klagen.«

Die beiden Kriminalisten verabschiedeten sich mit Handschlag und ließen den nun sichtlich erleichterten Mann
zurück.

Draußen vor der Eingangstür schlug ihnen wieder die
dämpfige Hitze des Nachmittags entgegen. Als sie im Auto
saßen, meinte Häberle: »Der Kerl hat Schiss.«

»Ich bin auch felsenfest davon überzeugt, dass am Mittwochabend an den Bürgerseen mehr gelaufen ist, als wir wissen sollten«, resümierte Linkohr, während sein Chef den Motor startete und die Straße abwärts fuhr – aus dem Gewerbegebiet ›Stauferpark‹ hinaus.

Sie hatten gerade das ehemalige Militär-Areal verlassen, als das Handy ertönte. Linkohr drückte den ›Ein-Knopf‹, der die Freisprechanlage aktivierte.

Es war die Sonderkommission aus Kirchheim. Deutschländer fragte: »Wo seid ihr gerade?«

»Göppingen«

»Soeben hat der Hauff von der Hahnweide angerufen«, krächzte die Stimme aus dem Lautsprecher, »er wollte uns einen Tipp geben. Die Schneider, also eure Wirtin da in Göppingen, hat kurzfristig gefragt, ob ein Flieger frei sei. War eigentlich nicht. Aber Hauff hat's dann möglich gemacht, weil ihn auch interessiert, wo die Dame so plötzlich hinfliegen will.«

»Und wo will sie hin?«, schaltete sich Häberle in das Gespräch ein.

»Das hat er natürlich nicht gefragt, sei unüblich«.

»Er meint, er wolle sie fliegen lassen und wir könnten ja hinterher feststellen, wo sie war.«

Häberle überlegte und steuerte den Mercedes unterdessen in Richtung Göppingens Innenstadt. »Rufen Sie den Hauff an und fragen Sie ihn, ob er uns hinterher fliegen kann.«

Linkohr sah seinen Chef überrascht und fragend an.

Deutschländer schien ebenfalls zu stutzen. »Sie wollen sie im Flieger verfolgen?«, wiederholte er.

»Warum nicht? Mal eine neue Variante. Fragen Sie den Hauff, wann die Schneider abfliegen will und ob wir mit gewissem Abstand hinterher können.«

Der Kollege bestätigte und versprach, sich sofort wieder zu melden.

»Ihnen ist schon klar, dass das ein paar Euro-fuffzig kostet …?«, fragte Linkohr seinen Chef zweifelnd.

Häberle lächelte. »Natürlich, aber ich wollt' schon immer mal mit so einer kleinen Kiste fliegen, mit so einer … Cessna.«

Linkohr überlegte und fragte schließlich vorsichtig: »Und ich? Kann ich da auch mit?«

»Tut mir leid, aber für Lustflügle haben wir heute keine Zeit. Ich schlag' vor, Sie kümmern sich stattdessen um unsere EDV-Spezialisten und die Telekom. Ich will endlich wissen, ob wir noch irgendwelche Daten von der Pulvermüller rauskriegen und vor allem, mit wem sie zuletzt telefoniert hat. Vielleicht wissen wir ja auch schon, ob sie ein Handy hatte«. Dann fügte er hinzu: »Sie wissen doch noch von unserem letzten Fall, welch hilfreiche Spuren Handys hinterlassen …«

Sie schwiegen sich eine Zeit lang an. Erst der elektronische Ton des Handys unterbrach die Monotonie des leise brummenden Motors. Linkohr meldete sich wieder.

Deutschländers Stimme krächzte aus dem Lautsprecher: »Um 16 Uhr kriegt sie einen Flieger – und Hauff fliegt Sie mit Abstand hinterher, hat er bestätigt.«

»Danke, Kollege, sagen Sie ihm, dass ich ihn von seinem Parkplatz aus anrufen werde. Schließlich darf mich die Schneider nicht sehen. Er soll den Flieger schon mal warmlaufen lassen.« Häberle ließ sich die Telefonnummer geben, die Linkohr auf einen Notizzettel schrieb.

»Jetzt geht was ab«, freute sich Häberle, nachdem sein Kollege das Telefonat beendet und ihm den Notizzettel gegeben hatte.

»Der große Häberle im Abfangjäger«, witzelte der junge Kollege.

19

Steinke tobte. Seine Sekretärin hatte ihm soeben gesagt, dass sein Finanz-Chef Olaf Rottler noch immer nicht zu erreichen sei. Sie habe ihm aber auf die Mailbox gesprochen, dass er sich sofort melden solle.

»Dieser Sauhund«, entfuhr es Steinke, als er das Telefongespräch mit seiner Sekretärin beendet hatte. Er lehnte sich in seinem gepolsterten Bürosessel zurück, holte tief Luft, fuhr sich mit einer Hand übers Haar und rückte seine Krawatte zurecht. Dann drückte er wieder einen Sprechknopf und bat seine Sekretärin, den Herrn Rechtsanwalt, der sich bereits an der Pforte angemeldet hatte, abzuholen und zu ihm zu bringen. Der Rechtsanwalt, ein älterer Herr mit Bierbauch-Ansatz, ziemlich schütterem grauen Haar und rundem Gesicht, setzte sich an dem Besuchertisch Steinke gegenüber. Dann beugte er sich zu seinem schwarzen Koffer hinab, den er rechts neben sich auf den Boden gestellt hatte. Die beiden Verschlüsse schnappten auf und der Anwalt brachte eine Handvoll Akten zum Vorschein, die er vor sich auf den Tisch legte. Unterdessen holte sich auch Steinke einige Ordner.

»Sie haben am Telefon angedeutet, dass gegen Sie Anzeige erstattet werden soll«, begann der Anwalt mit sonorer Stimme und einem leichten Lächeln.

»Danke, Herr Fellhauer, dass Sie so schnell gekommen sind«, erwiderte der Manager und versuchte sich wieder mit Hochdeutsch, »aber ich bin ziemlich fertig. Vor einer Stunde ist auch noch die Mordkommission hier aufgetaucht.«

»Die Mordkommission?«, staunte der Jurist.

Steinke berichtete in kurzen Worten, was geschehen war. Dass zwei seiner Mitarbeiter, der Rottler und der Hilgenrainer, Stammkunden auf der Hahnweide seien, wo ja bekanntermaßen gestern ein schreckliches Verbrechen geschehen sei. »Das hat mir gerade noch gefehlt«, jammerte er, »Steuerprüfer, Steuerfahnder und Mordkommission. Da kann ich ja mein' Laden gleich dicht mache«, er spürte, wie sein Blutdruck wieder stieg, »in diesem Staat werdet Se nur drangsaliert, wenn Se a Lebe lang schuftet. Ich versteh' jeden, der abhaut und sein' Betrieb in de Oste verlagert. Was glaubet Sie, wie ich in dr Slowakei aufg'nomma werda dät. Mit Handkuss und rotem Teppich«, redete sich Steinke in Rage, »und hier? Hier haut einen die Regierung in d'Pfanne, egal, ob rot, grün oder schwarz – oder was weiß ich.«

Der Jurist hörte geduldig zu, bis Steinke ihm mit einer Atempause die Chance bot, auch etwas sagen zu können. »Sie sagten«, begann er mit ruhiger Stimme, »dieser Betriebsprüfer habe mit rechtlichen Schritten gedroht.«

»Um ehrlich zu sein, ich hab' Angst, dass jeden Moment die Steuerfahnder hereinstürzen und hier alles beschlagnahmen«, seufzte Steinke etwas ruhiger in sich hinein, »und der Herr Rottler hat sich schon ins Weekend verabschiedet. Als ob ihn des alles gar nichts anging'.«

Der Jurist versuchte, Gelassenheit auszustrahlen. »So schnell geht's nicht, Herr Steinke. Um hier etwas durchsuchen zu können, bedarf es eines richterlichen Durchsuchungsbefehls. Ich glaub' nicht, dass die noch am Freitagnachmittag anrücken werden.«

»Wie heißt es doch so schön immer: Wenn Gefahr im Verzug ist, stehen die sofort auf der Matte«, sorgte sich der Mann und schloss für einen kurzen Moment die Augen.

»Ich schlage vor, Herr Steinke, wir gehen die kritischen Punkte jetzt der Reihe nach durch – in aller Ruhe. Sie sagten mir am Telefon, dass Sie persönlich, sofern es zu Manipulationen gekommen sein sollte, keinerlei Ahnung davon haben.« Der Anwalt legte sich einen Schnellhefter mit leeren Blättern zurecht und entnahm einer kleinen Schatulle einen wertvollen Kugelschreiber.

»Könnten Sie sich vorstellen, dass ich krumme Dinger drehe?« Steinke sagte dies, als suche er wie zur Bestätigung eine ihm gewogene Antwort.

»Was ich mir vorstellen kann, Herr Steinke, das ist nicht ausschlaggebend. Ich kenne Sie lange genug, um Sie als ehrlichen und seriösen Geschäftsmann einstufen zu können. Maßgebend ist aber einzig und allein, was in den Büchern steht, in den Bilanzen, in Ihren Geschäftsberichten und vor allem in Ihren Steuer-Erklärungen«, erläuterte der Jurist.

Der Geschäftsmann begann erneut zu wehklagen über die Finanzbehörden und die Regierung, vor allem aber über diesen Altmann, den er auch vor dem Juristen respektlos als den ›Sesselfurzer‹ titulierte, der ihm dies alles eingebrockt habe.

»Ist der jetzt noch im Haus?«, wollte der Anwalt wissen.

Steinke schüttelte den Kopf. »Wo denket Sie hin!? Von denen schafft doch um diese Zeit am Wochenende keiner mehr. Nur des ehrlich steuerzahlende Volk malocht und wird g'molka wie a Kuh«, Steinke kam wieder ins Schwäbische hinein – wie immer, wenn er sich aufregte.

»Er hegt also den Verdacht, haben Sie gesagt, dass Gelder in Millionenhöhe beiseite geschafft worden sein könnten«, versuchte der Jurist das Gespräch wieder auf den Punkt zu bringen.

Steinke schlug mehrere Aktenordner auf »11,25 Millionen Euro seien verschwunden – abgehoben in vierzehn Einzelbeträgen.« Er ließ die Blätter eines Ordners durch seine rechte Hand gleiten.

»Eine stattliche Summe«, erwiderte der Jurist, »eine Summe, die nicht gerade so irgendwo versehentlich reinschlupfen kann.«

Steinke sagte nichts.

»Haben Sie denn eine Erklärung dafür, weshalb sie dieser Steuerprüfer in den Büchern nicht nachvollziehen kann?«, wollte der Anwalt wissen.

Der Mann holte tief Luft. »Um ehrlich zu sein, ich kann mir das nicht erklären. Wir haben natürlich Schmiergelder bezahlt.«

»Und solche Einzelsummen sind hier einfach am Bankschalter zu kriegen? Bar?«, staunte der Jurist.

»Nein, nicht hier in Göppingen. Das holen wir in Stuttgart.«

»Wenn Sie – was haben Sie gesagt? – in vierzehn Einzelbeträgen über elf Millionen abheben, sind das jeweils ganz erkleckliche Summen.«

»Wenn's denn so g'wesen wär'«.

»Aber es muss doch Kontoauszüge geben, auf denen dies alles einwandfrei dokumentiert ist – sehe ich das richtig?«.

Steinke nickte eifrig und blätterte in seinen Unterlagen. »Die gibt es, selbstverständlich. Das ist ja der Schwachpunkt, an dem sich der Schnüffler aufhält.«

»Dann sind die Gelder auch abgehoben worden?!«, stellte der Rechtsanwalt eher rhetorisch fest.

»Unstrittig. Daran gibt's nix zu deuteln. Aber ich kann nicht auf Anhieb nachvollziehen, was wir damit gemacht haben.«

»Bei so viel Geld?«

»Wir sind keine kleine Klitsche«, brauste Steinke auf, »da werden tagtäglich Millionen bewegt.«

»Und da sind elf Millionen auf drei Jahre verteilt tatsächlich …«, der Anwalt zögerte, »… so etwas wie Peanuts?«

Steinke schwieg.

Der Anwalt versuchte wieder mit sonorer Stimme, zur Sachlichkeit zurückzukehren: »Sie müssen mir, wenn ich Ihnen helfen soll, schon ein bisschen genauer erzählen, wie's um Ihr Finanzgebaren steht.«

»Ich will's versuchen … womöglich bleibt uns gar nicht mehr so viel Zeit«, meinte Steinke und fächerte sich mit einem Schnellhefter Frischluft zu.

»Es muss doch einwandfrei nachvollziehbar sein, wer das Geld abgehoben hat – und vor allem warum, und wohin es gewandert ist«.

»Ich glaub', ganz so einfach wird das nicht sein«, räumte sein Gesprächspartner ein, »vielleicht wär' es sogar besser, wir ziehen einen meiner Steuerberater hinzu.«

20

Häberle und Linkohr hatten, von Göppingen kommend, die B 10 bei Uhingen wieder verlassen, um über Albershausen und Schlierbach auf Kirchheim zuzusteuern. Sie schwiegen sich eine Weile an, bis Linkohr im Schatten des Schlierbacher Waldes unvermittelt feststellte: »Da fällt mir ein, was wir diesen Steinke hätten auch noch fragen sollen.«

Häberle hob die rechte Augenbraue und sah zu seinem Kollegen auf dem Beifahrersitz hinüber. »Und?«

»Ob er auch Flieger ist. Ob er womöglich auch in irgendeiner Weise mit der Fliegerclique zusammenhängt.«

Häberle kniff die Lippen zusammen und wiegte den Kopf hin und her. »Ja«, sagte er schließlich, »das hätten wir tun sollen. Sie meinen, Hilgenrainer, Rottler und Steinke könnten irgendwie unter einer Decke stecken?«

»Wie auch immer«, sinnierte Linkohr.

Nachdem Häberle seinen jungen Kollegen vor dem Kirchheimer Polizeirevier hatte aussteigen lassen, steuerte er die Hahnweide an. Er kannte inzwischen den Schleichweg über Seitenstraßen, vorbei an den Gebäuden der Wasserversorgungsgruppe und den Gärten, hinauf zum Flugplatz. Die Sonne brannte ihm durch die Windschutzscheibe entgegen. Er sah im Luftraum über dem jenseitigen Waldgebiet zwei Sportflugzeuge, die in großem Abstand hintereinander her flogen. Deren Piloten, so konstatierte der Kriminalist nach allem, was er seit gestern über die Fliegerei gelernt hatte, übten offenbar Starts und Landungen. Er hielt rund 100 Meter vor der Einmündung in die offizielle Zufahrtsstraße an und ließ seinen Mercedes auf den schmalen Grünstreifen rollen. Die Uhr im Armaturenbrett stand auf zehn vor vier. Häberle nahm den Zettel mit Hauffs Telefonnummer aus dem Brusttäschchen und drückte die Zahlen in das Handy.

Wenig später meldete sich die Sekretärin der Motorflugschule. Häberle ließ sich mit dem Chef verbinden, der sich sogleich meldete.

Er begrüßte ihn über die Freisprechanlage und beobachtete dabei, wie jetzt einer der Sportflieger quer zum Anfang der Landebahn flog und auf ihn zuzukommen schien. »Ich bin da«, sagte er, »ist sie schon gekommen?«

»Ja, sie macht gerade den Check. Wird wohl in den nächsten zehn Minuten losfliegen.«

»Okay«, zeigte sich der Kriminalist zufrieden, »dann machen Sie mal unsere Maschine fertig. Ich fahr' zum Parkplatz. Sobald die Frau wegrollt und sie mich nicht mehr sehen kann, komm' ich rüber und steig' bei Ihnen ein.«

»Verstanden«, erwiderte der Motorflugschulen-Chef, als ob sie sich über Flugfunk unterhielten, »ich hab' unserem Flugleiter gesagt, er soll sie am Funk fragen, wohin sie fliegt. Das ist nach dem Start durchaus üblich und unverdächtig.«

»Super, ich verlass' mich vollständig auf Sie. Nur noch eine andere Frage: Hat eine weitere Person aus dem Umfeld von Frau Schneider wieder einen Flieger gebucht?«

»Nein«, antwortete Hauff, »bis jetzt nicht. Das hätt' ich Ihnen selbstverständlich gesagt. Wir haben nämlich auch großes Interesse daran, dass der Fall möglichst schnell geklärt werden kann.« Er machte eine kurze Pause, um sich dann vom Herzen zu reden, was ihn belastete: »Sie müssen wissen, dass Anfang September wieder unser großes Oldtimer-Treffen stattfindet. Alle zwei Jahre kommen historische Flugzeuge aus der halben Welt zu uns – und Tausende von Besucher. Es wär' uns sehr unangenehm, wenn man bis dahin noch sagen würde, hier laufe ein Mörder frei herum.«

Häberle nickte verständnisvoll, obwohl ihn sein Gegenüber nicht sehen konnte. »Wir werden unser Möglichstes tun«, versprach er und ergänzte: »Dank Ihrer Hilfe. Also, wie besprochen, ich fahr' hinter die Hallen und seh' ja dann, wann sie rausrollt.«

»Okay«, bestätigte Hauff, »sie hat die ›Uniform Whisky‹, eine blau-weiße Cessna mit den Endbuchstaben U und W.«

»Danke, bis gleich«, sagte der Kommissar und sah, wie eines der gerade erst gelandeten Flugzeuge hinter den Hallendächern wieder zum Himmel hinaufstieg. Er drückte am Handy den ›Aus-Knopf‹, betätigte den Anlasser und fuhr auf dem schmalen asphaltierten Weg weiter, der unweit des Campingplatzes auf die offizielle Erschließungsstraße traf. Dieser folgte er nach links, um bereits nach weiteren hundert Metern die große Parkplatzfläche hinter den Flugzeughallen zu erreichen. Dort war der Boden nicht mehr asphaltiert, sondern bestand aus knochenhartem, getrocknetem Lehm. Häberle steuerte den Mercedes an den abgestellten Autos vorbei, in deren Chromteilen sich die Sonne tausendfach spiegelte. Am Ende einer Reihe fand er schließlich einen freien Platz. Er nahm sein Handy aus der Halterung, steckte es in sein Hemdtäschchen und stieg aus. In den Sträuchern, die das Flugplatz-Gelände umgaben, herrschte reges Leben, Vögel zwitscherten und kümmerten sich um ihre Jungen. Häberle erinnerte sich daran, dass er einmal gelesen hatte, wie gerne sich Vögel gerade an Flugplätzen ansiedeln. Seltsam, dachte er sich, ob die wohl wissen, dass sie bei den Luftfahrern in guter Gesellschaft sind? Jedenfalls war mit diesen Beobachtungen, über die Experten in einer Abhandlung berichtet hatten, das Argument von Naturschützern widerlegt worden, Sportflugplätze würden sich nachteilig auf die Tierwelt auswirken.

Häberle ließ das Türschloss des Mercedes' über den ferngesteuerten Schlüssel einschnappen und ging die paar Schritte zum Begrenzungszaun hinüber. Er hörte Motorengeräusche aufheulen und das Knattern der Propeller. Und er sah draußen auf der Startbahn, wohin ihm der Freiraum zwischen den beiden Hallen einen schmalen Sichtwinkel ermöglichte, eine Sportmaschine von links nach rechts vorbeiziehen. Sie war vermutlich gerade erst gelandet und gleich wieder am Starten. ›Touch and go‹, nannten dies die Flieger wohl. Landen zählt zu den schwierigsten Manövern in der Fliegerei, das hatte sich Häberle schon früher einmal sagen lassen, als er noch Sonderermittler des Landeskriminalamts war und am Stuttgarter Flughafen Echterdingen einen großen Fall von Drogen-Schmuggel bearbeitet hatte. Sicher mussten auch die Sportflieger das Landen immer wieder aufs Neue üben.

Er sah auf dem Weg, der am Flugplatzzaun entlang führte, eine junge Frau mit einem Schäferhund auf sich zukommen. Unterdessen tauchte ein beigefarbener Golf mit einem Rentner-Ehepaar auf, das offenbar einen Spaziergang zu den Bürgerseen unternehmen wollte. Der Parkplatz hinter den Flughallen, das hatte Häberle bereits gestern festgestellt, wurde nicht nur von den Piloten und ihren Passagieren benutzt, sondern insbesondere von Ausflüglern. Mehrere Schilder wiesen Radlern und Fußgängern die Richtung – einerseits nach Kirchheim, andererseits zum benachbarten Reudern oder am westlichen Ende der Startbahn entlang hinüber ins tiefer gelegene Waldgebiet, an dessen Rand sich die beliebten Bürgerseen befanden.

Der Kommissar grüßte die junge Dame, die ganz enge, ausgefranste Jeans-Shorts trug. Ihr blondes Haar strahlte im leichten Gegenlicht der Sonne. Der Schäferhund schien sich ebenso wenig für ihn zu interessieren wie sein Frauchen. Häberle blickte ihr in Gedanken versunken nach. Dann aber riss ihn das Geräusch, wie es ein startender Flugzeugmotor verursachen musste, wieder in die Realität zurück. Er vernahm deutlich, wie auf dem Hallen-Vorplatz ein Propeller auf Touren kam. Das musste Elvira Schneider sein. Häberle nahm vorsichtshalber hinter einem Strauch Deckung, obwohl es kaum denkbar war, dass ihn die Pilotin beim Wegrollen und dazu noch auf eine Entfernung von rund 50 Metern wahrnehmen würde. Sie war in dieser Phase sicher mit anderen Dingen beschäftigt. Es dauerte noch zwei Minuten, bis die blau-weiße Maschine hinter der rechten Halle hervorkam und nach links in seinen Sichtwinkel hineinrollte. Er kniff die Augen zusammen, um die Umrisse der Pilotin besser erkennen zu können. Wahrscheinlich war es Elvira Schneider, doch beschwören hätte er es aus dieser Distanz nicht wollen. Die Maschine war sofort hinter der linken Halle verschwunden. Offenbar wurde weiterhin in Richtung Westen gestartet, so dass die Pilotin zunächst rund 200 Meter in Richtung Osten zum dortigen Abflugpunkt rollen musste.

Häberle, der gerade noch ruhig verharrt war, schien plötzlich wie von einer unsichtbaren Kraft getrieben. Er öffnete das hölzerne Türchen im Begrenzungszaun und hastete auf dem ausgewaschenen Plattenweg zur Vorderseite der rechten Flugzeughalle, erreichte dort den asphaltierten Vorplatz und sah, dass an dessen anderem Ende eine Cessna mit laufendem Motor stand. Er spurtete los, hielt beim Näherkommen respektablen Abstand zu dem rotierenden Propeller und trat an die Tür des Co-Piloten heran. Hauff hatte sie ihm von innen geöffnet und angedeutet, dass er einsteigen solle. Der Pilot rief ihm etwas zu, was er nicht verstand. Der Motor war viel zu laut. Häberle gelang es überraschend schnell, seinen fülligen Körper in die Kabine zu zwängen. In solchen Fällen kam ihm regelmäßig seine sportliche Karriere zugute. Er griff zu den Haltegurten und versuchte, sie über seine breiten Schultern einerseits und den voluminösen Bauch andererseits zu ziehen. Weil dies nicht auf Anhieb gelang, drehte sich Hauff zu ihm her und lockerte die Gurte, so dass sie sich der Körperfülle des Passagiers anpassten.

Hauff beugte sich über Häberle hinweg, öffnete noch einmal die Tür und riss sie mit einem kräftigen Ruck ins Schloss. Der Zeiger des Drehzahlmessers stand auf tausend, erkannte der Kriminalist bei einem ersten flüchtigen Blick auf das reichlich mit Instrumenten bestückte Cockpit.

»Uniform Whisky abflugbereit«, krächzte plötzlich eine Stimme im Lautsprecher – so laut, dass Häberle erschrak.

»Das ist sie«, erklärte Hauff schreiend, so dass es Häberle verstehen konnte.

Eine männliche Stimme tönte aus dem Lautsprecher über ihren Köpfen: »Uniform Whisky, frei zum Startpunkt drei-eins.«

Die Pilotin bestätigte. Drei-eins bedeutete 310 Grad. Startrichtung.

Hauff griff zum Gashebel, der sich in der Mitte des Armaturenbretts befand. Er drückte ihn hinein und sogleich wurde der Motor noch lauter, der Zeiger des Drehzahlmessers rückte einige Striche weiter. Der Pilot ließ die Bremse los, die er mit den Fußpedalen gedrückt gehalten hatte, mit deren unteren Bereich auch die Seitenruder betätigt wurden. Gleichzeitig konnte damit das Flugzeug am Boden übers Bugrad gesteuert werden. Die Maschine setzte sich in Bewegung. Hauff hatte zuvor den Flugleiter im Tower telefonisch verständigt, worum es ging, und ihm gesagt, dass er keine Flugfreigabe per Funk einholen wolle, damit die Pilotin nicht merkte, dass ihr sofort jemand folgen würde.

»Uniform Whisky am Startpunkt drei-eins«, hörten sie die Frau sagen. Der Flugleiter erteilte ihr die Startfreigabe.

Während Elvira Schneider mit ihrer Cessna noch am Beginn der Startbahn stand, hatte das zweite Flugzeug mit Hauff und Häberle an Bord bereits den Asphaltweg erreicht, der parallel zur Piste verlief. Sie rollten links daran entlang und sahen, aus respektabler Entfernung, die nun startende ›Uniform Whisky‹ entgegenkommen, rasch an Geschwindigkeit zunehmend. Häberle drehte sich vorsichtshalber nach links weg, um zu vermeiden, dass ihn die Pilotin sehen oder gar erkennen konnte. Dies allerdings wäre äußerst unwahrscheinlich gewesen, zumal die Frau in dieser Startphase wohl kaum soweit und intensiv seitlich hinausblicken konnte, um hinter der reflektierenden Plexiglasscheibe einer anderen Maschine eine Person erkennen zu können.

Hauff drückte den Gashebel noch ein Stück weiter, um die Cessna am Ende des Asphaltwegs über die unebene Wiesennarbe voranzutreiben. Als die startende Maschine an ihnen vorbei war, drehte sich der Kommissar wieder um und blickte ihr durch die rechte Scheibe nach. Kaum hatte sie die großen gelben Platzreiter passiert, die die Hälfte der Startbahn markierten, hob das Sportflugzeug ab.

Die Maschine hatte inzwischen den Anfang der Piste erreicht. Hauff absolvierte die letzten vorgeschriebenen Checks im Eiltempo, testete die Zündung, überflog die Triebwerksinstrumente und richtete derweil die Flugzeugnase in die Startrichtung aus. Mit einem Blick auf seinen Passagier signalisierte er, dass es losgehen würde. Häberle nickte und sah weit vorne die Cessna von Elvira Schneider am blauen Himmel hochsteigen.

»Uniform Whisky, Ihre Absichten?«, krächzte die Stimme des Flugleiters im Lautsprecher. Eine scheinbar belanglose Frage, nichts Außergewöhnliches.

»Uniform Whisky«, wiederholte die Pilotin ordnungsgemäß, »Flug nach Konstanz.«

»Uniform Whisky, guten Flug«, erwiderte der Flugleiter.

Während Hauff den Gashebel bis zum Anschlag ins Armaturenbrett drückte, der Motor nun noch lauter aufzuheulen begann und der Flieger von einer unbändigen Kraft gepackt zu werden schien, nickte er seinem Passagier zu. Beide waren zufrieden, dass es so einfach gewesen war, das Flugziel von Elvira Schneider zu erfahren. Die Cessna nahm Fahrt auf, holperte und ächzte. Häberle sah rechts neben sich den Tower und dann die erste Flughalle vorbeiziehen. Der Geschwindigkeitszeiger, das konnte nur Hauff sehen, zitterte langsam zur 40-Knoten-Marke. Er hielt das Steuerhorn leicht gezogen, um das Bugrad auf der unebenen Grasnarbe zu entlasten.

Die vorausfliegende Cessna, das erkannte der Pilot trotz der blendend am südwestlichen Horizont stehenden Sonne, hatte bereits deutlich an Höhe gewonnen und nahm Kurs auf Reutlingen, das für Flüge zum Bodensee ein wichtiger Orientierungspunkt war. Ab dort konnte man am Satelliten-Navigationsgerät die Kennung für Konstanz einstellen und brauchte nur dem Zeiger zu folgen. Auf diesem Kurs war dann kein militärisches Sperrgebiet mehr zu berücksichtigen. Jenes des Truppenübungsplatzes Münsingen lag weit links, das von Stetten am kalten Markt rechts des Kurses. Seit es diese Art von Navigation gab, GPS genannt und ein Abfallprodukt aus den Zeiten des Kalten Krieges, das längst zur zivilen Nutzung freigegeben war, fanden auch die Sportflieger, sofern sie ein entsprechendes Gerät besaßen, ihr Ziel viel leichter, als zu früheren Zeiten. Bis dahin hatten sie sich allein auf markante Punkte im Gelände konzentrieren müssen – auf Autobahnen, Eisenbahnen, Flüsse, Türme und Berge. Auch die verschiedenen Funkfeuer, wie sie die Luftfahrt seit Langem nutzt, waren eine große Hilfe. Allerdings, darauf wiesen die Fluglehrer immer wieder hin, darf sich der Sichtflieger niemals aufs GPS verlassen. Er muss die Navigation nach alter Fliegerväter Sitte trotzdem beherrschen.

Die Cessna hatte jetzt ihre optimale Geschwindigkeit zum Abheben erreicht. Knapp über 60 Knoten begann sich die Luftströmung an den Tragflächen anzulegen. Nun entstand unsichtbar jene physikalische Erscheinung, der die Menschheit das Fliegen verdankt: Auf Grund der Form der Tragflächen streicht die Luft unten und oben unterschiedlich schnell vorbei – mit der Folge, dass an der Unterseite ein Druck und an der Oberseite ein Sog entsteht. Der Flieger scheint schwerelos zu werden und wird von den aerodynamischen Kräften nach oben gezogen.

Sie waren noch einige Platzreiter vom Ende der Startbahn entfernt, als Hauff das Steuerhorn sanft weiter zu sich herzog. Augenblicklich hörte das Scheppern und Rumpeln auf, die Cessna hatte den Bodenkontakt verloren. Nur der Motor und das Rauschen der vorbeiziehenden Luft waren noch zu hören. Langsam gewann die Maschine an Höhe. Häberle sah rechts unter sich den Begrenzungszaun des Flugplatzes verschwinden. Der Kriminalist zeigte dem Piloten mit nach oben gehaltenem Daumen an, dass er zufrieden sei. Der lächelte und behielt mehrere Instrumente gleichzeitig im Auge: Drehzahl, Höhenmesser, Geschwindigkeit. Dann legte er die Maschine in eine leichte Linkskurve. Häberle erkannte, dass dies abseits eines Aussiedlerhofs geschah. Augenblicke später tauchte rechts eine Ortschaft auf, bei der es sich, so schätzte er, um Reudern handeln musste. »Sollten wir nicht drüber«, erklärte Hauff mit lauter Stimme, um den Motor zu übertönen. Mit dem Flugleiter hatte er abgesprochen, sich über Funk nicht zu melden. Es war zu vermuten, dass Elvira Schneider noch immer die Frequenz der Hahnweide eingestellt haben würde.

Der Kriminalist war von dieser Art des Fliegens begeistert. Er überblickte die Instrumente, die ähnlich aussehen, wie im Cockpit des Polizei-Hubschraubers. Wenn er den Höhenmesser richtig deutete, hatten sie soeben die 1.500-Fuß-Marke überschritten – grob geteilt durch drei, dachte er sich, also 500 Meter über Normalnull. Dann waren sie, abzüglich der geschätzten Geländehöhe von vielleicht 400 Metern nun bereits hundert Meter über Grund.

Häberle sah, wie sich der Horizont von Sekunde zu Sekunde weitete. Links drüben die Burg Teck, links unten das riesige Waldgebiet, das sich bis zum Albrand hin erstreckte. Rechts drüben im sommerlichen Dunst erkannte er andeutungsweise die Landebahn des Flughafens Echterdingen, weit vorne zeichnete sich bereits der charakteristische Bergkegel der Achalm bei Reutlingen ab. Mit jedem Meter, den sie höher stiegen, taten sich neue Perspektiven auf, schrumpften Häuser und Autos auf Spielzeug-Format. Hauff deutete mit dem rechten Zeigefinger auf die Cessna, die schätzungsweise ein, zwei Kilometer vor ihnen flog und schon einige hundert Meter höher war.

Der Pilot hatte inzwischen den Transponder auf die vorgeschriebene Kennung geschaltet. Damit waren sie für die Fluglotsen als deutliches Objekt auf ihren Bildschirmen erkennbar. Dann betätigte er am Satelliten-Navigationsgerät einige Tasten, wartete, bis es die nötigen Satelliten empfangen konnte, und drehte so lange einen Knopf, bis die internationale Kennung ›EDTZ‹ für Konstanz auf dem Display zu sehen war.

Sie flogen einige Minuten schweigend, denn jede Unterhaltung erforderte eine gewaltige stimmliche Anstrengung. Häberle blickte aus dem rechten Fenster auf die herrlich sommergrüne Landschaft hinab, die gemächlich unter ihnen vorbeizog. Weiter westwärts hob sich eine große Straßenbrücke von der Umgebung ab. Vermutlich die Verbindung nach Tübingen, dachte sich Häberle, als ihn eine krächzende Stimme im Lautsprecher, die das monotone Motorengeräusch übertönte, aufschrecken ließ. »Delta, November, Fox für die Hahnweide, kommen.« Das war das Kennzeichen ihrer Maschine. Der Kommissar hatte es nicht gleich verstanden, Hauff hingegen griff sofort zum Mikrofon und wiederholte die Buchstaben-Kombination nach dem international gebräuchlichen Alphabet als Zeichen dafür, dass er auf Empfang war.

»November-Fox, sagen Sie Ihrem Passagier, er solle sich dringend mit Kirchheim in Verbindung setzen.« Jetzt erst begriff Häberle, dass der Funkspruch ihm gegolten hatte. Er gab Hauff ein Zeichen, es verstanden zu haben.

Der Pilot wiederholte das Kennzeichen, was als Bestätigung gewertet wurde, und drückte das Mikrofon in die Halterung zurück. Der Flugleiter von der Hahnweide hatte eine vorsichtige Formulierung gewählt. Daraus konnte Elvira Schneider, sofern sie denn noch auf derselben Frequenz war, keinen Verdacht schöpfen. Häberle war sich sicher, dass die Frau keinen Gedanken daran verschwendete, in der Luft verfolgt werden zu können. Er selbst hielt diese Aktion ja auch für ziemlich verrückt. Während bereits Reutlingen auftauchte, grübelte er darüber nach, was bei der Sonderkommission in Kirchheim wohl geschehen sein mochte. Mit dem Handy konnte er bei diesem Höllenlärm nicht telefonieren.

21

»Da haut's dir's Blech weg«, staunte Linkohr, der sich bei den Kollegen von der Sonderkommission ›Hahnweide‹ über den neuesten Ermittlungsstand informierte. Am liebsten hätte er es gleich Häberle mitgeteilt, doch saß der offenbar bereits im Flugzeug und konnte das Handy nicht hören. Deshalb hatte er auf der Hahnweide angerufen und den Flugleiter gebeten, per Funk eine vorsichtige Botschaft in das Flugzeug zu übermitteln, damit dieser zurückrufen würde. Bei dem Gespräch mit dem Tower hatte Linkohr erfahren, wohin sein Chef unterwegs war.

Die Kollegen im großen Raum der Sonderkommission nahmen's interessiert zur Kenntnis, auch wenn sie von der Hitze sichtlich ermüdet waren. Irgendwie schien sich eine depressive, negative Stimmung breit zu machen. Die Gespräche waren gedämpft, dazwischen dezente Tippgeräusche der Computer-Tastaturen.

Linkohr bemühte sich um Gesprächsstoff: »Was sagen denn unsere EDV-Spezialisten zum Computer der Frau Pulvermüller?«

Einer aus der Runde drehte sich um und runzelte die Stirn: »Fehlanzeige – und zwar auf der ganzen Linie. Die Festplatte ist weg und sonst sind keine Datenträger zu finden, zumindest nichts, was uns weiterbringen könnte.«

»Wir haben zwar einen Karton voll Datenträger mitgenommen«, erklärte ein anderer Kollege, der von seinen

Akten aufblickte, »scheinen aber beim ersten flüchtigen Betrachten keine brisanten Dinge zu sein. Urlaubsfotos und ähnliches – es dürfte ziemlich beschwerlich sein, über diese Schiene zum persönlichen Umfeld zu gelangen. Wenn Sie nicht zufällig ein bekanntes Gesicht erkennen, ist das ziemlich chancenlos.«

»Habt ihr schon alle durchgesehen?«, wollte Linkohr wissen.

Sein Gegenüber verzog die Mundwinkel zu einem mitleidigen Lächeln. »Wo denken Sie hin! Das dauert Wochen, vielleicht sogar Monate. Auf einer einzigen CD sind bis zu 800 Bilder drauf.«

»Nur Urlaubsfotos?«, staunte Linkohr.

»Ich sagte doch, wir haben nur stichprobenartig mal in ein oder zwei reingeschaut«, zeigte sich der Kollege unwirsch.

»Und die Disketten?« Linkohr blieb hartnäckig, denn er wollte seinem Chef umfassend Bericht erstatten können.

»Excel-Dateien«, antwortete ein anderer Beamter, der eine Tischreihe weiter saß, »Statistiken – was weiß ich denn!«

»Scheint dann wohl geschäftlich zu sein«, konstatierte Linkohr.

»Sieht danach aus«, bestätigte sein Kollege, »auch standardisierte Briefe an Kunden aus dem Steuerbüro oder ans Finanzamt. Vermutlich hat sie auch Arbeit mit nach Hause genommen.«

»Vielleicht auch welche, die gewissen Zündstoff enthalten hat …«, überlegte Linkohr laut. Immerhin mussten die Daten auf ihrem Computer dem unbekannten Einbrecher so wichtig gewesen sein, dass er sie in aller Eile beseitigte. Und vermutlich die wichtigsten Datenträger und Dokumente mitnahm. Deshalb fragte Linkohr nach: »Andere Dokumente gibt es keine? Papiere, Aufzeichnungen?«

»Nichts, was auf den ersten Blick auffällig erscheinen könnte. Auch keine Adressen, falls Sie das meinen«, erklärte ein Ermittler, der mit dem Rücken zum offenen Fenster stand.

»Und unser Medienaufruf hat auch nichts gebracht? Über die Frau Pulvermüller oder zur Frage, ob jemand gestern Abend unseren flüchtenden Einbrecher auf der Neidlinger Steige gesehen hat?«

Die Kriminalisten schüttelten allesamt die Köpfe. Der Beamte am Fenster erklärte: »Nein, obwohl doch eigentlich ein abgestelltes Auto auf der einsamen Steige aufgefallen sein müsste.« Er machte eine Pause, überlegte und fuhr fort: »Na ja, wer so etwas plant, lässt sein Auto auch nicht gerade am Straßenrand stehen.«

»Wir haben's sicher nicht mit einem Anfänger oder einem Stadtschlamper zu tun«, bekräftigte ein anderer Kollege, »das zeigt allein schon sein Vorgehen am Computer. Wer da nicht zielgerichtet vorgeht, sondern nur in aller Eile irgendetwas rumpfuscht, kann niemals so gründlich sein.«

»Ach«, entfuhr es Linkohr und schaute diesem Kollegen aufmerksam ins Gesicht, »dann geht ihr davon aus, dass es ein …«, er suchte die passende Formulierung, »… dass es ein Computerfachmann war?«

Die Kriminalisten blickten sich gegenseitig an. Einer meinte: »So würde ich das formulieren, ja. Eine gewisse Ahnung von der Systemsteuerung und der Funktionsweise des Computers muss vorhanden gewesen sein.«

»Aber das«, so dämpfte ein anderer die allzu großen Hoffnungen Linkohrs, »das hat doch heutzutage jeder Fünfzehnjährige. Schauen Sie doch mal in die Kinderzimmer rein, was da herumsteht. Ganze Computer-Schaltzentralen. Da sind wir alle zusammen, was diese Technik anbelangt, doch Waisenknaben.«

Linkohr dachte für einen kurzen Moment darüber nach, ob die Schritte, die sie gestern Abend hinterm Haus von Frau Pulvermüller gehört hatten, auch einem Jugendlichen hätten zugeordnet werden können.

»Ach ja«, warf einer der Kollegen dazwischen, »die Pulvermüller ist jetzt eindeutig identifiziert. Ihre Schwester war da.«

Steinke schwitzte. Er hatte sich inzwischen von seiner Sekretärin eiskaltes Mineralwasser und zwei Gläser bringen lassen. Der Jurist wischte sich mit einem Stofftaschentuch den Schweiß von der Stirn, während der Firmenchef zum wiederholten Mal zu seinem Schreibtisch ging und am Telefon Rottlers Handy-Nummer drückte. Doch immer wieder ertönte nur die Mailbox, was ihn erzürnte.

»Vielleicht«, so begann der Jurist vorsichtig und versuchte das, was er sagen wollte, bereits im Vorfeld abzuschwächen, »vielleicht, ich stell' das mal nur so in den Raum, vielleicht sollten wir darüber nachdenken, die Angelegenheit mit einer Selbstanzeige aus dem Weg zu räumen.«

Steinke hatte sich noch nicht gesetzt, sondern war wie vom Blitz getroffen hinter der Lehne seines Stuhles stehen geblieben, an die er sich nun zu klammern schien.

»Was sagen Sie da?«, wiederholte er, als ob er nicht verstanden habe, was sein Anwalt gesagt hatte. Der Jurist blieb ruhig und schaute seinem Mandanten fest ins Gesicht.

Dieser schoss um den Stuhl herum und trat dicht an den Tisch heran: »Wisset Sie überhaupt, was Sie da saget?« Er schluckte, »ich bezahl' Sie, damit Sie mir helfat, aus dieser Klemme rauszukomma! Und Sie empfehlet mir, mich denne Staatsanwält' zum Fraß vorzuwerfa.« Das Blut schoss ihm in den Kopf. »I bin ein rechtschaffener Bürger en diesem Land. Bin nie, niemals, der Allgemeinheit zur Last g'falle«, schrie er und ging um den Tisch herum, »guckat Se naus auf d'Straß, da lungern se rum – die Schlamper, die unsereiner unterhält. Ond dann kommt so ein Sesselfurzer, der monatelang bei mir rumfaulenzt, ond haut mich in die Pfanne.«

Der Jurist hatte im Laufe der Zeit schon mehrere solche Ausbrüche Steinkes erlebt. Dann empfahl sich vornehme Zurückhaltung, um nicht in die direkte Schusslinie zu geraten.

»Was wollat Sie mir denn vorwerfe?«, tobte Steinke wenig vornehm weiter und schloss die Fenster, »dass ab und zu Geld von meinem Konto abg'hoba wurde? Mein Geld, mein verdientes und schon mal versteuertes, ja zwei-, drei-, viermal versteuertes Geld!« Er holte tief Luft und ließ sich in seinen Schreibtisch-Sessel fallen, »wissat Sie was, ich verkauf' den Bettel, ich mach' mir a schön's Lebe, irgendwo, wo's kein' so'n Abzocker-Staat gibt. Dann kann der Staat meine fuffzehnhondert Ang'stellte verhalta.« Und er schrie plötzlich: »Noch heut' verkauf i.«

Danach kehrte schlagartig Ruhe ein und Steinke lehnte sich erschöpft zurück.

»Herr Steinke«, begann der Anwalt mit seiner sonoren Stimme, »was Sie da sagen, dem pflichte ich Ihnen hundertprozentig bei. Nur wird uns dies nicht weiterbringen. Wir müssen einigermaßen plausibel erklären, wohin die elf Millionen Euro geflossen sind. Kein Mensch wird Ihnen glauben, dass das so eine Art Taschengeld war oder eine fürsorgliche Zuwendung an irgendwelche Entscheidungsträger, die Sie sich«, ... er überlegte, »... sagen wir mal, gewogen machen wollten.«

»Ich sag' Ihnen«, brauste Steinke wieder los und sprang auf, »in meinen Augen ist das alles kein Unrecht. Der Rottler muss das ausbaden, weil er verantwortlich war.«

Der Jurist seufzte. »Nach Lage der Dinge«, begann er vorsichtig, wohl wissend, damit einen noch heftigeren Tobsuchtsanfall auszulösen, »nach Lage der Dinge, wie Sie's mir jetzt geschildert haben, halte ich es für nicht ausgeschlossen, dass die Steuerfahnder eine Hausdurchsuchung erwirken.«

Der Firmenchef schoss wie eine Rakete drei Schritte auf den noch immer ruhig sitzenden Juristen zu: »Und genau das werden Sie verhindern. Ich bezahl' Sie fürstlich. Jetzt erwart' ich, dass Sie was tun für Ihr Geld. Verdammt noch mal.«

In diesem Moment klingelte das Telefon. »Ja«, brüllte Steinke in die Muschel und lauschte, um sofort noch lauter zu schreien: »Wird ja auch allerhöchste Zeit.«

22

Jens Hilgenrainer hatte sich nach dem Besuch der beiden
Kriminalisten an seinem Arbeitsplatz nicht mehr konzentrieren können. Diese Fragerei ging ihm auf die Nerven.
Außerdem war er nicht der Typ, der diesen Profis etwas
entgegensetzen konnte. Er hatte es als Informatiker gelernt,
sich mit komplizierten Software-Problemen auseinanderzusetzen – nicht aber, in Diskussionen geschliffen zu formulieren. Das hasste er. Kaum war er wieder in seinen mit
Computer-Bildschirmen und elektronischen Geräten ausge-
statteten Arbeitsraum zurückgegangen, hatte er seinen Flie-
gerfreund Mosbrucker auf dessen Handy angerufen. Dieser
meldete sich von einer Baustelle in Aichelberg.

Hilgenrainer hatte das dringende Bedürfnis, mit Günter
Mosbrucker unter vier Augen zu reden. Zunächst waren sie
auf den Gedanken verfallen, sich unter den prächtigen Kastanien im Göppinger ›Radkeller‹ zu treffen, einer Gaststätte
am Stadtrand in Richtung Jebenhausen – für Mosbrucker
demnach auch günstig gelegen. Doch dann gab der Elektriker zu bedenken, dass es in so einer Gartenwirtschaft
viele fremde Ohren gebe, zumal an einem solchen Sommerabend, und deshalb schlug er einen gemeinsamen Spaziergang im schattigen und somit wohl kühlen Ödewald
vor, der sich ebenfalls an diesem für ihn verkehrsgünstigen
Stadtrand befand. Sie kamen überein, sich um 16.30 Uhr
auf dem Parkplatz zu treffen, der auf dem höchsten Punkt

zwischen Göppingen und dem Stadtbezirk Jebenhausen am Waldrand lag. Von dort führte ein Weg durch das Waldgebiet zum Tierheim, dem Mosbrucker gerne hin und wieder einen Besuch abstattete.

Als Hilgenrainer dort mit seinem silbermetallic-farbenen Audi Coupé eintraf, stand Mosbruckers VW-Bus bereits auf einem der vorderen Stellplätze. Die hinteren, die von den hohen Bäumen besser beschattet wurden, waren von einem halben Dutzend anderer Fahrzeuge belegt. Niemand wollte an einem solchen Tag sein Fahrzeug der prallen Sonne aussetzen.

Mosbrucker hatte sich nicht umgezogen, sondern war in seiner blauen Arbeits-Latzhose gekommen, den Kragen seines kurzärmligen karierten Hemdes weit geöffnet. Er wirkte abgekämpft, war verschwitzt und offenbar auch unrasiert. Hilgenrainer hingegen war als Büromensch das krasse Gegenteil. Unterschiedlicher könnten zwei Männer vom Aussehen her kaum sein. Sie schüttelten sich freundschaftlich die Hände und schlenderten auf dem schattigen Weg in den Wald hinein. Hilgenrainer hatte die Hände tief in den Hosentaschen vergraben, Mosbrucker hielt sich lässig an den Trägern der Latzhose fest.

Sie sahen eine ältere Frau mit einem Kinderwagen entgegenkommen. Oma und Enkel, dachte Mosbrucker und verkniff sich eine Bemerkung, mit der er das Schweigen brechen wollte. Als die Fußgängerin vorbei war, versuchte er zu ergründen, weshalb ihn Hilgenrainer unbedingt so schnell hatte treffen wollen. Insgeheim freilich konnte er es sich natürlich denken. »Das hat vorhin am Telefon so geklungen, als sei etwas angebrannt«, begann er betont locker.

Hilgenrainer zuckte mit der rechten Backe. »Angebrannt ist gut, Mensch. Mir schleichen die Bullen schon bis in die Firma nach.«

Mosbrucker blieb überrascht stehen und schaute seinen Freund an. »Die sind bei dir aufgetaucht? Einfach so?«

»Waren bei meinem Chef, wollten wohl auch zu Rottler, seinem Vize – und haben mir dümmliche Fragen gestellt«, berichtete Hilgenrainer und ging weiter, so dass Mosbrucker ihm folgen musste. Sie hörten von ferne die Autos auf der Umgehungsstraße, die hier das Waldgebiet durchschnitt.

»Und – was waren das für Fragen?« Mosbrucker hielt noch immer die Träger der Latzhose fest.

»Die haben Lunte gerochen, glaub' mir. Die wollen unbedingt wissen, mit wem wir am Mittwoch an den Bürgerseen waren«, erklärte Hilgenrainer schnell und eine Spur zu laut, wie er sofort selbst erschrocken feststellte.

Der Andere blieb abermals stehen. Von hinten näherte sich ein radelnder Schüler und überholte sie. Als der Junge außer Hörweite war, stellte er genervt fest: »Das ist eine ausgesprochene Scheiße, eine verdammte Scheiße«, zischte er und ging wieder ein paar Schritte weiter.

»Ich hab' natürlich nicht mehr gesagt, als was wir ausgemacht haben«, entgegnete Hilgenrainer und nahm die rechte Hand aus der Hosentasche, »nur wenn einer von uns umfällt und plaudert, sind wir am Arsch. Ich hoffe, du kapierst das.«

Mosbrucker schluckte und fuhr sich mit der rechten Hand durchs zerzauste Haar, griff aber sofort wieder an den Latzträger. Die Autogeräusche wurden lauter.

Hilgenrainer fuhr fort. »Und was mich noch mehr beunruhigt, die wollten unbedingt von mir wissen, ob ich diese ermordete Frau kenne, diese Steuerberaterin aus Wiesensteig.«

Mosbrucker, der inzwischen ein paar Meter vorausgegangen war, blieb stehen und drehte sich zu Hilgenrainer um: »Mir ist schon seit gestern Abend klar, dass sich da über manchem was zusammenbraut.«

Der Informatiker stutzte und blieb vor seinem Freund stehen: »Was willst du damit sagen?«

»Dass manchem plötzlich der Arsch auf Grundeis geht, um es mal so zu formulieren.«

Das war ganz und gar nicht Hilgenrainers Sprache. »Ich versteh' nicht so ganz, was deine Hektik plötzlich soll«, versuchte er beruhigend zu wirken.

Mosbrucker ging einfach an ihm vorbei. »Was die Bullen erst mal im Griff haben, lassen die so schnell nicht wieder los. Die sind aufgescheucht, wie nach einem Stich in 'nen Ameisenhaufen. Mord ist was anderes, als Betrug oder was weiß ich sonst was …«

Mosbrucker hatte jetzt die Brücke über die Göppinger B 10-Umgehungsstraße erreicht und lehnte sich ans Geländer.

Sein Freund kam langsam auf ihn zu. »Du hast sicher Recht«, stimmte er zu, »aber ich hab' ein ganz anderes Problem.«

Mosbrucker gab sich wieder lässig, drehte sich weg und ging über die Brücke. Auf der B 10 unter ihnen herrschte in beiden Fahrtrichtungen dichter Feierabend-Verkehr. Jetzt, da sie den Wald verlassen hatten, prallte die Sonne gnadenlos auf sie herab. Er ging deshalb bis ans Ende der Brücke, wo er im Schatten des Waldes stehen blieb. »Und welches Problem hast du?«, fragte er, die Hände noch immer an den Latzträgern, und stellte sich seinem Freund geradezu provozierend in den Weg.

»Dich«, sagte der unverblümt und schaute Mosbrucker fest in die Augen, als unter der Brücke mehrere Sattelzüge hindurchdonnerten. Der so Angesprochene ließ seine Latzhosenträger los und drehte den Kopf leicht zur Seite.

»Ich?«, fragte er ungläubig, jedoch mit gewisser Verunsicherung in der Stimme.

»So ist es«, erwiderte Hilgenrainer und setzte seinen Weg in den schattigen Wald hinein fort. Mosbrucker folgte ihm widerwillig. »Vielleicht kannst du mir erklären, was dies soll?«

»Du weißt genau, was ich meine, Günter. Du hast dir den denkbar schlechtesten Zeitpunkt ausgesucht. Aber dir sind die anderen ja offenbar scheißegal. Es geht dir nur um dich.« Hilgenrainers Stimme begann gefährlich zu zischen. Er sah sich um und vergewisserte sich, dass niemand in der Nähe war, dann fuhr er fort: »Hauptsache, du kannst dein Süppchen kochen. Du solltest aufpassen, dass dein Plan nicht gründlich daneben geht.«

Mosbrucker blieb erschrocken stehen: »Um mir das zu sagen, hältst du mich von der Arbeit ab?«

Hilgenrainer drehte sich um: »Wenn du noch mehr hören willst, kannst du das haben. Oder begreifst du eigentlich gar nichts? Bist du wirklich so bescheuert? Was geht in deinem Hirn eigentlich vor? Du bist doch total durchgeknallt.« Er hatte bemerkt, dass er viel zu laut gesprochen hatte.

Rottler war, nachdem er die dunkelblonde Mittdreißigerin mit dem schwingenden weißen Röckchen wieder zu ihrem Mercedes-Cabrio bei den Sportanlagen gebracht hatte, in sein schmuckes Wohnhaus gefahren. Er parkte seinen BMW in der Hofeinfahrt und zog das Handy, das er abgeschaltet hatte, aus der Freisprecheinrichtung. Mit einigen wenigen Handgriffen brachte er es wieder auf Empfang. Sogleich ertönten mehrere Piepstöne, die ihn darauf aufmerksam machten, dass er die Mailbox anrufen solle. Er tat dies noch im Wagen sitzend. Er hörte Steinkes unwirsche Aufforderung, sich sofort zu melden. Danach folgte eine Frauenstimme, die ihn weitaus höflicher bat, im Büro anzurufen.

Rottler holte tief Luft und drückte die entsprechende Kurzwahl-Taste, um sich bei seinem Chef zu melden. Der schien ziemlich ungehalten zu sein, stieß Verwünschungen aus und erwartete, dass er innerhalb von fünf Minuten ›antanzen‹ würde. Ein cholerischer Schwabe, dachte sich der Finanz-Experte gelassen und beendete das Gespräch wortlos. Es blieb ihm nichts anderes übrig, als der Aufforderung nachzukommen und ins Büro zu fahren.

Er schaute sich im Rückspiegel an. Die Stunde mit Melanie Steinke, dieser Frau, der alles andere wichtiger war, als die stressigen Geschäfte ihres Ehemannes, hatten keine Spuren in seinem Gesicht hinterlassen.

Rottler legte den Rückwärtsgang ein, drehte den Wagen um und verließ das stille vornehme Wohngebiet wieder auf derselben Straße, die er gerade erst gekommen war. Das Gewerbegebiet ›Stauferpark‹ erreichte er in wenigen Minuten, weil er sich dazu nicht durch die Innenstadt quälen musste.

Er eilte durch das geräumige Foyer von ›Steinke-Network GmbH & Co. KG‹, hastete die Treppe ins erste Obergeschoss hoch und betrat, ohne anzuklopfen, das Sekretariat von Steinke. Die langhaarige Sekretärin wandte sich erschrocken von ihrem Computer-Bildschirm ab. »Er sucht Sie seit Stunden«, informierte sie ihn mit ernstem Gesicht.

»Was is'n los?«, wollte Rottler wissen und hielt inne.

»Feuer unterm Dach«, hauchte das Mädchen, »irgendetwas mit dem Finanzamt, glaub' ich. Der Rechtsanwalt ist drin.« Sie deutete auf die schallgeschützte schwere Nebentür und drückte gleichzeitig eine Telefontaste, um Rottler bei ihrem Chef anzumelden.

»Reinkommen«, knurrte Steinke über den eingeschalteten Lautsprecher.

Die Sekretärin forderte den Finanz-Chef mit einer Kopfbewegung auf, dies zu tun.

Der gab sich wieder energisch, öffnete die Tür und verschwand im Büro des Chefs. »Na endlich«, empfing ihn Steinke, »wir sitzen hier wie auf Kohlen und du mach'sch dir en schöne Nachmittag.«

Der Anwalt stand auf und reichte dem Finanz-Abteilungsleiter die Hand. Dann setzten sie sich dem aufgebrachten Vorstandsvorsitzenden gegenüber.

»Du solltest dem Herrn Fellhauer sage, was es mit dem angeblich verschwundene Geld auf sich hat«, wetterte Steinke und war sichtlich ungehalten.

»Verschwundenes Geld?« Rottler zeigte sich irritiert, »wie darf ich das verstehen?«

»Abhebunge von elf Millione innerhalb von drei Jahren«, gab Steinke das Stichwort und versuchte sich wieder mit Hochdeutsch.

Rottler lehnte sich zurück und legte einen Arm lässig über die Rückenlehne. Er lächelte, doch schien dies eher gezwungen zu sein. »Der Herr Steinke dürfte Ihnen bereits gesagt haben, dass wir vielfach nicht umhin kommen, gewisse Zuwendungen zu leisten.« Er sprach bewusst langsam, um besonders seriös zu erscheinen, »und diese werden nicht per Banküberweisung getätigt. Keiner dieser Empfänger hätte es so gerne, wenn das Geld Spuren hinterließe …«

Der Anwalt hörte aufmerksam zu und nickte verständnisvoll, meinte dann jedoch: »Es sind aber, wie dieser Betriebsprüfer wohl herausgefunden hat, beträchtliche Summen hin und her geschoben worden.«

»Nicht hin und her geschoben«, empörte sich Rottler, während Steinke offenbar froh war, sich nicht ständig selbst verteidigen zu müssen, »keine Geldwäsche, falls Sie das meinen, Herr Fellhauer, nein. Nennen wir das Kind beim Namen: Schmiergelder, Korruption. Sie glauben doch nicht im Ernst, dass heutzutage ein Millionen-Auftrag ohne Schmiergelder läuft?!«

Jetzt schaltete sich Steinke ein: »Nicht mal im Kleinen, des können Sie mir glauben. Erst vor einigen Monaten habe ich in der Zeitung von einem Rathaus-Beamten gelesen, der sich einen Mercedes hat schenken lassen.«

Der Anwalt nickte wieder und Rottler fuhr fort: »Und dass es für Schmiergeld-Zahlungen keine Belege gibt, ist ja wohl auch klar.«

Jetzt versuchte Anwalt Michael Fellhauer einen Vorstoß, obwohl er wusste, dass Steinke dann am Explodieren sein würde: »Ich sag' Ihnen ehrlich, welcher Verdacht da nahe liegt: Sie haben das Geld abgeschöpft und klammheimlich bar in ein Land transferiert, wo es vorm Zugriff der deutschen Finanzbehörden sicher ist. Im Klartext …« Er konnte nicht mehr weiterreden, weil, wie erwartet, Steinke wie ein Donnerwetter dazwischenfuhr: »Des isch eine Unverschämtheit, des isch eine gemeine Sauerei, eine Verleumdung. Wenn au nur ein Finanzbeamter des öffentlich behauptet, werdet mir mit allen Mitteln dafür sorga, dass er des nie mehr tun kann. Nie mehr.« Steinke war aufgesprungen wie eine Rakete, setzte sich aber schon wieder. Der Anwalt deutete mit einer Handbewegung an, dass es besser wäre, sachlich zu bleiben. »Es war nur ein rhetorischer Einwand«, erklärte der Jurist und fuhr fort: »Wer hat eigentlich die Vollmacht über dieses Bankkonto in Stuttgart? Sie beide oder beide zusammen?«

»Jeder Einzelne«, erklärte Steinke, der außer Atem gekommen schien.

»Jeder kann also mit seiner eigenen Unterschrift allein abheben?«, erkundigte sich der Anwalt genauer.

Die beiden Männer nickten.

23

Die Landschaft war eintöniger geworden, stellte Häberle fest. Nachdem sie die Albkante überflogen und die thermisch bedingten Turbulenzen hinter sich gebracht hatten, ließ Pilot Hauff die Cessna in eine Höhe von 5.000 Fuß steigen. Hinter Reutlingen war der Himmel für sie frei, die Beschränkungen, die zum Schutze des Verkehrsflughafens Stuttgart-Echterdingen vorhanden sind, zurückgelassen. Nun umgab sie die gesamte Hochfläche der Alb. Häberle bedauerte es, keine Sonnenbrille dabei zu haben. Er musste die Augen zusammenkneifen, um im Licht der von rechts hereinscheinenden Sonne den weit gewordenen Horizont überblicken zu können. Das Blau des Himmels ging in den weißlichen Dunst über, der nur eine Sicht von 20 Kilometern zuließ. Genug für Sichtflieger, zu wenig für einen Passagier, der die Schönheiten des Fliegens genießen wollte. Vor ihnen, drei, vier Kilometer entfernt, lag die Cessna, die sie verfolgten, scheinbar bewegungslos in der Luft.

Die Distanz blieb gleich.

Der Pilot drehte am Funkgerät und stellte die Frequenz des Konstanzer Flugplatzes ein. Vermutlich hatte der Flugleiter von der Hahnweide, wie vereinbart, bereits telefonisch seinen Kollegen in Konstanz davon unterrichtet, was es mit den beiden Maschinen auf sich haben würde. Hauff hatte angeordnet, dass in Konstanz nach der Landung der ersten Cessna jeglicher anderer Luftverkehr, sofern es dort überhaupt einen gab, zurückgehalten werden musste, so dass die zweite ohne Funk-Anmeldung kommen konnte. Elvira Schneider, die erste Pilotin, hätte ansonsten noch beim Rollen zur Abstellfläche mithören können, dass ihr eine Maschine von der Hahnweide gefolgt war. Hauff hatte an alles gedacht.

August Häberle vertiefte sich in die Landschaft, die unter ihm vorbeizog. Er sah die vielen Straßen, die sich wie Schlangen über Hügel und durch Wälder schlängelten, erkannte an den hellen Dachziegeln die Neubaugebiete, die sich allein schon durch Architektur und Anordnung der Häuser von den Siedlungen der 60er-Jahren abhoben. Sie überflogen jetzt ein großes Waldgebiet, durch das sich eine breitere Straße zog.

Dann deutete der Pilot mit der rechten Hand durch die gewölbte Cockpit-Scheibe nach vorne: »Donautal«, sagte er mit kräftiger Stimme, um den Motorenlärm zu übertönen. Häberle sah hinter dem zurückweichenden Wald eine Ebene, auf der in der Ferne mehrere Wasserflächen im Sonnenlicht glitzerten. Erst beim zweiten Hinschauen erkannte er, dass etwas anderes gemeint war, nämlich der schmale Flusslauf, den der Kriminalist nun rechts unter sich sah. Das war die noch recht junge Donau, die sich aus einer bizarren Felslandschaft am südlichen Rand der Alb entlang einen Weg gebahnt hatte. »Sigmaringen«, erklärte Hauff und deutete nach links. Der Kriminalist mühte sich ab, über den Piloten hinweg etwas zu erkennen, doch gelang es ihm nicht. Er verfolgte stattdessen wieder auf seiner Seite den Flusslauf der Donau stromaufwärts. Faszinierend, dachte er sich. Hier war er schon viele Male mit dem Fahrrad über beschauliche Wege gefahren. Von oben wirkte diese Landschaft noch atemberaubender. Mit einem Schlag wurde ihm bewusst, wie klein und unbedeutend doch die täglichen Probleme waren,

so bald man nur ein paar hundert Meter über der Erdober-
fläche schwebte und erkannte, welch großes Wunder diesen
Planeten hervorgebracht haben musste. Ihm fielen die Worte
des Wissenschaftsastronauten Dr. Ernst Messerschmid ein,
der eine Zeit lang in Boll gewohnt hatte und einst mit der
Challanger die Erde umrundet hatte: Dass die Erde so zer-
brechlich und wertvoll aussehe und man deshalb alles daran
setzen müsse, sie zu schützen. Häberle konnte allein schon
beim Blick aufs Donautal diese Worte nachempfinden.

Dann traf ihn ein Ellbogen-Stoß des Piloten am linken
Oberarm. Er erschrak. »Hier«, entfuhr es diesem und zeigte
mit dem rechten Zeigefinger nach links vorne. Der Kriminalist konnte auf den ersten Blick gar nicht erkennen, was
es war. Ein schwarzes Ungetüm, ziemlich groß, viel größer
als die Cessna da vorne. Es hob sich vom dunstgeschwän-
gerten Sommerblau des Horizonts deutlich ab – und es kam
näher. Häberle spürte, wie sein Blutdruck stieg.

Die Männer standen unvermittelt an der Tür. Sie hatten nicht
geklopft, sondern waren gleich eingetreten. Die junge Sekretärin, die eigentlich längst hatte Feierabend machen wollen,
wären da nicht noch der Rechtsanwalt und Rottler bei ihrem
Chef gewesen, erschrak und zeigte sich verwundert. »He«,
sagte sie, »normalerweise klopft man hier an.«

Die vier Männer, drei jüngere und ein älterer, alle kor-
rekt gekleidet, blieben vor ihrem Schreibtisch stehen. »Ist
Herr Steinke da?«, fragte der ältere, der ein kurzärmeliges
Hemd trug und dünnes, weißes Haar auf dem Kopf hatte.

»Wer sind Sie denn?«, wollte die Sekretärin wissen und
fuhr mit ihrem Bürostuhl näher an den Schreibtisch heran.

Er zog einen Ausweis aus der Hosentasche. »Steuerfahndung Schwäbisch Gmünd«, sagte er knapp. Die junge
Dame nahm den in Folie geschweißten Ausweis und las den

Namen: »Herbert Kienzle.« Sie gab das Dokument wieder zurück und zögerte.

»Ist er da?«, fragte Kienzle, der sein rundliches braungebranntes Gesicht zu einem Lächeln verzog. Seine drei Begleiter wandten sich bereits der einzigen Tür zu, die es in dem Raum noch gab.

»Ich melde Sie an«, sagte die Sekretärin und wollte zum Telefon greifen.

»Nicht nötig«, sagte Kienzle, der eine besonders tiefe Stimme hatte. Er gab seinen Begleitern ein Zeichen, die daraufhin die schallgedämmte Tür in das Chef-Büro öffneten. Die Sekretärin drückte unterdessen hastig eine Taste am Telefon, doch es war zu spät, um Steinke zu warnen.

Schon als der erste Mann die Tür geöffnet hatte, verstummten die Gespräche in dem Chef-Büro. Für einen kurzen Moment war Steinke fassungslos. Rottler und Anwalt Fellhauer drehten sich irritiert um. Vor ihnen standen vier Männer. Die Haltung, die die Unbekannten einnahmen, war in gewisser Weise bedrohlich.

»Entschuldigen Sie bitte«, sagte Herbert Kienzle und zückte wieder seinen Ausweis. Steinke sprang auf und wollte etwas sagen, doch Kienzle schnitt ihm das Wort ab: »Steuerfahndung.« Er wartete einen Moment und deutete auf einen der drei anderen Männer, die mit ihm gekommen waren: »Das ist der Vertreter der Ortspolizeibehörde.«

Steinke blieb wie versteinert stehen. Schweigen. Der Anwalt klappte einen Ordner zu.

»Wir haben einen Durchsuchungsbefehl«, erklärte Kienzle und näherte sich dem Tisch, während sich seine Begleiter an der wieder geschlossenen Tür postierten.

Steinke ging energisch auf ihn zu. »Was habet Sie?«

Kienzle wusste, wie er in solchen Fällen handeln musste: Beruhigend. Nichts sagen, was die Lage eskalieren ließ. Er hatte Erfahrung mit derlei Situationen. »Meine beiden Kollegen und ich haben den Auftrag, Ihre Akten und Daten zu beschlagnahmen. Es besteht der dringende Verdacht der Steuerhinterziehung in mehrfacher Millionenhöhe.«

Für den Bruchteil einer Sekunde verharrte der Manager. Doch dann brach es wie ein Vulkan aus ihm heraus: »Des isch eine Unverschämtheit«, tobte er und kam gefährlich nah an Kienzle heran, der jedoch keinen Zentimeter zurückwich. Dafür waren seine beiden Begleiter und der Vertreter des Ordnungsamtes auf alles gefasst.

»Sie werdet gar nix«, schrie er, »gar nix werdet Sie. Sie hent wohl en Vogel«, jetzt war der Vorstandsvorsitzende nicht mehr zu bremsen, »Sie wisset wohl et, was Sie tun. Was glaubet Sie eigentlich, wen Sie vor sich hent? A kleine Klitsche oder was? A Hinterhof-Firma, an Geldwäscher oder was?« Rottler wagte sich nicht zu bewegen. Er kannte diese Ausbrüche. Wenn Steinke in Rage war, vergaß der ansonsten so seriös wirkende Geschäftsmann, den Speichel zu schlucken. Dann brüllte und schrie er nur noch, scheinbar ohne Luft zu holen. Deshalb sah der Jurist, der bis jetzt gelassen sitzen geblieben war, den Moment des Eingreifens für gekommen und stand auf. Er fiel dem Vorstandsvorsitzenden einfach ins Wort: »Dass sich Herr Steinke aufregt, ist verständlich«, begann er mit sonorer Stimme, »aber Sie müssen uns schon darlegen, mit welchem Recht Sie hier so unangemeldet auftauchen.«

»Des kostet Sie Ihren Job«, rief Steinke und umrundete Kienzle, der unbeeindruckt stehen geblieben war. Dieser griff in eine der vielen Taschen, die seine Hose hatte, und brachte ein Kuvert zum Vorschein, das er öffnete. Während Steinke weiter tobte und Verwünschungen gegen den Staat und alle Sesselfurzer ausstieß, entfaltete Kienzle ein Dokument und übergab es dem Anwalt. Der las es aufmerksam durch. Der Jurist reichte das Dokument an Kienzle zurück. »Dagegen erheben wir Widerspruch.«

»Das wird keine aufschiebende Wirkung haben«, erwiderte Kienzle ebenso kurz und stand wie ein Fels in der Brandung.

»Was wollen Sie damit sagen?«, fragte der Anwalt.

»Ganz einfach: Es bleibt Ihnen unbenommen, rechtliche Schritte zu unternehmen. Wir werden jetzt das Verwaltungsgebäude durchsuchen.«

Steinke schien kurz vor der Explosion zu stehen. »Das lass ich nicht zu, das lass ich nicht zu. Fellhauer, tun Sie was, verdammt noch mal. Rottler, hock' nicht bloß rum.« Wieder folgten Flüche. Steinke rückte Kienzle so dicht auf die Pelle, dass dessen Begleiter befürchteten, es könnte zu Handgreiflichkeiten kommen. Sie kamen deshalb ebenfalls näher.

»Wie wollen Sie denn die Durchsuchung so schnell bewerkstelligen?«, fragte der Jurist dazwischen.

Kienzle zuckte mit der rechten Backe: »Wir sind mit drei Dutzend Mann angerückt.«

Steinke versuchte, den Steuerfahnder am Hemdkragen zu packen. Die drei Begleiter hielten ihn jedoch an der Schulter zurück.

»Und Sie«, sagte Kienzle bestimmend und deutete auf Steinke und Rottler, »Sie bleiben hier. Mein Kollege wird Ihnen Gesellschaft leisten.«

24

Das schwarze Ding war plötzlich da. Häberle hatte zunächst keine Ahnung, was es zu bedeuten hatte. Dann aber erkannte er es: Ein militärischer Tiefflieger, vermutlich ein Eurofighter. Hauff griff zum Gashebel, als ob er darauf gefasst sein würde, schnell reagieren zu müssen. Schweigend beobachteten sie, wie der Düsenjäger, eine schwarze Abgasspur hinter sich herziehend, von links ihre Flugbahn kreuzte. Beim Näherkommen wurde allerdings deutlich, dass er doch noch um einiges höher war als sie selbst. Und auch die horizontale Entfernung dürfte gut und gern ein Kilometer sein, schätzte Häberle. Nach ein paar Sekunden war der Spuk vorbei, der Düsenjäger rechts im Dunst verschwunden. Nur die Abgasspur hielt sich noch eine Zeit lang.

»Die Jungs von der schnellen Truppe«, sagte Hauff, »kann zu Verwirbelungen kommen.«

Häberle war darauf gefasst, dass die kleine Cessna jetzt in heftige Turbulenzen geriet. Doch mehr als ein leichtes Schütteln war nicht zu spüren. Auch Hauff schien von diesen geringen Auswirkungen überrascht zu sein.

Vermutlich hatte Elvira Schneider in der Cessna den Militärjet hinter sich gar nicht bemerkt. Nach einigen Minuten deutete Hauff wieder nach vorne: »Der Bodensee.« Tatsächlich, jetzt sah es Häberle auch: Die im Sonnenlicht glitzernde Wasserfläche. Sie tauchte nahezu übergangslos aus dem Dunst des Sommertages auf.

Doch die Idylle, die sie für einen Moment genossen, wurde von einer krächzenden Stimme aus dem Lautsprecher brutal zerstört, die Monotonie des Motorenlärms übertönt. Eine Pilotin, die das Kennzeichen ihres Flugzeugs nannte, rief: »Konstanz Info.« Es war aber nicht Elvira Schneider. Die Frau meldete pflichtgemäß, dass sie mit einer Cessna eins-fünf-zwo unterwegs sei – und zwar per Sichtflug von Rothenburg nach Konstanz. Ihre Position sei nördlich des Sees und sie erbitte Landeinformation. Die Stimme aus dem Konstanzer Tower nannte als Landerichtung die ›drei-null‹, also nach Westen.

»Da kommt noch eine«, kommentierte Hauff. Der Kommissar neben ihm stutzte, zeigte sich dann aber zufrieden und lächelte. »Das kann ja spannend werden«, meinte er. Langsam wurde ihm klar, was Elvira Schneider am Bodensee wollte: Jemanden treffen. Also doch, dachte er und fühlte sich in seinen Vermutungen bestätigt.

»Wir lassen erst die beiden Damen landen«, entschied Hauff und deutete mit einer Handbewegung an, was er vorhatte: »Wir kreisen mit gewissem Abstand bei der Insel Reichenau.« Wie gut, dass er vor dem Start mit dem Flugleiter in Konstanz am Telefon auch unvorhergesehene Ereignisse durchgespielt hatte. Für den Fall nämlich, dass während Elvira Schneiders Landephase ein zweites Flugzeug auftauchen sollte, würde Hauff über ein vereinbartes Phantasie-Kennzeichen gerufen und gefragt, ob vor ihm noch die Landung einer anderen Maschine möglich sei. Damit hätte dann Häberle jederzeit entscheiden können, ob einem anderen Flugzeug der Vortritt gelassen werden sollte. Dieser Fall aber war jetzt nicht eingetreten. Die andere Maschine hatte sich bereits zur Landung angemeldet, noch ehe Elvira Schneider ihre Position durchgeben musste. Fünf Minuten vor Erreichen des Platzes.

Es dauerte aber nicht mehr lange. Dann ertönte auch die Stimme von Elvira Schneider aus dem Lautsprecher. Auch sie gab ihre Position, Flugzeugtyp, Herkunft, Höhe und Art des Fluges an und erfuhr die Landerichtung. Bei ihr fügte der Flugleiter noch hinzu: »Achten Sie auf eine vor Ihnen landende Cessna.«

Inzwischen hatten auch Hauff und Häberle den Bodensee bei Überlingen erreicht. Die Wasserfläche glitzerte unter ihnen. Entlang des Ufers erkannten sie Segelboote, die vor Anker lagen. Viele andere waren wie weiße Tupfer auf dem bläulich schimmernden See verteilt. Links vorne sah Häberle eine Fähre, die gerade in Konstanz losgefahren sein musste. Hauff deutete mit einer Handbewegung an, dass er weit nach rechts ausholen wolle, um die beiden Cessnas landen zu lassen.

Häberle genoss diese traumhafte Sicht auf den Obersee, der sich wie ein Finger in die Landschaft nach Westen hinzog. Hauff beobachtete aus dem linken Fenster des Cockpits offenbar die beiden in die Platzrunde eindrehenden Cessnas. Dann nahm er das Mikrofon zur Hand, drückte eine Taste und nannte das mit dem Flugleiter vereinbarte Phantasie-Kennzeichen, um hinzuzufügen: »Gehe in Position Richtung Reichenau, danach Ziellandung.« Der Flugleiter bestätigte. Damit wusste er, dass Hauff jetzt nur noch wartete, bis die beiden Frauen gelandet waren. Er steuerte das Sportflugzeug über die schmale Landzunge hinüber zum Untersee, in dem die Insel Reichenau lag. Deutlich erkannte Häberle die von Schilf und Pappeln umgebene Straße, die zu ihr hinüberführte.

Hauff drehte nun leicht nach links, um schräg unter sich den Flugplatz beobachten zu können, während auf der Seite seines Fluggastes die Insel Reichenau mit ihren unzähligen, in der Sonne spiegelnden Gewächshäusern der

Gemüseproduzenten vorbeizog. Beim Blick aus dem vorderen Cockpit-Fenster glaubte der Kriminalist, jetzt auch die Konturen der Alpen zu erkennen. Der Dunst jedoch war viel zu dicht, als dass Details hätten zum Vorschein kommen können.

Hauff sah, wie die erste Cessna über das Konstanzer Gewerbegebiet auf die mit Gras bewachsene Piste zuschwebte. Die zweite drehte dort, wo der Untersee abzweigte, in den Queranflug. Das war okay, dachte sich Hauff und legte die Cessna nun in eine steile Linkskurve, was Häberle für einen Moment erschreckte. Ziemlich genau hinterm Flugplatz richtete der Pilot sie wieder auf und flog nun mit etwa dreihundert Meter Abstand parallel zur Piste auf Konstanz zu. Er zog die Vergaservorwärmung, nahm das Gas weg und setzte die Landeklappen auf die erste Stufe. Das Motorengeräusch veränderte sich, das Rauschen der Luft ebenso.

Inzwischen, das erkannte Hauff durchs linke Fenster, war die erste Cessna bereits ausgerollt und auf dem Weg zur Parkposition abseits des Towers. Die zweite schwebte über die Flachbauten des Gewerbegebiets auf die Piste zu. Die Maschine hatte jetzt jenen Punkt am Stadtrand erreicht, an dem Hauff erneut scharf links eindrehen musste – in den Queranflug. Er reduzierte die Geschwindigkeit, in dem er das Höhenruder leicht zog. Dann drückte er die Landeklappen-Taste in die nächste Stufe. Wieder änderte sich das Geräusch. Der Kommissar auf dem Nebensitz sah, wie sich am hinteren Teil der Tragfläche die Klappe weiter nach unten schob. Sie verloren zusehends an Höhe. Hauff leitete die letzte Linkskurve ein, die sie jetzt in Landerichtung brachte. Häberle erkannte die Graspiste, die von mehreren rot-weißen Platzreitern begrenzt war. Der Pilot zog das Gaspedal vollends ganz heraus und drückte noch einmal die Taste für die Landeklappen. Jetzt schien die Cessna wie ein Segelflugzeug der Erde entgegenzuschweben.

Der Kommissar sah, dass auch die zweite Cessna, die vor ihnen gelandet war, die Parkposition erreicht hatte. Aus der ersten war bereits eine Frau mit kurzen Hosen gestiegen und in Richtung auf die zweite Maschine gegangen.

»Wir bleiben kurz am Ende der Landebahn stehen«, erklärte Hauff, ehe er sich auf die Bodenberührung konzentrierte und die Maschine knapp über der Wiese immer langsamer werden ließ.

Seitlich konnte man die Platzreiter vorbeihuschen sehen. Als das Fahrgestell der betagten Cessna die Grasnarbe berührte, war es mit der Monotonie des Motorengeräuschs vorbei. Die Maschine begann zu schütteln und zu rütteln, ihr Fahrgestell gab jede Unebenheit an die Blechkonstruktion weiter. Hauff bremste nicht ab, sondern ließ die Maschine bewusst bis zum Ende der Landebahn ausrollen, um möglichst weit von den beiden Frauen entfernt zu sein. Er wollte vermeiden, dass Elvira Schneider das Flugzeug als eines von der Hahnweide erkannte.

Häberle entschied: »Am besten, Sie bleiben nachher im Flugzeug. Ich werd' mal rauszukriegen versuchen, was die beiden Damen hier so treiben.« Schon beim Abflug hatten die beiden ihre Handy-Nummern ausgetauscht. Für alle Eventualitäten.

25

Vor dem Verwaltungsgebäude der ›Steinke-Network GmbH & Co. KG‹ im Göppinger Gewerbepark parkten mehrere weiße VW-Busse mit Stuttgarter Kennzeichen. Zwei Männer, mit Jeans und weißen Hemden bekleidet, standen eher zufällig und plaudernd zwischen den Fahrzeugen am Eingang. Drei Dutzend andere hatten sich in den Büros verteilt und gaben den wenigen Angestellten, die um diese Zeit am Freitagnachmittag noch anwesend waren, unmissverständlich zu verstehen, dass sie verpflichtet seien, Aktenordner und Computerdaten herauszugeben. Schon schleppten die ersten beiden Beamten einen Wäschekorb voller Ordner aus dem Gebäude und verstauten ihn in einem hohen Kastenwagen. EDV-Experten mühten sich an Computern ab, wichtige Finanzdaten auf Disketten zu kopieren. Dazu bedurfte es Passwörter, die die leitenden Angestellten nur widerwillig und unter Androhung von Bußgeldern preisgaben. Einige PCs, die in den Büros von Abteilungsleitern standen, wurden sogar komplett beschlagnahmt.

Steinke hatte eine halbe Stunde lang getobt und war jetzt so erschöpft, dass er in seinen Schreibtischsessel sank und sich seinem Schicksal hinzugeben schien. Seinen PC hatte einer der Beamten bereits mitgenommen. Rottler hatte sich unterdessen mit Anwalt Fellhauer beraten, der daraufhin mehrere Telefonate führte, jedoch am Freitagnachmittag

Mühe hatte, kompetente Ansprechpartner im Finanzministerium zu finden. Letztlich machte er den zuständigen Staatsanwalt in Ulm aus.

Ob denn ein Haftbefehl gegen seinen Mandanten und dessen Finanz-Chef zu erwarten sei, wollte Fellhauer energisch wissen. Der Staatsanwalt legte sich nicht fest, sondern bestätigte nur, dass derzeit keine rechtliche Handhabe vorliege, die beiden Männer festzuhalten.

»Dann erwarte ich, dass sie sofort ihr Büro verlassen dürfen«, erklärte der Anwalt zwar ruhig und sachlich, jedoch mit bestimmendem Unterton.

Der Staatsanwalt schien nichts dagegen zu haben, was Rottler und Steinke erleichtert zur Kenntnis nahmen. Allerdings, so gab der Rechtsanwalt den Gesprächsinhalt anschließend wieder, müsse sichergestellt sein, dass sie keinen Zugriff auf Firmendaten hätten und keine Dokumente verschwinden lassen könnten. Im Amtsdeutsch war von Verdunklungsgefahr die Rede.

Nachdem auch Steuerfahnder Kienzle von den Aussagen des Staatsanwalts überzeugt war und zur Kenntnis nehmen musste, dass es gesetzwidrig wäre, die beiden Männer in ihrem Büro noch länger festzuhalten, deutete er mit einer Handbewegung an, sie sollten das Gebäude verlassen. Die Sekretärin und weitere Angestellte waren ebenfalls bereits gegangen – ohne zu wissen, ob sie am Montag überhaupt noch gebraucht wurden.

Kienzles Aufpasser begleitete die drei Männer aus dem Gebäude und erteilte seinen Kollegen am Eingang Anweisung, niemanden mehr hineinzulassen.

Steinke, Rottler und der Anwalt gingen zu ihren Fahrzeugen, die unweit des Eingangs geparkt waren. Sie setzten sich jedoch zunächst in Steinkes Mercedes, in dem es unerträglich heiß war. Trotzdem ließen sie die Scheiben geschlossen.

Steinke startete den Motor, um die Klimaanlage anschalten zu können.

»Da haben wir die Scheiße«, stellte er dann fest und umklammerte das Lenkrad.

Rottler auf dem Beifahrersitz schien geknickt zu sein. Er sagte nichts. Anwalt Fellhauer versuchte von hinten zu besänftigen: »Wenn sich in den Akten keine Anhaltspunkte finden, brauchen Sie sich keine Sorgen zu machen.«

»Wenn, wenn …«, entfuhr es Steinke, der sofort seine Stimme wieder dämpfte, weil er befürchten musste, dass die Aufpasser drüben am Gebäude-Eingang etwas hören würden, »wenn, wenn …, die werdet uns mit allem an Strick drehe, mit allem. Wenn die Sesselfurzer wollet, dass se ebbes findet, dann findet die au was. Des wissat Sie selber doch am beste.«

Rottler schluckte. »Und was bedeutet das für uns, für Herrn Steinke und mich?« Sie drehten sich zu dem Anwalt um. »Na ja«, sagte dieser, »wenn's zu einem Verfahren kommt, wird sich das gegen Sie beide richten.«

»Verfahren!«, zischte Steinke, »ich erwarte von Ihnen, dass Sie alles in die Wege leiten, damit denen das Handwerk gelegt wird.«

Der Anwalt versprach, sein Möglichstes zu tun und schlug für den morgigen Vormittag ein Treffen in seiner Kanzlei vor.

»Nur eine Verständnisfrage«, warf Rottler vorsichtig ein, »glauben Sie, es könnte zu einem Haftbefehl kommen?«

Steinke schien allein schon durch das Wort ›Haftbefehl‹ wie gelähmt zu sein. Der Anwalt antwortete sachlich: »Wenn sich der Tatverdacht erhärtet, ist mit dem Schlimmsten zu rechnen.«

26

Die Cessna mit Hauff und Häberle an Bord stand am äußersten westlichen Ende der Konstanzer Landebahn und bog nun behäbig nach links ab, um abseits der Piste vollends ganz umzudrehen und zum Tower zu holpern. Dorthin waren die beiden Damen unterwegs, die zuvor nacheinander gelandet waren. Häberle kniff die Augen zusammen. Er erkannte die Göppinger Wirtin. Neben ihr ging eine vermutlich jüngere Frau mit langen, auffallend blonden Haaren. Sie trug eine kurze Hose, vermutlich eine Jeans, und ein ärmelloses rotes Oberteil, das ihre Körperformen besonders betonte.

»Rasante Weiber«, meinte Häberle und brauchte jetzt, da der Motor nur mit geringerer Drehzahl lief, nicht mehr so laut zu schreien. Während sie näher heranrollten, erreichten die beiden Pilotinnen bereits den Tower, durch dessen Tür sie ins Innere des Gebäudes gelangten.

»Zahlen ihre Landegebühr«, kommentierte der Pilot und gab wieder leicht Gas, um den Rollvorgang zu beschleunigen. Er parkte nicht neben den beiden anderen Maschinen, sondern stellte die Cessna noch etwa 50 Meter weiter von ihnen entfernt vor einer der Hallen ab. Um sie gleich wieder in Flugrichtung stehen zu haben, drückte er den Gashebel noch einmal nach vorne, trat mit den Zehenspitzen aufs linke Bremspedal und ließ die Maschine auf diese Weise eine enge Linkskurve beschreiben. Als sie in Parkposition stand, ging Hauff das übliche Verfahren durch, mit dem der

Motor abgestellt wurde. Ein kurzes Rütteln ließ das Cockpit erzittern, als der Propeller zum Stillstand kam.

Die beiden Männer blieben sitzen. Häberle erklärte, was er vorhatte: »Ich warte, bis sie wieder rauskommen. Es ist ja wohl kaum anzunehmen, dass die gleich wieder davonfliegen.«

»Wohl kaum«, stimmte ihm Hauff zu, »ich denk', dass die was miteinander zu bereden haben.«

Häberle nahm sein Handy aus dem Brusttäschchen des Hemdes und drückte die Nummer der Sonderkommission. Augenblicke später meldete sich Deutschländer.

»Ihr wollt' was von mir?«, fragte er knapp und fügte hinzu: »Bin gerade in Konstanz gelandet, wird spannend. Offenbar ist auch unsere Steuerberaterin aus Rothenburg eingetroffen.«

»Ach«, hörte er seinen Kollegen staunen, »ich geb' Ihnen gleich mal den Kollegen Linkohr.« Der meldete sich sofort und ließ sich von seinem Chef berichten, was sich in Konstanz tat. Dann aber zeigte Häberle Ungeduld und wollte wissen, weshalb man ihm über Funk so geheimnisvoll hatte mitteilen lassen, dass er sich melden solle.

»Da haut's dir's Blech weg, halten Sie sich fest, Chef: Wir haben einen neuen Zeugen, der sich gemeldet hat. Ein junger Mann, der am Mittwochabend die Clique an den Bürgerseen gesehen hat.«

»Und?«

»Er schwört Stein und Bein, dass da mehr als zwei Männer dabei waren – also wohl nicht nur unser Hilgenrainer und dieser Mosbrucker.«

Häberle verschlug es die Sprache. Er verengte die Augenbrauen und behielt, an Hauff vorbei, durch die linke Seitenscheibe den Tower im Visier. »Da ist er sich ganz sicher?«, fragte er nach.

»Absolut, hundertprozentig, er hat uns gleich noch die Adressen dreier weiterer Zeugen genannt, die mit ihm unterwegs waren und die das auch gesehen haben.« Häberle war platt. Er spürte jetzt sein nasses Hemd zwischen Rücken und Kunststofflehne. »Danke, Kollege, das haben Sie mir zum richtigen Zeitpunkt gesagt.«

»Noch was«, beeilte sich Linkohr, »die Hahnweide hat rausgekriegt, wohin unsere Kandidaten in den letzten zwei Jahren immer geflogen sind.«

»Super«, freute sich Häberle und verzog das Gesicht zu einem zufriedenen Lächeln.

»Halten Sie sich fest, Chef, die Elvira Schneider war seit Sommer 2001 insgesamt einundfünfzig Mal in Konstanz – und unser Rottler zweiundzwanzig Mal in Samedan, das ist im Engadin, in der Schweiz. Die anderen, der Hilgenrainer und der Mosbrucker, haben weitaus weniger Flugstunden absolviert und waren nur auf unterschiedlichen Flugplätzen im Bereich der Alb.«

»Danke, Kollege, das hört sich spannend an, genau zum richtigen Zeitpunkt.«

Häberle beendete das Gespräch und steckte das Handy wieder ins Hemdentäschchen. Hauff blickte ihn fragend von der Seite an, ohne etwas zu sagen. Häberle wollte ihn gerade vom Inhalt des Gesprächs informieren, als die beiden Damen wieder an der Tür des Towers auftauchten. »Aha, es tut sich was«, konstatierte der Kriminalist und öffnete die Tür, um aus der Bruthitze des Cockpits aussteigen zu können. »Ich ruf' Sie an«, sagte er, »versuchen Sie, wenn irgendwie möglich, vorläufig außer Sichtweite zu bleiben.« Hauff nickte.

Die beiden Frauen entfernten sich ziemlich schnell in Richtung der Ausfahrt, die sich, von Häberle aus gesehen, auf der anderen Seite des Towers befand, wie er bereits beim Heranrollen hatte feststellen können. Während Häberle gewisse Mühe hatte, seinen fülligen Körper aus dem kleinen Cockpit zu zwängen, waren die Pilotinnen bereits ums Eck des Tower-Gebäudes verschwunden.

Der Kommissar nahm einen kurzen Spurt auf und erreichte schon nach knapp 20 Sekunden den Tower. Dort hielt er kurz inne, um vorsichtig um die Ecke zu linsen. Gleich hinter der Zufahrt führte die B 33 vorbei, die Konstanz mit der Landzunge zwischen oberem und unterem See verbindet, aber auch mit der Insel Reichenau. Sein Blick ging rechts über den engen Parkplatz hinweg, der sich hinter der Baracke einer Flugschule befand. Dort erspähte er die beiden Frauen. Sie eilten zielstrebig an dem Gebäude entlang, über eine Grünfläche, hin zu einer asphaltierten Abstellfläche, auf der ein rückwärts eingeparkter Pkw-Kombi stand. Dessen bunte Aufschrift konnte er aber aus dieser Distanz nicht lesen. Der Kriminalist, von Sträuchern verdeckt, blieb kurz stehen und beobachtete die Szenerie. Die Bundesstraße, so stellte er fest, war ziemlich stark frequentiert.

Während die beiden Frauen sich weiter entfernten, vorbei an einem großen gelben Schild, das die Richtung zur Autobahn nach Singen und auf einen Truck-Stop wies, schlenderte der Kriminalist hinter der Fliegerschule durch die Reihe der geparkten Fahrzeuge. Kurz bevor die observierten Damen den beschrifteten Pkw-Kombi erreichten, schienen sie sich zu trennen. Häberle erkannte sogleich, warum: Während die Blondine vorn rechts einstieg, öffnete Elvira Schneider die linke hintere Tür und nahm dort Platz.

Häberle schaute sich blitzschnell um, ob es ein Taxi gab. Nichts zu sehen. Wenn sich die Damen hier hatten abholen lassen, würde seine Mission bereits zu Ende sein, dachte er und musste sich eingestehen, dass er damit eigentlich nicht gerechnet hatte.

Er wartete darauf, dass der Motor startete. Doch dies schien nicht der Fall zu sein. Der Pkw-Kombi, vermutlich ein VW-Passat oder ein ähnliches Modell, bewegte sich nicht von der Stelle. Häberle überlegte. Es vergingen drei,vier Minuten. Als interessierte er sich für das Flugplatz-Gelände, näherte er sich langsam dem Ende der Baracke, von wo aus der westliche Teil der Landebahn eingesehen werden konnte. Da das Auto mit der Vorderseite zur Straße geparkt war, konnte er es wagen, sich wie ein Flieger-Fan am Flughafen-Zaun entlang heranzupirschen. Häberle hatte sich dazu durchgerungen, die Herrschaften in dem Pkw zur Rede zu stellen. Das war besser, als sie womöglich wegfahren zu lassen. Hier würde er auf relativ einfache Weise diese Rothenburgerin zu Gesicht bekommen – und gleichzeitig erfahren, wer auf die beiden Damen gewartet hatte. Eine Liebesaffäre würde es wohl kaum sein, überlegte Häberle. Dann wären sie wohl kaum zu zweit in ein einziges Auto gestiegen. Oder hatten da etwa zwei Männer gewartet? Die Scheiben des Fahrzeugs spiegelten, so dass der Kriminalist nicht sehen konnte, wie viele Personen sich in dem Kombi befanden.

27

Linkohr hatte es nicht mehr in der stickigen Luft des Kirchheimer Polizeigebäudes ausgehalten. Während sein Chef in Konstanz auf Ermittlung war, wollte er sich diesen Rottler nochmals vorknöpfen. Schließlich war dieser einer von dreien, die offenbar voriges Jahr, wenn's kein Irrtum von diesem Mosbrucker war, gleichzeitig mit der Heidrun Pulvermüller auf der Hahnweide gewesen waren. Linkohr hatte nach mehreren Versuchen Rottler telefonisch in dessen schmucken Häuschen am Göppinger Stauferwald erreicht und angekündigt, dass er in einer halben Stunde bei ihm sein werde, weil es noch einige Fragen zu klären gebe. Dem Jung-Kriminalisten war dessen Stimme ziemlich genervt und gereizt vorgekommen, doch letztlich hatte Rottler eingesehen, dass er sich den Fragen nicht würde entziehen können. Auch nicht am Freitagabend.

Linkohr musste einen älteren Polo nehmen, den ihm die Kollegen der Kirchheimer Kriminalpolizei zur Verfügung stellten. Er steuerte wieder über den ihm bereits vertrauten Weg das Filstal an und versuchte, sich im Feierabendverkehr in Göppingen zurecht zu finden. Nachdem er sich im nördlichen Bereich kurz verfahren hatte, erreichte er schließlich Rottlers Wohnhaus, das in vollem Sonnenschein vor der Kulisse des Stauferwaldes stand. Der junge Kriminalist war zufrieden mit sich und voller Selbstvertrauen, als er den Klingelknopf betätigte und Rottler ihm das elektrische Türschloss öffnete. Der Finanz-Chef des Steinke-Konzerns kam ihm im Freizeit-Look entgegen: Buntes Hemdchen, knielange Shorts, Badeschlappen. Die beiden Männer begrüßten sich und gingen auf einem Steinplatten-Weg ums Haus zur Rückseite, wo sich im Schatten großer Bäume Gartenmöbel gruppierten. Auf dem Tisch stand ein halb volles Weizenbierglas. Linkohr lehnte dankend ab, als ihn Rottler fragte, ob er auch etwas trinken wolle.

»Ich dachte, ich hätt' Ihnen schon alles gesagt«, begann Rottler und ließ sich in den reichlich gepolsterten Armlehnenstuhl fallen.

»Davon sind wir auch überzeugt«, erwiderte Linkohr, »nur eine winzige Kleinigkeit müssen wir noch abchecken«, er machte eine Pause, um dann besänftigend weiterzumachen, ganz so, wie er es von seinem Chef Häberle gelernt hatte, »das müssen wir übrigens bei einer Vielzahl von Piloten tun, was natürlich, wie Sie sich vorstellen können, ziemlich aufwändig ist.«

»Und worum geht's?«, fragte der Mann, der die Angelegenheit offenbar rasch hinter sich gebracht haben wollte.

»Um die Frage, ob Sie eine Frau Heidrun Pulvermüller kennen.« Linkohr beobachtete sein Gegenüber scharf.

»Pulvermüller?« wiederholte Rottler. Er schien zu zögern.

Linkohr nickte.

»Pulvermüller sagen Sie?« Rottler verengte die Augenbrauen und lehnte sich, tief einatmend, zurück. »Nein, soweit ich weiß, nie gehört.« Er lächelte gezwungen. »Aber wie das bei einem Junggesellen so ist … Man trifft viele Leute, flirtet, redet, trifft sich auch mal. Mein Gott«, Rottler wich den Blicken Linkohrs jetzt aus, »mit wie viel Leuten komm' ich täglich zusammen, mit wie vielen telefonier' ich!? Da bleibt nicht jeder Name im Gedächtnis hängen, ehrlich.« Er wischte sich mit dem linken Handrücken den Schweiß von der Stirn.

»Das versteh' ich«, zeigte Linkohr Verständnis, »jedenfalls«, er machte wieder eine Pause, »jedenfalls kann man es wohl so ausdrücken, dass die Frau Pulvermüller keine, sagen wir mal, Bekannte von Ihnen war.«

»Ja, das ist korrekt.«

»Und ob Sie mal mit ihr fliegen waren, also, dass sie eine Passagierin bei Ihnen war?«

Rottler schaute an Linkohr vorbei. »Glaub' ich kaum. An solche Personen erinnert man sich meist doch noch. Aber, verstehen Sie mich nicht falsch, die Hand ins Feuer legen möcht' ich dafür nicht.«

Die beiden Männer schwiegen einen Moment, bis Rottler schließlich fragte: »Ist es erlaubt zu fragen, was es mit dieser Frau auf sich hat?«

Linkohr lehnte sich zurück. »Es ist die Tote von gestern früh.«

Rottler zog die Mundwinkel nach unten. »Weiß man, woher?«

»Aus Wiesensteig, Sekretärin von einem Steuerberater in Geislingen. Den müssten Sie allerdings kennen.«

Sein Gesprächspartner gab sich nur mäßig interessiert. »Doch nicht von Liebermann?«, fragte er.

Linkohr nickte. »Doch. Also dann kennen Sie die Frau?«

Rottler schwieg und schlug die Beine übereinander. »Nein.«

»Okay«, beendete Linkohr das Gespräch, »ich bedanke mich.« Er stand auf und sah sich in dem gepflegten Garten um. Auch Rottler erhob sich und führte seinen Gast wieder zu dem Steinplattenweg. Linkohr ging voraus und fragte eher beiläufig: »Haben Sie gestern noch Ihren Glaser erwischt?«

»Wie?« Der andere schien irritiert, »ach so, wegen dem Fenster«, er lachte kurz, »ja, ja, der Aupperle aus Holzheim hat's noch gemacht. Ein zuverlässiger Handwerker.«

Häberle hatte jetzt die Asphaltfläche abseits der B 33 erreicht. Er war nur noch wenige Meter von dem VW-Passat entfernt, der die bunte Aufschrift ›Fischerei-Bedarf‹ und den Namen ›Emil Trögglen‹ trug, dazu Adresse und rund um das weiße Fahrzeug verschiedene aufgemalte Fische. Zugelassen war das Fahrzeug in der Schweiz. Häberle versuchte, sich das Kennzeichen einzuprägen. Er sah jetzt auch, dass sich in dem Auto neben den beiden Frauen nur der Mann am Steuer befand. Ein jüngerer offensichtlich, dunkelblondes fülliges Haar, bekleidet mit einem hellblauen Hemd. Häberle wunderte sich, dass sein Kommen noch nicht bemerkt wurde. Er ging jetzt hinter dem Wagen vorbei und hörte Stimmen, ohne sie jedoch verstehen zu können. Er war darauf gefasst, dass jeden Augenblick der Motor gestartet werden und der Kombi davonbrausen würde. Häberle ging langsam weiter und sah die von Bäumen umgebene Straße vor sich liegen. Dann traf er die Entscheidung. Er drehte sich um, ging erneut hinter dem Auto vorbei und näherte sich dann der linken hinteren Tür. In diesem Moment bemerkte ihn die Frau, die dort saß: Elvira Schneider. Ihr Gesicht war voll des Entsetzens, sie schien seinen Namen zu rufen. Augenblicklich drehten sich der Fahrer und die Blondine zu ihr um. Häberle griff nach der Fahrertür und riss sie auf, ehe sie von innen hätte verriegelt werden können. Der Mann am Steuer schrie mit unverkennbar Schweizer Dialekt: »Was soll das? Verschwinden Sie! Aber sofort!« Er startete blitzschnell den Motor und wollte einen Gang einlegen.

»Kriminalpolizei«, rief Häberle, »stellen Sie sofort den Motor ab.«

Die Blondine auf dem Beifahrersitz schrie unablässig wie hysterisch: »Fahr' weg, fahr' weg, hau ab, Mensch, fahr weg.« Sie zerrte ihn am rechten Oberarm.

»Lass«, zischte Elvira Schneider, »der kennt mich. Der ist von der Göppinger Kripo.«

Stille. Der Schweizer stellte den Motor wieder ab und schaute zu Häberle auf, der mit seiner ganzen Leibesfülle vor der offenen Fahrertür stand und sich mit der linken Hand an deren Oberkante und mit der rechten am Dachholm festhielt.

»Ich glaub', wir sollten uns mal kurz unterhalten«, erklärte er leicht grinsend.

»Ich wüsste nicht, was ich der deutschen Kriminalpolizei zu sagen hätte«, meinte der Schweizer unwirsch und hielt das Lenkrad fest.

»Das werden wir ja ziemlich schnell feststellen«, sagte Häberle, »steigen Sie bitte alle aus.«

»Müssen wir das denn?«, fragte der Schweizer irritiert seine blass gewordenen Begleiterinnen.

Elvira Schneider besänftigte: »Keine Ahnung, aber warum sollen wir uns nicht mit dem Herrn Kommissar arrangieren. Wir haben doch nichts zu verbergen, oder?« Sie öffnete die Tür und stieg mit einem provozierenden Lächeln aus. Ihre blonde Freundin tat es ihr schließlich murrend nach.

»Na also«, sagte Häberle, trat zurück und deutete dem Schweizer höflich an, dass auch er den Wagen verlassen solle. Der junge Mann, der eine ziemlich verwaschene Jeans trug, stieg widerwillig aus. Die Blondine vom Beifahrersitz kam um das Auto herum, so dass sie nun alle auf der linken Seite standen – ziemlich ratlos.

»Sie bespitzeln mich«, beschwerte sich Elvira Schneider und lehnte sich lässig gegen die wieder geschlossene hintere Tür, »Sie sind mir womöglich hinterhergeflogen.«

Häberle sagte nichts.

»Darf ich endlich erfahren, gegen welche Gesetze ich verstoßen haben soll und mit welchem Recht Sie mich hier festhalten?«, beschwerte sich der Schweizer.

»Ich will Ihnen sagen, worum's mir geht«, begann Häberle und musste immer wieder lauter werden, weil auf der vorbeiführenden Straße unablässig der Verkehr rollte. »Urplötzlich, liebe Frau Schneider«, er wandte sich an die Wirtin, »urplötzlich kommt's Ihnen in den Sinn, heut' Nachmittag wegzufliegen. Dass dies kein Übungsflug sein würde, war mir klar. Sie gestatten, dass es mich schon interessiert hat, wo Sie so schnell hin mussten. Ausgerechnet Sie, die Sie am Mittwochabend, natürlich rein zufällig, an den Bürgerseen waren, gerade mal zweihundert Meter Luftlinie davon entfernt, wo wenig später eine Frau zu Tode kommen sollte. Eine Frau, die Sie zwar angeblich nicht kennen, die aber, oh welch' seltsame Fügung des Schicksals, in einem Steuerbüro arbeitet. So, wie Ihre werte Freundin, die Sie schon gestern hier in Konstanz treffen wollten, zusammen vielleicht mit dem Schweizer Kollegen, um ihm so Wichtiges mitzuteilen, was man am Telefon nicht bereden konnte« Der Kommissar machte eine Pause und sah dem Mann ins Gesicht, der plötzlich nichts mehr sagte, »und nun hat mich meine Spürnase nicht getrogen. Ich hab' das außerordentliche Vergnügen, die Frau Heinemann aus Rothenburg zu treffen, natürlich auch Steuerberaterin, wie wir inzwischen wissen.« Häberle lächelte die Blondine an, die keine Miene verzog. »Da würde mich natürlich schon brennend interessieren, was der Zweck des Besuchs hier in Konstanz ist. Ein Kaffeeplausch unter Damen kann's ja wohl nicht nur sein. Der Herr hier spielt sicher auch eine tragende Rolle.« Häberle deutete auf den Schweizer. »Oder interessieren sich die Damen für Fischerei-Bedarf«, machte der Kriminalist in Anspielung auf die

Werbe-Aufschrift am Pkw weiter. »Vielleicht aber«, so sinnierte er lächelnd, »vielleicht aber ist gerade mir ein großer Fisch ins Netz gegangen …«

»Das ist eine bodenlose Unverschämtheit«, fuhr Svea Heinemann dazwischen und kam einen Schritt näher auf Häberle zu. Der hob die rechte Hand, als wolle er die Frau abwehren. »Nur langsam, gnädige Frau«, sagte er, »Sie können ja jeglichen Verdacht sofort aus der Welt schaffen, wenn Sie mir sagen, weshalb Sie sich sozusagen Hals über Kopf hier treffen.«

»Das brauchen wir Ihnen nicht zu sagen«, maulte der Schweizer, der viel langsamer sprach, als die beiden Frauen. Er lehnte sich lässig an den vorderen Kotflügel, die Hände seitlich aufgestützt.

»Natürlich nicht«, erwiderte Häberle, »aber, wie gesagt, vielleicht wäre es sinnvoll.« Er wandte sich an Elvira Schneider, die mit verschränkten Armen ein paar Schritte entfernt stand, »aber die Frau Schneider kann mir vielleicht erzählen, wer an dem ominösen Grillfest am Mittwochabend teilgenommen hat. Jedenfalls nicht nur Sie, der Herr Hilgenrainer und der Herr Mosbrucker …« Er behielt sie im Auge und wartete auf eine Reaktion. Doch sie verzog keine Miene. Häberle machte weiter: »Ich sag' Ihnen hier und jetzt: Sie verheimlichen mir etwas. Und allein das schon macht Sie verdächtig. Sie und Ihre Freunde auch.« Er blickte auf Svea Heinemann und den Schweizer, dem dies immer mehr unangenehmer zu werden schien.

»Sie haben sich doch in etwas verrannt«, begann Svea Heinemann aufzubrausen, »Sie ticken doch nicht richtig im Kopf. Wir treffen uns x-mal hier in Konstanz, wir sind Freunde und freuen uns, wenn wir uns sehen.«

»Und dann hocken Sie in dieser Affenhitze in diese Brutkiste hier«, wetterte Häberle und deutete auf das Fahrzeug, das ganz sicher keine Klimaanlage hatte, »das erzählen Sie meiner Großmutter, aber nicht mir.«

Die drei schwiegen. Häberle fuhr fort und ging dabei immer ein paar Schritte hin und her: »Darf ich Ihnen sagen, was ich vermute? Hier spielen ganz andere Dinge eine Rolle. Hier wird schmutziges Geld gewaschen, damit Sie mal klar sehen, worauf ich hinaus will. Die Frau Steuerberaterin, die Sie«, er deutete auf Elvira Schneider, »seit Jahr und Tag kennen, bringt den Sachverstand ein, Sie«, er wiederholte seine Geste, »Sie sind in Ihrer Kneipe in Göppingen der Dreh- und Angelpunkt. Und unser Schweizer Freund managt die Sache im Land der großen Steuerflüchtigen.«

»Sie haben einen Tick«, fuhr Heinemann scharf dazwischen, »Ihnen ist die Hitze zu Kopfe gestiegen. Sie haben sich ein Phantasiegebilde aufgebaut, ohne jegliche Grundlage, ein Hirngespinst.«

»Warum wollen Sie nicht raus mit der Sprache?«, wetterte Häberle weiter, »was ist es dann? Wer waren die anderen beim Grillfest? Wie sind Ihre Beziehungen zu dieser Toten, die zwar der Herr Mosbrucker gekannt hat, ansonsten aber niemand aus Ihrer Clique? Erzählen Sie mir nicht, ich bilde mir die Merkwürdigkeiten nur ein! Ich sag' Ihnen, wie ich den Fall sehe: Sie decken einen Mörder.«

»Das lass' ich mir nicht länger gefallen«, empörte sich der Schweizer, öffnete die Fahrertür und setzte sich hinters Steuer, »ihr zieht mich da in eine Sache hinein, mit der ich nichts zu tun haben will. Ich bin Schweizer Staatsbürger.«

Häberle hielt die Tür offen. »Nur eine Bitte: Dürfte ich um Ihre Personalien bitten?«

Der Schweizer starrte ihn ungläubig an. »Wozu soll das denn gut sein?«

»Nur für Rückfragen«, lächelte Häberle, »haben Sie Papiere dabei? Ausweis, Führerschein?«

Der Schweizer zögerte.

»Also?«, drängte der Kommissar, »oder soll' ich meine Kollegen rufen?«

Der Schweizer griff ins Handschuhfach.

Elvira Schneider wollte es verhindern: »Lass' das, Emil, verdammt noch mal. Das geht den Bullen doch nichts an.«

Häberle drehte sich gelassen zu ihr um und meinte ironisch: »Der Bulle braucht nur abzuschreiben, was hier am Auto dran steht – oder sich das Kennzeichen merken. Die Schweizer Kollegen leisten gerne Amtshilfe. Und in solchen Dingen vielleicht sogar mehr, als bei Steuerhinterziehung.«

Emil überreichte ihm widerwillig den Ausweis, von dem sich Häberle Namen und Daten auf ein Stück Papier abschrieb, das er aus der Hosentasche gekramt hatte. Unterdessen zeigten sich die beiden Frauen über das Vorgehen des Kriminalisten empört. Emil sagte nichts.

Häberle gab den Ausweis zurück und bedankte sich bei dem völlig irritierten Schweizer für dessen kooperative Haltung. Dann wandte sich der Kriminalist an die beiden Damen, die plötzlich verstummt waren: »Ich denke, es wäre an der Zeit, reinen Tisch zu machen«, er grinste, »das muss nicht hier auf der Straße sein. Sie wissen ja, wo Sie mich erreichen.« Und im Weggehen fügte er hinzu: »Tut mir leid, wenn ich Ihnen das Lustflügle versaut hab'. Denken Sie einfach darüber nach, was ich Ihnen gesagt habe«, Häberle ging in Richtung der Flugplatz-Zufahrt und rief locker zurück: »Kommen Sie gut heim.« Die Frauen sagten nichts.

Dem Kommissar rann der Schweiß in Perlen von der Stirn. Er erreichte den Tower, als ihm ein landendes Flugzeug auf der parallel zum Weg verlaufenden Piste entgegen kam. Mit einem kurzen Spurt, den er trotz der Hitze aufnahm, näherte sich Häberle der Hahnweide-Cessna, in der

Hauff mit leicht geöffneter Seitentür saß. Offenbar hatte er es nicht gewagt, sich zu entfernen.

»Alles okay?«, fragte der Chef der Motorflugschule knapp. Häberle hob den Daumen der rechten Hand und ging zur anderen Seite, um sich wieder in das Cockpit zu quetschen. Unterdessen ließ Hauff den Motor an und teilte dem Flugleiter per Funk mit, dass sie wieder zur Hahnweide zurück wollten. Der Mann im Tower nannte die Startrichtung – und wenige Minuten später schwebten sie bereits über dem Schilf abseits der Insel Reichenau dem dunstigen Sommerhimmel entgegen.

»Da haut's dir's Blech weg«, hatte Linkohr wieder mal eher zu sich selbst gesagt, als er den Polo über die Wohnstraßen des vornehmen Göppinger ›Hailings‹ in Richtung der Stadt steuerte. Er war nach der Vernehmung von Rottler auf dem Weg zu den Kollegen der Göppinger Polizeidirektion. Sie hatten eine brisante Meldung an die Sonderkommission weitergegeben und erfahren, dass Linkohr ohnehin gerade in Göppingen sei. Deutschländer hatte ihn daraufhin angerufen und ihm vorgeschlagen, bei den dortigen Kollegen vorbeizuschauen.

Dass er im Treppenhaus dem obersten Kripo-Chef Bruhn begegnete, war Linkohr für einen kurzen Moment unangenehm. Bruhns autoritäre Art war gefürchtet, schon gar von den jüngeren Kollegen. Der Mann mit dem schmalen Haarkranz um den glänzenden Glatzkopf erwiderte auch nur knapp den Gruß und fragte nicht danach, wie es der Sonderkommission in Kirchheim ging. Das würde Bruhn nur mit den höheren Diensträngen besprechen, nicht aber mit einem kleinen Jung-Kriminalisten.

Linkohr wusste das und war eigentlich froh darüber. So konnte er ohne große Umschweife in die Büros seiner Kollegen gelangen, die bereits auf ihn warteten. Nach der üblichen, von Frotzeleien begleiteten Begrüßung, bot ihm ein älterer Kollege einen hölzernen Stuhl an. Linkohr setzte sich vor den Schreibtisch und ließ sich schildern, worum es ging.

»Wir sind um Amtshilfe gebeten worden«, sagte einer der Kriminalisten, »eine große Durchsuchungsaktion der Kollegen von der Steuerfahndung.«

Linkohr hatte dies schon am Telefon erfahren. »Das macht stutzig.« Er lehnte sich mit den Ellbogen an den Schreibtisch.

»Ja, die Jungs aus Schwäbisch Gmünd sind gleich mit drei Dutzend Mann angerückt«, berichtete sein Gegenüber weiter, »und das am Freitagnachmittag! Das will was heißen. Und wir müssen darauf achten, dass kein Unbefugter das Gebäude betritt. Als einige Kollegen hier erfahren haben, um welches Objekt es sich handelt, sind sie hellhörig geworden. Wir haben's Ihrem Kollegen in Kirchheim ja bereits gesagt. Es ist dieser Steinke im Stauferpark droben. Offenbar seid ihr da doch auch schon tätig gewesen, wenn's unsere Kollegen hier richtig mitgekriegt haben.«

»Und ob«, bestätigte Linkohr, »im Moment komm' ich sogar von Steinkes Finanz-Chef. Der hockt in seiner Villa im ›Hailing‹ oben und spielt ›heile Welt‹.«

»Der hat Nerven!«, kommentierte sein Gesprächspartner, »vermutlich ein aalglatter Manager, hab' ich Recht? Die bleiben cool bis zur letzten Sekunde. Dabei geht's offenbar um verdammt viel, hab' ich mir sagen lassen. Steuergeschichten in Millionenhöhe. Unsere Kollegen schleppen Waschkörbe voller Akten raus und beschlagnahmen ganze Computer. Wenn da die Presse davon Wind kriegt, geht was ab.«

Linkohr staunte. »Aber festgenommen wurde niemand?«, fragte er nach.

Der Mann hinterm Schreibtisch zuckte mit den Schultern. »Sieht momentan nicht danach aus. Ich weiß auch nicht, ob akute Fluchtgefahr besteht«, er machte eine Pause und fügte hinzu: »Und ihr bringt diesen Steinke also mit einem Mord in Verbindung?«

Linkohr schlug die Beine übereinander. »Den Steinke nicht, nein, allenfalls den Rottler, aber derzeit richtet sich der Verdacht eher gegen andere.«

Er bedankte sich bei dem Kollegen für den Hinweis und verließ das Göppinger Polizeigebäude wieder. Die Schatten waren zwar länger geworden, doch die Asphaltdecke des Parkplatzes schien zu kochen.

Inzwischen war Häberle mit dem Chef der Motorflugschule wieder auf der Hahnweide gelandet. Von seinem Handy aus beauftragte er seinen Kollegen Deutschländer von der Sonderkommission, Erkundigungen über besagten Emil einzuholen. Dazu bedurfte es der Mithilfe der Schweizer Behörden. Ob dies an einem Freitagabend noch möglich sein würde, daran hegte er insgeheim aber erhebliche Zweifel. Dann rief er seinen Kollegen Linkohr an, von dem ihm Deutschländer berichtet hatte, er sei gerade in Göppingen, um neue interessante Erkenntnisse zu gewinnen. Linkohr meldete sich und schlug seinem Chef vor, den Firmen-Boss Steinke noch einmal aufzusuchen, weil dieser und dessen Finanz-Chef in eine große Steuer-Affäre verwickelt zu sein schienen.

Häberle stimmte zu und versprach, in zwanzig Minuten in Göppingen zu sein.

Steinke, das hatte sich Linkohr von den Göppinger Kripo-Kollegen herausfinden lassen, wohnte ebenfalls im vornehmen ›Hailing‹, jedoch ein ganzes Stück von Rottler entfernt, viel weiter in Richtung des westlichen Stadtrands hinüber, in noch viel sonnigerer Lage. Die Steinkes hatten dort eines der altehrwürdigen Häuser gekauft, die noch aus der Gründerzeit stammten, jedoch immer wieder modernisiert worden waren. Hohe Fichten, dazwischen zwei alte Kastanien, prägten den Gartenpark, der von einem hölzernen Zaun umgeben war. Im rückwärtigen Teil grenzte das Grundstück an den Stauferwald. Von der Straße aus war das zweistöckige Gebäude mit seinem steilen Giebel kaum zu sehen. Linkohr parkte den Kripo-Mercedes am Rande der Wohnstraße. Häberle stieg als Erster aus und ging zu dem großen, mit Rundbogen verzierten Holztor. Dort gab es eine Klingel samt Sprechanlage und Videokamera.

»Ja?«, krächzte die Stimme Steinkes.

»Häberle, Kriminalpolizei, dürfen wir Sie kurz sprechen?«, meldete sich der Soko-Chef. Der Angesprochene murmelte etwas Unverständliches und drückte den elektrischen Türöffner. Er hatte die beiden Kriminalisten über die Videoanlage gesehen.

Häberle und Linkohr gingen auf einem langen Kiesweg, umsäumt von blühenden Stauden und im Schatten der großen Bäume, auf das Haus zu. Die Eingangstür befand sich auf der rechten Seite, von einem weit ausladenden und mit Säulen gestützten Überbau geschützt. Dort stand Steinke und erwartete die Besucher. Er hatte sich nach der Rückkehr von der Firma eine leichte, weiße Leinenhose und ein kurzärmliges Freizeithemd angezogen. Die nackten Füße steckten in Sandalen.

»Tut mir leid«, sagte Häberle, während er auf ihn zuging, »es haben sich ein paar Fragen ergeben.«

Die beiden Kriminalisten schüttelten dem Unternehmer die Hand. »I hab' dacht, es sei alles g'schwätzt«, bruddelte der sichtlich ungnädig, »kommet Se rein.«

Er führte die Männer in ein großzügig gestaltetes Foyer, das reichlich mit geschnitzten Figuren ausgestattet war. Elefanten und Kamele ließen darauf schließen, dass es vielerlei Mitbringsel von großen Reisen waren. Steinke eilte an mehreren geschlossenen Türen vorbei und führte seine Besucher schließlich in ein Kaminzimmer, dessen nahezu vollständig verglaste Außenwand einen traumhaften Blick in den parkähnlichen Garten und über die Dächer der weit entfernt stehenden Nachbarhäuser hinweg auf den Westhorizont freigab.

Eine Tür stand offen. »Wir bleiben drin, draußen ist es nicht auszuhalten«, entschied Steinke und bot den Männern Plätze auf Polstersesseln an, die um einen großen Marmortisch standen. Im offenen Kamin lag Birkenholz für kalte Wintertage bereit.

Steinke setzte sich den Kriminalisten gegenüber. »Kommen wir zur Sache«, sagte er förmlich und holte tief Luft.

»Wir wissen, dass wir Ihnen zusätzlichen Kummer bereiten«, begann Häberle und wartete auf eine Reaktion, »Ihnen sind die Steuerfahnder auf den Leib gerückt.«

Steinke, aus dessen Gesicht die Bräune gewichen schien, zuckte mit der rechten Backe. »Und was hat das mit der Mordkommission zu tun?«, fragte er emotionslos.

»Im Prinzip nichts«, erwiderte der Kriminalist und lächelte, »es geht uns auch eher um Ihre Mitarbeiter, um den Herrn Rottler und den Herrn Hilgenrainer.«

Steinke setzte sich aufrechter. »Ich verstehe nicht ganz.«

»Beide Herren«, fuhr Häberle fort, »sind Flieger – und wir sind bei unseren Ermittlungen in Fliegerkreisen auf – sagen wir mal – Merkwürdiges gestoßen, das in irgendeiner Weise mit Steuerberatern zu tun hat.«

Linkohr vollendete die Andeutungen seines Chefs: »Und die Tote von der Hahnweide, das kommt noch hinzu, war ausgerechnet Sekretärin bei einem Ihrer Steuerberater.«

Steinke sprang auf. »Was wollen Sie damit sagen?« Er starrte nacheinander die beiden Männer an.

»Kein Grund zur Aufregung«, entgegnete Häberle auf seine beruhigende Art und wartete, bis Steinke sich wieder setzte. »Aber nachdem Sie nun offenbar mit der Steuerfahndung konfrontiert sind, stellt sich doch die Frage, inwieweit der Herr Rottler, Ihr Finanzer, möglicherweise in diese Sache verwickelt sein könnte.«

»Oder auch der Herr Hilgenrainer«, ergänzte Linkohr.

»Das müssen Sie die Herren selber fragen!«, meinte Steinke trotzig, »oder sind Sie gar auch der irrigen Meinung, wir würden hier Gelder beiseite schaffen? Über irgendwelche dunkle Kanäle mit Hilfe irgendwelcher windiger Steuerberater?«

»Nicht Sie«, versuchte Häberle wieder zu beruhigen, »nicht Sie, aber vielleicht der Herr Rottler allein, ohne Ihr Wissen. Ist das völlig undenkbar?«
Steinke schwieg. Er lehnte sich zurück und schien zu überlegen. »Denkbar ist alles«, meinte er schließlich.

»Aha«, machte Häberle, »dann hegen Sie also doch einen gewissen Verdacht?«

Der Mann zuckte mit den Schultern und verfiel wieder in seinen schwäbischen Dialekt. »Was soll i saga? Wenn's Unregelmäßigkeite en de Bücher hat, i war's net – also kann's bloß der Rottler sein.«

»Noch eine andere Frage«, hakte Linkohr ein, »sind Sie eigentlich auch Flieger?«

»Ich? Ne, überhaupt net.«

Die beiden Kriminalisten bedankten sich und ließen einen nachdenklichen Firmen-Chef zurück.

28

Es schien so, als würde die Durchsuchung des Verwaltungsgebäudes bis in die späte Nacht andauern. Mittlerweile waren bereits zwei Kombis voller Akten und PCs abtransportiert worden. Einsatzleiter Kienzle war mit seinen Männern auf mehrere verschlossene Behältnisse gestoßen, die ihm keiner der drei leitenden Angestellten, die ihm behilflich waren, öffnen konnte. Es waren ein Wandtresor, der angeblich Software-Pläne enthielt, und zwei so genannte Schrank-Tresore, der eine in Steinkes, der andere in Rottlers Büro.

Der Versuch, Rottler telefonisch zu erreichen, war fehlgeschlagen. Nun versuchten sie es bei Steinke selbst. Dieser meldete sich nach dem fünften Klingelton. Einer seiner leitenden Angestellten schilderte die Situation und bat den Chef, selbst herzukommen und die Tresore zu öffnen.

»Einen Scheißdreck werd' ich tun«, begann der zu toben, »saget Se den Sesselfurzern, ich hätt' morge wieder en Termin mit mei'm Anwalt, dann kann er komme, morge um zehne. Hat der das kapiert?« Steinke wartete keine Antwort ab und legte auf.

Er war völlig mit den Nerven am Ende. Zum geschäftlichen kam noch der private Ärger. Seine Frau, die seit Monaten keinerlei Verständnis mehr für seine stressige Arbeit aufbrachte, hatte gedroht, ihn verlassen zu wollen. Jetzt hatte sie offenbar Ernst damit gemacht; denn sie war ohne eine Nachricht zu hinterlassen spurlos verschwunden. Wahrscheinlich hatte sie tatsächlich einen anderen, dachte sich Steinke und hastete in den Garten hinaus, wo die heiße Luft zu stehen schien. Er war seiner Melanie recht gewesen, so lange er ihr mit seinem Geld das süße Leben ermöglicht hatte. Tolles Auto, eine tolle Wohnung. Dass dies alles nur mit harter Arbeit zu erreichen gewesen war, das hatte sie nie wahrhaben wollen. Deshalb würde er, wenn's jetzt ganz dick kam, die Firma an einen Konkurrenten verkaufen und sich in die Schweiz absetzen. Je mehr er darüber nachdachte, desto schneller reifte in ihm dieser Gedanke. Vielleicht musste alles schnell gehen. Verdammt schnell.

Häberle und Linkohr hatten versucht, noch einmal mit Rottler zu sprechen. Doch der meldete sich weder an der Haus-Sprechanlage, noch am Handy. »Ausgeflogen«, stellte Häberle fest, als er wieder mit Linkohr im Auto vor Rottlers Haus saß. »Ist Ihnen eigentlich etwas aufgefallen, als wir gestern da drin waren?« Häberle wandte sich an seinen Kollegen und deutete auf das villenähnliche Anwesen.

Linkohr verstand nicht, was sein Chef meinte.

»Das Fenster, das zertrümmert war«, half ihm Häberle auf die Sprünge.

»Ja, klar«, erwiderte der Jung-Kriminalist, »logisch, haben wir uns ja angeschaut, ist inzwischen aber wieder geflickt. Hab' ich vorhin gesehen.«

»Und? Nichts aufgefallen?« Häberle grinste und lehnte sich auf dem Beifahrersitz entspannt zurück.

»Nein, war doch wohl eine Windböe, oder?«

»Hat er gesagt«, stellte Häberle fest, »ja. Jetzt mal scharf nachdenken, Kollege. Wo lagen die Glassplitter?«

»Auf dem Fußboden, innen – in dem chaotischen Zimmer, in dem alles kreuz und quer rum gelegen ist.«

»Richtig erkannt. Die Glassplitter lagen innen«, wiederholte Häberle, »und Fenster gehen immer nach innen auf, stimmt's?« Er erwartete gar keine Antwort. »Wenn der Wind ein Fenster zuschlägt, sozusagen mit Brachialgewalt, wohin fliegen dann die Glassplitter, sofern eine Scheibe dadurch heutzutage überhaupt noch zu Bruch geht?«

»Nach außen«, antwortete Linkohr sofort.

»Aha«, machte Häberle, »und was sagt uns dies?«

»Dass es gar nicht der Wind war.«

»Eben, der Herr Rottler hat uns verkohlt, zumal auch zu diesem Zeitpunkt, als wir bei ihm waren, der Wind noch gar nicht so stark geblasen hat«, stellte Häberle fest.

Sein Kollege, der die Ellbogen aufs Steuer gelehnt hatte, nickte anerkennend und spann den Faden weiter: »Aber auch die Frau Wirtin wird mir immer suspekter. Wieso fliegen die beiden so oft immer zum gleichen Flugplatz? Der eine in die Schweiz, die andere ganz dicht ran?«

»Jedenfalls ist mir klar geworden«, konstatierte Häberle, »als sie mir von diesen Flügen erzählt haben, dass die Schneider nicht nur zwecks Kaffee-Tratschs so oft nach Konstanz gedüst ist. Und unser Rottler sicher nicht nur zum Bergsteigen nach Samedan.«

»Schwarzgeld?«, meinte Linkohr.

»Taschenweise«, resümierte der Ältere, »Taschenweise, davon bin ich mehr und mehr überzeugt. Und dies ganz simpel als harmlose Hobby-Piloten weggeschafft. In Konstanz dem Emil übergeben, der es mit seiner Anglerbedarf-Kiste heim ins schweizerische Steuerparadies bringt. Und Rottler landet als Geschäftsmann oder als Hobby-Flieger in Samedan und lässt sich im Taxi zur nächsten Bank kutschieren.«

»Und der Zoll?«, gab Linkohr zu bedenken.

Der Kommissar zuckte mit den Schultern. »Wenn Geld ins

Land kommt, werden die Schweizer nicht sonderlich Amok laufen.«

»Aber unsere Behörden ...?«

»Risiko für den Emil wahrscheinlich«, konstatierte Häberle, »aber wer vermutet schon in einem Handwerker-Kombi eine Tasche voll Geld? Im Übrigen gehen auch hunderttausend Euro klein zusammen.«

»Und wie sind die Modalitäten, wenn man damit in die Schweiz fliegt?«, wollte Linkohr wissen.

»Wie das mit der Zoll-Abwicklung bei Privatflugzeugen ist, das müssen wir uns noch von Hauff erklären lassen.«

Häberle sah auf der Uhr am Armaturenbrett, dass es inzwischen 20.30 Uhr geworden war. Die Schatten, die die Häuser und Bäume im ›Hailing‹ vor ihnen warfen, waren bereits lang. Linkohr startete jetzt den Motor.

»Sie können gleich von hier aus heimfahren«, schlug Häberle seinem Kollegen vor, »Feierabend für heute. Wir treffen uns morgen früh wieder hier bei der Direktion. Ich fahr' noch kurz allein rüber nach Kirchheim.«

Linkohr protestierte, weil er, voller Tatendrang, selbst noch einmal mit den Kollegen der Sonderkommission sprechen wollte. Doch Häberle entschied, dass er jetzt lange genug auf den Beinen gewesen sei.

Der Mann mit dem langen zerzausten blonden Haar war, wie vereinbart, um 22.30 Uhr zum Treffpunkt gekommen. Er parkte seinen weißen Fiat Cinquecento auf dem Waldparkplatz, der sich auf dem schmalen Höhenrücken zwischen Göppingen und dem Stadtbezirk Jebenhausen befand. Sie hatten absichtlich diesen abseits gelegenen Punkt ausgewählt, um in Ruhe über die Probleme reden zu können. Ohne dass die Gefahr bestanden hätte, von anderen Personen belauscht zu werden. Und die Wohnung des Mannes war zu weit entfernt gewesen. Hier oben, im so genannten Ödewald, würden sie ungestört sein. Der Mann sah, dass kein anderes Auto hier parkte. Sie hatten ausgemacht, dass sie beide ihre Fahrzeuge an jeweils getrennten Orten abstellten. Niemand sollte die Autos in Verbindung bringen und Rückschlüsse ziehen können.

Er stieg aus, rollte einen Schnellhefter eng zusammen und ging zu dem asphaltierten Weg, der von der Parkplatzfläche in den Wald hineinführte. Der fast volle Mond, der über der Schwäbischen Alb aufgegangen war, erhellte den Horizont und tauchte das Filstal in ein sanftes Licht. Noch war auch der Westhimmel nicht dunkel, so dass der Mann problemlos den Verlauf des Weges erkennen konnte.

Sie hatten vereinbart, sich im Wald auf halber Strecke zu treffen. Der dortige Bereich war nämlich auch über eine andere, von der Stadt heraufführende Straße zu erreichen – jenseits der Brücke, die über die Göppinger B 10-Umgehungsstraße führte. Der Asphaltweg brachte den Mann vom Parkplatz aus in geschwungenen Bögen durch den Wald, in dem um diese Jahreszeit reges Leben herrschte. Zwar waren keine Menschen mehr unterwegs, dafür aber irgendwelche Tiere, die im Unterholz raschelten, vereinzelt auch piepende Laute von sich gaben. Nur die Vögel hatten ihr Konzert eingestellt. Die Luft roch frisch und würzig, die Hitze des Tages war einer angenehmen Abkühlung gewichen. Je näher der Mann an die Brücke über die B 10 kam, desto stärker wurden die Naturgeräusche vom Verkehrslärm übertönt. Eigentlich leicht übertrieben, eine derartige Vorsicht walten zu lassen, dachte er sich. Aber nach all dem, was in diesen Tagen geschehen war, machte es vielleicht doch Sinn, sich nicht an den bekannten Orten zu treffen, sagte ihm die Vernunft. Hier oben, das war ziemlich sicher, würde sie keiner vermuten, sie keiner belauschen. Er hatte deshalb auch seinen privaten Kleinwagen genommen, um nicht aufzufallen.

Seinen aufgerollten Schnellhefter hielt er fest in der linken Hand, als er über die Brücke ging und unter sich auf der vierspurigen Straße die Lichter der Fahrzeuge sah.

Schon nach weiteren 50 Metern, die wieder durch den Wald führten, war von dem Verkehrslärm kaum noch etwas zu hören. Die Augen des Mannes hatten sich inzwischen an die Dunkelheit gewöhnt, so dass er nun noch mehr Details erkennen konnte. Von Weitem hörte er das Hundegebell vom nahen Tierheim. Er bog jedoch kurz zuvor, wie vereinbart, nach rechts in einen abzweigenden Waldweg ein. Dieser, das wusste er, führte zum großen Göppinger Berufsschulzentrum in der Öde. Dorthin konnte man von der Stadt herauffahren.

Durch das Geäst der Bäume sah er vor sich, rechts oben, den fast vollen Mond scheinen. Am Waldrand, so hatten sie besprochen, würden sie sich treffen, dort, wo der Weg sich dann zum Berufsschulzentrum senkte.

Es dauerte nicht mehr lange, da tauchten durch die Bäume hindurch die Lichter der drunten im Filstal gelegenen Stadt Göppingen auf. Der Mann verlangsamte seine Schritte, blieb kurz stehen und lauschte in die Dunkelheit. Von weitem drang der Verkehrslärm herauf. Ein leichter Wind strich über das Blätterdach des Waldrandes, so dass ein sanftes Rauschen in der Luft lag.

Der Mann kniff die Augen zusammen und verharrte einen Augenblick. Vor ihm führte der Waldweg nun in die freie Landschaft hinaus. Die Bäume hoben sich schwarz von dem mondhellen Himmel ab, die Sträucher am Wegesrand wirkten bizarr, als seien es schwarze, zerklüftete Klumpen. Für einen kurzen Moment hatte der Mann geglaubt, Schritte gehört zu haben. Er drehte sich um, doch der Weg, der sich hinter ihm in der Dunkelheit des Waldes verlor, war – soweit er es wahrnehmen konnte – menschenleer.

Er umklammerte jetzt mit beiden Händen den zusammengerollten Schnellhefter und verspürte plötzlich Angst. Er ging langsam vorwärts, sah im Augenwinkel die schwarzen Silhouetten der hoch gewachsenen Buchen, deren Stämme wie Säulen aus dem Unterholz ragten. Ihn überkamen Zweifel, ob es wirklich sinnvoll gewesen war, sich auf diesen Treffpunkt einzulassen. Da, er zuckte zusammen, am nahen Waldrand schien sich etwas zu rühren. Irgendwie hatte er zwischen den nachtschwarzen Sträuchern eine Bewegung gesehen, die vor dem aufgehellten Hintergrund zu erkennen war. Nur einen Augenblick zwar, aber er war sich sicher, dass da jemand sein würde. Der Mann blieb stehen, fast wie gelähmt, hielt den Atem an. Mit einem Mal wurde ihm bewusst, dass er inmitten des Waldwegs eine gute Zielscheibe abgeben würde. Er spürte Gänsehaut, seine Glieder schienen abzusterben, die Knie wurden weich. Seine feuchten Hände verkrampften sich um den zusammengerollten Schnellhefter. Verdammt, dachte er sich, er war in einen Hinterhalt gelockt worden. Man wollte mit ihm nicht reden, nein, keine Probleme aus der Welt schaffen, sondern ihn … er versuchte den Gedanken zu verdrängen, doch da war er wieder, ja, man wollte ihn beseitigen. Er machte zwei, drei Schritte rückwärts, ganz langsam, wie in Zeitlupe, um sich dann blitzartig umzudrehen und wegzurennen. So gut es ging. Denn die panische Angst, die ihn befallen hatte, ließ alle Muskeln verkrampfen. Er rannte, rannte – einfach weg, hinein in den nachtschwarzen Wald. Seine Schritte knirschten auf dem gekieselten Untergrund. Und jetzt hörte er es, ganz deutlich, ganz ohne Zweifel: Rennende Schritte hinter ihm. Da war jemand. Jemand, der nicht mit ihm reden wollte.

Der Schuss verhallte im Wald. Als sei es eine Fehlzündung eines Autos auf der nahen B 10 gewesen. Wenn hier irgendwo ein Liebespaar unterwegs war, dann dürfte es allenfalls kurz aufgeschreckt sein. Denn anschließend blieb alles wieder still. Totenstill.

August Häberle war hundemüde. In der Kirchheimer Sonderkommission hatte Schichtwechsel stattgefunden. Deutschländer war nach Hause gegangen, hatte jedoch für Häberle einige interessante Erkenntnisse notiert.

»Die Telekom hat reagiert«, stellte der Soko-Chef einigermaßen überrascht fest, als er die Aufzeichnungen las, die als Computer-Ausdruck fein säuberlich auf dem weißen Schreibtisch des Besprechungszimmers lagen. Häberle setzte sich auf einen der ungemütlichen Stühle, während sich zwei jüngere Kollegen ihm gegenüber niederließen. »Hat lange genug gedauert«, kommentierte einer der Kriminalisten, der seinen Kopf kahl geschoren hatte.

»Hm«, machte Häberle und ging die Auflistung jener Telefonnummern durch, die Heidrun Pulvermüller im vergangenen Monat von zu Hause aus angewählt hatte.

»Wir haben die meisten gecheckt«, sagte der andere Kriminalist, der sein strohblondes Haar ziemlich lang trug. Er schien auf Anerkennung zu warten.

Häberle sah, dass sie hinter jede Nummer bereits einen Namen geschrieben hatten. »Irgendwelche Auffälligkeiten?«, fragte Häberle. Er war jetzt viel zu müde, um diese schätzungsweise 150 Namen durchzugehen.

»Nur eine einzige Nummer passt in unsere Geschichte«, ereiferte sich der Strohblonde. Häberle runzelte die Stirn. »Und?«

»Die Firma Steinke, elfmal angerufen in vier Wochen«, erwiderte der junge Kriminalist.

»Ach?«, staunte Häberle und sah jetzt, dass diese Nummer jedes Mal mit einem Kugelschreiber unterstrichen war.

»Eine Durchwahl«, stellte der Glatzköpfige fest, »wissen aber leider noch nicht, welche.«

»Soll ich wetten?«, fragte Häberle, der plötzlich keine Müdigkeit mehr verspürte.

»Sie denken an Rottler?«, fragte der Glatzköpfige.

Häberle grinste. »Exakt. Ihr prüft morgen früh gleich, ob das seine Durchwahl ist.«

Die beiden Kriminalisten nickten. Der Glatzköpfige meinte jedoch: »Aber eine Überraschung wird das wohl kaum geben, denn sie hat schließlich auch achtzehn Mal seine Privatnummer in Göppingen angerufen.«

»Volltreffer«, kommentierte Häberle anerkennend, »und die anderen Nummern?«

»Auch diverse Männer und Frauen, über die wir noch nichts wissen, ein Friseur, eine Kosmetikerin, na ja, jedenfalls nichts, was uns vom Stuhl reißen könnte«.

»Interessant ist aber noch mehr«, mischte sich jetzt der Strohblonde ein und beugte sich nach vorne zu der Liste, die auf dem Tisch lag, »zuletzt hat sie Rottler am Mittwochabend um 18.37 Uhr angerufen.«

Häberle nickte bedächtig.

»Wir haben aber noch ein bisschen mehr«, machte der Strohblonde weiter. Häberle lehnte sich zufrieden zurück und verschränkte seine muskulösen Oberarme. Vor dem Fenster war es jetzt stockdunkel geworden.

»Der Liebermann in Geislingen, der Steuerberater, Sie wissen«, fing der Glatzköpfige an, »der ist wirklich ein lieber Mann. Er hat den Kollegen den Zugang zu den Daten der Pulvermüller verholfen, zu ihrem persönlichen E-Mail-Postfach und so weiter.«

»Lieb von ihm«, meinte Häberle ironisch.

»Ja, und siehe da«, machte der Mann weiter und lächelte triumphierend, »sie hatte einen munteren E-Mail-Verkehr mit, ja, was glauben Sie, mit wem …?«

»Mit Rottler«, traf Häberle ins Schwarze.

»Richtig«, bestätigte der junge Kriminalist, »leider sind nur die E-Mails vom Mittwoch noch da. Offenbar hat sie ihren gesamten Schriftverkehr der Vortage gelöscht.«

»Und was haben die beiden sich geschrieben?« Häberle wurde ungeduldig.

»Nettigkeiten«, stellte der Blondschopf fest, »dass sie sich lieben und es kaum erwarten können …«

»Was kaum erwarten können?«, hakte Häberle nach.

»Tja«, machte der Glatzkopf, »das haben sie uns leider nicht verraten.«

»Na, was schon …«, überlegte Häberle laut, »ihren Abflug natürlich.«

»Der dann mit einem Mord geendet hat, bevor es richtig losging?«, fragte der Glatzköpfige zweifelnd.

Häberle holte tief Luft. Er spürte plötzlich wieder, wie müde er war. Was sollte er auch auf die Frage des jungen Kollegen antworten?

Vor dem Verwaltungsgebäude von ›Steinke Network GmbH & Co. KG‹ im Göppinger Gewerbegebiet Stauferpark hatte eine Streifenwagen-Besatzung Position bezogen – als Amtshilfe für die Steuerfahnder. So lange sie nicht jeden Tresor und jede Schublade durchsucht hatten, musste sichergestellt werden, dass nachts niemand in das Gebäude eindrang und Beweismittel beseitigte.

Das wusste der Mann, der mit seinem schwarzen BMW zwei Seitenstraßen davon entfernt auf den Parkplatz einer anderen Firma eingebogen war. Dort, etwas abseits der Beleuchtung, stellte er den Wagen ab, drückte die Tür sachte

ins Schloss und ging seitlich an dem nüchternen Fabrikge-
bäude vorbei, dessen Fenster schwarz waren. Seine Schritte
wurden durch den gepflegten Rasen gedämpft, einige Grillen
hörten auf zu zirpen, als er ihnen zu nahe kam. Der Mann,
der sich auf diesem Gelände auskannte, überquerte den
park-ähnlichen Grünstreifen zum nächsten Firmenkomplex
hinüber. Auch in diesem, offenbar nur aus Fertigbetonteilen
bestehenden Gebäude, brannte kein Licht. Wieder nahm der
Mann zielstrebig den Weg an der linken Seite vorbei, stieg
über einige große Kieselsteine, die zur Zierde angeordnet
waren, und gelangte im Schutze von hohen Sträuchern zur
Rückseite der Software-Firma Steinke. Er bemühte sich,
stets in den pechschwarzen Schatten zu bleiben, den Häuser und Gebüsch im Schein des Mondes warfen.

Auf diese Weise erreichte er, unbemerkt von den Polizisten, die vorne im Streifenwagen saßen, die Rückseite des
Gebäudes. Dort, das wusste er, gab es eine Art Keller-eingang, über den die technischen Anlagen zu erreichen waren.
Er huschte lautlos an der Wand entlang, ging fünf Stufen zur
Tür hinab und schloss mit einem Schlüssel auf. Augenblicke
später stand er in einem stockdunklen Raum. Er drückte
die Stahltür vorsichtig ins Schloss und knipste eine winzige Halogenlampe an, die er erst vor kurzem als Werbege-
schenk erhalten hatte.

Er brauchte nicht viel zu sehen. Im spärlichen Licht seiner
gerade mal fingergroßen Lampe durchschritt er den Lager-
raum, öffnete eine zweite Tür, und erreichte einen langen
Flur, der auf eine weitere Tür zuführte. Auch sie ließ sich
öffnen. Hinter ihr tat sich ein enges Treppenhaus auf, das
normalerweise als Fluchtweg galt. Der Mann stieg hastig
nach oben, kam an der Tür zum Erdgeschoss vorbei und
erreichte schließlich die erste Etage. Vorsichtig öffnete er
die Tür, die auf den dortigen Flur führte und atmete tief

durch, als er sein erstes Ziel erreicht hatte. Er achtete darauf, dass die Tür hinter ihm nicht laut ins Schloss fiel. Nun waren es nur noch wenige Schritte über den Marmor-Fußboden bis zu der Bürotür. Er brauchte kein Licht, weil ihm die Mondhelle, die durch die Glasfront fiel, ausreichend Orientierungshilfe bot.

Wie ein Schatten verschwand er in dem Büro, zog auch da die Tür leise ins Schloss, und wandte sich an einer Seitenwand einer weiteren zu, die er ebenfalls problemlos öffnen konnte. Zielstrebig näherte sich der Schatten der großen Schrankwand, die nur schemenhaft zu erkennen war, entriegelte mit einem Schlüssel eine Holztür und betastete dann den Tresor, der sich dahinter verbarg. Er wusste, welcher der vielen Schlüssel, die er in der Hosentasche hatte, passen würde. Auch dazu brauchte er kein Licht. Sekunden später war der Tresor geöffnet. Der Mann griff hinein und zog einen klobigen Pilotenkoffer heraus. Anschließend ließ er die schwere Klappe des Tresors wieder einrasten und verriegelte die Holztür davor. Dann nahm er den Koffer mit der linken Hand und eilte, auf Zehenspitzen, durch das Vorzimmer auf den Flur hinaus. Dort lauschte er kurz in die Dunkelheit, warf einen prüfenden Blick durch die große Glasfront auf die nachtschwarzen Bäume und hastete, so weit wie möglich von den Fenstern entfernt, zum Notausgang zurück, der in das hintere Treppenhaus führte. Er gelangte abwärts und musste nun wieder die Taschenlampe anknipsen, um sich beim Rückweg zum Keller-Ausgang nirgendwo anzustoßen. Er öffnete die Tür, die er nicht abgeschlossen hatte, und zog sie von außen vorsichtig ins Schloss.

Im Schein der Straßenlampen und des fahlen Mondlichts erkannte er die Umgebung. Er ging zunächst hinter einer Sträuchergruppe in Deckung, huschte dann zum benachbarten Grundstück, stets darauf achtend, keine Trittgeräusche zu verursachen. Von Weitem hörte er einen Nachtvogel schreien und Fahrzeuglärm.

Noch einmal musste er ein Grundstück überqueren, dann würde er wieder sein Auto erreicht haben. Er peilte den Schatten einer Hecke an, den diese pechschwarz auf die Wiese warf. Mit einem schnellen Satz hatte er ihn erreicht. Doch in diesem Moment zerriss eine scharfe Männerstimme die Stille, so laut und eindringlich, dass er erschrak. »Halt, Polizei«, schallte es durch die Häuserzeilen zu ihm herüber. »Stehen bleiben oder ich schieße«

Der Mann im Schatten der Hecke zögerte keinen Augenblick. Ohne auf weitere Deckung zu achten, rannte er los, vorbei an der Giebelseite eines Firmengebäudes, mitten durch ein Heckengestrüpp, jetzt schon den beleuchteten Parkplatz vor sich, auf dem sein Auto stand. Nur noch zehn, zwanzig Meter trennten ihn davon. Doch das Gepäckstück war schwer und hinderlich, viel zu schwer. Er würde es nicht schaffen, es blitzartig zu verstauen und wegzufahren, ehe sein Verfolger auch die freie Fläche erreicht haben würde und ihn ins Visier nehmen konnte. Denn die Stimme kam näher, bedrohlich näher. »Bleiben Sie stehen, Polizei!« Der Flüchtende tastete im Spurt nach seinem Schlüsselbund, erkannte, dass es knapp werden würde und entschied blitzartig, den schweren Pilotenkoffer loszulassen. Noch im Laufen drückte er auf den Schlüsselgriff, worauf sich die Wagentür ferngesteuert entriegelte. Zwei Sekunden später hatte er die Tür erreicht, riss sie auf, warf sich hinters Steuer, steckte zitternd und schwer atmend den Schlüssel ins Zündschloss. Der Motor startete, als draußen ein Warnschuss krachte. Der Flüchtende gab Gas und ließ den BMW mit quietschenden Reifen davonbrausen.

Jetzt hatte der Polizist die freie Parkplatz-Fläche erreicht. Doch mehr als rote Schlusslichter, die zwischen den Bäumen des Gewerbegebiets verschwanden, sah er nicht mehr. Er griff zu seinem Funkgerät und verständigte seinen im Streifenwagen zurückgebliebenen Kollegen. Dann erst sah er, dass der Unbekannte eine große Tasche weggeworfen hatte.

29

Es war bereits kurz vor halb zwölf. In der ›Down-Town‹ Kneipe von Elvira Schneider herrschte an diesem Sommerabend noch Hochbetrieb. Nur draußen durfte, der Nachtruhe wegen, nicht mehr serviert werden. Drinnen aber waren so ziemlich alle Plätze belegt, auch die Barhocker. Die Luft war stickig und rauchig, vor allem aber war es laut. In einer Ecke saßen die Stammgäste beisammen: Tommy Hausold, der Modehaus-Besitzer, Andy Obermayer, der junge schnurrbärtige Banker mit den pomadigen Haaren, und der rot-blonde Junggeselle Jens Hilgenrainer. Vor zehn Minuten hatte sich auch Wirtin Elvira Schneider zu ihnen gesetzt, die heute abgewetzte lange Jeans und ein ärmelloses Oberteil trug. Den ganzen Abend schon hatten ihre drei Stammgäste über ›den Fall‹ geredet und jetzt von Elvira erfahren, dass sie von dem Kommissar nach Konstanz verfolgt worden war. Die drei Männer wurden blass und verstummten.

Bei jedem Satz, den die Wirtin sprach, drehte sie sich verstohlen nach allen Seiten um. Sie hatte Angst, die Kripo könnte verdeckte Ermittler geschickt haben.

»Behauptet der rotzfrech«, zischte Elvira Schneider betroffen, »ich würd' Schwarzgeld waschen und in die Schweiz schaffen – zusammen mit Svea.«

»Um Gottes willen«, entfuhr es Andy, dem Banker. Er wurde schneeweiß.

»Das kann doch nicht sein!«, empörte sich der Modehaus-Besitzer und verengte die Augenbrauen, »wie kommt der denn da drauf? Hat er etwas dazu gesagt?«

»Nein, er hat uns angefahren wie blöd, die Svea, den Emil und mich, und ist wieder weggeflogen. Der Hauff hat ihn offenbar geflogen«, berichtete die Wirtin und stützte sich, nach vorne gebeugt, mit den Ellbogen auf der hölzernen Tischplatte ab. Sie schwitzte.

»Und jetzt?«, fragte Andy nervös, »weiß der was von uns? Hat er etwas gesagt?«

Elvira Schneider schüttelte heftig den Kopf. »Das nicht. Aber er glaubt mir nicht, dass wir nur zu dritt beim Grillen waren. Er ist wie besessen davon, einen Zusammenhang zum Mord zu konstruieren.«

Tommy Hausold und Jens Hilgenrainer hatten das Gespräch schweigend und fassungslos verfolgt. Doch jetzt mischte sich der Modehaus-Inhaber ein: »Die Sache hat eine verdammt ungute Wendung genommen. Wenn wir nicht aufpassen, sitzen wir recht schnell ziemlich tief in der Scheiße.«

»Und ich bin meinen Job los«, stellte Andy entsetzt fest.

»Verdammt«, entfuhr es Hilgenrainer, dem der Durst auf sein Weizenbier gründlich vergangen war, »ich will mit der ganzen Sache nichts zu tun haben. Nichts. Ihr zieht mich da in etwas rein, was ich so niemals gewollt' hab'.«

»Was ist mit Emil?«, wollte Hausold wissen.

»Häberle hat seinen Ausweis sehen wollen.« Die Wirtin lächelte gequält, »aber das hat nichts zu bedeuten. Die werden Emil trotzdem nicht finden. Auch nicht mit dem, was auf'm Kombi steht.«

»Und das Kennzeichen? Das hat der Bulle doch notiert?«, zweifelte Andy.

»Mag sein«, gab sich die Wirtin locker, »aber auch das wird sie nicht zu Emil führen … Da bin ich mir absolut sicher.«

»Und was ist mit Svea?«, wollte Hilgenrainer wissen.

»Hat sich aufgeführt wie eine Furie, hättet ihr sehen sollen!«, berichtete die Wirtin, »ist halt absolute Scheiße, dass die Kontakte jetzt bekannt geworden sind.«

»Warum fliegst du auch Hals über Kopf ausgerechnet jetzt nach Konstanz?«, zischte Andy ziemlich vorwurfsvoll, »das war doch eigentlich klar, dass dies verdächtig sein würde.« Und er fügte verärgert hinzu: »Ziemlicher Schwachsinn.«

»Erstens«, entgegnete ihm die Wirtin überlegen, »erstens war ein Gespräch mit Emil dringend notwendig. Wie hätten wir es denn machen sollen? Telefonieren? Okay, von der Telefonzelle aus. Aber wir wollten beide, die Svea und ich, klare Verhältnisse schaffen. Wer hat denn auch ahnen können, dass dieser Hauff gemeinsame Sache mit den Bullen macht? Hab' mich ja, um ehrlich zu sein, gleich gewundert, dass da zufällig so schnell ein Flugzeug frei war.«

»Das wundert dich?«, ging Hausold dazwischen, »der Hauff hat allen Grund, sich mit den Bullen zu arrangieren. Die Hahnweide genießt schließlich einen ausgezeichneten Ruf.«

»Und wir hängen jetzt da und können drauf warten, bis sie uns einlochen«, jammerte Andy, »ich befürchte, wir reiten uns selbst immer weiter rein.«

»Was meinst du damit?«, fragte die Wirtin scharf.

»Dass wir unter keinen Umständen jetzt noch Weiteres unternehmen dürfen, unter gar keinen Umständen«, forderte Andy, dabei seine lauter gewordene Stimme wieder dämpfend.

»Und was ist eigentlich mit Günter?«, wollte Hilgenrainer wissen, »haben wir den denn im Griff?«

»Günter?« Die Wirtin schien irritiert zu sein, »der Trottel macht Zicken. Ihm steht die Scheiße bis zum Hals. Aber ich denk', den haben wir im Griff.«

»Wir können alles brauchen, nur keinen, der jetzt zu den Bullen rennt und uns verpfeift«, warnte Hausold mit gewisser Schärfe in der Stimme. Alle waren seiner Meinung.

Für Häberle war an diesem schwülen Samstagmorgen klar, dass ihm kein freies Wochenende bevorstand. Er verabschiedete sich schon kurz nach sieben von seiner Frau, um zur Polizeidirektion nach Göppingen zu fahren, wo er in einer Stunde auch wieder Linkohr treffen würde. Die Kollegen warteten mit einer Neuigkeit auf. Häberle bat zwei von ihnen in sein Büro und bot ihnen an dem Besprechungstisch Plätze an.

»Und? Lasst hören!«, forderte er die beiden auf. Der ältere von ihnen, ein weißhaariger Mann mit randloser Brille und leichtem Bauchansatz, hatte einen Schnellhefter mitgebracht, in dem er zu blättern begann. »Die Kollegen, die heut' Nacht den Steinke-Verwaltungsbau bewachen mussten, haben verdächtige Geräusche gehört«, begann er und sah, wie Häberle ihm an den Lippen hing, »war gegen halb eins. Haben sich allerdings nicht ganz vorschriftsmäßig benommen. Ein Kollege blieb im Streifenwagen, der andere wollte allein hinters Haus schauen. Hat sich nichts dabei gedacht, weil das Gewerbegebiet hier nicht als besonders kritisch gilt. Plötzlich sieht er einen Mann abhauen, kreuz und quer über die Grundstücke«, berichtete der Brillenträger und blätterte in seinen Unterlagen weiter, »er ruft ihm nach, gibt einen Warnschuss ab, doch es gelingt dem Unbekannten, sein geparktes Auto zu erreichen und zu flüchten. Kennzeichen und Automarke unbekannt.«

»Ui«, entfuhr es Häberle, »was hat der Knabe gewollt? War er im Gebäude drin?«

»Das Tollste kommt ja noch«, antwortete der andere Beamte, ein schmächtiger Mann, knapp über 30 und mit lichtem, blondem Haar. Er hatte ein ziemlich zerknittertes Blatt Papier vor sich liegen. »Der Flüchtende hat eine Tasche weggeworfen, eine Art Pilotenkoffer. Schon deshalb glauben wir, dass der Fall für Sie interessant sein könnte.«

»Lassen Sie hören«, wurde Häberle ungeduldig.

»Drinnen sind tatsächlich Flug-Utensilien. Fliegerkarten von Süddeutschland, Österreich und der Schweiz, diverse Bücher, Lineal, Winkelmesser und sonstige Gerätschaften. Aber bei genauerem Betrachten fiel uns auf, dass der ganze Lederkoffer ringsrum und am Boden doppelwandig ist.«

Häberle verengte die Augenbrauen. »Doppelter Boden?«, fragte er nach.

»Ja«, sagte der Hagere, »aber nicht nur am Boden, sondern auch an den Seitenteilen. Und was glauben Sie, was da drin versteckt war?«

»Geld«, sagte der Kriminalist zielstrebig, »jede Menge Kohle.«

»Insgesamt fünfhundert Zweihundert-Euro-Scheine«, berichtete der Brillenträger, »macht zusammen schlappe 100 000 Euro.«

Häberle nickte anerkennend. »Finden sich persönliche Gegenstände, die auf den Geflüchteten schließen ließen?«

Die beiden Beamten schüttelten den Kopf. »Nur ein Flugbuch, aber ohne Namen. Ich denke, das wird uns trotzdem weiterbringen. Außerdem können wir den Griff der Tasche nach DNA-Material untersuchen lassen.«

»Tut das«, bekräftigte der Kommissar, »allerdings kann ich euch auch so schon sagen, mit wem wir's zu tun haben: Mit dem Finanz-Chef der Firma Steinke, mit diesem Rottler. Davon bin ich felsenfest überzeugt. Der hat die Kohle rausholen wollen, bevor heut' die Kollegen der Steuerfahndung jeden Tresor vollends knacken.«

»So sieht's aus, wenn er denn selber der Einbrecher war«, meinte der Brillenträger.

»Wie ist er denn ins Gebäude gekommen?«, wollte Häberle wissen.

»Durch den Keller-Eingang, hinten. Keine Aufbruchspuren, also wohl mit dem Schlüssel«, erklärte der Hagere.

»Na also. Dann kommt für mich nur dieser Rottler in Frage«, sagte Häberle und fuhr fort: »Ich mach' jede Wette, der hat regelmäßig Knete nach Samedan in die Schweiz geflogen. Ob mit Wissen von Steinke oder ohne, das ist mir allerdings noch rätselhaft. Gleiches hat wohl auch die Wirtin von der ›Down-Town‹ Kneipe getan«, fuhr er fort, um nach kurzer Pause hinzuzufügen: »Vermutlich nicht für sich, ich denk' so viel verdient man mit der Kneipe ja wohl auch nicht, sondern eher für andere, für Geschäftsleute und sonstige, die hierzulande nicht so gern Zinsabschlagsteuer zahlen wollen. Dazu bedient sie sich einer Fliegerfreundin, die zufällig Steuerberaterin ist. Hat ihr Büro in Rothenburg ob der Tauber.«

»Und was hat das alles mit Ihrem Mord zu tun?«, fragte der Hagere vorsichtig.

»Das, Kollege, das bereitet mir noch ziemliche Kopfschmerzen«, gestand Häberle, »das Einzige, was wir einigermaßen sicher wissen, ist die Tatsache, dass die tote Frau wohl die Geliebte dieses Rottler war – obwohl er uns gegenüber Stein und Bein geschworen hat, nicht zu wissen, wer die Tote sei.«

»Und wann schlagen Sie zu?«, wollte der Hagere burschikos wissen.

»Wenn wir den Rottler auftreiben, sofort. Aber der scheint seit gestern Abend spurlos verschwunden zu sein«, stellte Häberle fest.

»Und jetzt hat er erst recht allen Grund dazu«, warf der Brillenträger ein.

»Eines aber scheint klar zu sein«, fuhr der Kommissar nachdenkend fort, »der Rottler und diese Frau wollten vorgestern früh abhauen. Nicht klar ist mir allerdings, ob dies aus Sorge geschehen sollte, dass die Steuerfahnder hinter Rottler her sind, oder um einfach ein neues Leben anzufangen.« Er überlegte und meinte: »Und die Knete in dem doppelwandigen Koffer hätte sicher so etwas wie der Reiseproviant sein sollen.«

»Aber warum schlägt er dann seine Geliebte vor dem Abflug tot?«, warf der Hagere ein.

»Tja«, machte Häberele, »das ist genauso widersinnig, wie sein kurzer Flug aufs Berneck. All diese Ungereimtheiten lassen auch eher den Schluss zu, dass es ganz anders war – also auch nicht Rottler.«

In diesem Moment ertönte Häberles Schreibtisch-Telefon. Er meldete sich knapp, bekam ein ernstes Gesicht und beendete das Gespräch sofort wieder.

»Ein neuer Mord«, sagte er, »droben im Ödewald. Jemand hat einen Mann erschossen.« Er stand auf und bat im Hinausgehen: »Informieren Sie schon mal den Chef, ich fahr' raus.« Kripo-Leiter Bruhn durfte unter keinen Umständen übergangen werden. Schließlich war der jetzt für solche Fälle zuständig, solange Häberle zur Sonderkommission nach Kirchheim abgeordnet war. Es sei denn, der neuerliche Mord hatte auch etwas mit der Hahnweide zu tun.

Häberle hatte seinen in Geislingen wohnhaften Jung-Kollegen Linkohr anrufen und ihm ausrichten lassen, er solle direkt über die Autobahn nach Kirchheim fahren. Denn er selbst wollte sich zunächst den Tatort im Göppinger Ödewald anschauen – auch wenn es eher unwahrscheinlich sein würde, dass diese männliche Leiche, die ein Frühsportler gefunden hatte, in einem Zusammenhang mit dem Hahnweide-Fall stand.

Häberle war, wie es ihm seine Kollegen beschrieben hatten, über das Berufsschulzentrum zum Waldrand hinaufgefahren. Einige Schüler standen neugierig am Straßenrand. Oben angekommen, sah er zwei Streifenwagen und zwei weiße Kastenwagen der Kripo. Er parkte seinen Mercedes vor dem rot-weißen Absperrband, das uniformierte Kollegen um den Waldrand gespannt hatten.

Der Kriminalist stieg aus und spürte, dass es wieder ein schwüler Tag werden würde. Die Sonne hatte trotz des flachen Winkels, mit dem sie um diese Zeit auf den Ödewald traf, bereits erhebliche Kraft.

Häberle stieg über das Absperrband und ging auf den Waldrand zu, wo mehrere Polizisten beieinander standen. Sie begrüßten ihn und führten ihn zu dem Weg, der in den noch schattigen Wald hineinführte. Nach etwa dreißig Metern deuteten sie nach links in ein Gebüsch, das ziemlich zertrampelt und zerrupft aussah. Darin lag ein Mann, starr auf dem Bauch. Aus seinem Rücken war Blut gesickert; das blaue Jeanshemd hatte sich rot verfärbt. Häberle trat näher an ihn heran, während ein Kriminalist die Äste der Hecke zur Seite drückte. Der Kopf des Toten, der lange blonde und stark zerzauste Haare hatte, war nach links gedreht. Häberle stutzte. Er beugte sich zu ihm hinab und drückte nun selbst die Äste weiter auseinander, um ihn besser erkennen zu kennen. Kein Zweifel, dachte er sich. Kein Zweifel. Er kannte den Mann. Sein Kollege schien dies zu spüren. »Ist was?«, fragte dieser vorsichtig.

»Ich fass' es nicht«, brachte Häberle hervor und erhob sich schockiert, »ich fass' es nicht.« Er schüttelte den Kopf.

»Was heißt das, Herr Häberle?«, wollte der andere wissen.

»Ich kenn' den Knaben«, sagte der Soko-Chef, »er gehört zu meinem Fall von der Hahnweide.«

Häberle sagte den Kollegen in Kirchheim Bescheid und erklärte, dass er vorläufig in Göppingen bleiben werde. Er bat seinen jungen Kollegen Linkohr, so schnell wie möglich zu kommen.

Die Spurensicherung stellte am Tatort ein Projektil des Kalibers sechs Millimeter sicher – von einer kleinen Pistole also. Ansonsten fanden sich auf dem harten trockenen Boden nicht die geringsten Spuren. Der Tote hatte auch keine Papiere bei sich, so dass sich die Identifizierung zunächst allein auf Häberles Angaben beschränken musste.

Er bat die Kollegen, die umliegenden Parkplätze nach einem Fahrzeug abzusuchen. Schon wenig später kam die Rückmeldung, dass auf dem Wanderparkplatz zwischen Göppingen und Jebenhausen ein alter weißer Fiat Cinquecento, ein Kleinwagen, stehe, der auf Günter Mosbrucker aus Boll zugelassen sei.

»Der wurde hergelockt«, stellte Häberle in seinem kleinen, stickigen Göppinger Büro fest, »in einen Hinterhalt – und dann beseitigt.«

Linkohr, der inzwischen eingetroffen war, saß an dem weißen Besprechungstisch. »Da haut's dir's Blech weg.«

»Die Frage ist, wem dieser arme Hund im Weg war – oder ob er zu viel gewusst hat. Und wenn ja, wovon?«, dozierte Häberle und spielte mit einem Kugelschreiber.

»Von der Geldwäsche …«, stellte Linkohr in den Raum.

»Mit dem Rottler, den die Steuerfahnder gerade durch die Mangel drehen, hat der doch sicher nichts zu tun gehabt«, meinte Häberle, »das war doch ein ganz biederer Elektromeister, ein Schaffer. Irgendwie passt der überhaupt nicht zu dieser Clique.«

»Eben drum. Vielleicht ist gerade darin das Motiv zu suchen.«

Häberle kniff die Lippen zusammen. Vielleicht hatte der Kollege gar nicht mal so Unrecht.

Sie mussten jetzt das persönliche Umfeld dieses Toten unter die Lupe nehmen. Vor allem diese Clique – die Wirtin, den Hilgenrainer und wer auch sonst noch dazu zu zählen war. »Heut' ist Samstag«, meinte Häberle und sah beim Blick auf die Uhr, dass es zehn Uhr war, »da wird's schwierig sein, die Leute ausfindig zu machen, die beim fröhlichen Grillen an den Bürgerseen dabei waren. Unsere schöne Wirtin wird noch pennen.«

»Oder auch ihren Abflug vorbereiten«, meinte Link-ohr.

30

Steinke hatte die ganze Nacht über kein Auge zugetan. Er war auf die Terrasse gegangen, hatte sich in die Hollywood-Schaukel gelegt und zum Mond geschaut. Sein Leben war ins Chaos gefallen: Die Frau weg, die Steuerfahnder hinter ihm her und sein Finanz-Chef wieder nicht erreichbar. Mehrmals hatte er am frühen Morgen schon versucht, Rottler anzurufen. Doch zehn, fünfzehn Mal bereits hörte er auf dessen Handy-Nummer die Ansage-Stimme, wonach der Anrufer »vorübergehend nicht erreichbar« sei. Wo, zum Teufel, war der Kerl? Hatten ihn die Bullen bereits abgeführt – oder, noch schlimmer, hatte er sich abgesetzt?

Vermutlich war es ohnehin nur noch eine Frage von wenigen Tagen, bis es tatsächlich zu Verhaftungen kommen würde. Verhaftungen! Allein schon das Wort jagte ihm einen Schauer über den Rücken. Sein Rechtsanwalt würde alle Register ziehen müssen, notfalls auch am Rande der Legalität. Wenn's sein musste, mit finanziellen Zuwendungen. In Steinkes Kopf drehten sich die Gedanken und er spürte, dass er überhaupt nicht mehr klar und logisch handeln konnte.

Nun saß er im Kaminzimmer mit Rechtsanwalt Fellhauer und Steuerberater Liebermann zusammen. Die beiden Besucher hatten ihre Jacketts abgelegt und eine Vielzahl von Akten auf dem Tisch ausgebreitet. Steinke saß ihnen angespannt gegenüber. Keine Spur mehr von dem erfolgreichen

Geschäftsmann. »Meine Herrn«, begann er und holte tief Luft, »Sie wisset, was los isch. Drübe«, er deutete mit dem Kopf in die Richtung des Gewerbegebiets Stauferpark, »da drübe stöbert die Steuerfahndung rum. Und ich befürcht', dass die was findet.« Er machte eine Pause. Es würde, das hatte er sich vergangene Nacht überlegt, keinen Sinn machen, in diesem Kreise etwas zu verheimlichen.

»Richtig«, bekräftigte ihn darin Franz Liebermann, der Steuerberater mit dem fülligen, schneeweißen Haar, »es bleibt uns nichts anderes übrig, als den Tatsachen ins Auge zu blicken.«

Rechtsanwalt Fellhauer verzog sein rundes Gesicht und runzelte die Stirn. »Wenn wir juristisch eine Lösung finden sollen, müssen Sie mir vertrauen.«

»Also«, machte Liebermann weiter, »sind wir ehrlich, Sie haben Geld beiseite geschafft – all diese Millionen, von denen der Betriebsprüfer berichtet. Sehe ich das richtig?«

Steinke sprang auf. »Des klingt, als sei i a Schwindler – und dagege verwahr' i mich.« Fellhauer sah, dass sein Mandant bereits wieder nah am Explodieren war. Er versuchte, ihn mit einer Handbewegung zu besänftigen. Steinke wurde etwas ruhiger. »Ich habe mir eine Altersversorgung in der Schweiz geschaffen.«, fuhr er fort, »aber nicht in dieser Höhe. Niemals.«

»Aber Tatsache ist doch, dass elf-Komma-nochwas Millionen Euro auf dubiose Weise aus den Büchern verschwunden sind – beziehungsweise von Ihrem Konto«, fiel ihm der Anwalt ins Wort, »eine ganze Menge Geld innerhalb von drei Jahren. Das muss stutzig machen.«

»Da haben Sie Recht«, stimmte Steinke schockiert zu und rang nach Luft.

»Dann kann nur einer in Frage kommen«, warf der Steuerberater ein, »Ihr Finanz-Chef. Der konnte, wie wir wissen, eigenmächtig Geld abheben und transferieren. Das muss sich bei der Bank feststellen lassen.«

Steinke schwieg ein paar Sekunden, dann brach es plötzlich aus ihm heraus: »Dieser Schweinehund, dieser nixnutzige Schweinehund. Der hat mich die Auszahlungsbeleg' unterschreiben lassen und behauptet, wir bräuchten des Geld für Auslandsgeschäfte.«

»Für Schmiergelder«, stellte der Steuerberater klar, »stimmt's?«

»Wir verstehen Ihre Aufregung nur zu gut«, versicherte der Steuerberater dann, »aber wir sollten die Zeit nutzen, die Vorgehensweise zu beraten.«

Steinke nickte und wischte sich mit einem Stofftaschentuch den Schweiß von der Stirn und den Speichel aus dem Mundwinkel.

»Wir geh'n in die Offensive«, entschied der Anwalt, »wenn es so ist, dass Sie Ihrem Finanz-Chef blind vertraut haben, dass Sie auf sein Geheiß hin Auszahlungsbelege unterschrieben haben, dann war es doch allein er, der geschwindelt und betrogen hat!«

Der Steuerberater überlegte und stimmte zu: »Was können Sie denn dafür, wenn ein leitender Angestellter, der dazuhin noch Prokura hat, in die Kasse greift?«

Steinke saß regungslos auf seinem Stuhl. Er spürte, wie wieder Leben in seinen angespannten Körper kam. Was die beiden Männer sagten, gefiel ihm.

Der Anwalt munterte ihn weiter auf: »Sie sind der Geschädigte. Sie wurden betrogen, Ihr Unternehmen geschädigt.«

Und der Steuerberater ergänzte: »Vergessen wir die paar Millionen, die Sie selbst zur Seite geschafft haben! Alles hat dieser Rottler sich unter den Nagel gerissen. Ist es nicht so?«

Der Anwalt knüpfte vorsichtig an: »Wie ist dann eigentlich Ihr Anteil an dem verschwundenen Geld in die Schweiz gekommen?«

Steinke zögerte, antwortete dann aber ruhig: »Durch ihn, nur durch ihn. Er hat versprochen, es für mich anonym anzulegen, in Samedan, im Engadin.«

Der Anwalt holte tief Luft und lehnte sich zurück. »Einfach wird das nicht«, stellte er fest, »die Richter werden eine Menge unangenehmer Fragen stellen.«

»Ich hoffe«, hakte der Steuerberater ein, »ich hoffe, dass in Ihren Computern keine sensiblen Daten gespeichert waren.«

Steinke schloss für einen Moment die Augen und schien in sich gekehrt. »Ich auch, Herr Liebermann, ich auch.«

Die Kriminalisten, die sich ums Umfeld des ermordeten Mosbrucker kümmerten, hatten bereits bis zur Mittagszeit interessante Neuigkeiten parat. In dessen Geschäftswagen, einem orangefarbenen VW-Bus, der vor seinem Haus in Bad Boll parkte, entdeckten sie einen Kontoauszug. Linkohr hielt das rechteckige Stück Papier in der Hand, als er zu Häberle ins Büro kam. »Schauen Sie sich das an, Chef«, sagte der Kriminalist, »da haut's dir's Blech weg.«

Häberle stand auf und ließ sich den Kontoauszug geben. »Ui«, machte er, als er die Endsumme las. »37.000 Euro in den Miesen«, stellte er fest, »das ist aber für einen kleinen Handwerksmeister eine ganze Menge Knete.«

»Das wär's auch für einen Kriminalisten«, lächelte Linkohr und setzte sich an den Besprechungstisch. Auch sein Chef ließ sich wieder in seinen Bürosessel nieder.

»Wir haben aber noch was«, fuhr Linkohr fort, »erstens: Der Mosbrucker ist allein stehend, hat seit zwölf Jahren so einen Elektro-Service-Betrieb, ein Ein-Mann-Betrieb. Sieht nach Bastler aus, macht alles, aber ganz korrekt, wie der Bürgermeister sagt, sei absolut zuverlässig.« Er legte eine Pause ein, und dachte nach, ehe er fortfuhr: »Na ja, wir wissen ja, wie's in seiner Wohnung aussieht – noch genau so, wie vorgestern Abend. Chaotisch halt.«

»Und was ist zweitens?«, versuchte Häberle das Gespräch wieder in die richtige Richtung zu bringen.

»Zweitens«, griff Linkohr die Frage auf, »haben wir beim flüchtigen Durchsuchen seiner Wohnung auf seinem chaotischen Schreibtisch eine Notiz gefunden, die etwas seltsam erscheint.«

Sein Vorgesetzter runzelte erwartungsfroh die Stirn.

Linkohr zog ein verknülltes Stück Papier aus der rechten Hosentasche. Er hatte sich darauf einige Stichworte notiert. »Eindeutig lesbar ist der Name Andy, vom Nachnamen jedoch nur ein Teil ›Ober‹ oder so ähnlich, vielleicht ›Oberhauser‹, ›Obermann‹, ›Obermaier‹. Dahinter steht aber eine Telefonnummer, die wir inzwischen ermittelt haben: Sie gehört tatsächlich einem Obermayer, Vornamen Andy, wohnhaft in der Nördlichen Ringstraße.«

Häberle überlegte »Und was ist das Merkwürdige daran?«, wollte er wissen.

Linkohr faltete sein Notizblatt wieder zusammen. »Dass da ein Geldbetrag dabeisteht: 50.000 Euro.«

Häberle lehnte sich zurück. »Dann fragen wir diesen Obermayer halt mal, was es damit auf sich hat. Schließlich hat der Mosbrucker das Geld dringend nötig gehabt, wie wir dem Kontoauszug entnehmen können.«

Der Soko-Chef stand auf. »Kommen Sie mit«, sagte er und stürmte aus dem Zimmer.

Sie hasteten über den Flur und über die Treppe hinab in den Hof, in dem die Hitze zu stehen schien. Kein Lüftchen bewegte sich. Häberle setzte sich hinters Steuer des Mercedes, Linkohr nahm auf dem Beifahrersitz Platz. Er nannte die Adresse dieses Obermayers. Die Nördliche Ring-straße war keinen Kilometer vom Polizeigebäude entfernt. Sie mussten dazu über mehrere Seitenstraßen, die sich nach dem Rechts-vor-links-System kreuzten, leicht bergaufwärts fahren, kamen am Verlagsgebäude der örtlichen Tageszei-tung vorbei und bogen danach links ab, was im samstägli-chen Verkehr eine gewisse Geduld erforderte.

Die Nördliche Ringstraße war so etwas wie eine Tan-gente, die am Zentrum der Stadt vorbeiführte und die auch das vornehme Viertel ›Hailing‹ erschloss.

Die Nummer, in der Obermayer wohnte, fanden die bei-den Kriminalisten kurz vor dem neuen Kreisverkehr bei Hohenstaufenhalle und Stadtbad. Ihr Ziel war demnach ein Neubau-Komplex auf der linken Seite. Häberle stellte den Mercedes am rechten Straßenrand ab, allerdings im einge-schränkten Halteverbot.

Sie mussten eine Zeit lang warten, bis sie die stark fre-quentierte Straße überqueren konnten. Häberle spürte bereits wieder, wie das schweißnasse Hemd an den Rücken klebte. Im Eingangsbereich des Mehrfamilienhauses aus den frühen 90er-Jahren befanden sich mindestens zwei Dutzend Klingelknöpfe. Sie überflogen die Namen und entdeckten tatsächlich den gesuchten. Linkohr drückte auf den Knopf. Nach dem dritten Versuch krachte es im Lautsprecher der Sprechanlage und eine Stimme meldete sich. »Ja?«

»Herr Obermayer?«, fragte Häberle.

Der Mann im Lautsprecher zögerte. »Ja?«

»Dürfen wir mal reinkommen, Kriminalpolizei«, sagte Häberle.

Stille. Häberle setzte nach: »Haben Sie mich verstanden? Kriminalpolizei.«

»Ja, ja«, beeilte sich der Mann zu sagen, »kommen Sie rauf, ganz oben.« Der Türöffner summte.

Die beiden Kriminalisten schauten sich verwundert an. »Scheint nicht sehr begeistert zu sein«, stellte Linkohr fest.

Sie stiegen die mit billigen Fliesen ausgelegten Stufen nach oben. Die Wände waren weiß getüncht, die Lampen schlicht. Oben angekommen, stand ein junger schnauzbärtiger Mann vor ihnen, kreidebleich, nervös, ängstlich, verunsichert. Häberle schätzte ihn auf knapp 30. Er hatte schwarze Haare, die ziemlich zerzaust wirkten.

Der Soko-Chef hielt ihm seinen Ausweis vor. »Kripo Göppingen«, sagte Häberle und wartete auf eine Reaktion. Doch der Mann blieb stumm und starrte die beiden Kriminalisten geradezu apathisch an.

»Dürfen wir einen Moment reinkommen?«, fragte Häberle.

Der Mann schien wieder zu sich gefunden zu haben. »Ja, selbstverständlich.« Er drehte sich um und ging voraus in eine Penthouse-Wohnung, die äußerst modern eingerichtet war. Weiße Möbel, viel Glas und Metall, Halogen-Lampen, helle Tapeten. Er führte die Kriminalisten in das Wohnzimmer, in dem eine Sitzgruppe aus weißem Leder um einen futuristischen Glastisch stand.

»Entschuldigen Sie, aber ich hatte nicht mit Besuch gerechnet«, begann Obermayer, als sie Platz genommen hatten. Er wirkte erschrocken und irritiert, »ist irgendetwas passiert?«

Häberle wollte nicht lange drumherum reden. In diesen Fällen, das wusste er aus Erfahrung, war die direkte Konfrontation das beste Mittel. »Günter Mosbrucker. Sagt Ihnen der Name etwas?«

Die beiden Kriminalisten ließen den jungen Mann nicht aus den Augen. Er schluckte und rang sichtlich nach Luft. Linkohr ergänzte: »Mosbrucker aus Boll. Sie kennen ihn?«

Obermayer wurde noch blasser, als er bereits war. Dann nickte er schließlich. »Ja. Und was hat das nun zu bedeuten?«

»Machen Sie mit ihm Geschäfte?«, fragte Häberle.

Obermayer zuckte nervös mit den Augen. »Er ist Kunde bei mir. Ich weiß nicht, ob ich Ihnen das sagen darf.«

»Kunde?«, staunte der Soko-Chef.

»Ich bin Anlageberater bei der Kreissparkasse.«

»Und da hat Herr Mosbrucker 50 000 Euro anlegen wollen?«, hakte Häberle zweifelnd nach.

»Wie kommen Sie denn da drauf?« Obermayer war erstaunt und erschrocken zugleich.

»Er hat vor seinem plötzlichen Ableben diesen Betrag und Ihre Telefonnummer aufgeschrieben«, erwiderte Häberle, der jetzt auf eine Reaktion seines Gegenübers wartete.

Obermayer verengte die Augenbrauen. »Was sagen Sie da? Ist er … ist er …tot?«

Häberle nickte stumm. »Tot, ja, umgebracht, vergangene Nacht im Ödewald.«

Der junge Mann blickte starr an Häberle vorbei. »Das kann nicht Ihr Ernst sein!«

Die beiden Kriminalisten schwiegen. Häberle sah, dass Obermayer zu zittern begann. »Und welche Rolle spielen Sie?«, fragte der Kommissar direkt.

Der junge Mann schwieg. Noch immer starrte er den Soko-Chef fassungslos an. »Ermordet sagen Sie«, wiederholte er schließlich, »im Ödewald?«

Häberle nickte vorsichtig. »Es wär' gut«, fuhr er geradezu väterlich fort, »es wär' gut, wenn Sie uns weiterhelfen könnten.« Häberle räusperte sich. »Womöglich, ich weiß es nicht, sind ja auch Sie in Gefahr.«

Der so Angesprochene zuckte zusammen. Sein Haar, aus

dem die übliche Pomade gewaschen war, hing in Strähnen ins aschfahle Gesicht.

»Wir wissen«, griff Häberle den Faden wieder auf, »dass Herr Mosbrucker hoch verschuldet war. Hat er Geld gewollt? Von Ihnen?«

Obermayer schloss die Augen und holte tief Luft. Er wartete eine halbe Minute und spürte trotz der Schwüle einen Schüttelfrost. »Er war pleite«, sagte er leise, »am Ende, fertig, fix und fertig. Er wollte Kredit, aber wir konnten ihm keinen mehr geben.«

»Wodurch hat er sich so hoch verschuldet?«, wollte Linkohr mit sanfter Stimme wissen.

»Aktien«, flüsterte der Mann entnervt, »er hatte hochspekulative russische Aktien gekauft, Ölfelder, irgendwo in Sibirien.«

»Über Sie«, stellte Häberle fest.

Obermayer nickte.

»Oder über die Frau Schneider und die Frau Heinemann«, trumpfte Häberle plötzlich auf. Obermayer war wie vom Blitz getroffen. Er spielte nervös mit den Fingern, streckte sie aus, ballte sie wieder zu Fäusten und ließ die Gelenke knacken.

»Geldgeschäfte am Biertisch«, setzte Linkohr nach, »man verspricht den gutgläubigen Menschen traumhafte Rendite, wenn sie ihr halbes Vermögen anlegen. Und in Wirklichkeit wirtschaftet man in die eigene Tasche. Ist es nicht so?«

»Sie müssen verstehen«, begann Obermayer zu stammeln, »ich bin Bankangestellter, ich muss meine Geschäfte korrekt abwickeln.«

»Tagsüber …«, warf Häberle ein, »und abends werden in der ›Down-Town‹ Kneipe die etwas – sagen wir mal – dubioseren Geschäfte abgewickelt. Abzocke. Wehe nur, wenn einer der Anleger sein Kapital zurück haben will. Hab' ich Recht?«

Der Mann rutschte auf seinem Sessel hin und her und schluckte. »Ich hab' mit dem allem nichts zu tun«, erwiderte er unsicher, »nicht mit dem.« Er machte wieder eine Pause, »was ich getan hab', ist absolut legal, absolut. Ich hab' lediglich Tipps gegeben«, wieder unterbrach er und holte tief Luft, »Tipps zum Steuern sparen, gewisse Anlageformen im Ausland.«

»Nur halt ein bisschen am deutschen Fiskus vorbei«, stellte Häberle unmissverständlich fest, »keine Sorge, Herr Obermayer, wir sind nicht von der Steuerfahndung. Uns interessieren Ihre Transaktionen, wenn's denn kein riesiger Betrug war, im Grund genommen nicht. Es sei denn, sie stehen in einem Zusammenhang mit den Morden.«

Dieser schwieg wieder, so dass Häberle etwas schärfer fortfuhr: »Sagen Sie mir jetzt bloß nicht, Sie wüssten nichts von dem Mord auf der Hahnweide! Natürlich habt ihr drüber gesprochen. Sie und Frau Schneider, der Herr Hilgenrainer, der Herr Mosbrucker – und wahrscheinlich auch der Herr Rottler, stimmt's?«

Der junge Mann stand auf und ging wie in Trance zum Fenster, das nur angelehnt war.

Häberle kombinierte weiter: »Sie waren am Mittwochabend auch an den Bürgersen, stimmt's? Am Abend vor dem Mord! Sie und noch weitere Personen. Da wurden doch wieder Transaktionen eingefädelt, Transaktionen, die nicht hasenrein waren, weil man sie sonst ja in der Bank hätte machen können.«

Obermayer schaute aus dem Fenster. Drunten auf der Kreuzung Lorcher-/Nördliche Ringstraße stauten sich die Autos vor dem Kreisverkehr.

»Sie brauchen nichts zu sagen«, machte Häberle weiter,

»mir ist inzwischen einiges klar geworden. Nur sollten Sie wissen: Hier geht's um Mord. Sie und Ihre Freunde können meinetwegen eure Kohle dem Kaiser von China bringen, aber ich lass' nicht locker, bis ich den Mörder hab'! Haben Sie mich verstanden?« Häberle drehte seinen fülligen Oberkörper zu dem jungen Mann um, der mit dem Rücken zu den Kriminalisten stand.

Er schwieg noch immer und beobachtete die Autos.

»Was war mit Mosbrucker?«, drängte Häberle, »warum wurde er erschossen? Hat er sein Geld zurück gewollt? Hat er gewusst, wer den Mord auf der Hahnweide begangen hat? Musste er deshalb sterben?« Der Kriminalist machte eine kurze Pause und ließ Obermayer nicht aus den Augen, »wollen Sie mit Ihrem Schweigen den Täter decken? Herr Obermayer, wenn Sie sich noch eine kleine Chance sichern wollen, Ihren Job bei der Bank zu behalten, dann helfen Sie uns.«

Obermayer drehte sich langsam um. »Ich schwör', ich hab' mit dem Mord nichts zu tun«, sagte er mit weinerlicher Stimme.

»Sondern?«, hakte Häberle sofort nach.

»Okay«, stöhnte der Angesprochene und setzte sich wieder in seinen Sessel, »wir haben interessierten Geldanlegern die Möglichkeit geboten, es in der Schweiz in Sicherheit zu bringen oder anzulegen.«

»Schwarzgelder«, kommentierte Häberle und verschränkte die Arme.

»Woher es kam, haben wir nicht gefragt«, sagte der junge Banker, »wenn steuerliche Dinge bereinigt werden mussten, hat das die Svea, also die Frau Heinemann, geregelt. Die Elvira hat das Geld dann nach Konstanz geflogen und es einem Verbindungsmann aus der Schweiz übergeben.«

»Dem Emil«, ergänzte Häberle zufrieden.

»Ich kenn' nur seinen Namen«, erklärte Obermayer.

»Und wieso der komplizierte Weg mit dem Flugzeug?«, wollte der Kriminalist wissen.

»Das war zum einen wohl eher ein Gag, halt die Freude am Fliegen, was ja beide Frauen begeistert«, machte der junge Mann weiter und überlegte, »aber es schien ihnen auch sicherer zu sein, als mit dem Auto. Seit die Steuerbestimmungen und die Gesetze über die Geldwäsche verschärft sind, muss im grenznahen Bereich, gerade entlang der Schweiz, mit Kontrollen gerechnet werden, sogar in den Zügen.«

»Und da schien euch ein Sportflugzeug unverdächtig zu sein«, stellte Häberle fest und ergänzte: »Da kommt dann ein Schweizer daher, der als Händler für Fischereibedarf getarnt ist – am Bodensee ja auch nichts Außergewöhnliches –, nimmt die Knete in Empfang und schmuggelt sie wahrscheinlich in einem raffinierten Versteck in seinem Kombi zu den Eidgenossen rüber.«

Der junge Mann nickte stumm und verlegen.

»Und Mosbrucker hat wohl nicht nur mit russischen Aktien spekuliert, sondern auch mal Geld in die Schweiz bringen lassen«, resümierte Häberle, während ihn Linkohr begeistert beobachtete.

»Ja«, sagte Obermayer einsilbig, »aber sich auch wohl auf angeblich tolle andere Anlageformen eingelassen, 25 Prozent Verzinsung und mehr.« Er stockte, fuhr dann aber fort: »Das haben aber allein die Elvira und die Svea zu verantworten. Da können Sie mir keinen Strick draus drehen.«

Häberle kombinierte: »Und nun, in die Klemme geraten, wollte er von Ihnen einen offiziellen Kredit, und als dies nicht ging, forderte er sein angelegtes Geld zurück.« Der Kommissar beobachtete den jungen Mann und spürte, dass er mit seiner Logik richtig lag. Er machte weiter: »Weil das Geld nicht so schnell wieder zu beschaffen ist, warum auch immer, vielleicht, weil man anderes damit getan hat, als man den Anlegern glauben gemacht hat, weil man Löcher gestopft hat, um andere zu befriedigen, deshalb wurde die Sache brenzlig. Mosbrucker hat gedrängt, hat vielleicht sogar gewusst, wer hinter dem Hahnweide-Mord steckt – und musste sterben. Stimmt's?«

Obermayer fasste sich mit beiden Händen an den Nacken und schloss die Augen. Die drei Männer schwiegen eine halbe Minute lang, bis der junge Banker langsam nickte: »Es stimmt bis zum Mord. Ich schwöre Ihnen, ich weiß nicht, wer ihn umgebracht hat.«

»Und was war das für eine Gesellschaft am Mittwochabend an den Bürgerseen?«, ließ Häberle nicht locker.

»Ich sag's Ihnen«, begann Obermayer langsam, »wenn Sie mir versprechen, dass Sie niemandem sagen, woher Sie's wissen.«

Häberle lächelte und strahlte Verschwiegenheit, Zuverlässigkeit und Seriosität aus. Das waren jene Momente, in denen Zeugen und Täter zu ihm Vertrauen fassten.

»Der Hausold war noch dabei, Tommy nennen wir ihn. Er hat das gleichnamige Modehaus in der Innenstadt«, berichtete der Banker, »aber er hat mit all dem nichts zu tun. Okay, er knüpft Kontakte zu Geschäftsleuten und so … Ist ein alter Bekannter zu Elvira«, Obermayer rang sich ein gequältes Lächeln ab, »hat auch ein paar Euro in die Schweiz gebracht, okay, aber ist wirklich voll okay. Hat nichts mit den phänomenalen Zinsversprechungen zu tun.«

»Und wer war noch dabei?«, machte Häberle weiter.

»Einige Geschäftsleute aus Kirchheim und Nürtingen, von da drüben halt«, erzählte der junge Mann, dem das nun sichtlich leichter fiel. Es schien so, als sei er froh darüber, sein Herz ausschütten zu können. Linkohr hörte aufmerksam zu, wie sein Chef diesen anfangs völlig verschüchterten Banker zum Reden brachte.

»Geldgeschäfte am Lagerfeuer«, lächelte Häberle und ermunterte sein Gegenüber, die Situation zu schildern.

»Na ja, dort gibt's ja auch eine Kneipe«, machte der junge Mann weiter, »ich weiß nicht, wie das zustande gekommen ist. Jedenfalls hatten wir schon lange mal gesagt, wir wollten abends an diese Seen geh'n. Die Elvira, glaub' ich, hat dann über irgendwelche Kontakte vorgeschlagen, diese Interessenten aus Kirchheim und Nürtingen dazu einzuladen, um in lockerer Atmosphäre die Modalitäten zu besprechen.«

Häberle konstatierte: »Die Frau Schneider brauchte dringend neues Geld, um andere Anleger, die nervös geworden sind, ausbezahlen zu können. Ein alter Trick.«

Obermayer zuckte mit den Schultern. »Wahrscheinlich, aber glauben Sie mir, mit diesen Geschäften hab' ich nichts zu tun.«

»Aber«, sprach Häberle weiter, »einer von diesen Teilnehmern an der Grillfete hat dann in den frühen Morgenstunden auf der Hahnweide eingebrochen, das Flugzeug rausgeholt und die Frau getötet.«

Obermayer zuckte wieder mit den Schultern, sichtlich aufgeregt. »Ich weiß es nicht, ich weiß es nicht. Ehrlich. Ich schwör's.«

»Der Rottler vielleicht, Olaf Rottler?«, warf Häberle den Namen ein.

Obermayer verengte die Augenbrauen. »Rottler?«, fragte er, »wer ist das denn?«

Gerade, als die beiden Kriminalisten durchs Treppenhaus abwärts stiegen, meldete sich Häberles Handy, das er im

Hemdentäschchen stecken hatte. Im Weitergehen drückte er den ›Ein-Knopf‹. »Ja?«, fragte er knapp. Es war Deutschländer, der Kollege von der Sonderkommission. Häberle lauschte, während ihm Linkohr die Haustür öffnete und sie beide nun auf die viel befahrene Nördliche Ringstraße traten. Schwüle Hitze schlug ihnen entgegen.

»Das war schnelle Arbeit, Kollegen«, lobte Häberle und wartete mit seinem Begleiter am Straßenrand auf eine Lücke im Verkehr, um zum geparkten Mercedes gelangen zu können. Der Soko-Chef lauschte noch einmal und fügte dann hinzu: »Sagt den Jungs von der Steuerfahndung, dass sie uns sehr weitergeholfen haben.« Dann nahm Häberle das Handy vom Ohr, schaltete es ab und steckte es wieder in sein Hemdentäschchen. Unterdessen folgte er dem Kollegen über die Straße.

Nachdem sie in den Mercedes gestiegen waren, berichtete Häberle über das, was er soeben erfahren hatte: »Unseren Kollegen in Kirchheim ist es gelungen, die EDV-Spezialisten von der Steuer davon zu überzeugen, Rottlers Computer mal auf die Schnelle zu durchforsten. E-Mails und so. Auch sonstige Dokumente. Und was glauben Sie, worauf die gestoßen sind?« Häberle startete den Motor noch nicht.

Linkohr verzog das Gesicht. »Auf einen lieben Gruß von der Heidrun Pulvermüller aus Wiesensteig«, tippte er.

»Der Kandidat hat erst mal fünfzig Punkte«, witzelte Häberle, »aber das ist noch nicht alles, bei weitem nicht.«

»Ist sein Konto im Engadin aufgelistet?«

»Ganz falsch.«

Linkohr überlegte. »Hatte er womöglich noch eine Geliebte?«

Häberle grinste. »Hundert Punkte, Herr Kollege.«

»Und? Womöglich die schöne Wirtin aus der ›Down-Town‹ Kneipe?«, fragte Linkohr neugierig weiter.

Häberle grinste. »Sie werden's nicht erraten. Niemals.«

»Dann sagen Sie's mir halt.«

»Die Frau Steinke, die Frau Melanie Steinke.« Häberle wartete gespannt auf die wohlbekannte Reaktion seines Kollegen.

»Da haut's dir's Blech weg«, folgte auch prompt.

»Da stimm' ich Ihnen vollständig zu«, erwiderte Häberle und startete jetzt den Motor.

»Und woraus schließen das die Kollegen von der EDV?«, wollte Linkohr wissen.

»Sie haben im Rechner ein Dokument gefunden, das eine Art Geburtstagskarte enthält, die er wohl mit viel grafischem Aufwand für die geliebte Melanie gestaltet hat – vor einem halben Jahr.«

»Und daraus lässt sich tatsächlich schließen, dass sie seine Geliebte ist?«, fragte Linkohr zweifelnd, während sich Häberle nun in den fließenden Verkehr einordnete und in Richtung des Kreisverkehrs fuhr.

»Die Kollegen meinen, der Text sei eindeutig und lasse keinen Zweifel zu«, zitierte Häberle aus dem Telefongespräch und steuerte in den Kreisverkehr hinein.

»Das klingt zwar alles ziemlich spannend«, resümierte Linkohr, »aber logischer auf gar keinen Fall.«

Häberle bog nach links in die abwärts führende Lorcher Straße ein. Er wollte wieder zur Polizeidirektion zurück, um dort den Mercedes abstellen zu können.

»Nach einer Logik such' ich schon seit vorgestern«, gestand er, »manchmal hab' ich den Eindruck, dass die Sache verworrener wird, je mehr wir ermitteln.«

Er ordnete sich an der Ampel vor dem Landratsamt nach links ein.

»Wieso will der, wenn's denn so war, mit der Heidrun Pulvermüller abhauen, schlägt sie tot und hat womöglich eine ganz andere Geliebte?!«, überlegte Linkohr.

»Na ja«, räumte Häberle ein, »das, was die Kollegen gefunden haben, ist ein halbes Jahr alt. Mann, da kann sich seither einiges getan haben.«

Der junge Mann musste zugeben: »Oja, heutzutage schon«, er lächelte vielsagend.

»Mich würd' jetzt bloß interessieren, wo die Frau Steinke ist«, überlegte der Kommissar, »zu Gesicht haben wir sie ja bisher leider nicht gekriegt. Aber vielleicht rufen wir den Herrn Unternehmer ja mal an.« Er steuerte, als die Ampel ›grün‹ wurde, den Mercedes nach links, um sogleich wieder rechts in die Schillerstraße abzubiegen. Vor ihnen tauchte der Gebäudekomplex der Polizeidirektion auf, in deren Hof der Kriminalist den Wagen abstellte.

Dann gingen sie gemeinsam in Häberles Büro, wo Linkohr wieder am Besuchertischchen Platz nahm. Der Soko-Chef holte ein Telefonbuch aus der Schublade und suchte Steinkes Privatnummer, die er in die Tastatur des Telefons tippte. Sein Kollege lehnte sich unterdessen auf dem unbequemen Holzstuhl zurück.

»Ja, Häberle hier, Kriminalpolizei«, meldete sich der Kriminalist. »Tut mir leid, wenn ich Sie störe, Herr Steinke. Aber nur eine Frage am Rande«, Häberle machte eine kurze Pause und überlegte, »ist eigentlich Ihre Frau zu Hause?«

Häberle lauschte und kniff die Augen zusammen. »Mhm«, machte er, wartete wieder und sagte dann: »Nein, kein Grund zur Beunruhigung, hat gar nichts zu bedeuten, nur reine Routine«, versicherte Häberle, verabschiedete sich schnell und legte auf.

Linkohr war neugierig: »Nicht da, oder?«

»Sei übers Wochenende weg, behauptet er«, berichtete Häberle, »er wisse aber nicht wohin, sei viel zu sehr mit den Ereignissen um seinen Betrieb beschäftigt.«

»Klingt schon ein bisschen seltsam«, urteilte der Kollege, »die ist abgehauen, würd' ich meinen. Die hat ihn sitzen lassen.«

Häberle legte seine Oberarme entspannt auf die Schreibtisch-Platte. »So sieht's aus. Aber sind wir doch mal ehrlich, Herr Kollege: So außergewöhnlich ist das doch auch wieder nicht.« Linkohr stimmte seinem Chef zu.

31

Auf der Hahnweide herrschte an diesem Samstagnachmittag Hochbetrieb. Die Segelflieger belagerten die Graspiste, ein Schleppflugzeug war unablässig im Einssatz. Vor den Hallen der einzelnen Fliegergruppen standen Gruppen von Menschen und diskutierten den Mord. Auf dem Vorplatz bei der Motorflugschule parkten mehrere Cessnas, sowohl die kleinen zweisitzigen, als auch die größeren viersitzigen. Sogar die ›Echo Bravo‹, die bis Freitagnachmittag von der Polizei beschlagnahmt war, durfte wieder eingesetzt werden, nachdem sie der Werkstatt-Leiter auf Herz und Nieren geprüft hatte. Das metallene Hallen-Tor war weit nach oben geschwenkt, so dass der Blick in den leeren Innenraum des Hangars fiel.

Vom Flugfeld her dröhnte der Motor der Schleppmaschine herüber, die gerade wieder einen Segelflieger in die Lüfte brachte und hinüber zum Albtrauf zog, wo die Thermik um diese Uhrzeit besonders gut war. Dort, an den Hängen, stiegen in der Hitze des Tages die warmen Luftpakete auf. Die Burg Teck war in das sanfte Sommerblau gehüllt, das schon die ganze Woche über dem Nordrand der Schwäbischen Alb das Aussehen jener berühmten ›blauen Mauer‹ verlieh, von der die früheren Dichter geschwärmt haben.

Auf den Wanderwegen rund um den Flugplatz waren unzählige Spaziergänger unterwegs, auf der Terrasse der kleinen Gaststätte, die sich zwischen Tower und dem angrenzenden Campingplatz befand, gab es keine freien Plätze mehr. Entlang der eingezäunten Piste spazierten überall Menschen, die das andauernde Starten und Landen fasziniert beobachteten. Während die schneeweißen, eleganten Segler mit der vorauseilenden und knatternden Schleppmaschine ins Himmelblau gehoben wurden, schwebten die Wiederkehrenden nur mit einem leichten Pfeifen und Rauschen heran und landeten sanft auf der Wiese.

Beim Tower, wo die Zufahrtstraße vor einer Schranke endete, hatte sich ein gutes Dutzend Zuschauer eingefunden. Meist Wanderer mit Rucksäcken, aber auch ältere Herrschaften, die hier ihre Vierbeiner Gassi führten und sich an den Flugzeugen begeisterten. Die Sonne brannte diesen Zuschauern von rechts ins Gesicht. Um die Flugzeuge verfolgen zu können, die nach rechts, also nach Westen, starteten, mussten die Zuschauer, sofern sie keine Sonnenbrille trugen, ihre Augen zukneifen. Vom vollständig belegten Parkplatz, der hinter dem Tower und den großen Hallen lag, strömten immer noch weitere Menschen heran. Viele wollten vermutlich nur den Schauplatz des Verbrechens sehen, über das sie in den letzten Tagen in den Medien so viel gelesen und gehört hatten.

»Der Obermayer hat ganz schön Schiss«, stellte Häberle fest, »der hat ja gezittert wie Espenlaub, haben Sie das gesehen?« Linkohr ging neben seinem Chef durch die Göppinger Innenstadt, vorbei an Stadtschloss und Kirche. Der Soko-Chef hatte beschlossen, die Wirtin der ›Down-Town‹ Kneipe aufzusuchen. Das Lokal war nur wenige Schritte von der Polizeidirektion entfernt.

»Der hat Angst, den Job bei der Bank zu verlieren«, erwiderte Linkohr, als sie die kleine Gruppe uralter Kastanienbäume beim Bankhaus Martin erreichten. Diese grüne Insel hatte offenbar allen Modernisierungsplänen getrotzt und war nicht dem gnadenlosen Umkrempeln der einst ebenfalls beschaulich-grünen Innenstadt zum Opfer gefallen.

Von Weitem erkannten die Kriminalisten bereits, dass sich die Gartenbewirtschaftung bei der ›Down-Town‹ Kneipe wieder großer Beliebtheit erfreute. Alle Plätze waren belegt, die Sonnenschirme der örtlichen Staufen-Brauerei aufgespannt. Doch statt der Wirtin war heute offenbar eine andere Bedienung zugange, stellte Häberle bereits beim Näherkommen fest. Die beiden Kriminalisten betraten deshalb das Lokal, dessen Eingangstür weit offen stand. Im stickigen Innern, wo die Luft nach abgestandenem Zigarettenqualm roch, saßen nur wenige Gäste. Häberle ging zielstrebig zur Theke, hinter der eine junge Bedienung mit augenfälliger Oberweite gerade Gläser abtrocknete. »Entschuldigung, wir hätten gern' die Chefin gesprochen«, lächelte Häberle.

Das Mädchen stellte ein Glas ab. »Tut mir leid, ist im Moment nicht da.«

»Wo können wir sie erreichen?«, fragte Häberle.

Das Mädchen stutzte. »Ist es denn so wichtig?«

Häberle nickte. »Ja, eher eine private Angelegenheit.«

Die Bedienung schien zu zweifeln, sagte dann aber: »Sie ist daheim. Wissen Sie, wo sie wohnt?«

Der Kriminalist schüttelte langsam seinen Kopf. »Steht sicher im Telefonbuch, aber Sie können's uns doch auch sagen?«

Das Mädchen lächelte jetzt sogar. »Faurndauer Straße.«

»Nummer?«

Die Bedienung überlegte kurz, griff sich ein neues Glas zum Abtrocknen und nannte dann die Zahl. Häberle und Linkohr bedankten sich und verließen das Lokal. Sie gingen in der Gluthitze des Nachmittags zur Polizeidirektion zurück und fuhren dann mit dem Mercedes die zwei Kilometer bis zur besagten Adresse. Das Haus, in dem Elvira Schneider wohnte, war eher schmucklos. Eine Doppelhaushälfte, deren Vorgarten überwiegend aus Grünpflanzen und rankendem Efeu bestand. Der Verputz hätte längst eine Erneuerung nötig gehabt, von den Fensterrahmen blätterte die weiße Farbe. Elvira Schneider schien den Gebäudeteil allein zu bewohnen, zumindest ließ dies die Beschriftung des Klingelknopfs vermuten. Sie kam an die Tür, um zu öffnen.

»Jetzt bin ich aber baff«, staunte sie. Elvira Schneider, die kurze ausgefranste Jeans und ein knallenges ärmelloses Oberteil trug, das ihre weiblichen Formen bestens zur Geltung brachte, starrte die beiden Männer überrascht an. »Gestern spionieren Sie mir nach, gebärden sich wie ein Wilder, werfen mir Geldwäsche vor – und jetzt tauchen Sie hier plötzlich auf.« Ihre Stimme klang schrill und kühl.

»Dürfen wir für einen Moment reinkommen?«, fragte Häberle ruhig und höflich. Die Frau schien irritiert zu sein, »wenn's denn unbedingt sein muss, vermeiden werd' ich's kaum können«, sagte sie, drehte sich um und ging mit ihren Turnschuhen ein paar Schritte durchs Treppenhaus, um sich dann ihrer Wohnungstür zuzuwenden. Die beiden Männer folgten ihr in einen dunklen, schlauchartigen Flur, an dessen Wänden zahlreiche gerahmte Fotografien hingen. Häberle sah im Vorbeigehen, dass es meist Luftaufnahmen waren, darunter wohl auch von schneebedeckten Bergen und Seen, die sich in Gebirgslandschaften schmiegten.

Am Ende des Flurs erreichten sie ein Wohnzimmer, dessen Möbel aus der Mitnahme-Abteilung zu stammen schienen. Elvira Schneider bot den Männern Plätze auf einer wulstigen Couch an, deren rötlicher Stoff ziemlich abgegriffen wirkte. Die Frau setzte sich gegenüber des hölzernen Tischchens in einen Sessel und schlug ihre nackten Beine übereinander.

»Ich bin gespannt, was Sie so Wichtiges mit mir zu bereden haben. Ich jedenfalls hab' nichts zu sagen, falls Sie das erwartet haben«, begann sie selbstbewusst.

»Hab' ich nicht«, entgegnete Häberle, der sich nach vorne beugte und die Unterarme auf seine Oberschenkel stützte, »aber ich hab' Sie was zu fragen: Sie kennen Günter Mosbrucker?«

»Ja, klar«, sie hob eine Augenbraue leicht an, »ist was mit ihm?«

»Er ist tot«, antwortete Häberle, »ermordet, vergangene Nacht, droben im Ödewald.«

Die Frau wurde blass. Sie schluckte. »Und warum kommen Sie, um mir das zu sagen?«

»Weil die Beziehungen zwischen ihm und Ihnen nicht nur, sagen wir mal, kameradschaftlicher Art waren«, entgegnete Häberle.

Sie begann, an den Fransen ihrer äußerst kurzen Hose zu spielen. »Ich versteh' nicht ganz, was Sie damit sagen wollen.«

»Na ja«, mischte sich Linkohr unvermittelt ein, »Sie waren nicht nur Fliegerfreunde, sondern auch anderweitig, sagen wir mal, verbunden, geschäftlich.«

»Der Herr Kommissar«, begann die Frau bissig, »der weiß doch alles besser. Ich bin Geldwäscherin und Steuerhinterzieherin. Nur leider redet er das aus dem hohlen Bauch raus. Oder haben Sie jetzt … Beweise?«

Das Schweigen der beiden Männer schien sie zu irritieren.

Schließlich nickte Häberle. »Wie man's nimmt. Wir haben etwas erfahren, das uns stutzig macht.«

Elvira Schneider zog eine Backe hoch und zerrte mit den Händen nervös am Saum ihrer Hose, als ob sie sie länger ziehen wollte. Wie sie da saß, dachte sich Häberle, da wirkte sie wie ein trotziges Mädchen, das nicht sicher war, was im nächsten Moment geschehen würde.

»Der Mosbrucker war aufmüpfig, hat gedroht, hat sein Geld zurückgefordert«, begann Häberle nun einen Frontalangriff, »doch irgendwie konnten Sie oder vielleicht auch Ihre hübsche Freundin aus Rothenburg das angelegte – oder sagen wir besser, das angeblich angelegte Geld nicht so schnell beschaffen, wie er's gebraucht hätte. Was weiß ich, wohin Sie's transferiert haben …« Hatte die Frau bis hierher noch zornig zugehört, so brach es nun aus ihr heraus, laut und schrill: »Das ist eine bodenlose Unverschämtheit. Das brauch' ich mir nicht gefallen zu lassen. Ich werd' sofort einen Anwalt anrufen.« Sie sprang auf, blieb dann aber stehen. »Wagen Sie es ja nicht, mir einen Mord anzudichten. Sie sind ja total bescheuert. Glauben Sie im Ernst, ich knall' den ab, bloß weil der sein Geld zurückhaben will?« Sie brach ab. Offenbar war ihr bewusst geworden, dass sie mit dieser Formulierung indirekt die Geldgeschäfte eingeräumt hatte.

»Sie sollten sich nicht aufregen«, riet Häberle mit sonorer, beruhigender Stimme.

Elvira Schneiders Gesicht hatte einen energischen Ausdruck angenommen. »Überlegen Sie genau, was Sie sagen – und vor allem, was Sie verbreiten. Ich hab' ein Geschäft. Ich werd' Sie wegen Geschäftsschädigung verklagen.« Sie ging um ihren Sessel, griff sich ins dunkelblonde Haar und setzte sich wieder. Linkohr verfolgte das Geschehen stumm.

»Nun mal ruhig«, sagte Häberle und lehnte sich mit verschränkten Armen zurück, »wo waren Sie vergangene Nacht?«

Sie sprang erneut auf. »Das ist ein Verhör, ich hab's gewusst«, sie überlegte kurz und atmete schnell, »ich muss Ihnen ohne einen Anwalt überhaupt nichts sagen.«

Häberle blieb ruhig. »Stimmt. Aber wenn Sie nichts zu verbergen haben, dann wäre es schlicht und ergreifend nett, wenn Sie uns helfen würden. Mit Antworten auf ein paar informatorische Fragen.«

Ihr war es sichtlich unangenehm, in so aufreizender Kleidung vor den beiden Kriminalisten zu stehen. Sie fingerte wieder am ausgefransten Saum ihrer Shorts.

»Ich war in meinem Lokal«, sagte sie mit fester Stimme, »ja, ich war im Lokal.« Dann setzte sie sich wieder.

»Den ganzen Abend, ununterbrochen? Wie lange?«, hakte Linkohr nach.

»Bis Schluss war, gegen halb drei«, sagte sie unwirsch.

»Und dann?«, hakte Häberle nach.

»Bin ich heimgefahren, hierher.« Sie kniff die Augen zusammen und wirkte jetzt angriffslustig.

»Allein?«, fragte Häberle.

»Glauben Sie, ich schlepp' nach so einem stressigen Tag noch einen Kerl ab?«, antwortete sie angewidert.

Häberle lächelte verständnisvoll. »Okay, das war's schon«, er stand auf und Linkohr tat es ihm nach, »ach ja«, sagte der Soko-Chef eher beiläufig, während er bereits zur Tür ging, »inzwischen wissen wir auch, wer mit Ihnen an den Bürgerseen gefeiert hat.«

Sie war auch aufgestanden, verharrte jedoch im Weitergehen. »Was soll das heißen?«

Häberle und Linkohr drehten sich um. Der Chef-Kriminalist lächelte: »Na ja, dieser Andy Obermayer und der Modemensch Hausold waren doch dabei, stimmt's?«

Elvira Schneider holte tief Luft und folgte den Männern auf den dunklen Flur. »Sie sollten sich davor hüten, die beiden in etwas hineinzuziehen. Ich sag' Ihnen, Herr Kommissar, Sie sind auf dem falschen Dampfer. Sie verrennen sich in etwas, das es nicht gibt.«

Häberle besah sich die gerahmten Fotografien. Trotz der schlechten Beleuchtung in dem fensterlosen Flur fiel ihm eines der Luftbilder besonders auf. Es zeigte den Blick aus dem rechten Flugzeugfenster auf eine Stadt, die sich an einem See an einen Berg schmiegte. Am äußerst rechten Bildrand war noch der Haarschopf einer Frau zu erkennen. »Sind Sie das?«, fragte Häberle beiläufig.

Elvira Schneider stutzte. »Ja, warum?«

»Nur so«, erwiderte Häberle und ging weiter zur Wohnungstür, »find' es einfach toll, so über allem zu schweben. Man sagt ja wohl nicht umsonst: ›Nur Fliegen ist schöner‹.« Häberle drehte sich zu der schönen Wirtin um und musterte sie lächelnd von unten bis oben. Auch Linkohr grinste.

»Da werden jetzt die Drähte glühen«, meinte Häberle, als sie wieder im Mercedes saßen, »die ist doch völlig neben der Kapp'«, womit Häberle zum Ausdruck brachte, dass ihr Besuch die Wirtin ziemlich verwirrt haben dürfte. Sein junger Kollege stimmte ihm zu.

»Hat mich mein Gefühl getrogen, oder hat die tatsächlich so getan, als ob sie von Mosbruckers Tod noch nichts gewusst hat?«, wollte der Soko-Chef von seinem Mitarbeiter wissen. Dieser bekräftigte: »Jedenfalls hat sie so getan, ja.«

»Ich werd' das Gefühl nicht los, dass mit der schönen Wirtin etwas oberfaul ist«, resümierte Häberle und startete den Motor.

»Und jetzt?«, wollte Linkohr wissen.

»Ich will mir mal diesen Modehaus-Fritzen ansehen, diesen …«, er überlegte kurz, »diesen Hausold.«

Häberle steuerte den Dienstwagen auf der Faurndauer

Straße stadteinwärts, vorbei an der psychiatrischen Einrichtung »Christophsbad«, danach links über die Jebenhäuser Brücke in die City. Dabei entschied er, den Wagen wieder im Hof der Polizeidirektion abzustellen und jetzt, am frühen Samstagnachmittag nicht die Tortur auf sich zu nehmen, im innerstädtischen Baustellen-Wirrwarr einen Parkplatz zu suchen – oder gar in einem Parkhaus Gebühr zahlen zu müssen.

Gerade, als sie im Hof der Direktion aus dem Mercedes stiegen und Linkohr das Handy aus der Halterung zog, kam ein Anruf. Es war ein Kollege der Göppinger Dienststelle. »Interessante Mitteilung für euch«, sagte die Stimme, während sie sich auf den Weg in Richtung Fußgängerzone machten.

»Ein Zeuge hat sich gemeldet«, fuhr der Kollege am anderen Ende der Leitung fort, »er hat im Radio von dem Mord an Mosbrucker gehört und sich sofort an heut' Nacht erinnert.«

»Lassen Sie hören«, entgegnete Linkohr während er dem Chef-Kriminalisten in Richtung Hauptstraßen-Baustelle folgte.

»Der Zeuge klingt vielversprechend«, meinte der Kollege, »er ist auf der Faurndauer Straße stadteinwärts gefahren, als plötzlich von rechts aus der Grüninger-Straße ein Auto knapp vor ihm eingebogen und mit quietschenden Reifen Richtung Jebenhäuser Brücke gerast ist.« Linkohr konnte sich den Streckenverlauf vorstellen, zumal sie ihn gerade erst selbst zurückgelegt hatten. Die Grüninger-Straße, das wusste er noch aus seiner Zeit, als er bei der Bereitschaftspolizei in Göppingen in Ausbildung war, führte zum Berufsschulzentrum in die Öde hinauf.

»Um welchen Fahrzeugtyp hat sich's gehandelt?«, fragte er nach.

»Das kann der Zeuge nicht so genau sagen. Einer aus der Golf-Klasse, vermutet er, vermutlich aber kein Volkswagen. Dunkel, sagt er. Es sei alles so schnell gegangen, er habe scharf abbremsen müssen und schon sei der Wagen davongeprescht.«

»Und das Kennzeichen hat er natürlich auch nicht abgelesen?« Linkohr war die Enttäuschung anzumerken. Häberle hatte inzwischen bemerkt, dass es um einen interessanten Hinweis ging. Er verlangsamte seinen Schritt. Sie mussten auf der Hauptstraße über herumliegende Pflastersteine steigen.

»Nein, hat er nicht«, bestätigte die Telefon-Stimme, »er hat nur gesehen, dass es ein Göppinger Fahrzeug war und glaubt sich an die weitere Buchstabenkombination ›ES‹ zu entsinnen.«

»Okay, danke, dass Sie uns das gleich mitgeteilt haben«, beendete Linkohr das Gespräch und reichte das Handy an Häberle weiter, der es wieder in sein Hemdentäschchen steckte.

»Was Spannendes passiert?«, fragte der Kommissar und der Kollege berichtete, was er erfahren hatte, um dies dann mit einem »Da haut's dir's Blech weg« abzuschließen.

Sie hatten jetzt den Marktplatz erreicht, der noch bis vor kurzem von prächtigen Kastanien geprägt war. Statt ihrer gab's hier jetzt viel Beton, Stein und eine Wasserrinne, womit man wohl das vermeintlich provinzielle Image abzulegen, versuchte. Häberle wunderte sich bei jedem neuerlichen Anblick der Baustelle immer wieder, dass es in Zeiten knapper Kassen möglich war, eine ganze City umzukrempeln.

Auch Tommy Hausold war von diesem monatelangen Bauen nicht begeistert. Er und seine Kollegen aus dem Einzelhandel beklagten Umsatzverluste, weil die Kundschaft wegblieb. Sein Modehaus war eines der modernsten in der Stadt, präsentierte sich mit einer großen Schaufensterfläche und einer ansprechenden Dekoration. Das Innere strahlte eine gepflegte und gediegene Atmosphäre aus und war angenehm temperiert. Zwei Verkäuferinnen bedienten Kunden, während Hausold, der Geschäftsmann mit den graumelierten Haaren und der Stirnglatze hinter dem langen Kassen-Tresen hervorkam und die beiden Hereinkommenden begrüßte. »Guten Tag, die Herrn«, sagte er. Es schien so, als wüsste er, wen er vor sich haben würde.

»Sie sind der Herr Hausold?«, fragte Häberle dezent.

»Jawoll«, nickte der Angesprochene.

Häberle ging noch dichter auf ihn zu und sagte mit gedämpfter Stimme: »Wir kommen von der Kriminalpolizei. Können wir uns kurz mit Ihnen unterhalten?«

Hausold schien gar nicht erschrocken zu sein. Klarer Fall, dachte Häberle, die schöne Wirtin hat ihren Kungelkreis bereits vorgewarnt. Der Geschäftsmann bat die beiden Kriminalisten nach hinten in einen Besprechungsraum, der keine Fenster hatte. Auf dem großen ovalen Tisch lagen mehrere Hosen und Röcke, deren Säume mit Stecknadeln hochgesteckt waren. Offenbar alles Ware zum Abändern.

Hausold schloss die Tür und bot den Männern Platz auf gepolsterten Chromstühlen an.

Auch nachdem Häberle erklärt hatte, worum es ging und dass sie ihn, den Geschäftsmann, ebenfalls zum engeren Kreis der Wirtin zählten, blieb Hausold sachlich. Er spielte mit einem Kugelschreiber und erwiderte süffisant: »Es ist sicher nicht strafbar, mit der Frau Schneider befreundet zu sein. Welcher Art ihre Geschäfte sind«, fuhr er mit ruhiger Stimme fort, »ist mir aber egal – ebenso die Geldanlagen anderer.« Er lächelte kurz und meinte: »Ich jedenfalls hab' nicht so viel, dass ich's wegschaffen müsste.«

Häberle machte wieder mal deutlich, dass ihn Steuerhinterziehungen nicht interessierten. »Es geht um Mord, Herr Hausold. Genau genommen: Um zwei Morde inzwischen. Deshalb wär' mir schon daran gelegen, zu erfahren, was Sie von den Beziehungen der Frau Schneider zu Mosbrucker wussten.«

Der Modehaus-Inhaber gab sich betont leger und locker. Er lehnte sich zurück. »Ich sagte Ihnen doch, ich bin befreundet mit ihr. Nicht, was Sie vielleicht denken, nein, ich bin verheiratet«, er lächelte verlegen, »nein, man trifft sich in ihrer Kneipe, plaudert, redet über das Stadtgeschehen. Das Lokal hat einen guten Ruf, das müssten Sie doch auch wissen, oder? Stadträte verkehren dort, sogar der OB schaut manchmal vorbei. Obwohl er sich viel Kritik wegen der irrsinnigen Bauerei hier anhören muss.«

»Und gestern Abend?«, mischte sich Linkohr ein, »waren Sie gestern Abend auch in der ›Down-Town‹ Kneipe?«

Hausold nickte. »Selbstverständlich, gestern auch. Das Wetter war doch super.«

»Und die Frau Schneider?«, hakte Häberle nach, »die war natürlich auch da?«

»Ja klar. Wenn so viel los ist, wie jetzt gerade, kann sie ihr Lokal nicht den Angestellten überlassen.«

»Sie war nie weg? Nicht mal für eine halbe Stunde?«, zeigte sich Häberle zweifelnd.

»Nie«, entgegnete Hausold sofort, »garantiert nicht.«

»Das können Sie so eindeutig behaupten?« Häberle verengte die Augenbrauen, »ich meine, die Frau Schneider wird ja nicht den ganzen Abend bei Ihnen gesessen sein. Wie lange waren Sie denn im Lokal?«

»Ich bin kurz nach eins gegangen. Und bis dahin war Frau Schneider immer da.«

»Nicht mal für kleine Mädchen?«, fragte Linkohr frech.

Hausolds Stimme wurde für einen Moment lauter. »Ich halte diese Frage für ziemlich unangebracht.«

»Ich nicht«, warf Häberle ein, »so, wie Sie uns das schildern, könnte man meinen, Sie hätten die Frau Schneider keine Sekunde aus den Augen verloren. Ist das nicht ein bisschen kühn?«

Hausold begann jetzt in immer schnelleren Intervallen seine Kugelschreiber-Mine hinaus- und hineinzudrücken. »Wollen Sie mich in die Enge treiben?«, fragte er mit misstrauischem Gesichtsausdruck.

Häberle hob, wie er dies in solchen Fällen immer tat, beschwichtigend die Arme. »Aber wo denken Sie hin, Herr Hausold. Wir tun nur unsere Pflicht und prüfen das Umfeld eines Ermordeten. Da gehören Sie, wenngleich vielleicht nur am Rande, natürlich auch dazu.«

Der Mann kniff die Augen zusammen und versuchte höflich zu bleiben: »Ich sagte Ihnen doch, ich bin davon überzeugt, dass Frau Schneider den ganzen Abend über in ihrem Lokal war. Reicht Ihnen das denn nicht?«

Häberle nickte zufrieden und wechselte abrupt das Thema: »Sagt Ihnen der Name Rottler etwas?«

»Rottler?«, wiederholte Hausold ungläubig und legte seinen Kugelschreiber weg. »Ne, im Moment nicht. Muss ich den kennen?«

Der Kommissar lächelte. »Nein, ich dachte nur …« Dann erhob sich der Kriminalist und Linkohr tat es ihm nach. Hausold schien erleichtert zu sein.

»Danke«, sagte Häberle und drückte Hausold die Hand, »Sie haben uns sehr geholfen.«

Auch Linkohr verabschiedete sich und lächelte dabei dem Modehaus-Chef aufmunternd zu.

Sie durchschritten den gediegenen Verkaufsraum und traten in den schwül-heißen Samstagnachmittag hinaus.

»Was meinen Sie?«, fragte Linkohr, als sie wieder über die Straßenbaustelle gingen.

»Der nimmt seine liebe Elvira mächtig in Schutz«, stellte Häberle fest.

»Aber welcher Art die Beziehungen zu diesem Rottler sind, ist mir immer noch nicht klar.«

Häberle blieb stehen. »Mir dämmert das inzwischen, Herr Kollege, ich bin felsenfest davon überzeugt, dass die Wirtin Kontakte zu Rottler hat. Auch wenn das alle abstreiten.«

»Und was bringt Sie zu dieser Annahme?«

»Warten Sie's ab«, grinste Häberle und ging weiter. Ihm klebte das Hemd schon wieder schweißnass am Rücken.

Drüben in der Direktion stiegen die beiden Kriminalisten wieder in Häberles Büro hinauf, in dem die Luft inzwischen noch stickiger geworden war. Häberle hatte die ganze Zeit über an den Zeugenhinweis auf das Fahrzeug gedacht, das in der Nacht so eilig aus Richtung Ödewald herangerast sein soll. Die Buchstabenkombination ›ES‹ konnte ein Wunschkennzeichen sein und möglicherweise ›Elvira Schneider‹ heißen. Häberle bat die Göppinger Kollegen des Streifendienstes, herausfinden zu lassen, ob dies zutreffen könnte. Ohne die Zahlenkombination freilich war dies nicht ganz einfach. Im ungünstigsten Fall mussten 999 Göppinger Fahrzeuge mit der Buchstabenfolge ›ES‹ abgecheckt werden. Über den Namen des Halters an dessen Autokennzeichen zu gelangen, erforderte, das wusste Häberle, den Umweg übers Finanzamt. Doch dies wäre frühestens übermorgen, am Montag, wieder möglich. Die Kollegen versprachen jedoch, ihr Möglichstes zu tun und eine Streife in der Faurndauer Straße vorbeizuschicken; möglicherweise parkte vor Elvira Schneiders Haus ein Fahrzeug mit einem solchen Kennzeichen. Linkohr hatte das Gespräch seines Chefs mit den Kollegen verfolgt. »Warum fragen wir die Frau Schneider nicht einfach selbst?«, überlegte er.

Häberle grinste. »Lassen wir sie doch erst mal in dem Glauben, dass wir nichts gegen sie vorliegen haben.«

32

Unter den vielen Schaulustigen, die sich an diesem Samstagnachmittag auf der Hahnweide eingefunden hatten, befand
sich auch ein Liebespaar, das eng aneinander geschmiegt
bis zum großen Tor vorging. Sie trugen beide lange Jeans;
er ein hellblaues Hemd, sie ein ärmelloses weißes Oberteil.
Die Frau hatte eine größere Tasche um die rechte Schulter
hängen. Eine Zeit lang schaute das Paar interessiert auf das
Flugfeld hinaus, das auf der gegenüberliegenden Seite von
einem leicht tiefer gelegenen Waldgebiet begrenzt wurde, in
dem sich die beliebten Bürgerseen befanden.

Dann lösten sich die beiden aus der Menschengruppe
und gingen langsam, einen Arm um die Hüfte des jeweils
anderen gelegt, zum Parkplatz zurück, wo die Autos im
Sonnenlicht glänzten. Das Paar schlenderte auf dem vorbeiführenden Weg westwärts, also an der Rückseite der Flug-
platz-Gebäude entlang, hinüber zum Areal der Motorflugschule. Der Mann öffnete ein Holztürchen, auf dem ein
Schild das Betreten nur dem Flugpersonal gestattete. Auf
Steinplatten, die in die Wiese gelegt waren, erreichten sie
zwischen zwei Hallen den asphaltierten Vorplatz. Dort blieben sie stehen. Der Mann nahm seinen rechten Arm von
der Hüfte seiner Begleiterin und deutete auf die abgestellten Motorflugzeuge, als erkläre er etwas. Am anderen Ende
des Vorplatzes, wo das Verwaltungsgebäude an den Hallen-
trakt angebaut war, bereitete sich ein Pilot auf seinen Flug

vor. Er hatte die Check-Liste in der Hand und ging, wie es vorgeschrieben war, um die Maschine. Seine Passagierin schaute ihm interessiert zu.

Das Liebespaar, das noch am Rande des Platzes stand, näherte sich nun langsam einer rot-weißen Cessna 172, die ganz vorne abgestellt war. Der Mann öffnete die linke Tür und blickte ins Cockpit. Alles sah danach aus, als seien die Flieger für Charter-Kunden bereitgestellt. Mit geübtem Griff schaltete er links den roten Kippschalter ein, der die elektrischen Funktionen in Gang setzte. Ein Blick auf die beiden Zeiger der Kraftstoff-Anzeige genügten ihm, um zu erkennen, dass die Tanks nahezu voll waren. Er drückte den Hauptschalter wieder in die ›Aus‹-Position zurück, drehte sich um und nickte seiner Partnerin zufrieden zu.

Häberle entschied, auch noch Jens Hilgenrainer einen Besuch abzustatten. Sie riefen kurz bei ihm an, um festzustellen, dass er an diesem Nachmittag zu Hause sein würde. Er meldete sich und war, wenngleich widerwillig, bereit, einen angeblichen Termin abzusagen, um die beiden Kriminalisten zu empfangen.

Häberle steuerte den Mercedes die B 10 filstalaufwärts nach Süßen. Die Luft am Albrand flimmerte, die bewaldeten Hänge waren in bläulichen Dunst gehüllt, der nahezu übergangslos in den blauen Himmel überging.

Hilgenrainer stand mit bunten Bermuda-Shorts und ebenso buntem Hemd vor ihnen. Er bat sie auf die Terrasse, die – wie an allen Neubauten der Nachbarschaft – noch ziemlich halbfertig wirkte. Die Männer setzten sich unter einem gelben Sonnenschirm um einen runden Kunststoff-Tisch. Die Stühle, das bemerkte Häberle sofort, waren seiner Leibesfülle nicht angemessen. Die Terrasse des Nebenhauses war leer, auch sonst, so stellte Hilgenrainer bei einem prüfenden Blick in die Umgebung fest, konnte wohl niemand das Gespräch belauschen.

»Sie wissen, was geschehen ist?«, fragte Häberle direkt und musste angesichts der Helle die Augen zusammenkneifen.

»Mit Günter«, erwiderte Hilgenrainer betroffen, »mit Herrn Mosbrucker, ja, natürlich.«

»Die Frau Schneider hat's Ihnen gesagt?«, wollte Häberle wissen.

Hilgenrainer schwieg für einen Moment. Dann nickte er.

»Sie hat Sie angerufen, nachdem wir bei ihr waren«, stellte Linkohr fest.

»Ist das verboten?«, fragte Hilgenrainer schnippisch und abwehrend.

»Wo denken Sie hin!«, lächelte Häberle, »natürlich nicht. Können Sie denn auch bezeugen, dass Frau Schneider gestern Abend in ihrem Lokal war, die ganze Zeit?«

Der junge Mann verengte die Augenbrauen und trommelte mit Zeige- und Mittelfinger der rechten Hand auf die Tischplatte. »Was heißt da – bezeugen? Sie wollen damit doch nicht sagen, dass Elvira …?«

Häberle hob wieder die Hände. »Nichts wollen wir. Nur abchecken wollen wir. Also: Wo waren Sie gestern Abend?«

»Hier«, sagte Hilgenrainer schnell, »hier, hier hab' ich gewerkelt, die Zuleitung zum Computer verlegt. Wenn Sie wollen, kann ich Ihnen das zeigen.«

Häberle schüttelte den Kopf. »Das glauben wir Ihnen auch so. Viel mehr würde uns Ihr Verhältnis zu Herrn Mosbrucker interessieren.«

Hilgenrainer umklammerte jetzt den Rand der Tischplatte, als wolle er sich daran festhalten. »Was soll das heißen?«

»Wie wir's sagen«, mischte sich Linkohr sofort ein, »erzählen Sie uns doch mal, was Sie mit ihm zu tun hatten.«

»Wir sind befreundet«, sagte er verlegen, »ja, wir haben uns auf dem Flugplatz getroffen, gelegentlich.«

»Und bei dem geheimnisvollen Grillfest an den Bürgerseen – am Vorabend des Hahnweide-Mordes«, warf Linkohr wieder ein.

Der Mann schaute ihn verwundert an. »Nichts ist daran geheimnisvoll.«

»Dass Sie dabei waren, haben Sie uns verschwiegen«, wurde Häberle deutlich, »aber das wissen wir ja schon. Und mittlerweile wissen wir auch, dass es kein gewöhnliches Grillfest, sondern ein konspiratives Treffen von Steuerhinterziehern war. Oder von Geschäftemachern dubioser Geldanlagen.«

Hilgenrainer wurde blass.

Häberle dozierte weiter: »Man hat neue Kundschaft gesucht, wofür auch immer. Vielleicht, um sie übern Tisch ziehen zu können – und mitten in dieser Idylle fordert Günter Mosbrucker sein Geld zurück, weil ihm das Wasser bis zum Hals stand.« Häberle machte eine Pause, um dann deutlicher zu werden: »Man hat also dringend Geld gebraucht, um ihn befriedigen zu können. Vielleicht hat er auch schon Verdacht geschöpft, dass mit den sagenhaften Anlageformen irgendetwas faul sein würde. Was blieb also anderes übrig, als neue Anleger-Kundschaft zu gewinnen?«

Sein Gesprächspartner schwieg.

Der Kommissar fuhr fort: »Und weil das nicht geklappt hat, der Mosbrucker aber nicht zu besänftigen war, weil er mit seinem Elektrobetrieb kurz vor der Pleite stand und er vermutlich gedroht hat, den ganzen Riesenschwindel aufzudecken, habt ihr beschlossen, ihn zu beseitigen …«

»Nein«, entfuhr es Hilgenrainer scharf, »nein.« Er schlug mit der flachen Hand auf die Tischplatte.

»Doch«, behauptete Häberle unbeeindruckt noch einmal und eine Spur energischer, »ganz sicher sogar hat er in seiner Verzweiflung gedroht, euch alle auffliegen zu lassen. Und wahrscheinlich hat er auch gewusst, was auf der Hahnweide geschehen ist.«

»Sie verrennen sich«, zischte Hilgenrainer und umklammerte immer wieder die Tischplatte.

»Einer von euch«, machte der Kiminalist weiter, »einer von euch hat das schmutzige Geschäft gemacht und den Mosbrucker getötet. War's der Andy oder der Tommy? Die Frau Schneider – oder vielleicht gar Sie selbst, Herr Hilgenrainer?«

Er sprang auf und wollte schreien. Doch im gleichen Moment wurde ihm bewusst, dass es dann die ganze Nachbarschaft hätte hören können. »Das verbitte ich mir«, presste er hervor.

»Und einer von euch war nächtens auf der Hahnweide«, sagte Häberle drohend, »auch wenn ich noch nicht weiß, was da dahinter steckt, so wird' mir immer klarer, dass da ein verdammt schmutziges Ding gelaufen ist.«

»Nicht mit mir, nicht mit mir«, stammelte der Mann fast schon verzweifelt. Er stand vor den Kriminalisten wie ein Schuljunge, der bei einem Streich ertappt worden war.

»Wissen Sie«, behielt Häberle seine Taktik bei, »jedem von euch hilft jetzt nur eines, wirklich nur eines: Die Wahrheit sagen. Alles andere bringt euch ins Verderben.«

Hilgenrainer hatte sich wieder gesetzt. Er rutschte nervös auf seinem Plastikstuhl hin und her. Schweißperlen standen auf seiner Stirn. »Ich hab' wirklich mit der Sache nichts zu tun«, sagte er gequält.

»Okay«, gab sich Häberle wieder eher väterlich, »dann also nicht. Aber nachdem Sie bei Steinke arbeiten, können Sie uns vielleicht ein bisschen etwas über den Herrn Rottler erzählen.« Er verschränkte seine Arme und blinzelte Linkohr zu.

»Rottler? Was soll ich von dem wissen?«

»Na ja, in so einem Betrieb redet man doch auch miteinander. Oder übereinander. Tratsch und Klatsch, mein' ich. Die Vorgesetzten sind doch beliebte Zielscheiben«, erklärte Häberle, was er meinte.

Hilgenrainer machte mit dem Kopf undefinierbare Bewegungen. »Was soll getratscht worden sein?«

»Na ja, über Beziehungen, Liebesaffären – das Übliche halt.«

Hilgenrainer lächelte verlegen. »Ich versteh' nicht ganz, was der Herr Rottler mit allem zu tun hat?«

»Wir auch nicht«, entgegnete Häberle, »und gerade deshalb sind wir so sehr an diesem Herrn interessiert.« Häberle überlegte kurz und entschied sich dann für einen Frontalangriff: »Hat Rottler eine Beziehung zu Frau Schneider?«

Hilgenrainer verengte die Augenbrauen und klammerte sich wieder an der Tischkante fest. »Nein, das ganz sicher nicht«, sagte er mit fester Stimme, »das würd' ich wissen.«

»Zu wem dann?«, hakte Linkohr unerwartet nach.

»Wie ... zu wem?«, wiederholte Hilgenrainer vorsichtig. Häberle ließ nicht locker: »Genauso, wie es mein Kollege gesagt hat.« Der Kommissar zeigte Verständnis: »Rottler darf doch eine Beziehung haben. Er ist nicht verheiratet, was ist also schlimm dran?«

Hilgenrainer holte tief Luft. »Es gibt da wohl ein Verhältnis«, sagte er schließlich langsam. Es fiel ihm sichtlich schwer. »Es ist ein offenes Geheimnis, seit Langem schon ...« Er hielt kurz inne und schien dann froh zu sein, als es endlich raus war: »Mit der Frau vom Chef.«

Häberle ließ sich sein Erstaunen nicht anmerken, sondern erwiderte eher gleichgültig: »Keine Sorge, Herr Hilgenrainer, wir haben's bereits geahnt. Nun würde uns aber interessieren, wie seine Beziehung zu der Frau Pulvermüller aus Wiesensteig war.«

Der Informatiker schluckte und überlegte. Dann sagte er langsam: »Das war die Sekretärin von einem unserer Steuerberater«, sagte er schließlich.

»Das wissen wir«, erwiderte Häberle ungeduldig, »aber da muss doch mehr gewesen sein. Wir gehen inzwischen davon aus, dass Rottler mit dieser Frau zum Flugplatz gegangen ist, und zwar nachts. Eine ziemliche Nacht-und-Nebel-Aktion. Irgendwie sollten wohl alle Spuren beseitigt werden. Die beiden sind nämlich mit öffentlichen Verkehrsmitteln gefahren – von Göppingen nach Plochingen mit der Bahn und von dort ziemlich umständlich mit dem letzten Nachtbus nach Kirchheim.«

Linkohr hörte genauso aufmerksam zu, wie Hilgenrainer. Diese Theorie hatte Häberle bisher nicht geäußert. Und doch klang sie, nach allem, was Zeugen gesagt hatten, absolut logisch.

»Die beiden«, fuhr dieser fort, »dürften fast zeitgleich auf der Hahnweide angekommen sein, vermutlich zu Fuß vom Kirchheimer Bahnhof aus, wie Sie und Ihre Freunde drüben bei den Bürgerseen gerade am Heimgehen waren.«

»Ich schwör's, ich weiß von dem nichts, ich hab' keine Ahnung, von was Sie da reden«, fiel ihm Hilgenrainer ins Wort. Er kratzte sich nervös auf dem Kopf. Das zerzauste Haar hing jetzt schweißnass von der Stirn.

»Noch weiß ich nicht, was vor der Flugzeughalle geschehen ist«, gab Häberle zu, »aber irgendjemand hat, warum auch immer, die Frau Pulvermüller totgeschlagen. Lassen wir das mal außer Betracht, dann ist vermutlich Rottler Hals über Kopf mit dem Flugzeug abgehauen, denn er hatte ja an diesem Morgen kein anderes Verkehrsmittel zur Verfügung, und ist im Morgengrauen zum nächstbesten abgelegenen Flugplatz geflogen – nämlich rauf aufs Berneck.«

Der Mann sagte nichts.

»Dort«, so dozierte der Kommissar weiter, »hat er den Flieger möglichst weit weg von der Straße ins Gebüsch rollen lassen und ist zu Fuß querfeldein nach Aufhausen gegangen. Das deckt sich mit der Aussage eines Omnibusfahrers, der just zur passenden Zeit dort einen einsamen, etwas seltsamen Fahrgast aufgenommen hat. Leider kann er ihn nicht beschreiben.«

Hilgenrainer schien sprachlos zu sein, Linkohr aber auch.

Häberle ließ sich nicht beirren: »Rottler fährt mit dem Linienbus nach Geislingen, nimmt ab dort vermutlich den Zug und kann auf diese Weise bereits ziemlich früh wieder in Göppingen sein. Als ob nichts gewesen wär'. Seine Pilotentasche, die er die ganze Zeit über mit sich herumgeschleppt hat, schließt er in seinem Büro in den Tresor ein. Denn da war ja, wie wir inzwischen wissen, mächtig viel Geld drin. Warum er's nicht daheim deponiert hat, was einfacher gewesen wäre, weiß ich nicht. Noch nicht.« Er machte wieder eine kurze Pause. »Dann fährt er ganz normal, als ob nichts gewesen wär' zur Hahnweide, wo er ja auf elf Uhr einen Flieger gechartert hatte. Er ist natürlich von der Polizei-Aktion dort völlig überrascht – tut jedenfalls so – und kehrt unverrichteter Dinge zu seiner Firma zurück.«

Linkohr nickte anerkennend. Hilgenrainer schwitzte immer stärker.

»Und jetzt«, Häberle deutete mit dem Zeigefinger drohend auf seinen Gesprächspartner, »jetzt frag' ich Sie, was Sie von all dem wissen?«

Der Angesprochene war weiß wie die Wand. Er schluckte. »Nichts, Herr Kommissar, nichts.« Seine Stimme war schwach.

Häberle schwieg für einen Augenblick. »Okay, Herr Hilgenrainer, dann eben nicht.« Er stand auf. »Das war's dann wohl.« Wortlos wandte er sich um, während sein Kollege nun ebenfalls aufstand. Ohne sich zu verabschieden gingen sie aus dem Haus und ließen einen völlig verstörten Hilgenrainer im Wohnzimmer sitzen. Der Mann war wie gelähmt, wie vom Blitz getroffen.

Als sie wieder in ihrem Dienst-Mercedes saßen, der so heiß wie ein Brutkasten war, lehnte sich Häberle hinterm Steuer entspannt zurück. »Der ist ganz schön ins Schwitzen gekommen.« Der Kommissar machte mit dem Kopf eine Bewegung in Richtung des Hauses.

Linkohr auf dem Beifahrersitz lächelte. »Wahrscheinlich hockt er noch wie versteinert rum.«

Häberle startete den Motor und ließ die Seitenscheiben herabgleiten. »Jedenfalls bin ich mir ganz sicher, dass sich das auf der Hahnweide so zugetragen hat.«

Der junge Kollege sah seinen Chef beeindruckt an. »Da haut's dir's Blech weg. Aber nur so kann's gewesen sein. Der Rottler ist mir gleich von Anfang an suspekt vorgekommen.«

Der Kommissar drehte auf der schmalen Straße um, in dem er rückwärts in eine Garagenzufahrt rangierte. Als der Mercedes das Neubaugebiet hinter sich ließ, sprach er weiter: »Der Rottler hat mit Sicherheit auf der Hahnweide etwas vorgehabt, was niemand wissen durfte. Ja, es sieht alles danach aus, als sei sein plötzliches Abtauchen geplant gewesen. Er wäre praktisch über Nacht verschwunden und hinterher hätten alle gestaunt, was geschehen war.« Häberle erreichte wieder die Ortsdurchfahrt der B 10. »Seinen Tagesablauf«, dozierte er weiter, »den hatte er ja offenbar ganz normal geplant. Statt aber dann tatsächlich zu verschwinden, wie's vorbereitet war – vermutlich, weil er wusste, dass die Steuerfahnder ihm dicht im Nacken saßen – ist er, warum auch immer, reumütig wieder zurückgekehrt. Das macht mich stutzig.«

Linkohr schaute seinen Chef von der Seite an. »Sie meinen wirklich«, er stockte, »Sie meinen wirklich, der wollte abhauen? Einfach so Hals über Kopf?«

»Ja, und zwar mit einer Tasche voller Geld und mit einer jungen Freundin.« Die Ampel an der Zufahrt zur B 10 stand auf Rot. Der Kommissar kniff die Augen zusammen und überlegte. Ihm kam plötzlich ein Gedanke. »Wenn das Geld ursprünglich für etwas ganz anderes vorgesehen war, nämlich für seinen auf elf Uhr geplanten Flug, wohin auch immer, dann wird mir klar, weshalb er die Geldtasche nach dem missglückten Abtauchen wieder ins Büro zurückgebracht und nicht daheim aufbewahrt hat.« Die Ampel sprang auf Grün und Häberle gab Gas. Er bog nach links in Richtung Göppingen ab.

»Ganz schön raffiniert«, kommentierte Linkohr und wagte hinzuzufügen: »Wenn's denn so war …«

»Das war so, Herr Kollege«, zeigte sich Häberle überzeugt. »Der Rottler wollte mit der Pulvermüller, seinem heimlichen Verhältnis, das Weite suchen, jetzt natürlich auch unterm Druck der Steuerfahnder. Ganz schön stressig wahrscheinlich«, lächelte der Kommissar, als er den Mercedes aus Süßen hinaussteuerte, »aber auf diese Weise hätte er sich auch seines langjährigen Verhältnisses mit der Frau Steinke entledigen können. Er wollte, davon bin ich mir sicher, mit der Steinke-Firma nichts mehr zu tun haben und so schnell wie möglich alles hinter sich lassen. Alles.« Häberle machte eine Pause und klappte die Sonnenblende nach unten. »Und das Verschwinden sollte ganz mysteriös ausschauen. Erinnern Sie sich?«, wandte er sich an Linkohr, »das chaotische Arbeitszimmer bei ihm daheim und die zerschlagene Scheibe?«

Linkohr nickte eifrig.

»Er hat behauptet«, fuhr Häberle fort, als sie auf dem vierspurigen Stück an Salach vorbeikamen, »der Wind habe die Scheibe zertrümmert. Falsch – das haben wir schon erkannt. Sie wurde eingeschlagen, was die innen liegenden Scherben beweisen. Irgendwie war's Rottler doch auch peinlich, dass wir die ganze Situation gesehen haben. Ist verständlich«, grinste er, »der hatte einen Einbruch vortäuschen wollen. Das erklärt, weshalb die Scherben innen liegen mussten. Das war so gewollt. Und sein Arbeitszimmer sieht sicher normalerweise überhaupt nicht so chaotisch aus. Schon gar nicht bei einem Finanz-Chef.« Häberle achtete darauf, dass er die erlaubten 70 km/h nicht überschritt. »Nein, nein«, erklärte er weiter, »da sollte die Polizei, wenn sie in ein paar Tagen nach dem verschwundenen Rottler gesucht hätte, eine Einbruchsituation vorfinden: Scheibe kaputt, Zimmer durchsucht. Der arme Rottler, so hätte man befürchtet, wäre Opfer eines Verbrechens geworden.« Der Kriminalist war jetzt voll in seinem Element. »Niemand hätte ihn, wär' alles gut gegangen, mit dem Diebstahl eines Flugzeugs auf der Hahnweide in Verbindung gebracht. Warum auch? Er hatte doch auf elf Uhr ganz ordentlich eine Maschine gechartert gehabt. Und wenn dann später vielleicht eine Verbindung zwischen ihm und der irgendwann natürlich auch als vermisst gemeldeten Heidrun Pulvermüller entdeckt worden wäre – mein Gott«, sagte Häberle und zuckte mit den Schultern, »bis dahin wären die beiden Herrschaften längst in fernen Landen gewesen, dort, wo Rottler und Co. wahrscheinlich seit Langem ihr Geld – und womöglich das vieler anderer – hintransferiert haben.«

Linkohr war von den Ausführungen seines Chefs angetan.

Der Jung-Kriminalist wagte schließlich, als sie den Stadtrand von Eislingen erreichten, einen Einwand: »Aber warum schlägt Rottler dann vor dem Abflug in ein neues Leben ausgerechnet sein neues Betthasl tot?«

Häberle hob beschwichtigend die Hände und ließ dazu für einen kurzen Augenblick das Lenkrad los. »Das ist vorläufig das große Rätsel.«

»Und Rottler«, machte Linkohr weiter, »der war es dann wohl auch, der am Abend, im Schutze der Dunkelheit, bei der Pulvermüller eingebrochen ist, um alles, was bei ihr auf ihn hätte hindeuten können, zu beseitigen. Immerhin dürfte es für ihn als Mitarbeiter einer Computer-Firma nicht ganz schwer gewesen sein, die Festplatte aus dem PC zuholen.«

»Exakt«, bekräftigte Häberle, »dabei hätten wir ihn um ein Haar geschnappt. Er hat wohl nicht damit gerechnet, dass wir so schnell das Opfer identifizieren würden.«

»So kann man sich verrechnen«, stellte Linkohr nickend fest.

»Und ich bin sicher«, ergänzte sein Chef, »da verrechnen sich noch mehr.« Er lächelte, obwohl die nächste Ampel Rot leuchtete.

Das Liebespaar, das sich für die viersitzige Cessna 172 zu interessieren schien, die auf dem asphaltierten Vorplatz der Motorflugschule stand, grüßte freundlich die vorbeikommenden Personen. An zwei anderen Maschinen stiegen Piloten und Passagiere ein. Samstags war der Chef der Motorflugschule, Horst Hauff, nicht da. Ihn vertraten meist verschiedene ehrenamtliche Mitarbeiter, die dafür sorgten, dass der Charterbetrieb reibungslos funktionierte. Wer ein Flugzeug bestellt hatte, musste sich bei ihnen melden und bekam eine Maschine zugeteilt.

Das Liebespaar ging die paar Schritte bis zum Rande des Vorplatzes vor, wo der Rollweg begann. Von hier aus konnten die beiden das Geschehen auf dem Flugplatz besser verfolgen. Ein sommerliches Wetter, wie das heutige, hatte die Sportflieger zuhauf angelockt. Mehrere Dutzend Segelflugzeuge, die abseits des Rollwegs auf der Wiese standen, blitzten in der Sonne. Der Tiefdecker, der als Schleppmaschine diente, war unablässig damit beschäftigt, Segler in die Lüfte zu bringen und sie hinüber zur Thermik-haltigen Albkante zu ziehen. Kaum waren die Maschinen ausgeklinkt, setzte der Schlepper bereits wieder zur Landung an, um die nächste in den sommerblauen Himmel zu hieven.

Der Mann, der mit der jungen Frau das Geschehen aufmerksam beobachtete, blickte sich immer wieder prüfend um. Dabei behielt er jene Cessna im Auge, die sie bereits vorhin aus der Nähe betrachtet hatten. Unterdessen wurden an den beiden Flugzeugen, an denen Piloten und Passagiere eingestiegen waren, die Motoren gestartet. Ihr Lärm erfüllte den Vorplatz, die Propeller schmetterten durch die Luft. Wenig später rollten die Maschinen hintereinander weg. Das Liebespaar trat einige Schritte zurück, um genügend Abstand zu den linken Tragflächen zu halten. Als die Flugzeuge vorbei waren, spürten die beiden Personen den kräftigen Windzug, den sie in der Hitze des Tages als angenehm empfanden.

Die Flugzeuge rollten nach links – um dann westwärts, auf der ›drei-eins‹, starten zu können. Dazu mussten sie zunächst ganz knapp an den abgestellten Segelfliegern vorbei und anschließend warten. Die Piloten absolvierten ihren letzten Check, während die Schleppmaschine ein weiteres Mal landete. Schließlich ließ der erste seine Maschine im weiten Bogen zur Piste und damit zum Startpunkt rollen. Augenblicke später heulte der Motor auf. Die Startfreigabe war erteilt.

Die Maschine setzte sich holpernd in Bewegung, nahm an Fahrt auf, wurde schneller und schneller und verlor schließlich die Bodenhaftung. Zuerst flach, dann zaghaft steiler werdend, schwebte sie dem Himmel entgegen.

Während auch die zweite Maschine zum Startpunkt rumpelte, gab der Mann seiner Partnerin mit dem Kopf ein nickendes Zeichen. Sie verließen den Rand des Vorplatzes und gingen zu der geparkten Cessna zurück. Der Mann blickte sich prüfend um und war zufrieden. Niemand war mehr da.

Häberle und Linkohr erreichten Göppingen. Es war kurz nach 15 Uhr, die Sonne brannte ihnen von links entgegen. Linkohr brachte seine Hochachtung zum Ausdruck: »Wie Sie das kombiniert haben, ist phantastisch.«

Häberle lächelte. »So kann's gewesen sein, Herr Kollege, muss aber nicht. Allerdings passt alles, was wir bisher wissen, exakt zu meiner Theorie.« Er brach ab, um vor der roten Ampel beim Göppinger Freibad anzuhalten. »Bis auf eine Ungereimtheit, wie Sie ja richtig erkannt haben: Wieso musste die Pulvermüller sterben?«

»Und wie die Zusammenhänge zwischen Rottler und unserer schönen Wirtin sind. Aber da sind Sie mir ja wohl auch einen Schritt voraus«, erwiderte Linkohr.

Häberle konnte wieder weiterfahren – bis zur nächsten Ampel. »Zwischen den beiden gibt es Kontakte und gemeinsame Ziele – auch wenn die das beide vehement bestreiten. Allein schon dies ist verdächtig«, stellte der Soko-Chef fest.

»Und was veranlasst Sie zu dieser Annahme?«

»Das Luftbild«, erklärte Häberle, während er jetzt auf die hufeisenförmige Bahnüberführung zurollte. »Sie erinnern sich?«, fragte er seinen jungen Kollegen, um gleich selbst die Antwort zu geben: »Ein und dasselbe Luftbild. Wir haben's bei Rottler in seinem chaotischen Arbeitszimmer gesehen –

da, wo die Scheibe kaputt war –, und wir haben's bei der schönen Wirtin im dunklen Flur hängen sehen.«

Linkohr verengte die Augenbrauen und staunte. Er sagte nichts.

»Beide Fotos waren durch die rechte Flugzeug-Scheibe aufgenommen und da waren noch die Haare einer Passagierin drauf. Erinnern Sie sich? Die Frau Schneider hab' ich beiläufig gefragt, ob sie das sei – und sie hat das bestätigt.«

Linkohr nickte. Inzwischen hatten sie im Schritt-Tempo die Bahnüberführung hinter sich gelassen und standen vor der nächsten Ampel.

Häberle dozierte weiter: »Rottler hat uns freimütig gesagt, dass er das Bild gemacht hat – und er hat voller Stolz auch gesagt, dass die Stadt, die da am Rande dieses Gebirgssees zu sehen war, Sankt Moritz sei.«

Als Häberle weiterfahren konnte, tauchte links der ›Rundling‹ der Volksbank auf, ein gewöhnungsbedürftiges Gebäude.

»Wissen Sie, was ganz in der Nähe von St. Moritz ist?«, fragte der Kommissar und schaute seinen Kollegen auf dem Beifahrersitz an. Der junge Kollege zuckte mit den Achseln.

»Nie im Engadin gewesen, zum Wandern oder Skifahren?«, staunte Häberle und redete weiter: »St. Moritz ist nur ein paar Kilometer von Samedan entfernt. Na, dämmert's? Das Foto ist beim An- oder Abflug auf Samedan entstanden. Dorthin ist Rottler in den letzten Jahren zigmal geflogen, wie wir wissen. Und dabei hat er zumindest einmal die schöne Wirtin dabei gehabt. Und es praktischerweise für uns sogar noch dokumentiert«, lächelte Häberle, während er nun in Richtung Oberhofen-Anlage fuhr.

»Da haut's dir's Blech weg«, staunte Linkohr, »und uns wollen die weismachen, sie würden sich nur flüchtig aus der Zeit der Flugschule kennen.«

»Sehen Sie«, erklärte sein Chef triumphierend, »deshalb muss es da Verbindungen geben. Ich wette, die schöne Wirtin ist nur deshalb nicht allein nach Samedan geflogen, weil sie kein internationales Sprechfunkzeugnis hat. Das braucht man nämlich, um ins Ausland fliegen zu dürfen – auch wenn es sich um deutschsprachiges Ausland handelt.«

»Und Sie meinen, die hatten eigentlich beide denselben Grund, in die Schweiz zu fliegen?«, fragte Linkohr, während vor ihnen die Oberhofen-Kirche auftauchte, von denen gerade einer der beiden Türme saniert wurde.

»So ist es«, erwiderte Häberle, »vermutlich wurde die Idee, Geld zu transferieren, gemeinsam in der Flugschule geboren. Dort haben sich die schöne Wirtin, ihre Freundin, also die Steuerberaterin, und der Rottler kennen gelernt. Der eine hatte Geld, die andere das nötige Wissen und die Wirtin einen großen Bekanntenkreis. Eigentlich doch genial, oder?«

Linkohr kapierte jetzt. Er kombinierte: »Und bei der Gelegenheit hat der Rottler auch gleich kräftig in die eigene Tasche gewirtschaftet, indem er seinem Chef, dem Steinke, Geld abgeschwatzt hat, das angeblich für korrupte Geschäftspartner im Ausland gedacht war!?«

Häberle bog nach links in die Burgstraße ab. Ihm standen Schweißperlen auf der Stirn. »Ich bin davon überzeugt«, machte er weiter, »die haben nicht nur für wohlhabende Geschäftsleute Geld vor dem deutschen Staat in Sicherheit gebracht, sondern wahrscheinlich auch ganz normale Bürger aufs Kreuz gelegt, indem sie ihnen phantastische Anlageformen und phänomenale Zinsen versprochen haben. Die Heinemann aus Rothenburg wäre nicht die erste Angehörige ihres Berufsstandes, die derlei dunkle Geschäfte getätigt hätte.« Häberle musste vor der nächsten Ampel anhalten. Nach kurzem Überlegen meinte er: »Der Mosbrucker war sicher so ein armer Sack. Dem haben sie Geld abgeschwatzt und es selber eingesackt. Als er es jetzt zurückwollte, weil sein Geschäft den Bach runterging und auch seine russischen Aktien nichts mehr taugten, da suchten sie hektisch neue Opfer – sprich: neue Anleger.«

»Und was machen wir jetzt?«, fragte Linkohr, als sein Chef geradeaus weiterfuhr – in Richtung Polizeidirektion.

»Wir werden einen Haftbefehl gegen unsere schöne Wirtin beantragen – wegen Mordes an Mosbrucker«, entschied dieser.

»Glauben Sie, unsere Indizien reichen?«, staunte Linkohr.

»Eines haben Sie übersehen, die schöne Wirtin hat doch so getan, als wüsste sie vom Tod Mosbruckers nichts. War völlig ahnungslos. Aber ist Ihnen aufgefallen? Obwohl ich nur gesagt hab', er sei getötet worden, hat sie später sofort von ›abgeknallt‹ geredet. Merkwürdig, nicht wahr? Sie hat überhaupt nicht gefragt, wie er umgebracht wurde.«

»Genial«, meinte Linkohr, »und was machen wir mit Rottler?«

Häberle setzte nach dem Schlosswäldchen den Blinker nach links zur Schillerstraße. »Auch festnehmen – sofern wir ihn finden«, erwiderte er.

»Weswegen?«

»Wir werden's mal mit Steuerhinterziehung, Betrug und Untreue versuchen«, grinste Häberle, »den Rest können wir nachschieben.«

»Den Mord an der Pulvermüller«, stellte Linkohr fest.

»Wenn's denn so war …«, zuckte Häberle mit den Schultern.

33

Der schwarzhaarige Mann hatte den Bremsklotz vom Bugrad der Cessna 172 genommen und war ins Cockpit geklettert. Seine Begleiterin mit den dunkelblonden, schulterlangen Haaren schwang sich sportlich auf den Co-Pilotensitz. Der Mann blickte sich prüfend um, wusste, wo sich der Zündschlüssel befand, knipste den Hauptschalter an und erweckte diverse Instrumente zum Leben; das Rotieren des Kurskreisels war zu hören. Ohne, wie vorgeschrieben, die Checkliste zur Hand zu nehmen, überflog der Mann flüchtig die Armaturen, während er sich anschnallte und seine Begleiterin dies auch tat. Er nahm die wenigen Handgriffe vor, die notwendig waren, trat mit den Füßen auf die Oberseite der Pedale, um die Bremse zu betätigen, und startete mit dem Zündschlüssel den Motor. Insgeheim hoffte er, dass die Maschine sofort anspringen würde, was bei diesen Temperaturen jedoch tatsächlich kein Problem war. Der Propeller kam schlagartig auf Touren.

Sekunden später ließ der Pilot die Bremse los und regulierte die Umdrehungszahl des Motors. Er schaltete den Funk ein und sogleich erfüllten krächzende Stimmen das Cockpit des viersitzigen Flugzeugs, das im Vergleich zur kleineren Version ziemlich komfortabel war. Der Mann ließ die Cessna, gesteuert mit Fußpedalen, von der Parkposition wegrollen und stellte beim Blick auf das Gebäude der Motorflugschule zufrieden fest, dass sich dort nichts getan hatte. Gleichzeitig griff er zum Mikrofon, rief den Tower und bat um Rollinformation. Der Flugleiter, der mit den abfliegenden und ankommenden Segelflugzeugen heftig beschäftigt war, wies ihm die ›drei-eins‹ zu, worauf sich der Pilot bereits eingestellt hatte, denn er schwenkte in diesem Moment schon auf den entsprechenden Rollweg nach links.

Schneller als üblich, ließ er die Cessna rollen. Sie rumpelte schließlich am Ende des Asphaltwegs auf die Wiese, vorbei an unzähligen Segelflugzeugen, die in geordneter Reihe hier standen, mit einer Tragfläche auf den Rasen geneigt. Dazwischen diskutierende Piloten. Parallel zum Startpunkt stoppte der Pilot, um noch einmal in aller Eile die Instrumente zu checken. Zufrieden stellte er fest, dass die beiden Nadeln der Spritanzeige ganz am rechten Anschlag pendelten.

Er meldete ›abflugbereit‹ und bekam die Startfreigabe nach der Landung der wieder zurückgekehrten Schleppmaschine. Der Pilot, der sich eine Sonnenbrille aufgesetzt hatte, ließ die Cessna zum Startpunkt rollen, richtete sie in Flugrichtung aus und drückte den Gashebel bis zum Anschlag hinein. Augenblicklich begann der Motor zu dröhnen, der Propeller die Luft zu verwirbeln. Wie ein ungezähmtes Tier schoss die Cessna nach vorne – mit einer Kraft, die nicht vergleichbar war mit jener des kleineren Modells. Die Frau auf dem Nebensitz sah die abgestellten Segelflugzeuge an sich vorbei ziehen, sah die Zuschauer, die abseits des Towers das Geschehen verfolgten, und sie erkannte auf dem Platz der Motorflugschule einen Mann schnellen Schrittes zu den restlichen Cessnas eilen. In diesem Moment zog der Pilot am Höhenruder und überließ die Maschine dem Kräftespiel aus Sog und Druck. Das Fahrwerk verlor die Bodenhaftung, das Rumpeln hörte auf, das Flugzeug schwebte, gewann langsam an Höhe, überwand den westlichen Begrenzungszaun und flog der Sonne entgegen. Wie vorgeschrieben, schwenkte der Pilot in eine Linkskurve, respektvoll an Reudern vorbei und hinüber zu dem großen Waldgebiet. Links vor ihnen sahen sie die Burg Teck, rechts vorne, fast im Dunst versunken, den Hohenneuffen. Überall in der Luft glitzerten Segelflugzeuge.

Der Pilot meldete dem Tower pflichtgemäß, dass er die Platzrunde verlassen werde.

»Ihre Absichten?«, fragte die krächzende Stimme im Lautsprecher.

»Einige Stunden außerhalb«, antwortete der Pilot.

»Ihr Ziel?«

»Sightseeing«, gab der Pilot knapp zurück und lächelte seiner Begleiterin zu.

Der Mann beobachtete den Luftraum, zumal er hier, zwischen Flugplatz und Albkante, an einem Tag mit solch phantastischer Thermik mit starkem Segelflugverkehr rechnen musste. Die Warmluftpakete, die jetzt überall aufstiegen und die die Segelflieger als ›Bärte‹ bezeichneten, rüttelten an den Tragflächen der Cessna. Wie auf einer unebenen Straße ›holperte‹ sie deshalb an der Alb entlang. Unterdessen erteilte die Stimme im Lautsprecher neue Anweisungen, nahm die Ankunft einer Cessna aus Richtung Aichelberg zur Kenntnis und bestätigte die neuerliche Rückkehr der Schleppmaschine.

Der Pilot der Cessna 172 hielt auf Reutlingen zu und ließ die Hahnweide schon weit hinter sich. Als gerade im Dunst die Achalm auftauchte, Reutlingens Hausberg, meldete sich im Funk eine aufgeregte Stimme. Es war wohl der diensthabende Mann von der Motorflugschule. Er rief den Tower.

»Frage«, machte der Mann von der Motorflugschule weiter, »da ist eine Cessna 172 gestartet. Hat der Pilot gesagt, was er vorhat?«

»Sightseeing, sonst nichts.«

»Okay«, sagte die Männerstimme und begann sogleich die Buchstabenkombination, nämlich ›Mike-Mike‹ des besagten Fliegers, zu rufen.

Der Pilot drehte die Lautstärke auf. »Sind wir«, grinste er seiner Begleiterin zu.

Die Stimme wiederholte mit Nachdruck: »Delta, Mik-Mike, kommen.«

Der Pilot überlegte kurz, dann beschloss er, sich zu melden: »Delta Mike-Mike hört.«

»Frage: Name des Piloten?«, krächzte die Stimme.

Der Mann wartete einen Augenblick, überlegte und erwiderte: »Was tut das denn zur Sache?«

»Ich erwarte, dass Sie mir sagen, wer Sie sind.« Die Stimme wurde nervös. Plötzlich waren alle Regeln des Funkverkehrs vergessen.

»Das werden Sie noch früh genug erfahren«, presste der Pilot hervor.

»Ich fordere Sie hiermit auf, sofort zur Hahnweide zurückzukehren.«

Der Pilot, der jetzt die Achalm links an sich vorbeiziehen sah, steckte das Mikrofon wortlos in die Halterung zurück.

»Hören Sie mich?«, krächzte die Stimme über ihm im Lautsprecher.

Jetzt mischte sich der Flugleiter vom Tower ein: »Delta Mike-Mike, kommen.«

Der Pilot wandte sich seiner schönen Begleiterin zu und fuhr ihr mit der rechten Hand übers Haar: »Lass' sie faseln, Schatz. Der Himmel gehört uns.«

Während Linkohr einige Faxe las, die die Kirchheimer Kollegen nach Göppingen geschickt hatten, telefonierte Häberle von seinem Büro aus mit Deutschländer, seinem Stellvertreter in der Soko. Er schilderte ihm, was sie erfahren hatten und wie er vorgegangen war. Inzwischen war auch das Auto-Kennzeichen der schönen Wirtin ermittelt – tatsächlich eine Buchstabenkombination mit ›ES‹, genauso, wie es jener Zeuge abgelesen hatte, dem das Fahrzeug aus Richtung Ödewald aufgefallen war.

»Wir nehmen die Schneider fest«, entschied Häberle und fügte hinzu: »Bevor sie uns durch die Lappen geht.« Außerdem, so berichtete er seinem Kollegen in Kirchheim, werde er nach Rottler fahnden lassen und ebenfalls einen Haftbefehl gegen ihn beantragen.

Häberle machte einen zufriedenen Gesichtsausdruck und legte auf.

»Geh'n wir los?«, fragte Linkohr voller Tatendrang und schaute auf die Uhr. »Die schöne Wirtin wird in ihrer Kneipe drüben sein.«

Sein Chef pflichtete ihm bei. »Da werden wir sie vielleicht am einfachsten überreden können, freiwillig zu einem Verhör zu kommen. Denn die scheut sicher das Aufsehen.« Als sie gerade aufstehen wollten, ertönten die schrillen Laute des Telefons auf Häberles Schreibtisch. Er nahm ab und lauschte. Schon nach wenigen Sekunden verengte er die Augenbrauen. Dann sagte er energisch: »Versuchen Sie, Kontakt herzustellen – wie immer das auch gehen mag. Verständigen Sie den Hauff. Ich mach' den Rest.« Er legte auf.

Linkohr hatte gespannt auf eine Erklärung gewartet. Diese fiel aber knapp aus: »Auf der Hahnweide hat wieder einer ein Flugzeug geklaut. Am helllichten Tag.«

Linkohr ließ ein Schriftstück sinken. »Da haut's dir's Blech weg.«

Häberle zögerte keinen Augenblick. Er beauftragte Linkohr, sofort Kontakt mit der Hahnweide aufzunehmen, und wählte die Nummer des Lagezentrums im Stuttgarter Innenministerium. Dort kannte er sich noch von seiner Zeit als Sonderermittler im Landeskriminalamt bestens aus. Er ließ sich mit dem ranghöchsten Beamten verbinden, der auch sogleich mit dem Namen Häberle etwas anzufangen wusste. Ohne über frühere Zeiten zu reden, kam der Soko-Chef sofort zur Sache und erklärte im Telegramm-Stil, was geschehen war. Sein Gesprächspartner entschied, unverzüglich die Fluglotsen am Stuttgarter Flughafen zu verständigen und die Luftraumüberwachung der Bundeswehr einzuschalten. Diese bereitete in diesen Wochen gerade ihre neuen Maßnahmen gegen feindliche Eindringlinge vor – als Schutz gegen Terror-Attacken aus der Luft. Zum 1. Juli, das hatte Häberles Gesprächspartner gerade erst in der Zeitung gelesen, würde in Kalkar am Niederrhein eine ›Führungszentrale Nationale Luftverteidigung‹ eingerichtet, berichtete er. Je zwei Phantom-Maschinen sollten im friesischen Wittmund und in Neuburg an der Donau rund um die Uhr einsatzbereit sein und innerhalb kürzester Zeit jeden Punkt in dieser Republik erreichen können. Möglich, dass schon jetzt, zweieinhalb Wochen zuvor, diese Truppe bereit stand, meinte der Mann aus dem Lagezentrum des Innenministeriums.

Vorläufig aber, das gab ihm Häberle zu bedenken, lagen keinerlei Hinweise darauf vor, wo sie suchen sollten. An einem sommerlichen Nachmittag, wie dem heutigen, waren im Umkreis von 200 Kilometern vermutlich Dutzende, wenn nicht gar Hunderte Sportflieger unterwegs.

»Wenn der Idiot nur nicht in die Stuttgarter Kontrollzone reinfliegt«, sorgte sich Häberle, als er den Telefonhörer aufgelegt hatte. Dann sah er durch die offene Tür, dass Linkohr vom Nebenzimmer aus ebenfalls telefonierte. Der Soko-Chef grübelte einen kurzen Moment und fühlte sich plötzlich so machtlos. Er, der Praktiker, den eigentlich nichts am Schreibtisch hielt, er musste warten, nervtötend warten, bis herausgefunden war, wohin der Unbekannte flog.

»Chef«, erlöste ihn die Stimme Linkohrs aus dem Grübeln, »ich hab' den Hauff an der Strippe. Ich stell' rüber.«

Häberle brummte ein »okay« und nahm seinen Hörer ab. Hauff, den Chef der Motorflugschule, hatte Linkohr daheim erreicht und ihm sofort geschildert, worum es ging.

»Wie können wir mit dem Piloten in Kontakt bleiben?«, fragte Häberle schnell.

Hauff, dessen Stimme Nervosität verriet, antwortete kurz und knapp, fast militärisch: »Das ist schwierig. Wenn er den Funk abschaltet, überhaupt nicht. Und wenn er aus dem Empfangsbereich der Hahnweide rausfliegt, wissen wir nicht, welche Frequenz er dann einstellt. Da gibt es Hunderte von Möglichkeiten.«

»Wie lange kann er die Hahnweide empfangen?«, wollte Häberle wissen.

»Ich schätz' mal maximal eine halbe Stunde. Wenn er südlich über die Alb fliegt, wahrscheinlich nicht einmal so lang.«

Häberle holte tief Luft. »Dann sind wir fast schon zu spät«, stellte er resignierend fest, um dann zu fragen: »Angenommen, er würde uns etwas sagen wollen, uns erpressen oder was weiß ich, wie könnte er das dann bewerkstelligen?«

Hauff überlegte. Viel zu lange, dachte Häberle ungeduldig, hörte dann aber endlich die Stimme mit dem bayrischen Akzent: »Er könnte mit den Lotsen im Stuttgarter Tower Kontakt aufnehmen. Oder sich über die internationale Notfrequenz melden.«

»Gibt es auf der Hahnweide ein tragbares Funkgerät, das alle in Frage kommenden Frequenzen aufweist?«

»Ja, sicher, natürlich«, bestätigte Hauff.

Häberle bat seinen Gesprächspartner, sofort ein solches Gerät bereitzuhalten, damit es eine Streife der Kirchheimer

Polizei abholen konnte – für den Fall, dass sich der Pilot meldete und man sich mit ihm über irgendeine weithin empfangbare Frequenz verständigen konnte.

Häberle bedankte sich bei Hauff für dessen kooperatives Verhalten und legte auf.

Unterdessen war die Meldung über den Irrflieger im Tower des Stuttgarter Flughafens eingetroffen. Der Wachleiter wies die drei Männer, die an diesem Nachmittag in dem neuen Gebäude auf der Südseite des Flughafens Dienst hatten, auf die Situation hin: Erhöhte Aufmerksamkeit auf Objekte, die verdächtig nahe an die Kontrollzone herankamen, in der sich kein Flugzeug unangemeldet aufhalten durfte. Im Luftraum um Verkehrsflughäfen herum galten zum Schutze der an- und abfliegenden Airliner strenge Regeln. Die Kontrollzone Stuttgart reichte im Süden bis unweit von Nürtingen und Kirchheim heran, im Westen bis Sindelfingen, im Norden bis an den Stadtrand von Stuttgart und im Osten bis Reichenbach an der Fils.

Gerade der ›Sektor Hahnweide‹, knapp außerhalb, aber noch im Höhenbeschränkungsgebiet gelegen, durfte an Tagen, wie dem heutigen nie aus den Augen verloren werden. Segelflieger konnten, sofern es der Airliner-Verkehr zuließ, bei den Fluglotsen in Stuttgart eine Höhenfreigabe einholen. Allerdings, das hatte erst jüngst ein Chef-Lotse lobend geäußert, sei die Disziplin der Sportflieger groß. Wirklich gefährliche Begegnungen habe es in jüngster Vergangenheit keine einzige gegeben.

Die Lotsen, die von der rundum verglasten Kuppel ihres Turmes aus die gesamte Landebahn überblicken konnten, wiesen den Airliner-Piloten in englischer Sprache knapp und sachlich, eher monoton, ihre Start- oder Landepositionen zu, nannten Windrichtung und -geschwindigkeit.

Jedes Verkehrsflugzeug, mit dem sie in Kontakt waren, hatte neben seinem Punkt auf dem Radarschirm eine Kennung. Ruckartig wanderten die vom Radar erfassten Ziele mit jeder Umdrehung der Antenne ein Stück weiter. Was die Piloten sagten, hörten die Lotsen über Kopfhörer.

Einer der Männer, die an den vorderen Plätzen saßen, stand auf und hielt ein Fernglas an die Augen. Er nahm einen Airbus ins Visier, der soeben, von rechts heranschwebend, zum Landen ansetzte.

Ein Kollege aus der hinteren Reihe drehte sich, während er ins Mikrofon sprach, plötzlich zur Seite und fuchtelte mit den Armen, um auf sich aufmerksam zu machen. Der Mann, der an der Glasfront stand, hatte es bemerkt und legte sein Fernglas weg. Sein Kollege deutete ihm mit hastigen Handbewegungen an, er solle dicht zu ihm herkommen.

»Delta, Mike-Mike, verstanden«, sagte der Lotse und machte sich Notizen. »Ihre gegenwärtige Position, bitte«, sprach er mit ruhiger, routinemäßiger Stimme weiter.

Dann lauschte er der Stimme in seinem Kopfhörer. Unterdessen zog sich der Kollege einen freien Bürosessel heran und nahm neben dem beschäftigten Lotsen Platz.

»Delta Mike-Mike, verstanden, bleiben Sie auf Empfang. Ende.«

Der Lotse hob die Kopfhörer leicht an. »Das ist er«, berichtete er seinem Kollegen mit gedämpfter Stimme, um die anderen nicht zu stören, »das ist der Verrückte.«

»Und – was will er?«, fragte sein Nebenmann ungeduldig.

»Er will den Kriminalkommissar Häberle sprechen«, las der Lotse von seinen flüchtig hingeschmierten Unterlagen, um sich dann zwischendurch zweier Airliner-Piloten zu widmen, die ihre zugewiesenen Positionen erreicht hatten und dies bestätigten.

Dann wandte er sich wieder an seinen Nebenmann: »Ruf'
die Nummer an, die auf dem Fax steht und sag' im Innenministerium Bescheid.«

»Hat er gesagt, wo seine Position ist?«, wollte der Kollege noch wissen.

»Ja, Ulm. Wenn das stimmt, haben wir hier vorläufig eine
Sorge weniger«, meinte der Lotse und setzte sich die Ohrhörer
wieder zurecht. Er musste sich dem aktuellen Verkehr widmen.

»Der Hund haut ab«, empörte sich Häberle, nachdem ihn
das Lagezentrum des Innenministeriums telefonisch davon
informiert hatte, dass sich der Unbekannte aus dem Bereich
Ulm gemeldet habe. »Der fliegt nach Süden. Aber so einfach
wird er uns nicht entkommen. So nicht«, fügte Häberle hinzu
und sprang von seinem Bürosessel auf.

»Er will mit Ihnen reden«, sagte der Kollege aus Stuttgart am Telefon.

»Wer – er? Hat er denn nicht gesagt, wer er ist?« Häberle
drehte sich zum Fenster. Ihm war heiß und er spürte, dass
sein Blutdruck stieg.

»Nein, er hat nur gesagt, Sie sollen sich auf der Frequenz
des Stuttgarter Towers mit ihm in Verbindung setzen. Er
warte in Ulm.«

»Er macht – was?«, fragte Häberle ungläubig.

»Er kreist dort, hat er gesagt. Wir haben die Ulmer bereits
verständigt. Vielleicht sollten Sie auch nach Ulm …«, meinte
die Stimme, doch Häberle unterbrach: »Danke, Kollege, bin
schon unterwegs.«

Er warf den Hörer auf das Telefon und unterrichtete Linkohr, der vom Nebenzimmer aus bereits die Abholung des
Flug-Funkgerätes eingeleitet hatte. Die Kirchheimer Strei-
fenkollegen waren mit Martinshorn und Blaulicht losgerast,
um es auf der Hahnweide abzuholen.

»Die sollen's nach Ulm bringen. Treffpunkt vor der Polizeidirektion, direkt am Münsterplatz«, entschied Häberle. »Und ich«, fügte er hinzu, »ich brauch' eine Streife, die mich nach Ulm bringt.«

»Nein«, entgegnete Linkohr entschlossen, »Sie fliegen.«

Häberle stutzte. Doch sein junger Kollege ließ sich gleich gar keinen Widerstand aufkommen: »Die Streife bringt Sie zur Bereitschaftspolizei raus. Ich organisier' den Flug mit dem ›Bussard‹. Ich denke, bis Sie am Landeplatz oben sind, werden die Jungs schon da sein.« Er wartete keine Antwort ab, sondern ging ins Nebenzimmer. »Gehen Sie in den Hof, ich lass' Sie sofort zur ›Bepo‹ bringen«, rief Linkohr zurück. Er sah seine Stunde für gekommen. Jetzt konnte er sein organisatorisches Talent unter Beweis stellen. Endlich.

34

In Ulm, wo an diesem späten Samstagnachmittag die üblichen Kundenströme in den Fußgängerbereichen langsam verebbten, nahm niemand Notiz von dem Sportflugzeug, das in relativ großer Höhe und in weiten Bögen die Stadt umflog. Der Verkehrslärm war viel zu laut, als dass jemand auf das Motorengeräusch am Himmel aufmerksam geworden wäre.

In der Polizeidirektion, dem historischen, so genannten Neuen Bau, der einen dreieckigen Innenhof umschloss, wurde jedoch in aller Eile ein kleiner Krisenstab gebildet. Mehrere Männer saßen in einem Lehrsaal um zusammengeschobene weiße Tische und ließen sich vom Polizeiführer vom Dienst, dem PvD, die Lage erläutern. Der Kripo-Chef war daheim in der samstäglichen Ruhe gestört worden und herbeigeeilt, einige weitere Mitarbeiter ebenso. Aus einem schwarzen Gerät, das auf einem Wandregal stand, krächzte der Polizeifunk. Eine Polizeistreife hatte gerade der Wache mitgeteilt, dass das Sportflugzeug ziemlich langsam, jedoch in konstanter Höhe die Stadt im Uhrzeigersinn umrunde.

Doch dann lag urplötzlich ein Brausen und Beben in der Luft. So laut und anschwellend, dass die Männer im Lehrsaal zusammenzuckten. Ein ohrenbetäubendes Donnern näherte sich, so gewaltig, dass die Fensterscheiben zu zittern schienen. Sogleich mischte es sich mit einem Pfeifen und Rauschen und war genauso rasch wieder verhallt, wie es gekommen war. Eine kurze Schrecksekunde, dann stellte ein junger Beamter, der zum Fenster geeilt war, lässig fest: »Die Anti-Terror-Experten! Abfangjäger. Freuen sich wahrscheinlich auf ihren ersten richtigen Einsatz, seit sie neu organisiert sind.«

Das Donnern kam bereits ein zweites Mal näher. So laut, dass jetzt sogar der Fußboden zu beben schien. »Kaum höher, als das Münster«, rief der Kriminalist, der vom Fenster aus die Militärmaschine gesehen hatte.

»Scheiße«, urteilte ein älterer Kriminalist, »jetzt machen'se die Bevölkerung verrückt – und den Knaben da oben nervös. Mir gefällt das überhaupt nicht, gar nicht.«

»Wenn's dumm kommt«, meinte ein anderer, »dann können wir die halbe City noch evakuieren. Dann gut' Nacht!«

Im Funkgerät krächzte wieder eine Stimme. Sie gab einer Streife die Anweisung, zum Hubschrauber-Landeplatz bei der Donauhalle zu fahren, um dort den Leiter der ›Sonderkommission Hahnweide‹ abzuholen.

»Da haben wir ja ausgesprochenes Glück, dass der Häberle kommt«, meinte der Chef der Kriminalpolizei erleichtert, um dann festzustellen: »Der Kollege wird's richten.« In diesem Augenblick erfüllte erneut ein Brausen und Beben die Luft.

Inzwischen blieben auf der Fußgängerzone Hirschstraße und auf dem Münsterplatz Passanten stehen und beobachteten den Tiefflieger, der zum wiederholten Male ungewöhnlich tief die City überquerte. Den einsamen Sportflieger, der seine Kreise um die Stadt zog, zwischen Kuhberg und Neu-Ulm, zwischen Thalfingen und dem Industriegebiet Donautal, nahm niemand zur Kenntnis. Er war so weit weg, dass er, vom Zentrum aus gesehen, meist hinter den hohen Häusern verschwand und deshalb kaum wahrgenommen werden konnte.

Der moderne Eurocopter vom Typ EC 155 der Baden-Württembergischen Hubschrauber-Staffel hatte soeben die Autobahn A 8 bei Dornstadt an der Anschlussstelle Ulm überquert und nahm weiter Kurs auf Ulm. Mit ihren 330 km/h, die diese Maschine schaffte, waren die 55 Kilometer von Göppingen her rasch überwunden. Häberle, der auf einem der hinteren Sitze Platz genommen hatte, sah durch die verglaste Kanzel bereits den Turm des Ulmer Münsters. Dass es der höchste Kirchturm der Welt sein sollte, war aus dieser Perspektive kaum zu glauben, dachte er sich. Ulm lag jenseits der Schwäbischen Alb und somit deutlich tiefer, als sein nördliches Umland. Deshalb war der filigran wirkende Münsterturm aus dieser Richtung erst relativ spät zu sehen. Er hob sich nicht, wie man vermuten könnte, vom Horizont ab, sondern ragte aus der Donau-Niederung herauf. Während Häberle die Landschaft auf sich wirken ließ, das lange Asphaltband der B 10, die sich abwärts schlängelte, um dann in einem kurzen Tunnel zu verschwinden, drehte sich der Co-Pilot zu ihm um und deutete nach rechts. Ein derartiges Bild kannte Häberle von seinem Flug nach Konstanz. In respektablem Abstand kam ein Militärjet, offenbar eine Phantom, auf sie zu, umflog sie in weitem Bogen und drehte dann wieder in Richtung Donau ab. Häberle war von dem Anblick diesmal nicht erschrocken, sondern zufrieden.

Dann entdeckte er rechts die gesuchte Sportmaschine. Sie kam aus westlicher Richtung und schien ebenfalls einen Bogen zu beschreiben – eindeutig in weitem Abstand um die Stadt herum. Der Hubschrauber-Pilot sprach etwas in sein am Helm befestigtes Mikrofon. Häberle bedauerte, dass er es nicht verstand. Sogleich änderte sich das Motorengeräusch und der Helikopter verlor langsam an Höhe, legte sich in eine Linkskurve und nahm Kurs auf die Grünanlagen an der Donau, dort, wo sich die Donauhalle und das Stadion befanden. In der so genannten Friedrichsau gab es genügend Platz für eine Landung. Jetzt sah Häberle rechts vor sich das Ulmer Münster in seiner ganzen Pracht inmitten der großen Stadt stehen, deren natürliche Grenze zu Neu-Ulm die breite Donau war, die im Licht der Sonne glitzerte. Sie näherten sich dem Fluss, vor dem der Pilot eine weitere Linkskurve flog, um den rasch sinkenden Helikopter nun zu einer Wiese zu bringen, wo bereits zwei Streifenwagen der Polizei zu erkennen waren. Die Beamten mussten den Landeplatz absperren.

Der Pilot in der Cessna hatte rechts vor sich den Polizei-hubschrauber auf Ulm zufliegen, ihn links abdrehen und dann landen sehen. Ganz rechts, über der Stadt hinweg, hinterließ die Phantom ihre schwarze Abgaswolke. Sie schien erneut mit einer Steilkurve von hinten rechts auf den Sport-flieger zuzuhalten.

»Delta Mike-Mike«, krächzte es aus dem Lautsprecher, »ich wiederhole: Dringende Aufforderung sofort auf dem Flugplatz Erbach landen. Haben Sie verstanden?« Es war der Militär-Pilot, dessen sonore Stimme immer und immer wieder dasselbe befahl.

Der Sportflieger griff zum Mikrofon, während er seine Maschine am sanften Nordabhang der Schwäbischen Alb entlang steuerte. Die Cessna wurde von starken Aufwinden geschüttelt. »Sie können sich Ihr Imponiergehabe sparen«, gab er zurück, »Das einzige, was Sie damit erreichen, ist, dass Sie ganz Ulm in Angst und Schrecken versetzen. Hab' ich mich nicht deutlich genug ausgedrückt? Ich will Kommissar Häberle sprechen. Und der scheint ja auf dem Anflug zu sein, wahrscheinlich mit dem Hubschrauber da drüben. Hab' ich Recht?«

»Delta Mike-Mike«, der Militärpilot hielt sich trotz aller Anspannung an die Funkregeln, »das Gespräch kann in Erbach stattfinden.« Erbach war ein Sportflugplatz, nur ein paar Kilometer westlich von Ulm gelegen.

»Ich muss mit Häberle verhandeln, ist das klar? Und zwar hier in der Luft. Das hat seinen Grund«, erklärte der Sportflieger ruhig. Seine Begleiterin verfolgte die Funkgespräche, war aber inzwischen aschfahl im Gesicht geworden. Dieser heftige Luftverkehr, dazu noch über einer Großstadt, gefiel ihr überhaupt nicht mehr. Das erinnerte sie fatal an den 11. September. Inzwischen sah sie den Militär-Jet bereits wieder von rechts hinten herankommen. Sie sah ihren Freund fragend an. Entsetzen stand in ihren Augen.

»Delta Mike-Mike«, meldete sich der Phantom-Pilot erneut, »ich wiederhole: Landen Sie in Erbach und bestätigen Sie!«

In diesem Augenblick zog der Jet auf gleicher Höhe und mit Minimal-Abstand an der Cessna vorbei. Die Frau auf dem Co-Pilotensitz konnte den Bundeswehr-Piloten in seinem teilweise verglasten Cockpit sogar sehen. Augenblicke später wurde die Cessna von den Luftwirbeln des Jets gepackt und wie von einer unsichtbaren Kraft hin- und hergerissen. Der Pilot nahm das Gas zurück und hielt den Steuerknüppel fester. Seine Begleiterin stieß einen Schrei aus. Unterdessen konnten sie an der rechts vorbeiführenden Abgasspur den Kurs der Phantom verfolgen. Sie begann, sich schon wieder in eine Rechtskurve zu legen.

Der Cessna-Pilot reduzierte die Geschwindigkeit, setzte die Landeklappen auf zehn Grad und ging in den Sinkflug, während er die Maschine in eine scharfe Rechtskurve legte. Es schien so, als würde er auf die Spitze des Ulmer Münsters zuhalten.

»Der Kerl muss verrückt geworden sein«, brüllte ein Streifenpolizist in sein Mikrofon. Der Beamte war zusammen mit einem Kollegen zur Wilhelmsburg beordert worden, um den Luftraum zu beobachten. Im Lehrsaal der Ulmer Polizeidirektion, wo die Führungskräfte auf das Eintreffen von Häberle warteten, ließ dieser Funkspruch aufhorchen. Die Gespräche verstummten. »Der Kerl«, schrie die Stimme aus dem Lautsprecher, »der Kerl fliegt auf den Münsterturm zu.« Sofort ließ wieder ein raumfüllendes Dröhnen die Luft erzittern.

Häberle war unterdessen aus dem Hubschrauber geklettert und in einen bereitstehenden Streifenwagen gestiegen, das Flugfunkgerät von der Hahnweide in der linken Hand. Während sie mit Martinshorn und Blaulicht Richtung Innenstadt rasten, schaltete Häberle das Gerät, das bereits auf die genannte Frequenz eingerichtet war, auf ›on‹. Er zog die Teleskop-Antenne so gut es ging heraus, um sie ein Stück weit aus der offenen Seitenscheibe halten zu können. Der Empfang war schlecht und mit starkem Rauschen verbunden.

»Delta Mike-Mike«, hörte er eine Männerstimme sagen, obwohl er wegen des Martinshorns Mühe hatte, etwas zu verstehen. »Nochmals die Aufforderung: Landen Sie in Erbach«, krächzte die Stimme. Dann sah Häberle die Gelegenheit für gekommen. Er nahm das Mikrofon von der Halterung und drückte die Sprechtaste. »Hier spricht Häberle, ich rufe die Cessna«, sagte er ganz unkonventionell, ohne sich an Sprechfunk-Verfahren zu halten. Der Streifenwagen raste an eine Kreuzung heran, deren Ampel auf ›Rot‹ stand. Der Beamte am Steuer reduzierte das Tempo, schlängelte sich an der Kolonne der Fahrzeuge vorbei und beobachtete, ob alle im Querverkehr das Einsatzfahrzeug bemerkt hatten. Dann trat er wieder aufs Gaspedal, um am ›Pressehaus‹ nach links abzubiegen. Wieder bei Ampel-Rot.

»Wunderbar, Herr Häberle, ich grüße Sie«, sagte die Stimme im Lautsprecher, »schön, dass Sie da sind. Willkommen in Ulm.«

Häberle stutzte. Die Stimme kannte er, keine Frage. »Darf ich fragen, wer Sie sind?«, wollte er sich vergewissern, kühl und sachlich.

»Sagen wir mal, ein alter Bekannter«, die Stimme lachte kurz auf, »Rottler ist mein Name, Sie erinnern sich doch?«

Häberle hatte eigentlich damit gerechnet. Das Martinshorn wurde jetzt vom donnernden Geräusch der tieffliegenden Phantom übertönt. Am Straßenrand blieben bereits Passanten stehen, um der stets wiederkehrenden Militärmaschine sorgenvoll nachzublicken.

Rottler, der Pilot der Cessna, hatte auf den Münsterturm zugehalten, war jedoch noch in respektablem Abstand und schätzungsweise 50 Meter über der Spitze nach rechts abgedreht. Er flog jetzt ein Stück die Donau entlang westwärts, von wo ihm die Phantom entgegen kam. Rottler war sich ziemlich sicher, dass der Militärpilot keine gefährlichen Manöver riskieren würde, schon gar nicht über dem Stadtgebiet. Seine kreidebleich gewordene Begleiterin hielt sich seit geraumer Zeit krampfhaft neben ihren Schenkeln am Sitz fest und schwieg.

»Hören Sie zu, Häberle«, sagte Rottler und ließ die Phantom nicht aus den Augen, die sich rasch vom Abgas ausstoßenden Punkt zu einem wilden Ungetüm formte, das der Cessna nun wesentlich weiter entfernt begegnete, als beim vorherigen Vorbeiflug.

»Hören Sie«, wiederholte Rottler und drehte einen halben Kilometer hinter jener Stelle, an der die Iller ihr helles

Gebirgswasser in die Donau schießen lässt, nach links. Die Cessna überflog nun zunächst die Donau und dann die Iller.

»Ich will von Ihnen nur eines«, begann Rottler und beobachtete den Luftraum angestrengt, »Sie müssen dafür sorgen, dass mein Chef, der Steinke, Sie wissen, wen ich meine«, er lächelte zu seiner völlig irritierten Begleiterin hinüber, »dass der für seine Finanz-Machenschaften zur Verantwortung gezogen wird.« Rottler brach ab, weil er sich nach der Phantom umschaute, die irgendwie außer Sichtweite geraten war. »Der Steinke«, fuhr er dann fort, »will allein mir den Schwarzen Peter in die Schuhe schieben. Ich hätte seine Millionen veruntreut, ich sei der Buhmann gewesen. Sagen Sie ihm, er soll nicht so dreckig lügen«, wurde Rottler lauter, »sagen Sie ihm das!«, fauchte er und ließ die Sprechtaste los, damit Häberle antworten konnte.

»Er wird doch bereits von den Steuerfahndern durch die Mangel gedreht«, erwiderte Häberle bewusst ruhig.

»Was heißt durch die Mangel gedreht, verdammt?«, begann Rottler wieder und ließ den Luftraum nicht aus den Augen, »der Kerl hat das genial ausgetüftelt. Am Schluss bin doch nur ich der Depp. Klarer Fall. Los, sagen Sie ihm, was ich Ihnen gesagt habe. Und«, er machte eine kurze Pause, »sagen Sie ihm auch, dass ich jemand an Bord habe.«

Häberle stockte der Atem. »Sie haben jemand an Bord?«, wiederholte er zweifelnd.

»Sagen Sie dem Idioten einen schönen Gruß von seiner Frau. Sie sitzt neben mir.«

Häberle antwortete nicht schnell genug, so dass Rottler die Mikrofontaste erneut drückte: »Und wenn ich nicht innerhalb einer halben Stunde ein Geständnis von diesem miesen Giftzwerg höre und Sie mir nicht versprechen, mich unbehelligt in Richtung Schweiz fliegen zu lassen, dann gibt's hier ein Feuerwerk. Und das schöne Münster hat die längste Zeit so schön ausgesehen. Ist das klar?«, zischte er und ließ die Sprechtaste los. Wie zum Beweis für seine Entschlossenheit flog er jetzt eine Steilkurve nach links, um nun von Süden her, aus Richtung Neu-Ulm kommend, das Münster ins Visier zu nehmen. Er war allerdings noch gut und gerne 250 Meter hoch. Vorne entlang der Alb hinterließ die von links nach rechts an Ulm vorbeifliegende Phantom erneut einen Abgas-Streifen. Rottler sah zu Melanie hinüber, die sich auf dem Sitz verkrampft hatte. Sie sagte kein Wort.

Häberle blieb geduldig: »Was halten Sie davon, wenn wir unsere Verhandlungen auf dem Flugplatz Erbach fortsetzen?«

»Haben Sie mich nicht verstanden oder sind Sie wirklich so schwer von Begriff?«, wetterte Rottler. »Ich komm' hier nicht runter. Und mein Sprit reicht noch eine Zeit lang«, er blickte auf die beiden Nadeln der Kraftstoff-Anzeige. Sie begannen am rechten Rand nun leicht zu zittern.

»Okay«, zeigte sich Häberle kooperativ, »wir werden versuchen, den Herrn Steinke ausfindig zu machen. Was aber, wenn uns das nicht gelingt?«

»Das gelingt Ihnen«, erwiderte Rottler, »Sie sind doch der Oberbulle hier, oder? Ich will mit dem Giftzwerg reden. Sorgen Sie dafür, dass er ein Funkgerät kriegt. Denken Sie an das schöne Münster da unten. Und an meine Begleiterin. Ende.« Rottler lächelte krampfhaft zu Melanie hinüber. Ihr wurde das Vorgehen ihres Geliebten zunehmend suspekter. So energisch und brutal hatte sie ihn nie zuvor erlebt. Den Flug in ein neues Leben hatte sie sich anders vorgestellt. Sie zitterte und sie war außer Stande, etwas zu sagen.

Rottler überflog die Spitze des Turmes.

35

Der Streifenwagen mit Häberle hatte längst den gepflasterten Innenhof der Ulmer Polizeidirektion erreicht. Dort, abseits des plätschernden Brunnens, empfingen ihn die Führungskräfte, die sich sofort über das Gespräch mit Rottler informieren ließen, das sie an ihrem Funkgerät nicht hatten verfolgen können. Danach ordnete Häberle an, dass in Göppingen sofort Steinke ausfindig gemacht und ein weiteres Flugfunkgerät beschafft werden musste. Bei der Bereitschaftspolizei, da war er sich ziemlich sicher, musste eines aufzutreiben sein. Zumindest würde das Spezialeinsatzkommando (SEK) über eines verfügen. Dann konnte Steinke hoffentlich von dort aus mit Rottler sprechen. Von der Anhöhe des ›Rigis‹, einem Hügel innerhalb des ›Bepo-Geländes‹, auf dem sie vorhin gestartet waren, musste es möglich sein, auf der festgelegten Frequenz Kontakt bis zu der Cessna nach Ulm aufzunehmen. Vorsorglich wurde jedoch der Polizeihubschrauber nach Göppingen zurückbeordert, falls es notwendig werden würde, Steinke blitzartig nach Ulm zu holen.

Häberle und die Führungskräfte eilten in den Lehrsaal. Dort stellte der Soko-Chef sein Flugfunkgerät auf die zusammengerückten Tische, um die herum sich ein halbes Dutzend Männer gruppierte, teilweise uniformiert. Einige von ihnen lehnten sich an die geöffneten Fenster. Für einen kurzen

Moment schien es Häberle so, als mache sich Ratlosigkeit breit. Das Gefühl, mit gebundenen Händen dazustehen und einem Straftäter ausgeliefert zu sein, hatte sie selten zuvor derart beschlichen, wie in diesem Moment.

All diese Experten, ausgebildet für bedrohliche Situationen, warteten darauf, dass Häberle eine Entscheidung traf. Doch dann war es der Ulmer Kripo-Chef, ein Mann jenseits der 50, an den Schläfen ergraut und mit randloser Brille, der die quälende Stille brach: »Wir evakuieren den Münsterplatz«, entschied er. Niemand wollte sich auf Anhieb dazu äußern. Die Blicke waren auf Häberle gerichtet, der sich an einen der Tische gelehnt und die Hände verschränkt hatte. Er kniff die Lippen zusammen und nickte schließlich. Eine Evakuierung war tatsächlich das Einzige, was sie in dieser Situation tun konnten – zumal es nicht mehr lange dauern und die Bevölkerung von den Ereignissen am Himmel Wind bekommen würde.

Wieder sprach niemand. Auch aus dem Funkgerät kam kein Ton. Der Phantom-Pilot hatte es offenbar aufgegeben, den Sportflieger zur Landung zu überreden. Allerdings donnerte der Militär-Jet in Minutenabständen noch immer über die Stadt. Es war lange her, dass diese ohrenbetäubenden Düsenjäger nahezu zum Alltagsbild gehört hatten, damals, in Zeiten des Kalten Krieges.

»Reichlich schwachsinnig«, kommentierte Häberle schließlich, als erneut die Fenster zu klirren begannen. Er griff spontan zum Mikrofon des Funkgeräts. »Hier spricht Kommissar Häberle für die Phantom«, sagte er völlig unvorschriftsmäßig.

»Hört«, meldete sich der Phantom-Pilot.

»Drehen Sie für kurze Zeit ab und steigen Sie höher«, befahl Häberle, »bleiben Sie auf ›stand-by‹, wir melden uns wieder.«

»Verstanden«, bestätigte der Pilot.

»So ist's brav«, höhnte Rottlers Stimme sofort, »macht viel mehr Spaß, allein diese schöne Stadt von oben zu genießen. So lang's den Turm noch gibt.« Er lachte.

»Psychopath«, kommentierte Häberle, ohne das Mikrofon einzuschalten. Dann wandte er sich an seine Ulmer Kollegen: »Ich befürchte, dem Kerl ist wirklich alles zuzutrauen. Viel zu verlieren hat er nämlich nach Lage der Dinge nicht.« Der Kommissar überlegte und nickte dann dem Ulmer Kripo-Chef zu: »Leiten Sie alles zur Evakuierung des Platzes und der drum herumliegenden Geschäfte und Wohnungen ein. Sorgen Sie auch dafür, dass alle Besucher vom Turm runterkommen – und räumen Sie auch die Kirche.« Häberle sprach jetzt immer schneller, während er sich einem Fenster zuwandte, von dem aus die Spitze des Münsters zu sehen war, »und verständigen Sie den Oberbürgermeister. Das Rote Kreuz soll sich bereithalten. Feuerwehr, Technisches Hilfswerk.«

Die Kriminalisten waren sichtlich erleichtert, dass eine Entscheidung getroffen worden war, die zumindest nach außen eine Reaktion erkennen lassen würde. Die meisten verließen den Lehrsaal, um aus ihren jeweiligen Positionen heraus die nun notwendigen Maßnahmen zu ergreifen. Dass dies schnell ging, war nach wenigen Minuten festzustellen. Martinshörner erfüllten die Luft.

Ein halbes Dutzend Streifenwagen, die Feuerwehr mit zwei Tanklöschfahrzeugen und mehreren Gerätewagen sowie das Technische Hilfswerk mit mehreren schweren Lastwagen belagerten aus allen Richtungen den Rand des Münsterplatzes, blieben jedoch so weit vom Turm entfernt, dass sie ein abstürzendes Flugzeug nicht in Gefahr bringen konnte.

Schlagartig hatten sich die Passanten-Ströme rings ums

Münster geändert. Wie von einem unsichtbaren Magneten angezogen, wuselten die Menschen aus den umliegenden Straßen und Gassen heraus, um das Geschehen verfolgen zu können. Hatte sie schon der Phantom-Jäger beunruhigt, der viele Male im Tiefflug über die Stadt geflogen war, so machten jetzt nach dem Eintreffen so vieler Einsatzfahrzeuge wilde Gerüchte die Runde. In den Obergeschossen der umliegenden Gebäude wurden Fenster geöffnet, drängelten sich Neugierige um den besten Aussichtsplatz.

Vor den Cafés genossen die Gäste, die dort unter Sonnenschirmen saßen, den freien Blick auf den vor ihnen liegenden Münsterplatz. Andere eilten aus den Lokalen, aus den Geschäften und aus den Büros. Ganze Menschentrauben versammelten sich vor dem großen Haushaltswarengeschäft an der Ecke zur Platzgasse, aus der ebenfalls immer mehr Schaulustige kamen. Polizeibeamte begannen, rotweiße Absperrbänder zu ziehen, um den Münsterplatz weiträumig abzusperren.

Ein Streifenwagen rollte rückwärts bis zur Mitte des Münsterplatzes und hatte Mühe, sich einen Weg durch die Menge zu bahnen. Uniformierte schwärmten nach allen Seiten aus, in Geschäfte, ins Münster, in die Lokale. »Achtung, Achtung«, schallte eine Männerstimme durch den Lautsprecher eines Streifenwagens, »hier spricht die Polizei. Auf Grund einer bedrohlichen Situation durch ein Sportflugzeug werden alle Personen aufgefordert, den Münsterplatz und die umliegenden Häuser zu verlassen und sich in der Fußgängerzone Hirschstraße, in der Platzgasse und in der Hafengasse vorübergehend in Sicherheit zu bringen.« Ein Raunen ging durch die Menschenmenge, Schreie des Entsetzens hallten in den engen Gassen von den Häuserwänden wider. Die ersten Personen begannen zu rennen, schubsten, drängelten, wurden schneller, nahmen keine Rücksicht auf

Gebrechliche. Wie einem Sog schlossen sich immer mehr Menschen den Flüchtenden an.

Der Polizist am Lautsprecher bat die Menschen, Ruhe zu bewahren. Vergeblich. Die Schreie wurden lauter, der geordnete Abzug sah eher nach einer panischen Flucht aus. Der Polizist wiederholte noch einmal mit beruhigendsonorer Stimme seine Aufforderung, Häuser und Münsterplatz zu verlassen. Dann fuhr der Streifenwagen zum schneeweißen Stadthaus hinüber, das vor einigen Jahren an markanter Stelle vor dem Münster erbaut worden war. Erneut erschallte die Warnmeldung. Während die Durchsage noch mehrfach wiederholt wurde, bog der Streifenwagen in einen neu gestalteten Fußgängerbereich ein, der sich parallel zur südlichen Münsterseite befand. Der Beamte am Steuer musste davoneilenden Passanten ausweichen. Er erreichte im Schritt-Tempo das Hafenbad, jene hinterm Münster quer vorbeiführende Straße. Dort bog der Streifenwagen, während die Lautsprecher-Durchsage ständig wiederholt wurde, nach links ab, um auf diese Weise das Kirchenschiff zu umrunden. Vor einem großen Radio- und Fernsehgeschäft ging's erneut nach links. Am Eck befand sich ein Café, dessen Gartenstühle bereits verlassen waren. Einige Gäste standen diskutierend auf dem Gehweg, die meisten strömten in die Hafengasse hinüber.

Inzwischen bewegten sich die Menschenmassen rund ums Münster auf die abzweigenden Seitenstraßen und Gassen zu. Als in diesem Moment das Sportflugzeug über dem Münster auftauchte, ging erneut ein vielstimmiger Entsetzensschrei durch die Menge, Panik schien sich endgültig breit zu machen. »Behalten Sie bitte Ruhe, im Moment besteht keinerlei Gefahr«, erklärte der Polizist durch seinen Lautsprecher.

Mittlerweile waren junge Männer des Technischen Hilfswerks (THW) in das Münster geeilt, um den dunklen Innenraum der Kirche zu räumen. Dezent, aber bestimmend forderten sie die Besucher auf, das Gotteshaus zu verlassen. Die THW-Mitarbeiter begleiteten ältere Menschen, die schlecht zu Fuß waren und denen die Aufregung zu schaffen machte, ins Freie. Drei sportliche THWler, mit blauen Uniformen bekleidet, rannten die schmalen Steinstufen des Turmes hinauf. Einige Touristen, die auf dem Weg nach oben gewesen waren, hatten das Spektakel unterwegs mitbekommen und durch die Luken in der schmalen Wendeltreppe die Lautsprecher-Durchsagen gehört. Sie eilten abwärts, viel zu schnell, viel zu hastig, wie die THWler feststellten. Die jungen Männer ermahnten die Turmbesucher, ruhig und überlegt abwärts zu steigen. Es bestehe derzeit wirklich kein Grund zu Panik.

Einer Gruppe jüngerer Personen, die auf der ersten Ebene an einer Brüstung standen und den Polizeieinsatz offenbar mit Begeisterung von oben verfolgten, mussten die THW-Helfer den Ernst der Lage deutlich machen. Dabei hörten sie das Motorengeräusch der Cessna bedrohlich näher kommen.

Im Laufschritt weiter aufwärts die Wendeltreppe hoch. Als sie die dritte Ebene erreichten, waren die THWler völlig außer Atem. Schweiß rann ihnen in Bächen von der Stirn, die Hemden klebten am Körper, die Gesichter waren rot. Hier, wo sich der Turm deutlich nach oben hin zu verjüngen begann, blies glücklicherweise eine angenehme Brise durch die offene Konstruktion. Jetzt wurde die Wendeltreppe noch schmaler. Die Männer blickten sich um, sahen keine Menschen und hasteten weiter. Denn wer sich ganz oben, auf dem engen Aussichtsbalkon aufhielt, gleich unterhalb der Spitze, der war bei einer möglichen Attacke des verrückten Piloten am stärksten gefährdet.

Drunten auf dem Münsterplatz ebbte der Menschenstrom ab. Rot-Kreuzler hatten damit begonnen, an den Wohnungen der einzelnen Häuser zu klingeln und, falls sich noch jemand meldete, nach bettlägerigen oder gehunfähigen Personen zu fragen. Dort, wo es notwendig war, wurden solche Bewohner mit Tragen ins Freie geholt und mit den Krankenwagen zu einem Feldlazarett gefahren, das Rot-Kreuz-Helfer rund 200 Meter vom Münster entfernt auf der Fußgängerzone aufbauten – umringt von mehreren hundert Schaulustigen.

Die Feuerwehr hatte unterdessen rings um den Münsterplatz vier Tanklöschfahrzeuge in Position gebracht. Eine Vorsichtsmaßnahme, falls die Maschine tatsächlich gegen den Turm krachte und brennend abstürzte. Bei allem, was der Pilot gedroht hatte, war mit dem Schlimmsten zu rechnen.

Im Lehrsaal der Polizeidirektion waren mittlerweile mehrere Funkgeräte installiert. Beamte hatten auf dem großen Tisch einen Stadtplan von Ulm ausgebreitet, mehrere Aktenordner lagen griffbereit beiseite. Häberle stand an einem der Fenster und blickte zusammen mit drei Führungskräften über die Dächer der benachbarten Giebelhäuser hinweg zur Spitze des Münsters hinauf. »Wir brauchen einen Psychologen«, stellte der Kommissar fest, »einen, der sich mit so einem durchgeknallten Typen auskennt.« Einer der Uniformierten versprach, sich darum zu kümmern und verließ den Raum.

Unterdessen telefonierte der PD-Leiter stehend mit dem Oberbürgermeister, der sich an diesem Nachmittag mit Frau und Kind bei der Schwiegermutter in Geislingen aufhielt. Er versprach, sofort zu kommen, um den Einsatz vor Ort mit zu koordinieren.

Dann zerriss eine krächzende Stimme aus einem der Geräte die Stille: »Hallo, Herr Häberle.« Es war Rottler.

Der Soko-Chef eilte an den Apparat und griff zum Mikrofon. »Was gibt's?«

»Ist ja ein mächtiges Spektakel, was ihr da unten losmacht«, höhnte Rottler, »aber wenn ich die Kiste an den Turm knalle, bleibt kein Auge trocken. Vergessen Sie das nicht.«

Häberle setzte sich und versuchte, ruhig zu bleiben. »Vielleicht sollten Sie einfach mal in Ruhe über Ihre Situation nachdenken«, sprach er mit sonorer Stimme auf den Mann ein, »wenn es tatsächlich so ist, dass Herr Steinke den Millionenbetrug angezettelt hat, dann wird sich dies beweisen und belegen lassen.« Häberle gab die Leitung wieder für eine Antwort frei. Die Gespräche im Raum verstummten.

»Holen Sie den jämmerlichen Giftzwerg her!«, befahl Rottler scharf.

»Wir sind dran, aber so einfach wird das nicht sein.«

»Erzählen Sie mir doch nichts! Er muss zu Hause sein«, erwiderte Rottler, »wir wissen das.« Seine Stimme verriet jetzt stärkere Nervosität als beim ersten Gespräch.

»Wir sollten uns in Ruhe unterhalten«, schlug Häberle vor, »auch, was Ihre Beziehung zu der Frau Schneider betrifft. Vielleicht hat die ja allein die Fäden gesponnen und Sie sind letztlich wirklich nur ein Opfer vielerlei Intrigen geworden.« Häberle ließ den Sprechknopf los und war gespannt. Insgeheim spürte er, dass es verdammt schwierig war, die richtigen Worte zu finden. Er wollte unter allen Umständen eine Eskalation des Geschehens vermeiden und versuchte deshalb, seinem Gegenüber eine goldene Brücke zu bauen.

»Die Frau Schneider geht mich nichts an«, krächzte die Stimme, »die und ihre Freundin, diese Steuertante aus Rothenburg, ja, die hatten den genialen Tipp von mir, wie einfach es ist, Geld in Sicherheit zu bringen. Verstehen Sie? Versteuertes Geld. Geld, das schon mal versteuert wurde. Sie haben dann angefangen, es selbst zu tun.«

Häberle überlegte, ob er es riskieren konnte, diesem nervösen Piloten, der über dieser Stadt kreiste und der offenbar zu allem entschlossen war, noch weitere Fragen zu stellen. Aber so lange sie miteinander im Gespräch blieben, war die Lage eher entspannt.

»Ich verstehe Sie«, entgegnete Häberle und war mit jeder Faser seines Körpers angespannt, während seine Kollegen schweigend um ihn herumstanden. Er beschloss, die Konversation fortzusetzen. Mit ruhiger Stimme antwortete er: »Aber eine kleine Beziehung zu der Frau Schneider hat es doch gegeben.« Häberle holte kurz Luft, ohne die Mikrofontaste loszulassen. Dann entschied er sich, das Thema konkret anzusprechen: »Ich erinnere mich an das faszinierende Luftbild bei Ihnen daheim«, sagte er, während ihm ausgerechnet jetzt einer seiner telefonierenden Kollegen mit Handzeichen zu verstehen gab, dass er Steinke in der Leitung hatte. Häberle hob die Hand und bat um Geduld.

»Sehr richtig. Gut kombiniert«, erwiderte Rottler mit gewissem Stolz in der Stimme, »nach Samedan, mein Lieblingsziel, wie Sie wissen. Die Elvira hatte dort auch gelegentlich zu tun, durfte offiziell aber nicht in ausländischen Luftraum einfliegen – weil sie keine englische Sprechfunklizenz hat. Das ist das ganze Geheimnis.« Häberle fühlte sich bestätigt. Also doch, dachte er. Doch Rottler gab die Frequenz noch nicht frei: »Und ihr Schlaumeier habt gleich dunkle Zusammenhänge konstruiert!«

Häberle wechselte das Thema: »Moment bitte«, sagte er ins Mikrofon, als Rottler fertig war, »ich glaub', wir haben Herrn Steinke gefunden.«

Der Kommissar wandte sich einem Kollegen zu. Dieser hielt eine Hand vor die Muschel und erklärte die Situation: »Er ist zu Hause. Die Kollegen haben in Göppingen bereits eine Streife zu ihm in Trab gesetzt.«

Häberle ließ sich den Telefonhörer reichen und meldete sich. Es war das unverkennbare Toben Steinkes, das ohne Begrüßung an sein Ohr drang: »Des isch ja ungeheuerlich, was mir ihr Kollege da berichtet hat. Der Dreckskerl von Rottler hat mei Frau gekidnappt.« Häberle überlegte für einen kurzen Moment, ob er den Sachverhalt klarstellen sollte. Von einem Kidnapping konnte wohl bei Gott keine Rede sein. Er entschied, Steinke vorläufig in diesem Glauben zu lassen. Er wartete auf eine Unterbrechung im zornigen Redefluss und fuhr dann ruhig dazwischen: »Es liegt nun an Ihnen, reinen Tisch zu machen.« Noch ehe Steinke wieder losbrausen konnte, merkte Häberle an: »Uns von der Sonderkommission geht's natürlich weniger um Ihre Steuersache, als viel mehr um Mord. Bedenken Sie dies.«

Kurze Stille in der Leitung. Steinke schien nachzudenken und fragte eine Tonlage freundlicher nach: »Sie meinen, dass Rottler die Frau auf der Hahnweide totgeschlagen hat?«

Häberle stützte sich mit beiden Ellbogen auf der Tischplatte ab und drückte den Hörer fest ans linke Ohr. »Alles deutet darauf hin. Jedenfalls halten wir es für dringend geboten, dass Sie auf seine Forderungen eingehen.«

»Und dass ich mich selbst den Finanzbehörden ans Messer liefere?«, klagte Steinke.

»Bei allem, was ich mir darüber hab' sagen lassen, können Sie eigentlich nur gewinnen, wenn Sie reinen Tisch machen.«

Steinke schwieg für einen Moment. Dann rang er hörbar nach Luft. »Sie meinen, der Kerl ist so verrückt, dass er gegen das Münster fliegt?«, fragte er schließlich zweifelnd in reinstem Hochdeutsch.

Häberle erwiderte sachlich: »Wenn einer bereits einen Menschen auf dem Gewissen hat, ist mit allem zu rechnen. Denken Sie an Ihre Frau, die bei ihm drinsitzt!«

Steinke willigte schließlich ein. Noch während sie telefonierten, war die Polizeistreife vor seiner Wohnung im Göppinger Norden eingetroffen. Er versprach, mit den Beamten zur Bereitschaftspolizei zu fahren und den Kontakt mit Rottler aufzunehmen. Häberle war erleichtert. Er wischte sich den Schweiß von der Stirn.

Die Fahrt mit Martinshorn und Blaulicht dauerte von Steinkes Wohnung bis zur Bereitschaftspolizei nur knappe fünf Minuten. Der wachhabende Beamte an der Pforte öffnete die Schranke und ließ den Streifenwagen, der angekündigt war, aufs Gelände rasen. Die Reifen quietschten. Augenblicke später war innerhalb des parkähnlichen Areals über eine kurvige Auffahrt die Spitze des »Rigis« und damit die asphaltierte Hubschrauber-Landefläche erreicht. Dort stand der Eurocopter mit laufendem Rotor. Steinke stieg aus dem Polizeiwagen und ließ sich, begleitet von einem Uniformierten, im Laufschritt zu dem Hubschrauber bringen. Das Knattern des Rotors war ohrenbetäubend, um sie herum schien ein Sturm zu toben. Staub und Sand wurde aufgewirbelt. Steinke, der eine Jeans und ein kurzärmliges Hemd trug, kniff die Augen zusammen. Sportlich, wie er war, kletterte er auf den rückwärtigen Sitz des Helikopters und gurtete sich an. Augenblicke später hatte der Co-Pilot die Seitentür verriegelt und gab seinem Kollegen nebenan das Handzeichen zum Start. Die Turbinen heulten auf, die Drehzahl des Rotors nahm deutlich zu, die Maschine hob ab, stieg senkrecht hoch und nahm sofort Kurs in Richtung Schwäbische Alb. Steinke sah aus dem Seitenfenster, wie die Bäume am Rande des Landeplatzes von den Luftverwirbelungen erfasst wurden.

Steinke, das hatte Häberle angeordnet, sollte vorsichtshalber nach Ulm geflogen werden, um ihn gleich in Obhut zu haben. Allerdings musste Steinke bereits unterwegs, sofern es funktechnisch möglich war, mit Rottler Kontakt aufnehmen. Die Zeit drängte. Niemand konnte voraussagen, wie lange der Verrückte noch bereit war, über Ulm zu kreisen.

Während der Hubschrauber in geringer Höhe auf die Albkante zuflog, hinüber zum markanten Einschnitt zwischen Wasserberg und Fuchseck, über die ausgedehnten Streuobstwiesen von Schlat hinweg, reichte der Co-Pilot das Mikrofon mit dem geringelten Kabel nach hinten. Er deutete Steinke an, wie der Sprechknopf zu betätigen sei.

Steinke nahm es zögernd und verunsichert in die Hand und drückte auf den Knopf. »Hallo, Olaf, hör'sch du mich?« Der Co-Pilot schaltete das Gerät auf Bordlautsprecher. Es rauschte und krachte und übertönte den Motorenlärm. Dann aber krächzte unverkennbar Rottlers Stimme: »Willkommen im Himmel«, Rottler lachte, wurde aber sofort wieder ernst: »Das ging aber verdammt schnell. Alle Achtung!«

Steinke sah links das beliebte Wanderheim des Schwäbischen Albvereins, das Wasserberghaus, an der bewaldeten Hangkante stehen. Doch dies registrierte er nur beiläufig. Er drückte wieder energisch den Mikrofonknopf: »Du bisch ein verdammter, niederträchtiger Hund«, zischte er, »was isch mit meiner Frau? Los, sag' was!« Steinke hatte Mühe, sich zu beherrschen. Weil er krampfhaft den Mikrofonknopf gedrückt hielt, damit also die Frequenz blockierte, drehte sich der Co-Pilot zu ihm und deutete an, den Funk wieder freizugeben.

Dann meldete sich auch schon Rottler: »Der Melanie geht's bestens, mein lieber Frederik.« Kurze Pause, dann ein hämischer Zusatz: »Und du willst doch sicher auch, dass es so bleibt, oder?«

Steinke schluckte. Sie flogen knapp an der bewaldeten Hangkante entlang. Links vorne tauchte ein Taleinschnitt auf, darin ein Dörfchen mit einem Kirchturm, der ein Zwiebeldach hatte. Unterböhringen, dachte Steinke und erkannte schon von Weitem auf der nächsten Hochfläche den gepflegten Rasen des Golfplatzes. Von dem satten Grün hoben sich die hellen Sandgruben ab.

Steinke versuchte, sich zu entspannen. Er atmete tief durch. Doch er merkte, wie seine Gedanken verrückt spielten, dass er überhaupt nicht mehr klar denken konnte. Warum, zum Teufel, sollte er jetzt, ausgerechnet jetzt, für seine Frau kämpfen, wo sie ihn doch seit Langem hat verlassen wollen! Doch was blieb ihm anderes übrig? Sie war offenbar in der Gewalt dieses Rottlers, der ihm diesen ganzen Schlamassel eingebrockt hatte, auf den er gehört und vertraut hatte, der eigentlich sein einziger Vertrauter war. Und nun zeigte es sich, dass alles ganz anders, als ausgemacht eingefädelt war, dass dieser falsche Hund nur sein eigenes Schäfchen ins Trockene gebracht hatte.

Der Hubschrauber schwebte am Hochplateau von Oberböhringen vorbei, dicht vor Steinke der Steilabfall ins obere Filstal mit den atemberaubenden Felsenwänden über Hausen.

Steinke wischte sich mit dem linken Handrücken den Schweiß von der Stirn. Dann drückte er wieder die Mikrofontaste: »Gib mir Melanie.«

»Nichts da«, entschied Rottler energisch, »wir haben keine Zeit für Liebesgeflüster. Kommen wir zur Sache – und zwar schnell. Hast du mich verstanden?«

Steinke schloss für einen Moment die Augen. »Was will'sch du von mir?«

»Ein Geständnis«, kam es zurück, »ein Geständnis, und zwar sofort. Ein Geständnis, das du hier und jetzt vor all den Ohrenzeugen ablegen wirst, die unser Funkgespräch verfolgen. Vor allem vor dem Kommissar Häberle.«

»Was will'sch du höra?«, fragte Steinke mit trockenem Mund, während sein Blick nach links auf Bad Überkingen fiel, dessen Ortsbild von den markanten Firmengebäuden der Mineralbrunnen AG geprägt war.

Rottler antwortete energisch: »Ich will hören, dass du es warst, der mir den Auftrag gegeben hat, die Millionen zu beseitigen. Du allein. Dass ich sie zwar abgehoben hab', aber mit deinem Wissen und mit deiner Unterstützung. Dass allein du es warst, der mich zu den dunklen Geschäften genötigt hat. Hab' ich mich klar und deutlich genug ausgedrückt?«

Der Geschäftsmann rang wieder nach Luft. Ihm war heiß, so jämmerlich heiß. Er fühlte sich in die Enge getrieben, erpresst, bedroht, im Würgegriff von allen Seiten. Der Co-Pilot, der die Pause bemerkte, drehte sich wieder zu ihm um und ermunterte ihn mit Handzeichen weiterzureden.

Steinke drückte schließlich wieder auf den Mikrofonknopf. »Du will'sch behaupta, du hätt'sch selber kein' Pfennig wegg'schafft?«

Rottlers Stimme hörte sich bedrohlich an: »Das will ich nicht nur behaupten, mein Lieber, das ist die Wahrheit. Begreif' das endlich!«

Der Hubschrauber hatte das obere Filstal überflogen und strebte jetzt auf die Windkrafträder von Amstetten zu. Steinke hatte einen hochroten Kopf – nicht nur der Hitze wegen, bemühte sich aber, klar und deutlich zu sprechen: »Glaubst du, du kommt ungeschoren davon? Meinst du, die lassen dich abhauen? Irgendwann geht dir doch der Sprit aus!« Steinke hielt den Mikro-Knopf fest, um noch mit gewisser Verzweiflung hinzufügen zu können: »Und was ist mit meiner Frau?«

Die Antwort kam verzögert: »Das lass' mal meine Sorge sein. Also«, er änderte den Tonfall, »wer hat die Knete beseitigen wollen. Du oder ich? Antworte!«

Der Mann schwieg. Wieder drehte sich der Co-Pilot um. Inzwischen hatten sie die Bahnlinie Stuttgart-Ulm erreicht, die bei Amstetten die Geislinger Steige hinter sich lässt und vollends die Albhochfläche erklimmt. Steinke sah, dass sie gerade einen bergaufwärts fahrenden ICE überholten.

Rottlers Stimme krächzte wieder: »Nur zur Klarstellung, Frederik: Falls du vorhast, mich tief in die Scheiße reinzureiten, schmeiß' ich die Kiste an den Münsterturm. Und zwar mit deiner Frau. Ist dir das klar?« Pause.

Der Co-Pilot forderte Steinke mit Handzeichen auf, sich wieder zu melden. Er kam dieser Bitte sofort nach, während unten am Amstetter Ortsrand das große Fabrik-Areal der ›Heidelberger Druckmaschinen‹ vorbeizog. »Du versprichst mir, dass meiner Frau nix passiert.« Es klang nach Frage und Aufforderung gleichermaßen. Er wollte sich nicht anmerken lassen, dass sich die Sorge um Melanie in Grenzen hielt. Viel zu viele Ohren belauschten dieses Funkgespräch.

»Ich höre …«, bellte Rottlers Stimme durchs Cockpit.

Zwischen Urspring und Reutti erreichte der Helikopter die Albhochfläche, die von vielen Senken und Mulden durchzogen war.

Steinke blickte auf ein weites Waldgebiet hinab. Sein Puls raste, seine Gefühle fuhren Achterbahn. »Es mag ja sein«, begann er zögernd und wohl überlegt, »es mag ja sein, dass ich dir die Anweisungen gegeben habe. Aber letztlich bist du mein Finanz-Chef, Olaf. Auch du hast illegal gehandelt.«

Kaum hatte er die Frequenz freigegeben, bäffte Rottler zurück: »Aber du bist der Boss! Ich hab' befolgt, was du angeordnet hast. Aus reiner Angst, dass du mich rausschmeißt! Ich hab' für dich die Konten angelegt, in Samedan, nur für dich! War's so? Ja, war's so?« Rottlers Stimme hatte plötzlich etwas Triumphales. »Und für dich«, fuhr er fort, »für dich geh' ich nicht in den Knast. Niemals. Hast du kapiert?«

Steinke zögerte. Seine Augen folgten dem schmalen Asphaltband der Bundesstraße 10, das sich in weiten Bögen dem Geländeverlauf anpasste – in Richtung Ulm.

Er holte noch einmal tief Luft, dann drückte er den Mikrofonknopf, schweißgebadet, zitternd, erschöpft. Mit gebrochener Stimme sagte er: »Es war so«, es folgte eine kurze Pause, dann wiederholte er, als müsse er es bestätigen: »Ja, es war so.« Dann ließ er den Mikrofonknopf los, drückte die schweißnasse Stirn gegen die vibrierende Seitenscheibe und spürte, wie sein Körper energielos geworden war. Er blickte apathisch auf die weiten Getreidefelder hinab, die schnell an ihnen vorbeizogen. Er versuchte, für einen Augenblick an nichts zu denken. Auch nicht an seine Zukunft. Sein Lebenswerk war innerhalb weniger Tage zerstört worden.

36

Die Männer im Lehrsaal der Ulmer Polizeidirektion hatten dem Funkgespräch stumm und zeitweilig atemlos gelauscht. Häberle brach als erster das Schweigen: »Na also, dann ist die Gefahr wohl gebannt.« Er griff zum Mikrofon des Flugfunkgeräts. »Hier spricht Häberle. Herr Rottler, melden Sie sich.«

Sofort ertönte dessen triumphierende Stimme: »Sie sehen, ich bin absolut clean.«

»Dann haben Sie erreicht, was Sie wollten«, stellte Häberle gelassen fest und lehnte sich auf dem unbequemen Stuhl zurück, »dann steht ja, nehm' ich an, Ihrer Landung nichts mehr im Wege.«

»Gemach, gemach, Herr Kommissar«, kam die spontane Antwort. »Sie haben das Wichtigste vergessen. Sie werden mir jetzt zusichern, dass ich unbehelligt, verstehen Sie, unbehelligt abfliegen kann.«

Häberle kniff die Augen zusammen und blickte nacheinander seine Kollegen an. »Haben Sie überhaupt noch genügend Sprit?«

Rottler höhnte: »Halten Sie mich für so einen Stümper? Außerdem liegt's einzig und allein an Ihnen, eine Katastrophe zu verhindern.«

»Was haben Sie denn jetzt noch zu befürchten?«, fragte der Kommissar, wohl wissend, dass da noch eine andere, viel größere Sache im Raum stand, die er aber unter diesen Bedingungen tunlichst nicht ansprechen wollte.

Dafür tat es Rottler: »Sie wollen mir doch diesen Mord anhängen, stimmt's?«

Häberle holte tief Luft. Jetzt konnte es gefährlich werden.

Rottler schien ungeduldig zu werden: »Hab ich Recht, Häberle?«, tönte die Stimme laut. Die Männer im Raum blieben regungslos an ihren Plätzen. Keiner von ihnen wollte jetzt in Häberles Haut stecken.

Der Kommissar starrte die weiße Wand an und drückte den Mikrofonknopf. »Wir ermitteln in dieser Sache noch.«

»Ha, ermitteln! Für Sie steht doch fest, dass nur ich es war, der die Frau auf der Hahnweide totgeschlagen hat. Geben Sie's doch zu, verdammt und sagen Sie doch wenigstens, was Sie denken!«

Häberle spürte, wie er wieder stärker zu schwitzen begann. »Wir überprüfen verschiedene Spuren«, versuchte er Zeit zu gewinnen, »bisher alles Routine. Nichts, wovor Sie sich fürchten müssten.«

Rottlers Stimme klang plötzlich noch gefährlicher: »Wenn ich Ihnen sage, wie's wirklich war, werden Sie mir nicht glauben – keinen Ton werden Sie mir glauben. Und doch ist es so gewesen, wie ich es Ihnen sage.«

Der Kriminalist verengte die Augenbrauen. Jetzt galt es, Ruhe zu bewahren und jedes Wort auf die Goldwaage zu legen. Er erwiderte: »Dann sagen Sie es! Wir sind bereit, allen Hinweisen nachzugehen. Selbstverständlich.«

Eine kurze Pause trat ein. Rottler trumpfte wieder auf: »Hätten Ihre Spurensicherer nicht so stümperhaft und dilettantisch gearbeitet, hättet ihr das rauskriegen müssen. Um ehrlich zu sein, ich bin enttäuscht. Aber für euch stand ja sofort fest, dass es da einen Täter geben muss. Einen Mörder, natürlich – einen Mörder!« Die Stimme nahm erneut einen gefährlichen Unterton an.

»Dann landen Sie jetzt und erzählen Sie mir, wie's war.

In aller Ruhe.« Häberle versuchte so einfühlsam wie möglich zu wirken.

Doch sein Gesprächspartner blieb hart und machte keinerlei Anstalten, darauf einzugehen: »Quatschen Sie doch nicht rum, Herr Kommissar! Sie werden mir gar nichts glauben. Gar nichts«, Rottler begann jetzt beinahe hysterisch zu schreien, »gar nichts werden Sie mir glauben, mir, einem Betrüger und Schwindler, einem Ganoven, der ich in Ihren Augen bin, ein mieser Steuerhinterzieher, der sich der Beihilfe zum Millionenschwindel schuldig gemacht hat.« Er unterbrach, ohne die Mikrofontaste loszulassen. Dann fragte er plötzlich: »Haben Sie eigentlich den Giftzwerg eingelocht?«

Häberle wartete einen Augenblick. »Das ist Sache der Steuerfahndung«, erklärte er ruhig. »Wir haben aber inzwischen die Frau Schneider festnehmen lassen, weil wir davon überzeugt sind, dass sie den Herrn Mosbrucker erschossen hat.«

Die Antwort ließ auf sich warten. »Lassen Sie doch Ihr salbungsvolles Geschwätz. Sie sind doch davon überzeugt, dass ich es war«, schrie er plötzlich wie von Sinnen.

Häberle wartete. Als er gerade den Knopf drücken wollte, meldete sich die Stimme erneut: »Häberle, es ist aus. Mir bleibt keine andere Wahl.«

37

Ein Aufschrei ging durch die Menschenmenge, die in respektablem Abstand zum Münster in der angrenzenden Fußgängerzone Hirschstraße stand. Die Polizei hatte im Bereich des Wöhrl-Centers die Straße mit rot-weißen Bändern abgesperrt und mehrere junge Beamte postiert. Noch immer kreiste ein Streifenwagen um das Münster und forderte mit Lautsprecher-Durchsagen die Menschen auf, den Bereich rund um die Kirche zu verlassen.

Der Aufschrei hatte dem Sportflugzeug gegolten, das plötzlich an Höhe verlor und direkt, von rechts kommend, auf die Spitze des Turmes zusteuerte. Erst im letzten Moment, so schien es, legte es der Pilot in eine steile Rechtskurve und drehte ab. Der Motor heulte auf.

Rottler, der Pilot, schwitzte. Melanie Steinke, seine Begleiterin, hielt sich bei jeder Steilkurve an einem Wulst des Armaturenbretts fest oder sie umklammerte den Sitz. Sie versuchte ein Lächeln, doch es war ihr nicht mehr danach. Das Flugzeug legte sich wieder waagrecht in die Luft und überflog, keine 200 Meter mehr über der Stadt, die Donau nach Neu-Ulm hinüber.

Melanie Steinke beobachtete ihren Geliebten, der nervös und hektisch den Luftraum im Auge behielt. Ihm lief der Schweiß in Strömen von der Stirn. Seine Augen, die hinter einer Sonnenbrille verborgen waren, blitzten gefährlich. Er atmete schnell und hektisch und schien wie verwandelt zu sein.

Melanie Steinke hatte die Gespräche der vergangenen Minuten mit Entsetzen verfolgt. Alles war so schnell gegangen. Sie hatte den Eindruck, als habe sich mit einem Schlag die Welt verändert, als sei ein Paradies in sich zusammengestürzt. Jetzt, da er den Funkverkehr beendet hatte, wagte sie, ihn anzusprechen: »Olaf«, brach sie ihr langes Schweigen, »sag' mir, was hast du mit der Sache auf der Hahnweide zu tun?«

»Ach«, machte er und winkte ab. Er würdigte sie keines Seitenblickes. Stattdessen legte er die Maschine abrupt in eine enge Linkskurve. Die rechte Tragfläche, das bekam seine Begleiterin sogleich zu spüren, hob sich zum Himmel, der Motor dröhnte und Rottler blickte durch das linke Seitenfenster auf den Münsterplatz hinüber. An ihm entlang gruppierten sich unzählige Einsatzfahrzeuge, teilweise mit rotierendem Blaulicht. In den angrenzenden Gassen und Straßen, die alle abgesperrt schienen, drängten sich Menschenmassen.

Die Cessna drehte sich scharf nach links, Rottler nahm das Gas weg, setzte Landeklappen und ließ die Maschine auf die näher kommende Spitze des Münsters zurauschen. »Bist du des Wahnsinns?«, entfuhr es seiner Begleiterin, die ihn reflexartig an der rechten Schulter packte und schüttelte. Doch Rottler lächelte nur. Sein Gesicht glänzte schweißnass. »Bist du des Wahnsinns?«, schrie Melanie Steinke nochmal, »lass das, ich will hier raus, lass das, verdammt noch mal.«

Häberle und die Führungskräfte der Ulmer Polizeidirektion waren inzwischen mit dem tragbaren Flugfunkgerät aus dem Gebäude geeilt. Vor dem Torbogen, der den Zugang in den dreieckigen Innenhof begrenzte, stand ein Mercedes-Strei-

fenwagen. Von hier aus bot sich über das schneeweiße Stadthaus hinweg, das den Münsterplatz in dieser Ecke begrenzte,
ein Blick zu dem filigranen Turm, der sich vor dem tief-
blauen Himmel abhob. Häberle legte das Funkgerät auf dem
Rücksitz des Polizeifahrzeugs ab und sah mit zusammenge-
kniffenen Augen nach oben, als sich das Motorengeräusch
der Cessna näherte. Den Kriminalisten stockte der Atem.

Jetzt würde es geschehen, durchfuhr es Häberle. Blan-
kes Entsetzen. Ein Aufschrei der Menschenmengen in den
umliegenden Gassen. Die Cessna war auf Kollisionskurs zur
Turmspitze. Eindeutig. Häberle stand wie erstarrt, fühlte
sich wie elektrisiert. Das Katastrophen-Szenario schoss ihm
blitzartig durch den Kopf. In wenigen Augenblicken würden brennende Flugzeugteile über die Fassade des Turmes
stürzen, würden Stein-Verzierungen abbröckeln und Trüm-
mer umherschleudern. Wenn sie Glück hatten, großes Glück,
dann krachte die Cessna nicht ins Kirchenschiff und würde
keinen unermesslichen Schaden anrichten, womöglich den
riesigen Dachstuhl in Brand setzen.

Häberle und seine Kollegen waren fassungslos, nicht in
der Lage, etwas zu sagen. Der Rottler musste jetzt völlig
verrückt geworden sein. So konnte nur ein Mensch reagieren, der sich vor einer ausweglosen Situation befand. Keine
Frage, sie war es wohl auch. Eine Karriere zerstört, keine
Perspektive. Einerseits der Schwindel mit der Steuer, auch
wenn daran sein Chef nun doch offenbar maßgeblich betei-
ligt war, andererseits aber auch die jahrelange Liebschaft
zu dessen Frau – und dann dieser Mord. Wenn's denn einer
war. Tausend Gedanken gingen dem Soko-Chef gleichzeitig
durch den Kopf. Noch zwanzig Meter vielleicht, so schätzte
er, dann würde es krachen.

Atemberaubendes Schweigen. Aufheulendes Motorengeräusch, kreischende Menschen. Einsatzkräfte, die ratlos

zum Himmel starrten. Doch dann zog Rottler seine Cessna mit einem gewagten Manöver scharf nach links. In letzter Sekunde, so schien es aus Häberles Perspektive. Die Cessna kippte nach links weg, verlor bedrohlich an Höhe, war schließlich nur noch halb so hoch, wie der nahe Turm, doch Rottler konnte sie abfangen, gab Vollgas und zog sie über den Dächern des historischen Fischerviertels wieder nach oben.

»Ein Irrer«, entfuhr es Häberle und holte tief Luft, seine Stirn in tiefe Sorgenfalten gelegt.

»Abschießen«, kommentierte ein ranghoher Uniformierter, »abschießen wär' das einzig Richtige.« Seine Kollegen schwiegen.

Auch Häberle wollte dazu nichts sagen. Er wusste, dass dem Phantom-Piloten, den sie noch immer abseits kreisen ließen, nur der Verteidigungsminister einen solchen Befehl erteilen konnte. Vor einem halben Jahr, als in Frankfurt ein ähnlich Verrückter um die Banken-Hochhäuser gekreist war, hatte man ebenfalls Abschießen in Erwägung gezogen. Häberle allerdings hielt nichts davon, inmitten einer dicht besiedelten Stadt zu dieser Maßnahme zu greifen. Zumal es sich um keinen Terrorakt handelte. Der Schaden, der entstünde, wäre immens und möglicherweise größer, als wenn die Cessna gegen die Turmspitze flog. Es sei denn, es würde gelingen, sie über der Donau abzuschießen. Häberle verwarf den Gedanken aber sofort wieder. Denn an Bord befand sich eine weitere Person, von der unklar war, ob sie das Verhalten des Piloten tolerierte, oder ob sie womöglich selbst sein Opfer war. Außerdem machte es keinen Sinn, einem solchen Täter, der zu allem entschlossen war, mit Abschuss zu drohen.

Als das Flugzeug hinter den Giebeln verschwunden war, griff Häberle zum Mikrofon. »Rottler, hören Sie zu«, sagte er eine Spur energischer, »was wollen Sie? Was verlangen Sie, damit dieses Irrsinns-Spiel aufhört? Oder wollen Sie sich tatsächlich das Hirn einrennen?«

Stille. Es schien so, als wolle Rottler nicht mehr reden. »Rottler, hören Sie mich?«, setzte Häberle nach.

Dann endlich seine hämische Stimme: »Schiss gekriegt, was? Heut' ist Flugtag in Ulm«, Rottler lachte, »was ich will? Dass Sie mir glauben, dass ich mit Ihrem angeblichen Mord nichts zu tun habe.«

Häberle suchte den Himmel ab, weil er befürchtete, dass die Maschine irgendwo hinter den Giebeln unvermutet wieder auftauchen musste. »Okay«, sagte er geduldig, »dann sagen Sie mir doch, wie's war!«

Da kam die Cessna wieder ins Blickfeld, drüben über dem großen Haushaltswarengeschäft. Verdammt tief, erschrak Häberle.

Melanie Steinke umklammerte Rottlers rechten Oberarm und schüttelte ihn. »Komm zur Besinnung«, schrie sie so laut sie nur konnte. Ihr leichenblasses Gesicht war von blankem Entsetzen verzerrt. »Du hast mir versprochen, dass wir uns ein schönes Leben machen, Olaf, was ist mit dir los? Komm zur Besinnung!« Sie atmete schnell, ihr Herz pochte. Sie fühlte sich hundeelend. Doch Rottler ließ sich nicht beirren und drehte den Steuerknüppel erneut ruckartig zur Seite. Melanie packte Rottlers Oberarm jetzt mit beiden Händen, fühlte sich dann aber plötzlich schwach, unheimlich schwach, als vor ihr, auf gleicher Höhe, die verzierte Spitze des Münsters auftauchte – so nah, wie nie zuvor. »Olaf«, schrie Melanie hysterisch, »Olaf!« Ihr Haar war zerzaust und schweißnass.

Wieder ließ er die Maschine im letzten Augenblick links wegkippen. Melanie Steinke spürte das flaue Gefühl im Magen, als seien sie in den freien Fall übergegangen. Obwohl sie sich erneut fest an Rottler klammerte, konnte dieser mit der rechten Hand den Gashebel bedienen. Er fing die Maschine wieder ab, gab Vollgas und nahm Kurs auf Neu-Ulm.

»Rottler, Sie wollten mir was sagen«, erschallte plötzlich Häberles Stimme durch den Lautsprecher über ihren Köpfen.

Der Pilot griff zum Mikrofon, das er zwischen den Beinen liegen hatte. »Okay, dies ist das Wort zum Samstag«, er lächelte, hielt dann aber inne, als er am Horizont die Abgaswolke der Phantom erblickte. »Wenn Sie mir nicht augenblicklich diesen Militär-Idioten vom Leib halten«, zischte er, »dann findet das große Finale sofort statt.«

»Keine Sorge, Rottler«, beruhigte Häberle, »der kommt uns ohne meine Anweisung nicht in die Quere.«

Rottler versuchte, sich aus dem Klammergriff seiner Geliebten zu lösen. Melanie Steinke sah den Mann neben sich mit starren, entsetzten Augen an. Er war ihr plötzlich wie ein Fremder, eine Bestie. Keine Spur mehr von dem charmanten Manager. Dass er sich gewandelt hatte, das war ihr allerdings bereits in den letzten Monaten bewusst geworden, dachte sie jetzt. Einen solchen Gedanken hatte sie aber stets verdrängt – auch wenn sich ihr zunehmend der Verdacht aufgedrängt hatte, Olaf könnte es um etwas ganz anderes gegangen sein. Um Geld. Jetzt wurde es ihr mit einem Mal bewusst: Er wollte nichts weiter, als Frederik ausschalten, um über das gespielte Liebesverhältnis zu ihr an das Vermögen zu gelangen. Oder war es vielleicht doch nicht so? Trotz des Hasses, den sie spürte, wollte sie es nicht mit letzter Konsequenz wahrhaben. Doch der Mann auf dem Piloten-Sitz war nicht mehr ihr Olaf, den sie einmal so sehr geliebt hatte.

Häberle hakte nach, als die Cessna dem Lauf der Donau ostwärts folgte: »Also, was ist? Sie wollten mir was sagen.«

Rottler sah links von sich die Anhöhe des Ulmer Vororts Böfingen vorbeiziehen. Er überlegte und drückte den Mikrofonknopf: »Es war wirklich kein Mord – die Sache auf der Hahnweide. Es war ein Unfall.« Er sprach langsam und leise. »Ja, Herr Kommissar, es war ein schrecklicher Unfall, nichts weiter. Wir hatten den Flieger aus der Halle geholt, wir hatten's eilig. Es musste ja schnell gehen.«

Melanie Steinke drehte sich erschrocken zu ihm her: »Du Schwein, du elendiges Schwein«, rief sie und schlug mit den Fäusten auf seinen rechten Oberarm ein. Er musste das Mikrofon loslassen und die Frau energisch von sich wegstoßen. »Lass' das verdammt noch mal«, zischte er und griff mit beiden Händen an den Steuerknüppel, zog und drückte nacheinander das Höhenruder und betätigte gleichzeitig die Querruder, so dass die Maschine nach allen Seiten schaukelte und wippte. Melanie Steinke verstummte. Sie sah mal Himmel, mal die Erde – Häuser, Donau, Wolken. Ihr wurde noch viel übler.

Rottler lächelte zufrieden und führte das Mikrofon zum Mund: »Ja, Heidrun Pulvermüller und ich wollten abhauen. Hatten das spießige Leben satt, das ewige Versteckspiel mit dem alten Giftzwerg«, er blickte mit zornigem Gesicht zu seiner Nebensitzerin, die zu schluchzen begann und mit dem Erbrechen kämpfte. Rottler machte weiter: »Ja, ich geb's zu, Herr Kommissar, die Zeit war günstig, die Fliege zu machen.«

Melanie Steinke schüttelte sich in Weinkrämpfen. »Du Sau«, entfuhr es ihr. Sie versuchte, ihm mit allerletzter Kraft einen Schlag ins Gesicht zu versetzen. Er wehrte reflexartig ihre Hand ab. Dabei fiel das Mikrofon in den Fußraum. Ehe sie sich zur Seite ducken konnte, klatschte sein rechter Handrücken mit voller Wucht gegen ihre rechte Backe. Melanie Steinke schrie, schluchzte, heulte und verbarg den Kopf mit den Armen. Sie blutete.

Rottler zog die Maschine nach links. Er wollte Böfingen umfliegen, um in weitem Bogen wieder die Stadt anzusteuern.

Dann griff er nach dem Mikrofon: »Ein bisschen Knete hatten wir auch dabei«, er lachte wieder und wiederholte: »Ein bisschen halt, ja. Hätt' ich anderntags für Steinke nach Samedan bringen sollen, auf sein heimliches Konto. Der Flieger war schon bestellt, auf elf Uhr früh – aber das wissen Sie ja. Doch wir wollten heimlich abhauen«, er lachte wieder, wischte sich mit dem Handrücken den Schweiß von der Stirn und behielt Melanie im Auge, die zusammengekauert und schluchzend ihren Kopf an die rechte Scheibe gelegt hatte. Er sprach weiter: »Es war alles super eingefädelt. Sollte so aussehen, als sei mir etwas zugestoßen. Kidnapping und so. Ein vorgetäuschter Einbruch bei mir. Erinnern Sie sich an die Scheibe?« Rottler lachte wieder. »Da sind Sie misstrauisch geworden, na ja, Sie sind halt ein Profi. Gratuliere.«

Die Frau auf dem Nebensitz schluchzte. »Ich steig' aus.« Sie begann, einerseits den Gurt zu lösen und andererseits den Türöffner zu suchen.

Rottler warf das Mikrofon zwischen seine Beine und packte die Frau unsanft am Hals. »Einen Dreck wirst du tun«, zischte er. Sie schrie auf, schluchzte, hustete, kämpfte mit dem Erbrechen. »Wenn du nicht augenblicklich ruhig bist«, drohte er und hielt sie am Nacken fest, »schlag' ich dir die Fresse ein.« Dabei verpasste er ihr einen zweiten Handrückenschlag, diesmal auf die linke Wange. Wieder schrie sie auf. Ihre Nase blutete.

Während die Cessna nun im sanften Bogen über die B 10 nach links eindrehte und die Stadt wieder vor ihnen lag, griff Rottler erneut zum Mikrofon. Doch kaum hatte er den Sprechknopf gedrückt, schrie die Frau: »Hilfe, Hilfe, helfen Sie mir.« Rottler ließ den Sprechknopf wieder los, griff mit der rechten Hand in den Haarschopf der Frau, zerrte ihren Kopf hin und her und hielt ihn im Klammergriff fest: »Du hältst die Schnauze jetzt, sonst lass' ich mir ganz andere Sachen einfallen.« Sie schluchzte, hustete, prustete und fühlte sich endlos erschöpft.

Häberles Stimme erfüllte ungewöhnlich laut das Cockpit: »Rottler, hören Sie auf! Lassen Sie die Frau! Kommen Sie runter, landen Sie, dann werden wir eine Lösung finden.«

Als Häberle die Frequenz freigegeben hatte, nahm Rottler das Mikrofon wieder zur Hand und sprach triumphierend weiter: »Eine Lösung!«, äffte er nach, »was verstehen Sie schon von einer Lösung!?« Er überlegte einen Moment und vergewisserte sich mit einem Seitenblick, dass Melanie keine neuen Anstalten machte, die Tür zu öffnen. Dann erklärte er weiter, sachlich und ohne Emotionen: »Heidrun und ich wollten ein neues Leben beginnen. Vermutlich hätte lange Zeit niemand unser Verschwinden mit dem geklauten Flugzeug auf der Hahnweide in Verbindung gebracht. Warum auch? Wir wären ein bisschen illegal frühmorgens in den Schweizer Luftraum eingeflogen und hätten die Kiste auf einer gottverlassenen Wiese abgestellt. Vielleicht auf einer Alm, hoch droben auf'm Berg.« Rottler machte eine Pause und lachte, »Geld, Herr Häberle, Geld hätten wir in der Schweiz genug gehabt. Und in Göppingen hätte alle Welt gerätselt. Auch Sie, glauben Sie mir das! Wir haben uns auch alle Mühe gegeben, die Spuren zu verwischen. Sind ohne Auto zur Hahnweide. Nur mit Bahn und Bus, spätnachts. An alles haben wir gedacht«, sagte Rottler stolz, »an alles.« Er überflog jetzt in 50 Metern Höhenabstand die Münsterspitze.

Häberle nutzte eine kurze Pause, während der Rottler die Funkverbindung unterbrochen hatte, um nachzuhaken: »Und warum der Aufwand mit dem Flugzeug? Sie hätten doch genauso gut mit dem Auto abhauen können.«

Rottler blickte auf die in sich zusammengesunkene Frau. Sie schluchzte und weinte hemmungslos. Eine Welt war in ihr eingestürzt.

Die Maschine überquerte erneut die Dächer des reizvollen Fischerviertels, in dem Wasserflächen glitzerten.

Dann antwortete Rottler: »Reden Sie doch nicht so dilettantisch daher! Wir wollten, dass unsere Autos zurückblieben. Es sollte so aussehen, als seien wir gekidnappt worden. Außerdem hatten wir viel Geld dabei, wie Sie wissen, viel Geld. Wenn Sie da irgendwo im Grenzbereich den deutschen Finanzschnüfflern in die Hände fallen, sind Sie dran. Aber wem erzähl' ich das?« Rottler überlegte, ließ aber die Mikrofontaste gedrückt. »Auf dem Luftweg sind solche Kontrollen eher unwahrscheinlich, schon gar nicht bei Hobbyfliegern. Sie wissen doch, Herr Kommissar, seit dieser Bankrott-Staat seinen Bürgern ans Eingemachte geht, sind Sie mit einem größeren Geldbetrag im Grenzbereich zur Schweiz oder nach Österreich nicht mehr sicher. Und drüben«, Rottler lachte wieder, »drüben bei denen empfängt man Sie mit offenen Armen, wenn Sie mit einem Köfferchen voller Euro daherkommen. Sollten Sie auch mal probieren.«

Der Pilot folgte jetzt dem Flusslauf der Iller. Melanie schluchzte noch immer. Blut rann ihr aus der Nase und tropfte auf die Bluse.

Rottler fuhr mit seinen Schilderungen fort, seufzend, enttäuscht: »Dann ist aber alles daneben gegangen. Der Unfall, der schreckliche Unfall.« Er machte eine Pause und sah zu dem Fluss hinab, auf dem Schlauchboote der Donau zutrieben. »Der Unfall«, wiederholte er mit einer

Stimme, die irgendwie traurig klang, »es war schrecklich, das dürfen Sie mir glauben. Alles hatte so gut geklappt – auch wenn es verdammt schwer war, diese Stahltür an der Flughalle aufzubrechen. Aber um diese Zeit sagen sich auf der Hahnweide Fuchs und Has' gut' Nacht«, er holte tief Luft. »Ich wusste ja, dass die ›Echo Bravo‹ vorne stehen würde. Bin am Vorabend – aber das haben Sie ja ziemlich schnell rausgekriegt, Respekt, Herr Kommissar – bin ja am Vorabend noch geflogen, nur kurz, um nach dem Auftanken nicht mehr viel Sprit zu verbrauchen – ja, und dann wurde die Maschine als letzte eingeräumt. Stand also ganz vorne. War alles geplant.« Seine Stimme verriet, dass er stolz auf dieses Vorgehen war. »Genial, finden Sie nicht auch?«

Rottler sah auf der linken Seite das Gewerbegebiet von Senden und das große Möbelhaus auftauchen. Er legte die Maschine in eine Linkskurve. Melanie Steinke schluchzte noch immer. Sie hatte jeden Widerstand aufgegeben.

Häberle wartete geduldig, bis Rottler weitermachte: »Wir haben die Maschine herausgezogen, sie sprang auch sofort an – und dann ist Heidrun …«, er stockte und schluckte, »… in den laufenden Propeller gekommen. Einfach so«, er brach ab, »es war furchtbar.«

Melanie schluchzte laut auf. Tränen und Blut vermischten sich um ihre Mundwinkel.

Rottler umrundete Senden, um an der Autobahn entlang wieder auf Ulm zuzusteuern. Die beiden Nadeln der Sprit-Anzeige näherten sich vibrierend dem Mittelstrich.

»Sie blutete«, schilderte Rottler weiter, was vorgestern am frühen Morgen geschehen war, »sie blutete furchtbar. Sie war auf der Stelle tot. Ich war in Panik, versteh'n Sie? Kein Auto da, nichts. Der Motor lief, machte einen Höllenlärm. Können Sie das verstehen: Ich wollte nur eines – nämlich weg. Ich rollte auf die Piste, obwohl's noch ziemlich dunkel war. Aber der Himmel wurde schon deutlich hell.« Rottler fiel es zunehmend schwerer, darüber zu berichten. »Und dann bin ich einfach davongeflogen, einfach geflüchtet, in Panik, Herr Kommissar, nichts weiter.« Zum ersten Mal machten sich bei ihm Emotionen bemerkbar. Er wartete einige Sekunden mit gedrückter Sprechtaste, so dass Häberle nichts entgegnen konnte. Dann sprach er weiter: »Ich wollte alles ungeschehen machen. Kennen Sie dieses Gefühl? Alles ungeschehen machen – obwohl man's nicht mehr kann. Einfach zurück, mitsamt dem vielen Geld. Einfach so tun, als sei nichts gewesen. Als sei's nur ein böser Albtraum gewesen.«

Melanie Steinke hatte mit dem lauten Schluchzen aufgehört. Irgendwie tat sie ihm plötzlich leid, wie sie an die Tür gelehnt in den Gurten hing. Ein Häufchen Elend. Er hatte sie wirklich mal geliebt.

»Ich bin einfach zum Berneck geflogen, wie in Trance«, sagte er dann, »hab' mich durch die Büsche geschlagen und bin mit dem nächstbesten Bus nach Geislingen und dann mit dem Zug nach Göppingen gefahren.« Er hielt wieder inne und schloss für einen Moment die Augen. »Ich wollte doch alles rückgängig machen«, wiederholte er. »Deshalb bin ich, wie's ja geplant war, als sei nichts gewesen, um elf zur Hahnweide gefahren, von wo aus ich für Steinke mit dem vielen Geld nach Samedan hätte fliegen sollen. Obwohl mir hundeelend war, hab' ich so getan, als sei nichts gewesen, ja.« Er hielt die Sprechtaste weiter gedrückt. »Dem alten Giftzwerg hab' ich dann gesagt, Fliegen sei nicht möglich gewesen – was ja gestimmt hat –, und dann hab' ich die Tasche mit dem vielen Geld weggeschlossen, in meinem Büro, ganz normal.« Rottler spürte Magenkrämpfe. Er wartete eine halbe Minute, bis er mit seinen Schilderungen fortfuhr, jetzt wieder sachlich und nüchtern: »Als dann gestern die verdammten Steuerbullen aufgetaucht sind, mit denen wir schon seit Tagen gerechnet haben, der Giftzwerg noch mehr, als ich, da hab' ich die Tasche in der Nacht in Sicherheit bringen wollen. Der Rest dürfte Ihnen hinlänglich bekannt sein.« Rottler atmete auf und ließ die Sprechtaste los. Die Cessna hatte inzwischen wieder Neu-Ulm überflogen und die Donau erreicht. Er beließ die Maschine im Geradeausflug – in Richtung Münster. Sie war jedoch deutlich höher, als die Turmspitze.

»Danke«, meldete sich Häberle ruhig, »danke, Herr Rottler.« Er machte eine Pause. »Ich glaub', jetzt besteht kein Grund mehr zur Panik. Ich glaub', es wär' besser, Sie würden in Erbach landen.«

Über Rottlers Gesicht huschte ein Lächeln. Der Münsterturm zog unter ihm vorbei.

Rottler antwortete nicht. Häberle ließ sich auf den Hintersitz des Streifenwagens fallen. Er war die ganze Zeit über vor dem Fahrzeug gestanden und hatte sich angestrengt auf das Gespräch mit Rottler konzentriert, dabei aber auch aus sicherer Distanz, vor der Polizeidirektion, die waghalsigen Flugmanöver der Cessna beobachtet und sich gesorgt, als sie einmal eine Zeit lang aus seinem Blickfeld verschwunden war. Jetzt hatte sie offenbar wesentlich höher, als die vielen Male zuvor, den Münsterturm und dann die Fußgängerzone Hirschstraße überflogen. Wieder ging ein Raunen durch die Menschenmenge, die sich hinter den Absperrbändern versammelt hatte.

Ulms Polizei-Chef Gebhard Brandel, der die ganze Zeit über an der Seite des herbeigeeilten Oberbürgermeisters gestanden war, ging zu dem Streifenwagen, in dem Häberle erschöpft auf dem Rücksitz saß, die Beine ins Freie gestellt, das Mikrofon noch immer in der Hand. Brandel fragte zweifelnd: »Sie meinen, der landet?«

»Wenn er's nicht tut, soll ihn der Teufel holen«, erwiderte Häberle ernst, »schicken Sie ein paar Streifen und vorsorglich das Rote Kreuz nach Erbach raus.« Der PD-Leiter wandte sich ab und gab seinen Führungskräften Instruktionen. Sofort setzten sich Einsatzfahrzeuge mit Martinshorn und Blaulicht in Bewegung. Am Himmel über Ulm war wieder Ruhe eingekehrt.

Häberle lehnte sich in dem Pkw-Sitz zurück und holte tief Luft. Er war völlig verschwitzt.

Bei der Sonderkommission in Kirchheim waren die Ereignisse in Ulm atemlos verfolgt worden. Zwar hatte man dort den Flugfunk-Verkehr nicht hören können, dafür aber waren die Beamten von einem Ulmer Kollegen telefonisch auf dem Laufenden gehalten worden. Unterdessen hatten Göppinger Kriminalisten die schöne Wirtin Elvira Schneider festgenommen. Die Frau hatte sich in ihrer ›Down-Town‹ Kneipe widerstandslos und ohne Aufsehen mitnehmen lassen. Einer Bedienung, die so etwas wie ihre Stellvertreterin war, hatte sie lediglich im Vorbeigehen gesagt, sie werde wohl ›für einige Zeit‹ nicht mehr da sein können. Jetzt saß sie, die, wie immer an diesen heißen Sommertagen, ihre Shorts und eine enge Bluse trug, in einer kühlen Zelle des Göppinger Polizeireviers. Zuvor hatte ihr Linkohr im Beisein einer Beamtin und eines uniformierten Kollegen noch einmal detailliert dargelegt, was ihr vorgeworfen wurde. Sie aber verweigerte trotzig die Aussage, zeigte sich empört und verlangte nach einem Anwalt. Auf dem Weg in den Keller, wo sich die Zellen befanden, wurde sie allerdings kleinlaut. Während der Uniformierte die schwere Tür in den kleinen Raum öffnete, drehte sich Elvira Schneider zu der Beamtin um: »Den Mord werdet ihr mir nicht anhängen können«, sagte sie leise und erschrak, als sie die spärlich eingerichtete Zelle sah. Durch vergitterte Glasbausteine fiel nur wenig Tageslicht. Von der Sonne war hier nichts mehr zu sehen. Dann hörte Elvira Schneider, wie sich die Tür hinter ihr schloss und ein Riegel vorgeschoben wurde.

Häberle drückte die Mikrofontaste. »Rottler, wo sind Sie?«, fragte er. Doch es kam keine Antwort.

Der Soko-Chef versuchte es noch zwei-, dreimal, um dann, inzwischen wieder aus dem Fahrzeug gestiegen, an die Führungskräfte gewandt, festzustellen: »Wo ist der Hund hin?«

Häberle beugte sich durch die Beifahrertür in den Streifenwagen, um das in der Konsole eingebaute Polizeifunkgerät betätigen zu können. Er rief seine Kollegen, die jetzt auf dem Flugplatz Erbach eingetroffen sein mussten. Antwort: »Nichts in Sicht, keine Maschine da«, krächzte eine Stimme aus dem Lautsprecher.

Im Flugfunkgerät, das auf dem Rücksitz lag, meldete sich dafür eine andere Stimme. Es war der Pilot der Phantom. »Zielobjekt auf Südkurs.«

Häberle stutzte. Er griff zum Mikrofon des Geräts und drückte den Sprechknopf. »Rottler, melden Sie sich. Ich hab' gedacht, wir haben die Probleme beseitigt.«

Stille.

»Soll ich dran bleiben?«, fragte der Phantom-Pilot auf derselben Frequenz. Er hatte offenbar die dramatischen Flugmanöver über Ulm aus weitem Abstand verfolgt.

»Ja«, antwortete Häberle abgekämpft und ließ die Sprechtaste los.

»Der haut ab«, stellte er fest, um einigermaßen zufrieden hinzuzufügen: »So lange er nicht wieder zurückkommt ...«

Er machte eine Pause und suchte Blickkontakt mit dem Oberbürgermeister. Dann sprach er mehr zu sich selbst, als zu den Umstehenden: »Der Junge von der schnellen Truppe hat ihn ja im Visier.«

PD-Leiter Brandel wurde ungeduldig. Er verlangte eine Entscheidung aus dem Innenministerium: »Das Lagezentrum sollte endlich klipp und klar sagen, was wir mit dem Kerl tun sollen.«

Häberle versuchte, Gelassenheit auszustrahlen – wie er das immer tat, wenn sich eine Situation zuspitzte. »Fliegen lassen«, entschied er, »ich bin davon überzeugt, der landet irgendwo, irgendwo in der Schweiz. Die Stuttgarter sollen Kontakt mit der Flugsicherung aufnehmen und es irgendwie managen, dass die Phantom auf die Schnelle ein Überflugrecht kriegt.« Zwei Uniformierte mit vielen goldenen Sternen auf dem Revers stiegen in einen Mannschaftswagen. Häberle wusste, dass derlei Überfluggenehmigungen nicht einfach zu erhalten waren. Und die Zeit drängte. In einer halben Stunde, so schätzte er, würde die Cessna schon am Bodensee sein. Er wusste das ja aus Erfahrung.

Als Häberle in Begleitung des PD-Leiters durch das Tor in den Innenhof des Direktionsgebäudes ging, das schwere Flugfunkgerät in der Hand, da überkam ihn wieder das Gefühl der Hilflosigkeit. Er, der Praktiker, musste tatenlos mit ansehen, wie ein Straftäter flüchtete. Obwohl es vorhin noch den Anschein hatte, als wäre Rottler zu einer Landung in Erbach zu überreden. Offenbar hatte er es sich anders überlegt. Häberle konnte sich auch lebhaft vorstellen, wie Melanie Steinke auf die Schilderungen ihres geliebten Olaf reagiert hatte. Ihre Schreie, die einmal über Lautsprecher zu vernehmen waren, ließen auf eine heftige Auseinandersetzung schließen. Auch wenn es anfangs kein Kidnapping war, sondern eine gezielte Flucht, so war die Frau nach allem, was Rottler gesagt hatte, sicher jetzt nicht mehr damit einverstanden, den Flug fortzusetzen. In Wirklichkeit aber, überlegte Häberle, hatte Rottler wohl angesichts der ausweglosen Situation, die sich für ihn nach dem Auftauchen der Steuerfahnder ergab, gar nicht mehr vorgehabt, mit Melanie Steinke ein neues Leben anzufangen. Nicht wirklich.

Mehrmals hatte Häberle vom Lehrsaal der Polizeidirektion aus noch versucht, die Cessna zu rufen. Erfolglos. Schließlich meldete der Phantom-Pilot, der ihr im Zick-Zack-Kurs in respektablem Abstand folgte, eine Richtungsänderung. Die Cessna ging wohl auf Süd-Ost-Kurs und steuerte auf Bregenz zu.

»Was hat der vor?«, fragte Häberle, ohne von den Männern, die sich mit Akten und Notizzetteln um den weißen Tisch gruppiert hatten, eine Antwort zu erwarten. Ein junger uniformierter Beamter hatte eine Landkarte des süddeutschen Raumes gebracht und sie vor den Männern ausgebreitet.

Häberle drückte den Sprechknopf: »Phantom, Frage: Ihre Position?«

»Wangen im Allgäu«, kam es zurück.

Die Männer machten sich über die Karte her. Einer deutete mit dem Kugelschreiber auf die genannte Stadt.

»Der fliegt das Rheintal rauf ins Engadin«, vermutete PD-Leiter Brandel. Er deutete mit dem Kugelschreiber an, was er meinte: Über Liechtenstein und dann ostwärts nach Davos und weiter bis St. Moritz.

»Seine Lieblingsecke«, kommentierte Häberle und verschränkte die Arme, »hoffentlich tun die Schweizer nichts Unüberlegtes.«

Brandel beruhigte: »Das Lagezentrum hat Kontakt aufgenommen.«

Eine Viertelstunde später meldete die Phantom eine neuerliche Kursänderung: »Zielobjekt Position Oberstaufen. Ostkurs.«

Die Beamten beugten sich über die Landkarte und verfolgten den Kurs. Hektische Bemerkungen. Einige machten sich Notizen, andere telefonierten. Das Lagezentrum des Innenministeriums teilte mit, dass man mit den Schweizer Behörden die Situation erläutert habe. Nun werde man sofort gleiches mit den Österreichern tun. Denn jetzt sah alles danach aus, als würde Rottler den direkten Weg nach Samedan nehmen. Das Wetter war jedenfalls gut, die Berge ließen sich problemlos überfliegen.

Häberle unternahm erneut einige Versuche, Rottler zu erreichen. Doch aus dem Lautsprecher des Funkgeräts drang außer einem Rauschen nichts. Betretenes Schweigen auch bei den Beamten. Häberle starrte auf die Landkarte. Wieder überkam ihn das Gefühl der Machtlosigkeit: Tatenlos mit ansehen müssen, wie ein Verrückter sich ihren Zugriffen entzog.

Der Phantom-Pilot setzte weitere Standort-Meldungen ab: Sonthofen, dann den Überflug der österreichischen Grenze – hinein ins Tannheimer Tal. Hektische Telefonate mit dem Lagezentrum, dem es gerade noch rechtzeitig gelungen war, die österreichischen Flugsicherungsbehörden vom Zwischenfall zu unterrichten. Offenbar hatte man die Österreicher davon überzeugen können, dass es sich um keinen terroristischen Akt handelte und es sinnvoll wäre, den verrückten Flieger irgendwo landen zu lassen, damit er keinen Schaden anrichtete. Die Stuttgarter konnten ohnehin beruhigen: Vermutlich werde die Cessna schon bald rechts südwärts abdrehen, um das Engadin anzusteuern. Eine glatte Fehleinschätzung, wie sich wenig später herausstellte.

Rottler blieb auf Ostkurs. Um ins Engadin zu gelangen, das stellten die Männer um Häberle anhand der Landkarte fest, hätte er längst nach Süden abdrehen müssen. Doch jetzt war er schon über Reutte in Tirol.

Die Zeit kroch dahin. Ein Anruf von der Hahnweide riss die Beamten aus ihrem verharrenden Schweigen. Horst Hauff, der Chef der Motorflugschule, war von der Kirchheimer Sonderkommission an Ulm verwiesen worden. Seine Stimme verriet höchste Anspannung. Häberle ließ sich den Telefonhörer reichen und schilderte die Situation, ruhig und sachlich, distanziert.

»Wir tun unser Möglichstes«, versicherte er und verschwieg, dass ihm eigentlich die Hände gebunden waren. Er versprach, sich sofort telefonisch auf der Hahnweide zu melden, wenn es etwas Neues gab. Dann legte er auf, denn der Phantom-Pilot hatte soeben gemeldet:

»Leichte Drehung nach Süden – geradeaus die Zugspitze.«

»Die Zugspitze«, entfuhr es Häberle und ging um den Tisch. Die Kollegen machten ihm Platz. Er wollte den untersten Bereich der Landkarte genauer sehen, wo ein Uniformierter mit einem Lineal den bisherigen Kursverlauf und die mögliche Zielrichtung andeutete. Häberle stellte ungläubig fest: »Tatsächlich, der hat's auf die Zugspitze abgesehen.«

Ins Lagezentrum nach Stuttgart liefen die Drähte heiß. Von mehreren Telefonapparaten aus schilderten die Führungskräfte den unterschiedlichsten Stellen die drohende Gefahr. Inzwischen hatte sich auch der Innenminister persönlich eingeschaltet.

»Die Zugspitze evakuieren, ist illusorisch«, erklärte Häberle den umstehenden Männern. »Uns bleiben allenfalls sieben, acht Minuten, dann ist der dort. Vielleicht sogar weniger.«

Ein Uniformierter ließ den Blick nicht mehr von der ausgebreiteten Landkarte. »Wenn der auf die Aussichtsplattform knallt, gibt's eine echte Katastrophe: Was glauben Sie, wie viele Leute da an einem Tag wie heute droben sind!«

»Vielleicht gelingt es uns, die Aussichtsplattform räumen zu lassen«, schrie ein Beamter zu den Telefonierenden hinüber. Einer hob die Hand zum Zeichen dafür, dass er den Vorschlag verstanden hatte und an Stuttgart weitergeben würde.

Sieben Minuten später meldete sich der Phantom-Pilot: »Zielobjekt Kurs auf Zugspitze, Höhe sechstausend Fuß. Zweitausend Meter. Das reicht nicht zum Überfliegen.«

Die Männer im Lehrsaal schwiegen betreten. Die Telefonierenden drehten sich zu Häberle um. Der blickte stumm auf die Landkarte.

38

Auch in 2.966 Metern Höhe war es ein strahlender Sommernachmittag. Jetzt, kurz vor 18 Uhr, stand die Sonne noch immer hoch am Westhorizont. Nur die Sicht, das hatten die Besucher der Zugspitze den ganzen Nachmittag beklagt, war nicht besonders gut. Die Hitze hatte viel zu viel Wasser in die Atmosphäre gesogen und diesen bläulichen Sommerdunst gebildet. Dafür war's hier oben angenehm kühl. Knapp 18 Grad. In Richtung Süden tat sich ein traumhafter Blick auf die schneebedeckten Gipfel der Alpen auf. Die Besucher, die am Fuße der zahlreichen Antennen standen, sich gegenseitig fotografierten oder von einer Aussichtsstelle zur anderen schlenderten, nahmen das aus Westen herannahende Sportflugzeug nicht zur Kenntnis. Oft genug kreisten kleine Maschinen um das Wettersteingebirge, umrundeten den Eibsee oder kamen von Reutte nach Ehrwald heraufgeflogen, nur um Sightseeing zu machen.

Dieses Flugzeug aus Westen schien auch eher durch die Täler kurven zu wollen. Es war viel zu tief, um noch vor dem mächtigen Berg die Höhe der Aussichtsplattform erreichen zu können. Das Motorengeräusch kam näher, irgendwie bedrohlich nahe. Urplötzlich ein gewaltiger Schlag. Das gleichförmige Brummen ging in ein Inferno aus krachendem und splitterndem Material über. Metall zerbrach, Gestein bröckelte. Irgendetwas stürzte über Felsenhänge, rutschte und fiel. Augenblicklich herrschte wieder Stille.

Einige Besucher, denen das seltsame Geräusch aufgefallen war, versuchten an die Ostseite der Plattform zu gelangen. Doch so sehr sie sich auch über das Geländer beugten, nirgendwo war etwas Auffälliges zu erkennen.

Nachdem der Phantom-Pilot berichtet hatte, was vor seinen Augen geschehen war, trat im schmucklosen Lehrsaal der Ulmer Polizeidirektion betretenes Schweigen ein. Häberle war der Erste, der es, tief Luft holend, resignierend brach: »Ein irrer Hund.« Noch immer starrten er und seine Kollegen auf die Landkarte, wo das Lineal auf die Zugspitze gerichtet war. Dann gab er seinen Kollegen Instruktionen für die weitere Behandlung des Falles. Insbesondere musste sich jetzt jemand um Frederik Steinke kümmern, der nach seinem Funkgespräch mit Rottler die ganze Zeit über in einem Zimmer der Polizeidirektion betreut wurde. Die Staatsanwaltschaft, daran bestand keinerlei Zweifel, würde seine Festnahme beantragen – wegen Steuerhinterziehung in Millionenhöhe. Aber dies war Sache der Steuerfahnder.

Häberle bat darum, nach Göppingen gebracht zu werden. Die Kollegen der Hubschrauberstaffel, die noch immer bei der Donauhalle in der Friedrichsau standen, boten sich an. Häberle wurde deshalb mit dem Streifenwagen zu dem Landeplatz gebracht und war schon nach einer Viertelstunde auf dem ›Rigi‹ der Göppinger Bereitschaftspolizei, wo ihn ein Streifenwagen abholte.

Linkohr wartete bereits sehnsüchtig auf das Eintreffen seines Chefs. Insgeheim war er ein bisschen enttäuscht, in der Endphase des Geschehens nicht dabei gewesen zu sein. Er freute sich aber mächtig, als ihm Häberle auf die Schulter klopfte: »Mensch, Linkohr, wir waren wieder ein tolles Team.« Doch eigentlich fühlte sich der Kommissar nicht gut.

39

Für Sonntagmorgen hatte sich Häberle mit Horst Hauff auf der Hahnweide verabredet. Es war ein strahlender Sommertag. Er fühlte sich erleichtert, aber keinesfalls zufrieden. Hauff hingegen wirkte entspannt. Während auf dem Flugplatz bereits die Segelflieger aktiv waren und auch die ersten Charterkunden schon ihre Motormaschinen checkten, bat Hauff seinen Gast in das kühle, weil abgedunkelte Büro.

Häberle, in khakifarbenem Freizeitlook gekleidet, lehnte sich auf dem Besucherstuhl zurück. »Sie waren uns eine große Hilfe, Herr Hauff. Es ist mir deshalb ein Bedürfnis, Ihnen für die kooperative Zusammenarbeit zu danken.«

Hauff lächelte und beugte sich zum Fenster, um den Rollladen hochzuziehen. »War doch selbstverständlich«, entgegnete er mit seinem bayrischen Akzent, »wissen Sie, die Fliegerei ist so schön und so phantastisch, dass es schade ist, wenn sie von solchen Typen in ein falsches Licht gerückt wird.«

Auch Häberle lächelte und verschränkte die Arme vor der Brust. »Dank Ihrer Mithilfe hab' ich sogar dieses phantastische Gefühl mal genießen können.«

»In jeder Sportart gibt's Idioten«, erklärte Hauff, »nur in der Fliegerei wird gleich alles überzogen. Schauen Sie sich die Sonntagszeitung heut' an! Unglaublich, was da verzapft wird. Und schon wird wieder nach strengeren Reglementierungen geschrieen. Dabei haben wir die strengsten weit und breit.«

Häberle zuckte gelassen mit den Schultern. »Da muss man drüber stehen.«

»Wenn ein Idiot so etwas macht, wie dieser Rottler«, fuhr Hauff fort und schien sich etwas von der Seele reden zu wollen, »dann kann man doch nicht gleich alle Flieger in einen Topf werfen. Niemand spricht drüber, wie viel Verrückte auf der Autobahn rumrasen oder als Geisterfahrer die schlimmsten Unfälle verursachen – und eine permanente Gefahr für die Allgemeinheit darstellen.«

Häberle nickte zustimmend. »Das brauchen Sie mir nicht zu sagen. Ich jedenfalls bin davon überzeugt, dass Fliegen eine wunderschöne Sache ist.«

»Und eine sichere obendrein. Wenn die Ausbildung für den Führerschein genauso streng wär', wie für die Pilotenlizenz, wenn's auch für den Autoführerschein regelmäßige Nachuntersuchungen und Checks gäbe, dann säh' es auf den Straßen besser aus.«

Häberle nickte wieder und sah durchs Fenster, wie eine kleine Cessna startete.

Hauff geriet ins Schwärmen: »Nichts ist phantastischer, als zu fliegen und zu erkennen, wie mit einem Mal all dies so unwichtig erscheint, was wir hier unten auf der Erde so furchtbar wichtig nehmen.« Und dann fügte er hinzu: »Wie begeistert die Menschen von der Fliegerei sind, werden Sie im September erleben. Da ist hier internationales Oldtimer-Treffen. Waren Sie schon mal hier?«

Häberle schüttelte den Kopf. »Gelesen und gehört' hab' ich davon.«

»Gigantisch«, schwärmte Hauff, »grandios. Neun Jahrzehnte Flugzeuggeschichte – aus ganz Europa. Das müssen

Sie sehen. Findet alle zwei Jahre statt, immer an den ungeraden Jahreszahlen, immer im September. Ich lad' Sie ein.«

Häberle lächelte. »Danke. Aber eine Frage hätt' ich jetzt noch.«

»Bitte.« Hauff blickte seinen Gast gespannt an.

»Hab' ich eine Chance, in meinem Alter noch den Flugschein machen zu können?«

Der Flugexperte verzog das Gesicht zu einem Grinsen. »Sie sind doch körperlich fit und geistig rege – sehe ich das richtig?«

»Nur vielleicht ein bisschen übergewichtig«, entgegnete der Kommissar grinsend.

»Das dürfte das kleinste Problem sein«, meinte Hauff.

E N D E

DANK

Wir danken dem Baden-Württembergischen Luftfahrtverband, dessen Redaktion »Adler« uns die Vorlage für das Titelbild zur Verfügung gestellt hat.

Weitere Titel finden Sie auf den
folgenden Seiten und im Internet:

WWW.GMEINER-VERLAG.DE

August Häberle ermittelt:

SPANNUNG

GMEINER

WWW.GMEINER-VERLAG.DE
Wir machen's spannend

Linda Graze
Tief unter der Alb
Thriller
384 Seiten, 12,5 x 20,5 cm,
Paperback
ISBN 978-3-8392-0647-8

Drama unter der Alb: Ein Auftrag führt die junge
Fotografin Laura Morgenstern in die Höhlenwelt der
Schwäbischen Alb. Euphorisch macht sie sich mit
dem Wissenschaftler Lasse Keyes für ein Fotoprojekt
auf in ein unbekanntes System. Doch ihr Begleiter
hat andere Pläne. Als er sie in dem unterirdischen
Labyrinth zurücklässt, gerät sie an ihre Grenzen.
Und darüber hinaus, denn die Dunkelheit lebt. Und
sie singt …

GMEINER SPANNUNG

WWW.GMEINER-VERLAG.DE
Wir machen's spannend

Kai Bliesener
Wein. Berg. Tod.
Kriminalroman
288 Seiten, 12,5 x 20,5 cm,
Paperback
ISBN 978-3-8392-0656-0

Julia Judith Schwarz, genannt JJ, ist Bestatterin in
Fellbach und mit dem Tod vertraut. Aber als eines
Tages ein Ex-Liebhaber vor ihr auf dem Tisch liegt,
ist das doch eine schräge Situation. Markus Weber
ging mit ihr zur Schule und war einer der erfolg-
reichsten Winzer der Region. Und Erfolg schafft be-
kanntlich Neider. JJ hegt Zweifel an der natürlichen
Todesursache. Sie taucht ein in die Welt des Weines
und wirbelt viel Staub auf. Dabei bringt sie nicht nur
sich, sondern auch ihren Freund Vinzenz in Gefahr.

GMEINER SPANNUNG

WWW.GMEINER-VERLAG.DE
Wir machen's spannend

Isabella Anders
Wie du es willst!
Roman
585 Seiten, 13,5 x 21 cm,
Klappenbroschur
ISBN 978-3-8392-0659-1

Als es in seiner Ehe mit Marcella zu kriseln beginnt,
gerät die bisher heile Welt von Sven De Luca ins
Wanken. Er sehnt sich nach Nähe und Leichtigkeit –
sie ist jedoch nur für ihre Patienten da. Dann taucht
Svens Ex-Freundin Laura auf und verwickelt ihn
ungefragt in ihre Probleme. Er verschweigt Marcella
die gemeinsame Vergangenheit – und dass Laura von
der Polizei gesucht wird. Dafür ist Dana, die Nanny
seiner Kinder, eingeweiht. Doch Dana spielt ihr
eigenes, gefährliches Spiel. Noch ehe Sven begreift,
in was er hineingeraten ist, werden Marcella und die
Kinder entführt …

GMEINER SPANNUNG

WWW.GMEINER-VERLAG.DE
Wir machen's spannend